Hanni Münzer

Das Mädchen hinter der Maske

Roman

Auch von Hanni Münzer erhältlich:
„HONIGTOT“ – Herausgeber Piper Verlag

DIE SEELENFISCHER-Tetralogie
Band 1: Die Seelenfischer
Band 2: Das Hexenkreuz
Band 3: Die Akte Rosenthal – Teil 1
Band 4: Finale! – Die Akte Rosenthal – Teil 2

Deutsche Erstausgabe 2015

ISBN-13: 978-1514631430
ISBN-10: 1514631431
Printed in Germany by Amazon Distribution GmbH, Leipzig

Bildnachweis/Covergestaltung: Mediabureau Di Stefano, Berlin
unter Verwendung der Fotos von © alesss/123rf.com und © Jessica Drossin / Trevillion Images
Lektorat/Korrektorat: MWT, Lux
Satz & Layout: Corinna Rindlisbacher, ebokks
Impressum:
Litag
80799 München
Mehr Informationen finden Sie auf:
www.hannimünzer.de oder
www.facebook.com/HanniMuenzerAutorin

Der direkte Kontakt zum Leser ist für mich essentiell.
Darum freue ich mich jederzeit über Anregungen, Kritik und Austausch unter:
mail@hannimuenzer.de

Hanni Münzer hatte schon immer eine lebhafte Phantasie und verschlang bereits als Sechsjährige jedes Buch. Daraus entwickelte sich die Leidenschaft zu schreiben. 2013/2014 veröffentlichte sie „Die Seelenfischer-Tetralogie“, die zum Bestseller wurde. Ihr Roman „Honigtot“, eine dramatische Geschichte um Liebe und Obsession, Schuld und Sühne, Verrat und Rache, wurde im Piper Verlag zum Spiegelbestseller.
Nach Stationen in Seattle, Stuttgart und Rom lebt Hanni Münzer heute mit Mann und Hund in Oberbayern.

Für alle, die an die Macht der Liebe glauben.

„Das Herz hat Gründe, von denen der Verstand nichts weiß."

Blaise Pascal

„Jeder Mensch hat ein(e) Happy End verdient!"

Marisol Esperanza

1

Vier Jahre zuvor in New York City

Seit knapp einer Stunde saß sie jetzt in der Bar und behielt die Tür im Auge. Wo blieb der Mann bloß?

In diesem Moment tauchte der Besitzer der Bar vor ihr auf, ein Smartphone in der Hand. „Sind Sie Paula?“, fragte er mürrisch.

Sie sah zu ihm auf. Fast hätte sie verneint. Paula war der Name, den sie dem Informanten genannt hatte. „Ja. Wer will das wissen?“

„Da hat gerade einer angerufen und gesagt, ich solle Ihnen ausrichten, dass er heute nicht kommt. Er würde sich wieder bei Ihnen melden.“

Paula seufzte. Der Mann hatte sie also erneut versetzt. Das gehörte zum Alltag eines Journalisten. In Gedanken war sie schon dabei, die Story so umzuformulieren, dass sie ohne die letzte Quellenbestätigung veröffentlicht werden konnte.

Sie griff nach ihrer Tasche, als ein neuer Gast, ein sehr junges Mädchen, ihre Aufmerksamkeit erregte. Sie war hübsch, wirkte dabei aber seltsam gehetzt auf Paula. Sie schätzte sie auf höchstens achtzehn Jahre. Eine Baseballkappe der New York Yankees verbarg ihr Haar. Sie hatte dieselbe Idee gehabt.

Das Mädchen blieb am Eingang stehen und musterte die wenigen Anwesenden. Kurz streifte ihr Blick auch Paula. Die überlegte, ob sie sie schon einmal woanders gesehen hatte, vor allem jedoch fragte sie sich, was das Mädchen in dieser Gegend zu suchen hatte. Die Bar befand sich im New Yorker Hafenviertel und war eine von der übleren Sorte.

Die einfache dunkle Hose und der knielange Mantel der jungen Frau hatten den Schnitt von teurer Designerware. Sie passte absolut nicht hierher, wirkte vielmehr wie ein Bild im falschen Rahmen.

Die wenigen Gäste, allesamt männlich, begannen sich nun ebenfalls für den Neuankömmling zu interessieren. Plötzlich machte das Mädchen auf dem Absatz kehrt und verließ die Bar wieder.

Im Augenwinkel fing Paula eine Bewegung auf. Ein Mann warf einen Geldschein auf den Tresen und schickte sich an, das Lokal zu verlassen.

Paulas Reporterinstinkte sprangen an wie ein gut geölter Motor. Der Typ war ihr bereits vorher aufgefallen. Er hatte sich über eine Stunde an einem einzigen Bier festgehalten. Als der Barkeeper ihn in ein Gespräch hatte verwickeln wollen, hatte er ihm zu verstehen gegeben, dass er keines suche.

Sie zahlte und folgte den beiden nach draußen. Ihre Hand tastete nach der 9mm, die sie stets bei sich trug, wenn sie sich hier allein mit einem ihrer Informanten traf.

Es regnete bereits den ganzen Tag, der Asphalt glänzte vor Nässe. Ein einsames Taxi fuhr vorüber, ansonsten lag die Straße wie ausgestorben vor ihr. Keine Spur von den beiden. Das Mädchen und der Mann schienen wie vom Erdboden verschluckt.

Da glaubte Paula, einen erstickten Schrei zu hören. Er kam von rechts. Ohne zu zögern rannte sie los. Knapp fünfzehn Meter weiter, in einer schmalen, unbeleuchteten Gasse, entdeckte sie die beiden. Der Mann hielt das Mädchen von hinten umklammert, die Hand auf ihren Mund gepresst. Sofort zog sie ihre Pistole und schrie: „Finger weg von dem Mädchen oder ich schieße!“

Der Mann reagierte augenblicklich und stieß das Mädchen zu Boden. Paula ahnte mehr, als dass sie sah, wie er ebenfalls eine Waffe hochriss. Er feuerte mehrfach in ihre Richtung, doch sie warf sich blitzschnell zur Seite. Dabei löste sich ein Schuss aus ihrer Waffe. Sie rollte herum und fand Schutz hinter einer Mülltonne. *Verdammt, wo hatte sie sich da wieder hineinmanövriert?* Paula hoffte, dass jemand die Schüsse gehört hatte und die Polizei rufen würde.

Was sollte sie jetzt tun? Hier war sie nicht sicher. Wo war der Kerl? Ihr kam eine Idee. Sie nahm ihre Kappe ab und hielt sie gut sichtbar über den Mülltonnendeckel. Nichts geschah. Sie horchte. Schlich er sich womöglich gerade an sie heran? Da hörte sie eine klare Mädchenstimme sagen: „Hau ab, du Schwein, oder ich schwöre, ich knall dich ab."

Vorsichtig linste Paula um die Mülltonne herum. Das Mädchen stand einige Meter vor dem Mann, der merkwürdig gekrümmt an der Hausmauer lehnte. Sie stand auf und ging langsam, mit vorgehaltener Waffe, auf die beiden zu. Angesichts der doppelten Bedrohung wandte sich der Angreifer fluchend ab und flüchtete humpelnd tiefer in die Gasse hinein. Innerhalb von Sekunden hatte ihn die Dunkelheit verschluckt. Kurz darauf sprang ein Motor an und ein Wagen preschte mit quietschenden Reifen davon.

Paula begriff: Der Schuss, der sich aus ihrer Pistole gelöst hatte, musste ihn getroffen haben! Ein leises Wimmern drang jetzt an ihr Ohr. *Das Mädchen!* Es kauerte mit gesenktem Kopf auf dem Boden, die Hände um die Pistole des Ganoven gekrampft. Bei dem Zweikampf hatte sie ihre Kappe verloren. Langes, auffallend blondes Haar verdeckte ihr Gesicht. Paula kniete sich vor sie hin. „Ist dir was passiert? Bist du verletzt?", erkundigte sie sich besorgt.

Das Mädchen schüttelte stumm den Kopf.

Paula holte ihr Telefon hervor. „Ich rufe die Polizei."

„Nein, keine Polizei." Sie schubste Paula weg, die dadurch das Gleichgewicht verlor, nach hinten kippte und ihr Telefon fallen ließ, während das Mädchen aufsprang und davonstolperte.

Paula rappelte sich auf, schnappte sich ihr Smartphone und sprintete ihr hinterher. Sie holte sie kurz vor der Straße ein und griff nach deren Arm.

„Lassen Sie mich!", rief das Mädchen und versuchte, sich ihr zu entwinden.

„Ich will dir doch nur helfen.“ Paula ließ sich nicht abschütteln.

„Ich brauche keine Hilfe. Bitte gehen Sie! Er tötet Sie sonst!“, stieß sie verzweifelt hervor.

Sie befanden sich jetzt direkt unter einer Straßenlaterne. Verblüfft erkannte Paula ihr Gegenüber. Das war doch …? Erst heute hatte sie sie in den Hauptnachrichten gesehen!

Sieh an … Ihr Instinkt hatte sie also nicht getrogen. Paula witterte eine Story. Doch weit mehr rührte sie die sichtliche Verzweiflung des Mädchens. Sie schien weniger mit dem eben Erlebten zu tun zu haben, da steckte noch etwas anderes, etwas weit Bedrohlicheres dahinter. Ihre Augen glichen dem eines gehetzten Tiers auf der Flucht. Wovor hatte sie Angst?

„Wen meinen Sie mit *er*? Ben Law…?“

„Sprechen Sie seinen Namen nicht aus!“ Das Mädchen sah erschrocken um sich, als fürchtete sie, dass der Mann ihnen im Schatten auflauerte. „Verstehen Sie nicht? Er tötet jeden, der mir hilft!“

„Dann sollten wir schleunigst von hier verschwinden.“ Paula hakte das Mädchen energisch unter und zog sie zu ihrem Wagen, der in der Nähe geparkt war.

Die Kleine zitterte inzwischen, der Schock hatte eingesetzt und sie ließ sich widerstandslos in das Fahrzeug verfrachten. In der Ferne waren die Sirenen eines näher kommenden Einsatzfahrzeugs zu hören. Paula gab Gas.

Sie fuhr zu der Wohnung, die ihr ein befreundeter Journalist, der sich momentan in Afghanistan aufhielt, zeitweise überlassen hatte. Dort versorgte sie das verstörte Mädchen mit Decken und heißem Tee.

Im Laufe der Nacht erfuhr Paula deren ganze traurige Geschichte. Das Mädchen, das gerade einmal siebzehn war, hatte sich jemandem anvertrauen müssen.

Gegen Morgen fasste Paula einen Entschluss. Sie wählte eine Nummer in Deutschland.

Eine gut gelaunte männliche Stimme meldete sich: „Hi! Was verschafft mir das seltene Vergnügen deines Anrufs?“

„Ich brauche deine Hilfe.“ Nachdem sie aufgelegt hatte, stieß sie einen langen, tiefen Seufzer aus.

Sie hatte gerade die Story ihres Lebens in den Wind geschossen.

2

Riccardo

Ein Hasardeur des Lebens

Los Angeles/Gegenwart

Riccardo West aktivierte den Fernseher und zappte bis zum staatlichen italienischen Sender Rai, der einen Live-Bericht aus Florenz übertrug.

Soeben betrat ein Mann unter Blitzlichtgewitter das Podium, die Bildunterschrift wies ihn als Kurator der *Galleria degli Uffizi* aus. Drei verhüllte Staffeleien waren im Hintergrund zu sehen. Die Erregung in seiner Stimme, als er zu sprechen begann, war deutlich herauszuhören:

„*Meine Damen und Herren, ich darf Sie recht herzlich zur heutigen Pressekonferenz in der Galleria degli Uffizi begrüßen.*

Vor drei Wochen wurde unserem Museum eine anonyme Stiftung zuteil. Es handelt sich hierbei um mehrere Skizzen und eine farbige Portrait-Miniatur mit einer Größe von 12 x 14 Zentimeter. Zwei unabhängige Expertisen haben nun ergeben, dass sowohl die Skizzen als auch die Miniatur einwandfrei Leonardo da Vinci zuzuordnen sind. Meine Damen und Herren, das größte Geheimnis der Malerei ist seit heute gelüftet!" Er schritt feierlich zur ersten Staffelei und riss das Tuch herunter.

Riccardo West schaltete den Fernseher in derselben Sekunde ab und griff nach dem Terminplan seiner anstehenden Europareise:

Berlin, München, Paris, Rom, Venedig. Bevor er die Rückreise antrat, hatte er vor, noch einige Tage auf seinem Weingut in der Toskana zu verbringen – dem einzigen Ort, an dem er noch ein wenig Entspannung finden konnte. Er freute sich auf seine Hunde und Pferde dort.

Der Besuch in Venedig war nur zum Teil privater Natur. Er war auf der Jagd nach einer speziellen Venus-Büste. Der Besitzer, ein italienischer Graf, der die neunzig bald überschreiten würde, hatte sich bisher nicht von ihr trennen wollen. Aber Riccardo ließ sich so schnell nicht entmutigen: Er wollte den Grafen persönlich überzeugen, sie ihm zu überlassen. Für einen guten Preis. Alles hatte seinen Preis. Die einzige Weisheit, an die er glaubte; bisher hatte sie sich immer bestätigt.

Darüber hinaus würde er sich mit einem japanischen Geschäftsmann treffen, der sich einen Palazzo am Canal Grande zulegen wollte. Wer weiß, vielleicht würde er ihm das Geschäft direkt vor der Nase wegschnappen? Das Objekt schien vielversprechend. Dabei war ihm primär nicht der Besitz wichtig, sondern der Weg dorthin. Er war ein Jäger.

Trotzdem konnte er das wachsende Gefühl des Überdrusses, das ihn immer häufiger befiel, nicht länger ignorieren. Selbst die Jagd konnte ihm nicht mehr die gleiche Befriedigung verschaffen wie früher. Wurde er alt? Er war sechsunddreißig, hatte alles erreicht und seine neueste Herausforderung war … Langeweile. Seinem Leben fehlte die Würze. Vermutlich war es wieder einmal an der Zeit, sich etwas auszuleben, abzureagieren. Er griff zum Telefon.

„Hallo Riccardo“, meldete sich Dante, sein bester Freund und Geschäftsführer der exklusiven Agentur, die sie vor knapp zehn Jahren gemeinsam gegründet hatten.

Anfänglich war es nur ein launiger Best-Buddies-Einfall in einer Bar gewesen – zusammen hatten sie es auf schätzungsweise fünf Promille gebracht. Heute warf die Agentur jährlich einen zweistelligen Millionenbetrag ab, und Dante Lipsky, der ehemalige

Quarterback der Chicago Bears, hatte ein völlig neues Spielfeld gefunden. „Benötigst du mal wieder meine Dienste? Schon eine Weile her, oder? Zu wenig Druck im Ventil?“

„Gott sei Dank weniger als bei dir“, konterte Riccardo. Der Frauenverschleiß seines Freundes war legendär. Es verging keine Woche, in der ihn die Presse nicht mit einem neuen Model ablichtete. West selbst mied die Medien, war bekannt dafür, niemals Interviews zu geben. „Demnächst habe ich in Europa zu tun, Italien. Genauer gesagt in Venedig. Hättest du was vor Ort für mich?“

„Venedig? Warte einen Augenblick. Da war was“, Dante konsultierte kurz seinen Computer: „Ja, ich habe da etwas absolut Exquisites für dich, sogar selbst getestet. Ein Super-Skript, aber ein wenig extrem.“

„Extrem? Das ist genau das, was ich brauche. Schick es mir rüber.“ West scrollte auf dem Laptop seine Termine durch und nannte seinem Freund Zeit und Ort.

3

Gina

Auf dem schmalen Grat zwischen Leben und Wahnsinn

Rom

Jemand rüttelte mich heftig an der Schulter.

„Wach auf, Gina! Du hast einen Albtraum!"

Ich fuhr hoch. Mein Herz raste und für einen Augenblick wusste ich nicht, wo ich war. Alles um mich herum erschien mir fremd, bedrohlich. Noch immer erfüllte mich eine schreckliche Leere, das Gefühl, zu fallen, tiefer und tiefer, während mir die Lunge zusammengepresst wurde und ich langsam erstickte. Ich wusste, dass ich nicht panisch werden durfte, gegen die schwarze Atemlosigkeit ankämpfen musste.

Nur zögerlich fand ich mich in der Gegenwart zurecht. Mein Blick blieb auf dem besorgten Gesicht des jungen Mannes haften, der mich geweckt hatte. War das Pieter? Nein, Pieter war gestern gewesen, meinte ich. Ich durchforstete mein schwerfälliges Gehirn nach dem Namen. Nicht Pieter. Sven? Jedenfalls ein Student von meiner Uni.

Ich hatte gerade meine skandinavischen Wochen und vögelte mich durch eine Gruppe frischer Studenten aus Schweden. Das Sommersemester hatte vor einigen Wochen begonnen und die

Auswahl war dementsprechend üppig. Ich blinzelte. Sven – falls es Sven war –, sah mich fragend an. Der Schatten des Albtraums lag noch über mir und seine Nachwirkungen machten mir zu schaffen. Ich brauchte Ablenkung und griff entschlossen unter die Decke. Er war jung und es war Morgen. Sven enttäuschte mich nicht. Ich packte fest zu und hangelte mich an seiner Morgenlatte zurück in die Realität. Sven stöhnte und bevor er sich auf mich rollen konnte, saß ich schon rittlings auf ihm. Ich war gern die Dominante und hatte die Dinge unter Kontrolle. Ich brauchte das. Danach zog ich mich in Windeseile an und verschwand ohne ein Wort. So, wie ich es immer tat.

Zuhause in meiner Zweier-WG nahm ich eine ausgiebige Dusche, schlüpfte danach rasch in Jeans und T-Shirt und warf einen Blick auf die Uhr. Verdammt, schon so spät! Ich turnte durch mein Zimmer, auf der Suche nach meinem zweiten Sneaker. Die Vorlesung von Professor Fortunato wollte ich auf keinen Fall verpassen. Er hatte eine besondere Vorführung im großen Hörsaal angekündigt.

Ich studierte im dritten Jahr Informatik mit Studienschwerpunkt Wirtschaftsinformatik und App-Entwicklung an der römischen Uni Sapienza. Auch wenn ich hier und da ein wenig über die Stränge schlug, mein Studium war mir wichtig.

Ich bändigte meine noch feuchten dunklen Haare mit einem einfachen Gummi, schnappte mir meine Jacke und meinen knallroten Helm und fegte die Treppe hinab. Beinahe hätte ich den alten Herrn im Erdgeschoss, den alle nur Methusalix nannten, umgerannt, rief ihm ein *Scusi* zu, bekam ein knorriges *questa ragazza!* zurück, erreichte den Bürgersteig, hetzte um die Ecke und schob die Garage auf, die ich mir mit meinen Nachbarn teilte. Ich schwang mich auf meine betagte Vespa und sandte ein Stoßgebet gen Himmel, dass sie ansprang. Sie hustete und spuckte etwas Rauch, doch sie erhörte mich.

Sofort fädelte ich mich in den Verkehr rund um die Stazione

Termini, den Hauptbahnhof, ein. Im Kreisverkehr kam ich einer schwarzen Limousine mit verdunkelten Scheiben ins Gehege. Die fuhr eindeutig zu schnell und ich hatte die Wahl, sie zu schneiden oder mich zurückfallen zu lassen. Ich hatte es eilig, also Ersteres. Hätte ich auf das amerikanische Nummernschild geachtet, hätte ich den Blödsinn gelassen. Aber wer rechnet denn mit sowas?

Der Fahrer jedenfalls musste in die Bremsen steigen, fand aber trotzdem Zeit für ein wildes Hupkonzert. Er zog wieder an, brachte die Limo neben mich und zeigte mir eine richtig böse universelle Geste.

Das ärgerte mich. Das war meine Stadt, sollte er sich doch an die Regeln halten und nicht wie ein Gestörter im Kreisverkehr …! Ich ließ mich zurückfallen, um ihn bei nächster Gelegenheit nochmals zu schneiden. Er musste erneut scharf bremsen. Ich war längst weggeschlängelt. Oh, wie ich den römischen Verkehr liebte! Nichts trieb mein Adrenalin so nach oben. Ich brauchte das, diese ständige Herausforderung Grenzen auszuloten, Risiken einzugehen, auf Konventionen zu pfeifen. Das Leben zu spüren hielt mich am Leben. Ich weiß, dass das leicht verkorkst klingt, nach einem Abonnement beim Psychologen. Das ist mir bewusst, aber ich kenne ja den Grund, warum ich bin, wie ich bin.

Es war ein schmaler Grat, auf dem ich balancierte – vielleicht dem Zustand ähnlich, wenn man ein Glas Champagner auf nüchternen Magen getrunken hatte. Man merkt den Schwips und verspürt plötzlich diese unbändige Lust, etwas Albernes zu tun, kann sich aber dennoch zügeln. Ich zügelte mich nicht. Ich lebte.

Wenig später dachte ich, dass meine Vespa auch einen Lebensgeister weckenden Katalysator vertragen könnte. Sie fing schon wieder an zu husten wie ein alter Asthmatiker. Kurz vor der Uni spuckte sie noch eine dunkle Auspuffwolke aus und segnete endgültig das Zeitliche. Die restlichen hundertfünfzig Meter musste ich sie schieben und hatte dabei ausgiebig Zeit, mich zu ärgern.

Ich stellte mein Mofa zu den gefühlten tausend anderen, rannte über den Campus in die Uni, hetzte über Treppen durch die verschiedenen Fakultäten, nahm eine Biegung etwas zu schnell und schlitterte in den Gang hinein.

Gott sei Dank, ich war nicht die Letzte! Da vorne lief Franz, ein deutscher Student. Im vorigen Semester war er Bestandteil meiner teutonischen Speisekarte gewesen. An Franz erinnerte ich mich gar nicht einmal ungern. Er war ziemlich zupackend gewesen, und obwohl ich ungern das Heft beim Sex aus der Hand gebe, fand ich es gar nicht schlecht, wie er die Initiative ergriffen hatte ... Ich schweife ab.

Vor mir drängten noch einige weitere Spätankömmlinge auf die Tür des Hörsaals zu. Plötzlich stoppte ich abrupt ab.

Neben der Tür lehnte eine massige Gestalt, dunkler Anzug, eine Chauffeursmütze in der Hand. Ich erkannte in ihm einwandfrei meinen Straßenkontrahenten wieder. *Ausgerechnet ... Wie kam der hierher?*

Ich hatte Franz eingeholt, schnappte mir seinen Arm und drängte mich, eng an ihn gepresst, sicher in den Saal. Natürlich hatte der Fahrer mich erkannt. Spätestens nachdem sein grimmiger Blick auf meinen knallroten Helm mit dem mittigen weißen Kreuz gefallen war. Meine Freunde hatten ihn mir zu meinem 21. Geburtstag geschenkt. Erstens, weil meiner absolut verschrammt gewesen war, und zweitens, weil mein Spitzname Svizzera lautete, da ich, wenn es um politische Diskussionen ging – das Brot der Studenten – stets ebenso neutral blieb wie die Schweiz.

Drinnen sah ich mich um, es waren kaum mehr Plätze frei. Ich ließ Franz' Arm los, der sich scheinbar Hoffnungen auf eine Wiederholung unserer Bettakrobatik gemacht hatte, und quetschte mich in den nächsten freien Sitz. Meinen Helm verstaute ich darunter. Erst dann fiel mir auf, dass etwas nicht stimmte. Ich hatte den Hörsaal noch niemals so voll erlebt. Erwartungsvolles Stimmengemurmel lag in der Luft. Hatte ich etwas verpasst?

„Was ist denn los? Findet hier nicht die Vorlesung von Professor Fortunato statt?“, erkundigte ich mich bei der Studentin zu meiner Rechten. Ich kannte sie flüchtig vom Sehen.

„Nein, die wurde doch schon gestern abgesagt. Wegen Riccardo West.“ Sie seufzte den Namen mehr, als dass sie ihn aussprach. Darum verstand ich sie im ersten Anlauf nicht gleich. „Wer zum Teufel soll das sein?“, zischte ich. *Verdammt, und dafür hatte ich mich jetzt so beeilt!*

Sie sah mich an, als wäre mir eben ein zweiter Kopf gewachsen. „Na, Riccardo West, der Internet-Tycoon.“

Scheiße! Der war hier? Natürlich war mir der Name ein Begriff. Jeder kannte den Typen, und ganz besonders die Informatikstudenten. Der Amerikaner war in unseren Kreisen eine Legende. Was wollte der hier? Etwa einen Vortrag halten? Ich hatte darauf keine Lust, schnappte mir meinen Helm und stand auf, um mich zu verdrücken. Vielleicht gelang es mir, in der Zwischenzeit mein Mofa wieder zum Laufen zu bringen.

Leider öffnete sich in dieser Sekunde die untere Tür zum Hörsaal. Es war zu spät, um unauffällig zu verschwinden. Also plumpste ich zurück auf den Sitz und machte mich so klein wie möglich, auch, weil hinter mir jemand ziemlich laut flüsterte: „Setzen, Svizzera!“

Der Dekan, der Vizedekan, Professor Fortunato und einige mehr hielten feierlich Einzug. Das bekam ich aber gar nicht richtig mit, denn ich war damit beschäftigt, den Helm wieder unter den Sitz zu schieben, das Rot hätte zwischen den Studentenreihen wie ein Signal gewirkt. Das Allerwenigste, was ich wollte, war aufzufallen.

Unvermittelt ging ein kollektiver Seufzer durch die weibliche Studentenschaft.

Ich kam wieder hoch und da sah ich ihn: *Riccardo West.* Okay, ein interessantes Exemplar von einem Mann. Kein Schönling, sondern eher einer von der männlich kantigen Sorte. Nicht mehr ganz jung, ich wusste, er ging auf die vierzig zu, aber ansonsten … Groß, breitschultrig, fast schwarze Haare und ein Auftreten wie der Pirat, der die sieben Weltmeere beherrscht. Kein Wunder, dass rundherum die Höschen feucht werden, dachte ich abschätzig. Mich selbst widerte Wests Aura von Macht und Selbstsicherheit an, allein die Art und Weise, wie Dekan und Professoren sich um ihn bemühten. Nur wegen seines Geldes. Ich kannte mich mit dieser Kategorie Männer aus: Sie waren der Pesthauch, der die Welt verseuchte, sie waren frei von Skrupel und kannten keine Menschlichkeit. Sie wollten nur eins: über andere herrschen, und dafür war ihnen jedes Mittel recht.

Wohl oder übel musste ich mir nun die Lobhudelei des Dekans reinziehen, der diesen West ankündigte, als handele es sich bei ihm um den Messias persönlich, und danach Wests ganzen Vortrag.

Zugegeben, der war nicht einmal so übel. Das, was der Mann erzählte, hatte Hand und Fuß. Zudem hielt er seinen Vortrag in lupenreinem Italienisch. Was nicht verwunderte, es war bekannt, dass seine Mutter eine Italienerin war, daher auch sein Vorname. Trotzdem hoffte ich, dass die ganze Chose bald zu Ende wäre. Ich hatte in der Eile nicht einmal Zeit für einen Kaffee gehabt und verspürte plötzlich unbändig Lust auf einen Latte Macchiato. Doch darauf würde ich nun neunzig lange Minuten warten müssen.

Nach seinem Vortrag erkundigte sich dieser West, ob jemand Fragen habe, und wo sonst Ebbe herrschte, schossen plötzlich, wie in einer einzigen La-Ola-Bewegung, allerorts Arme in die Luft. *Weibliche Arme.*

Es entspann sich eine muntere Diskussion, während der ich West vor allem dafür bewunderte, dass er sein Sakko nicht ablegte. Es herrschte nämlich eine Bullenhitze im Saal. Ich vermutete, dass sie hauptsächlich von den anwesenden Damen verursacht wurde, da mindestens zwei Drittel der Zuhörer weiblich waren. *Korrektur, Gina!* Statt Bullenhitze sollte es da ja eigentlich Kuhhitze heißen.

Ich langweilte mich und überlegte, ob ich mich nicht doch davonmachen könnte. Ich sah über meine Schulter und bemerkte den Chauffeur, kaum zehn Meter von mir entfernt. Er stand am Eingang wie eine Schildwache und sah mich direkt an. Sein Blick sagte eindeutig: *Wir sprechen uns noch!*

Logisch, dass ich darauf nicht die geringste Lust verspürte. Ich war nicht feige, aber da der Mann zweifellos zu West gehörte …

Männern wie West ging ich aus Prinzip aus dem Weg, und Amerikanern im Allgemeinen sowieso.

Ich beschloss, den unteren Ausgang zu nehmen, der den Professoren vorbehalten war. Dafür würde ich mich durch den Strom der hinausstrebenden Studenten kämpfen müssen, aber auf diese Weise einer Begegnung mit Wests Fahrer ausweichen.

Endlich verabschiedete sich der Amerikaner. Unter tosendem Applaus, der in Standing Ovations überging – ich wartete nur noch auf die Zugaberufe –, verließ er, gefolgt von der Professorenriege, den Saal.

Die Gänge waren sofort verstopft, es würde ewig dauern, mich da hindurchzukämpfen. Mir kam eine bessere Idee. Ich kletterte über die Stuhlreihen nach unten. Das war noch weniger gern gesehen, aber es war mir egal. Nichts wie raus hier. Der volle Saal, die abgestandene Luft, die Hitze und die Enge, das alles machte mir zu schaffen. Zudem laborierte ich noch an den Auswirkungen des Albtraums, der gnadenlos das Tor zu einer Vergangenheit aufgestoßen hatte, an die ich nicht erinnert werden wollte.

Unten angekommen, fiel mir zu spät ein, dass die Tür durch die Professoren meist abgesperrt wurde, und betete, dass sie es in der West'schen Euphorie vergessen hatten. Ich drückte die Klinke, die Tür gab nach und ich stieß sie schwungvoll auf. *Na, bitte, Glück muss man haben!* Oder auch nicht. Denn ich prallte just gegen jemanden, der gerade zur Tür hereinwollte. Mein Helm entglitt mir und fiel zu Boden. Das heißt, fast. Mein Gegenüber bückte sich nämlich blitzschnell und fing ihn noch rechtzeitig ab. Er richtete sich auf, machte aber keine Anstalten, mir den Helm zurückzugeben. Stattdessen sagte er auf Italienisch: „Sieh an, Sie sind das!"

Seine Worte erschreckten mich so sehr, dass alles Blut in meine Beine sackte. Sekundenlang war ich wie gelähmt. Ich starrte Riccardo West einfach nur an. Aus der Nähe war er noch eindrucksvoller und ich konnte seine kraftvolle Ausstrahlung spüren, als würde er feine elektrische Impulse aussenden. Es war, als wäre ich in ein Spannungsfeld geraten. Ich konnte mich nicht daraus lösen, sah in seine unfassbar blauen Augen und dachte dabei völlig abgedreht, dass es eigentlich verboten sein müsste, derart blaue Augen zu haben. *Verdammt, was tat ich da?* Stand blöd herum und glotzte kuhäugig! Ich musste hier weg!

Hastig griff ich nach meinem Helm und wollte mich schleunigst davonmachen. Doch er hielt ihn fest und zwang mich damit, stehenzubleiben. „Sie sind mir einen Kaffee schuldig. Und ein Hemd …"

Wie bitte? Wovon, zum Teufel, redete der?

West stellte meinen Helm zwischen seinen Füßen ab und begann, sein Sakko aufzuknöpfen.

Das lenkte meinen Blick von seinen verstörenden Augen automatisch auf seine großen braunen Hände. Er hatte nicht nur schöne Augen, sondern auch gutgeformte Hände mit langen, kräftigen Fingern. Natürlich war das eine rein rationale Betrachtung. Eine Ist-Analyse. Schließlich war ich angehende Informatikerin.

West zog jetzt das Sakko aus, hakte den Zeigefinger in den Aufhänger und warf es sich mit Schwung über die rechte Schulter. Ein riesiger Kaffeefleck zierte sein ansonsten blütenweißes Hemd.

Es war nicht schwer, eins und eins zusammenzuzählen: Kaffee im Auto. Vollbremsung. Eine Mofafahrerin, die sich davonschlängelte. Der verflixte Helm! Ich. *Schuldig* … Trotzdem durchrieselte mich Erleichterung. Darum ging es also! Das hatte er vorhin gemeint mit *Sieh an, Sie sind das!*

Für den Bruchteil einer Sekunde hatte ich befürchtet, dass er mich erkannt hatte. Wie dumm von mir! „Könnte ich bitte meinen Helm zurückhaben?", presste ich mit einer Stimme hervor, die mir selbst fremd erschien. Ich wollte mich nach diesem bücken, doch West stellte jetzt unverschämterweise seinen Fuß auf den Helm, als wäre er ein antiker Imperator und mein Helm der Kopf des besiegten Feindes. Ich hatte bereits eine entsprechende Bemerkung auf der Zunge, als sich ein Mann, bis dato durch Wests breite Schultern abgeschirmt, näherte und laut fragte: „Haben Sie Ihr Etui gefunden, Herr West?“

Verflixt, der Dekan!

Der sah neugierig von West zu mir, bis seine Augen auf meinem Helm haften blieben. West nahm seinen Fuß herunter, hob ihn auf, beugte sich ganz nah an mein Ohr und raunte, nur für mich hörbar: „Glück gehabt.“ Er drückte mir den Helm in die Hand.

Ich nickte dem Dekan zu, wandte mich ab und zwang mich, ruhig einen Fuß vor den anderen zu setzen. Der Flur war lang und gerade und ich spürte die Blicke der beiden Männer auf meinem Rücken. Sobald ich um die Ecke war, nahm ich die Beine in die Hand.

Ich befürchtete, West würde den Dekan nach meinem Namen fragen, und konnte nur hoffen, dass der ihn nicht kannte.

4

Eine praktische Romantikerin

Zuhause pfefferte ich Helm und Tasche in die nächste Ecke.

Ich war noch immer stinkwütend. Was für ein Scheißtag, dachte ich, während ich mir den Ruß von Händen und Gesicht wusch. Erst laufe ich diesem Amerikaner über den Weg, und dann springt meine Vespa trotz aller Bemühungen nicht mehr an!

Was im Resultat eine knappe Stunde Schieben bedeutet hatte, und danach musste ich noch einmal genauso lange bis nach Hause laufen, weil ich kein Geld mehr für die U-Bahn hatte, da ich am Mittag meine letzte Barschaft für Katzenfutter ausgegeben hatte. Gemcinsam mit anderen Tierfreunden versorgte ich eine große Schar herrenloser Katzen, die einen Teil des Largo Argentina bevölkerten, einem Tempelbezirk, dessen Anfänge bis in die Zeit 300 Jahre v. Chr. zurückreichten. Ich kam jetzt direkt aus der Werkstatt. Meine Vespa brauchte einen neuen Vergaser und der Auspuff war durchgerostet. Floriano, der Mechaniker, hatte zwar gesagt, er besorge mir alles gebraucht, aber mit hundertfünfzig Euro müsse ich schon rechnen.

Das war ein Wochenlohn und verdammt viel Geld für mich. Ich stapfte in die Küche und durchstöberte den Kühlschrank, der nicht nur gut gefüllt, sondern nebenbei auch der sauberste und ordentlichste der Welt war. Das war nicht mein Verdienst, sondern das meiner spanischen Mitbewohnerin Marisol. Sie kochte einfach fantastisch und immer auf Vorrat. Ich hatte keinerlei Draht zu Gott, aber Marisol musste mir damals der Himmel geschickt haben.

Ich ging die verpackten und akribisch beschrifteten Plastikbehälter durch und entschied mich für eine Paella, die ich kalt aus der Dose löffelte, weil ich gleich zum Dienst in die Bar musste.

Ich arbeitete dort jeden Montag, Mittwoch und Freitag von 18:00 Uhr bis ca. 0:00 Uhr. Manchmal, bei besonderen Anlässen, half ich auch am Wochenende aus. Normalerweise aß ich dort auch zu Abend, aber heute hatte ich einen Bärenhunger gehabt. Ich kompensierte Anspannung grundsätzlich mit Essen, bevorzugt mit Marzipan-Pralinen, und durchstöberte Marisols diesbezügliche Vorräte. Sie war nicht nur eine unglaublich gute Köchin, sondern vor allem auch eine begnadete Konditorin. Es war ihr Beruf. Sie stand gerade im letzten Jahr ihrer Ausbildung. Nur mit der italienischen Sprache haperte es hier und da. Ich lernte auf diese Weise eine Menge Spanisch von ihr.

Marisol und ich hatten uns bei der Wohnungsbesichtigung kennengelernt und waren beide von ihr begeistert gewesen: zentrale Lage, zwei Zimmer, Küche, Bad.

Leider hatte sich keine von uns den Mietpreis alleine leisten können und Marisol hatte vorgeschlagen, dass wir ihn uns teilen könnten. Jede von uns bekäme ein eigenes Zimmer.

Seit knapp drei Jahren wohnten wir nun zusammen. Marisol war meine beste Freundin geworden. Ich wusste alles über Marisol. Sie wusste nichts über mich – nur das, was sie wissen durfte. Dass ich eine Waise war und als Stipendiatin in Rom Informatik studierte. Marisol war auch sehr katholisch. Ich war eher pragmatisch. Mich interessierte das mit dem Leben nach dem Leben nicht. Null, nada. Ich hielt es für einen riesengroßen Schwindel. Und selbst wenn irgendwo über uns eine Gottheit auf einer Wolke herumsäße, würde ich sie sofort in die nächste Galaxie schießen. Meiner Meinung nach haben die Menschen in ihrem Namen genug angerichtet. Und Himmel und Hölle? Der Himmel hatte bisher keinen Finger für mich gerührt, aber in Sachen Hölle war ich Expertin. Ich trug sie in mir.

„*Así! En flagrante!* Hab ich dich wieder!" Marisol betrat mit einem breiten Lächeln unsere winzige Küche. An ihren Armen baumelten zwei vollgepackte Einkaufstaschen. So war das bei uns. Sie kam von der Arbeit, ich ging in die Arbeit. Zeit füreinander hatten wir nur richtig am Sonntag und Montag, wenn Marisol frei hatte.

Eine der Tüten trug die Aufschrift *Da Claudio*, einer der bekanntesten Konditoren Italiens und Inhaber der ältesten und feinsten Pasticceria von Rom. Marisols Arbeitgeber. Nach ihrer Abschlussprüfung im Spätsommer wollte sie in ihre Heimat Spanien zurückkehren und ein eigenes Geschäft eröffnen. Mir graute schon vor dem Tag, an dem meine Freundin ausziehen würde.

„Du musst nicht so auf Tasche schielen", meinte Marisol und schielte ihrerseits auf die Packung Pralinen, die ich schon zur Hälfte weggeputzt hatte.

Ich drückte sie ihr in die Hand. „Und, hast du heute deinen Traummann getroffen?" Die Frage war der Running Gag zwischen uns.

„Nein, aber es gibt eine neue Liste!"

Marisols Traummann-Liste war ungefähr so realisierbar wie das italienische Antikorruptionsgesetz und hing an einem Magneten am Kühlschrank. Marisol verlor nie ihr Ziel aus den Augen. Darin ähnelten wir uns. Es war vermutlich die einzige Gemeinsamkeit, die wir teilten, außer unserer Freundschaft natürlich und der Sucht nach Marzipan.

Jetzt entfernte sie die alte Liste und pinnte ein neues Blatt an. Damit ich auch etwas über die Eigenschaften lernte, die ein guter Ehemann mit sich bringen sollte, hatte sie sie extra in Italienisch verfasst. Paragraph 1 blieb immer gleich: *Es muss eine Spanier sein!!!* Paragraph 2: *Katholisch.* Paragraph 3: *Gute Humor.* Paragraph 4: *Muss gut riechen.* Paragraph 5 war nicht ganz neu, aber die zusätzliche Ergänzung verblüffte mich. Sie lautete: *Konditor wäre fein oder eine Blumenhändler.*

„Warum sollte dein Zukünftiger einen Blumenladen besitzen?"

„*Dios mío*, ist doch Logik! Dann könnte ich Torten für Hochzeit machen und er die Decoración!"

„Du bist eine echte Romantikerin, was?", sagte ich.

„*Sí*, und mucho práctico!" Sie strahlte.

5

Ein Gefühl von Unbehagen

„Und wann genau soll die Aktion steigen?“ Ich sah von Gianni zu Manfredo, von denen der Vorschlag stammte, den die beiden eben abwechselnd und mit besonderer Leidenschaft vorgebracht hatten.

Wir saßen in unserem Lieblingslokal in der Via degli Annibaldi, unweit der Informatik-Fakultät.

Der Wirt, Gianfranco, stellte uns für unsere wöchentlichen Treffen sein Hinterzimmer zur Verfügung. Er hielt uns für politisch aktiv, aber harmlos. Ich wagte zu bezweifeln, dass er uns dort dulden würde, wenn er wüsste, was wir da wirklich so ausheckten.

Auf Bitten Giannis trafen wir uns heute außerplanmäßig.

Wir, das waren die Brüder Gianni und Manfredo aus Venedig, Pasquale aus Palermo, Tiziana, die einzige Römerin unter uns – was wir nie vergaßen, da sie uns oft und gerne daran erinnerte –, Klara aus Österreich, Gabriella, Manfredos Freundin, die wie er aus Venedig stammte, Reto aus der Schweiz (den ich im Übrigen stark im Verdacht hatte, mir den Helm mit der Schweizer Nationalflagge eingebrockt zu haben), Nojus aus der litauischen Hafenstadt Klaipéda und noch einige mehr. Wir, das war eine Gruppe, die kleine, aber feine Guerilla-Aktionen zum Schutz der Umwelt durchführte.

Ich war vor knapp zwei Jahren durch puren Zufall auf die Gruppe gestoßen. Auf dem Weg in die Bar, in der ich arbeitete, hatte, wie so oft, meine Vespa gestreikt. Ich hatte sie gerade um die Ecke geschoben, als Reto auf der Flucht vor einem Polizisten direkt in mich hineinrannte. Die Gruppe hatte damals mit einer illegalen Aktion auf ein Referendum gegen den Bau von vier neuen Atom-Reaktoren aufmerksam machen wollen. Da ich selbst auch äußerst ungern mit der Polizei in Kontakt kam, hatte ich Reto in den Hinterhof der Bar gelotst. So hatten wir uns kennengelernt.

Ich hatte nicht lange überlegt, ob ich mich der Gruppe anschließen sollte. Das, wofür sie stand, entsprach meiner eigenen Überzeugung und meinen Empfindungen. Für sie tätig zu sein, gab meinem Leben einen Sinn, jenseits meiner Bestimmung. Vielleicht schuf ich mir damit für eine Weile die Illusion, das Leben zu führen, dass das meine hätte sein können, würde es *ihn* nicht geben. Eine parallele Realität.

Mit der aktiven Beteiligung hielt ich mich trotzdem zurück, das hieß, ich war nie vor Ort bei einer Aktion dabei. Stattdessen war ich der Kopf der Planung geworden und kümmerte mich um jegliche Form von Logistik. Dazu zählten Kostenkalkulation, benötigte Ausrüstung, An- und Abreise – insofern wir außerhalb von Rom operierten –, wobei es hier vor allem darum ging, die Fluchtroute auszuarbeiten, falls wir auf frischer Tat ertappt wurden.

„In zwei Tagen“, antwortete Manfredo jetzt auf meine Frage. Damit erntete er reihum wenig Begeisterung. Vor allen Dingen war ich nicht begeistert.

„Übermorgen? Seid ihr verrückt geworden?“, legte ich los. „Ich kann unmöglich in so kurzer Zeit eine derartige Aktion außerhalb Roms planen!“

„Sorry, ich habe selbst erst heute Morgen davon erfahren. Überleg doch, Gina, das ist eine einmalige Gelegenheit für uns! Das Schiff legt nur an diesem Tag im Hafen von Venedig an. Die Kostümgala und das geplante Feuerwerk um Mitternacht sind ideale Voraussetzungen. Wir können uns verkleiden und uns ganz easy unter die Gäste mischen. Ich habe schon den gesamten Ablauf geplant, inklusive der Fluchtroute. Venedig ist unsere City.“ Gianni liebte Anglizismen. Er nickte seinem Bruder zu.

Manfredo zog daraufhin einen dünnen Packen Papier aus seinem Rucksack und verteilte an jeden von uns einen Flyer. „Lies, Gina. Du musst dich um fast nichts mehr kümmern." Gianni schaute mich eindringlich an. Er spürte, dass ich von allen Anwesenden im Raum dieser Sache mit der größten Skepsis gegenüberstand. Ich war diejenige, die er überzeugen musste. Unsere Satzung besagte nämlich klar, dass wir keine Aktion durchführten, der nicht alle Mitglieder zugestimmt hatten. Schließlich gefährdete eine misslungene Aktion die gesamte Gruppe.

Ich konnte sehr gut verstehen, warum den beiden Brüdern diese Aktion besonders am Herzen lag. Ihre Familie lebte seit vielen Generationen in Venedig. Sie wurde schon im 13. Jahrhundert im Silbernen Buch von Venedig erwähnt und hatte quasi mitgeholfen, die Stadt über die Jahrhunderte aufzubauen.

Heute konnte sich niemand mehr davor verschließen, dass der Verfall der Lagunenstadt nicht mehr aufzuhalten war. Langsam und unaufhaltsam dämmerte *La Serenissima* ihrem Untergang entgegen. In jüngerer Zeit wurde dies durch den zunehmenden Schiffsverkehr, hauptsächlich Containerschiffen und Ozeanriesen, massiv vorangetrieben. Die beiden Brüder setzten sich seit Jahren für eine Aufhebung der Liege-Erlaubnis für Kreuzfahrtschiffe im Hafen von Venedig ein, dem Canale di San Marco. Der Hafen lag ausgerechnet dem ehemaligen Dogenpalast schräg gegenüber. Ich empfand die örtliche Nähe als bittere Ironie – Venedigs glanzvolle Vergangenheit spiegelte sich hier geradezu symbolhaft in der heutigen, modernen Zeit wider. Es waren die durch die Ozeanriesen erzeugten Wellen, die gegen die Pfähle schlugen, auf denen die Stadt einst erbaut worden war und damit das Holz in zunehmenden Maße unterspülten und schwächten. Es war nur eine Frage der Zeit, bis sie nachgeben würden. All das war mir bekannt, es war das Lieblingsthema der beiden Brüder. Sie hatten selbst schon bei einigen offiziellen Aktionen mitgewirkt, Demonstrationen und Unterschriftensammlungen organisiert, doch bis dato unsere Gruppe außen vor gelassen. Abgesehen davon, dass es von Rom aus 500 Kilometer bis nach Venedig waren und wir noch nie so weit außerhalb der Stadt operiert hatten, schmeckte mir die gesamte Aktion nicht. Warum, das konnte ich nicht direkt begründen, es war ein eher vages Gefühl. Aber meine Vergangenheit hatte mich gelehrt, darauf zu hören.

„Ich weiß nicht … Wie effektiv kann es sein, ein paar Stinkbomben unter Deck zu zünden?", zweifelte ich Giannis Aktionsvorschlag an. „Unser Ziel ist es doch, in der Öffentlichkeit ernsthafte Aufmerksamkeit zu erregen. Kürzlich, bei der Tierschutzaktion, waren es Farbbomben. Und jetzt Stinkbomben? Das sind doch reine Scherzartikel! Für mich hat die ganze Idee etwas Infantiles. Die Presse wird uns als Spätpubertierende hinstellen."

„Wir entrollen selbstverständlich auch unsere Banner entlang der Schiffswand und hinterlassen Flugblätter mit den Fakten zum Ausmaß der Zerstörung." Gianni schwenkte demonstrativ seinen Flyer.

„Also mir gefällt die Idee", sagte Tiziana mit verschnupfter Stimme und nieste mehrmals hintereinander. Reto, der neben ihr saß, reichte ihr ein Taschentuch und ruckte gleichzeitig ein wenig von ihr ab.

Bevor ich weitere Gegenargumente anbringen konnte, meldete sich Klara zu Wort. „Stinkbomben sind sogar sehr effektiv, Gina", sagte sie mit ihrem feinen Wiener Akzent. „Es ist das, was wir im Psychologie-Studium als *Proust-Phänomen* bezeichnen. Jeder von uns hat es schon erlebt: Es ist die Fähigkeit, wie Gerüche Erinnerungen hervorrufen können. Stichwort: *Zimt und Weihnachten.* Glaub mir, nach einem solchen Erlebnis werden sich diese Personen ungern an ihre Kreuzfahrt erinnern und womöglich keine mehr buchen wollen."

Ich runzelte die Stirn, was Klara nicht entging. Ihre Erklärung hörte sich einleuchtend an, trotzdem behielt ich meine Abwehrhaltung bei. Die Idee bereitete mir einfach insgesamt Unbehagen.

Klara redete indes weiter. „Die enge Verbindung von Geruch

und Erinnerung ist längst wissenschaftlich fundiert.“ Jetzt klang ihr Ton dozierend. „Marcel Proust nutzte den Effekt in seinem Buch *Auf der Suche nach der verlorenen Zeit*, ebenso Thomas Mann in *Der Tod in Venedig*.“

Ich fixierte Klara. Ihre Art war wirklich einmalig. Häufig trug sie Fundiertes zur Diskussion bei, schaffte es aber fast jedes Mal, etwas beizumischen, das eine Dissonanz hervorrief. Wie ein Koch, der ein Drei-Sterne-Menü kreierte, es aber im letzten Akt versalzte.

„Sehr aufmunternd, dein Schlusssatz!“, bemerkte ich.

Während ich nachdachte, sah ich zum Fenster hinaus. Es bot einen direkten Blick auf die Ruinen des weitläufigen Forum Romanum. Die Diskussion lief noch eine Weile weiter und am Ende sprachen sich alle für die Aktion aus. Ich hatte mich nicht mehr am Gespräch beteiligt, sondern mich auf die Rolle des stillen Zuhörers beschränkt. Zum Schluss folgte die übliche Abstimmung.

Als Gianni fragte, wer für die Aktion war, hoben alle ihre Hände – bis auf mich. Fakt war, ich war nicht glücklich über Venedig, aber ich wusste nicht warum. Das bewirkte eine zusätzliche Unruhe in mir und ich fragte mich, woher dies rührte. In Gedanken spielte ich nochmals alles durch. Venedig war klein und eng und die Fluchtwege mit dem Schiff über die Kanäle unsicher. Andererseits, ich würde ja nicht dabei sein, und Gianni und Manfredo hatten mir das meiste von der üblichen Planung bereits abgenommen. Es stimmte, es war *ihre* Stadt. Ich gab wider besseres Wissen nach und hob meine Hand.

Die Brüder schenkten mir ein strahlendes Lächeln. „Gut, gehen wir den Plan durch“, sagte Gianni.

6

Venedig und das Schicksal

Heute, Samstag, stieg unsere Aktion „Scharade".

Die Abfahrt der Paarungen Gianni und Karla, Manfredo und Gabriella sowie Reto und Tiziana war für 14:00 Uhr geplant. Treffpunkt war die Villa von Tizianas vermögenden Eltern im Stadtteil Parioli. Sie weilten praktischerweise derzeit in ihrer Sommerresidenz in Fregene am Tyrrhenischen Meer.

Ich bin nie richtig warm mit Tiziana geworden, sie ist mir etwas zu fanatisch bei der Sache, aber sie ist schon viel länger bei der Gruppe als ich, und Gianni, neben seinem Bruder und Nojus einer der Gründer, vertraute ihr vollkommen. Außerdem waren wir teilweise auf sie angewiesen. Tiziana stellte, dank der großzügigen Zuwendungen ihrer Eltern, den Löwenanteil unserer Finanzmittel.

Gegen 11:00 Uhr, drei Stunden vor der Abfahrt, ging ich zuhause nochmals die Planung durch. Unser Mitglied Pasquale, von allen nur *der Don* genannt, hatte den Kleinbus mit einem gefälschten Führerschein angemietet und würde uns begleiten. Pasquale stammte aus Palermo und er sah alles andere wie ein Don aus. Er war klein, blässlich und hatte einen leichten Silberblick. Kaum jemand konnte harmloser wirken als er. Dabei verbarg sich hinter seiner Unscheinbarkeit ein messerscharfer Verstand. Vermutlich war er der talentierteste Hacker der gesamten Informatik-Fakultät.

Pasquale hatte sich in das Netz der Reederei gehackt, uns auf die Gästeliste gepackt und veranlasst, dass uns Einladungskarten und VIP-Bändchen für den Maskenball an Bord des Kreuzfahrtschiffs *Pride of the Seas* via Postfach zugesandt wurden. Das Postfach hatte er online angemeldet, sofort wieder gekündigt und alle elektronischen Spuren verwischt. Pasquale wurde nicht müde zu behaupten, dass mit dem Internet das goldene Zeitalter für Betrüger angebrochen war. Einfach alles lief online, bis hin zum privaten Zahlungsverkehr. Der gläserne Bürger. *Das gläserne Opfer …* Deshalb hatte sich Pasquale auf Netzsicherheit spezialisiert und kannte die Schwachpunkte. Dank ihm würden die drei Paare völlig legal an Bord gelangen, der Kostümzwang diente als die vollkommene Tarnung. So gute Voraussetzungen hatten wir selten gehabt. Meist operierten wir nachts oder nahmen an Demonstrationen teil, maskiert, wie andere auch, oder mit Perücken, Schminke und Brillen unkenntlich gemacht.

Die Kostüme hatte ich mir ausgedacht und besorgt, bis auf jenes von Tiziana. Sie sagte, sie hätte selber eines vorrätig. Ich wettete darauf, dass es maßgeschneidert war. Für Gianni hatte ich eine Ausrüstung als Henker vorgesehen. Im präparierten Griff des riesigen Beils, das zum Kostüm gehörte, war das Banner versteckt, das er und sein Bruder Manfredo zu Beginn des mitternächtlichen Feuerwerks, wenn alle Aufmerksamkeit gen Himmel gerichtet sein würde, an der Schiffswand entrollen würden. Manfredo ging passenderweise als Pirat (mit Augenklappe) und Reto als Mönch mit Tonsur-Perücke. Die kleinen Stinkbomben führten die Damen (Schneewittchen, Pocahontas und Tiziana in was weiß ich) in ihren Abendtaschen mit.

Eines meiner beiden Mobiltelefone klingelte. Ich ging ran und verstand … nichts. „Wer spricht denn da?“, rief ich. Am anderen Ende vernahm ich nur ein unverständliches Keuchen. Kurz dachte ich an einen obszönen Anruf. Dabei war die Nummer dieses Handys nur den Mitgliedern unserer Gruppe bekannt. Pasquale und Nojus, unser zweites Computergenie und Kryptospezialist, hatten sie für uns abhörsicher und ‘hack-sicher’ eingerichtet.

„Tiffiana“, hauchte es mir entgegen und „Meffage.“ Kurz darauf traf eine Nachricht ein. Sie stammte von Tiziana. *Bin krank. Du musst meinen Platz einnehmen.*

Kommt nicht in Frage, tippte ich zurück. *Frag Hildegard.*

Hab ich schon. Hildegard ist noch in D.

Oh nein! Das stimmte. Hildegards Großvater war gestorben und sie war zur Beerdigung nach München gefahren. Darum hatte sie schon bei der Sitzung vor zwei Tagen gefehlt.

Es war so, dass wir insgesamt nur fünf Frauen in der Gruppe waren. ‚Scharade' war aber für sechs Personen, sprich drei Paare, konzipiert. Alle Beteiligten trugen einen Ohrknopf und waren per Funk miteinander verbunden. Gianni und Manfredo würden sich um das Banner kümmern, weil das der gefährlichste Part war, während Reto alles im Auge behielte, um die beiden bei Entdeckung rechtzeitig zu warnen oder etwaige Verfolger abzulenken.

Die drei Frauen würden unter Deck und in verschiedenen, zugewiesenen Bereichen ihre Stinkbomben zünden.

Egal, dann musste es eben mit den fünf gehen! Ich tippte die Worte ein und fügte hinzu: *Ich erkläre es Gianni.*

Postwendend kam Tizianas Antwort: *Gianni ist gerade eingetroffen. Meldet sich.*

Noch während ich las, klingelte mein Smartphone. Gianni war dran.

„Gina, wir brauchen dich!", fiel er sofort über mich her. „Schon zu sechst ist der gesamte Bereich nicht abzudecken, vor allem nicht in der kurzen Zeit. Das Schiff ist fast zweihundert Meter lang!" Eindringlich fuhr er fort: „Wir haben immer akzeptiert, dass du dich bisher nie dem Risiko eines aktiven Einsatzes aussetzen wolltest, aber ich bitte dich, spring über deinen Schatten. Nur dieses eine Mal. Für eine gute Sache."

„Nein, Gianni, ich kann das nicht tun!", wehrte ich ihn ab.

„Come on, du bist doch sonst nicht feige!", ereiferte er sich. Selbstredend, dass mir sein Ton nicht gefiel. Und er machte es noch schlimmer, indem er nachsetzte: „Du liebst den Kick doch sonst auch!" Er sprach es nicht aus, aber ich wusste auch so, worauf er anspielte: meinen Studentenkonsum (aber niemals jemanden aus der Gruppe!).

„Glaub mir, nach so einer gelungenen Aktion fühlt man sich herrlich. Pures Adrenalin." Jetzt versuchte er, mich zu locken.

Ich atmete tief ein. „Bitte akzeptiere meine Entscheidung. Ihr könnt das wirklich auch ohne mich als Ersatz für Tiziana durchziehen."

„Aber so hat es nicht den gleichen Effekt, dann können wir die Sache gleich abblasen. Schade, Gina, ich dachte, dir wäre unsere Mission genauso wichtig wie uns. Ich informiere die anderen. Die werden sehr enttäuscht sein. Unsere ganze Planung war umsonst."

Und jetzt versuchte er, mir ein schlechtes Gewissen zu machen. Ich spannte mich unwillkürlich an, ich vertrug es nicht, bedrängt zu werden. „Darum geht es nicht", entfuhr es mir genervt. „Ich kann nicht nach Venedig fahren." Das hatte ich gar nicht sagen wollen. Es klang lahm, und ich wusste es.

„Was ist das bloß mit Venedig und dir? Es ist mir vorgestern schon aufgefallen, diese besondere Abneigung." Einen echten Venezianer, der seine Stadt ebenso liebte wie seine Familie, mutete dies völlig unverständlich an. Das war mir klar. „Bist du da als Kind aus der Gondel gefallen? Oder hast du Angst vor Wasser?"

Nein, dachte ich, *es ist keine Abneigung. Es ist Vorsicht.* Mein unbestimmtes Gefühl hatte sich bestätigt. Der Dämon meiner Vergangenheit hatte der Stadt gerade gestern einen werbewirksamen Besuch abgestattet, über das alle großen italienischen Tageszeitungen berichtet hatten. Deshalb wollte ich nicht nach Venedig fahren. Das Risiko war einfach zu hoch, dass er oder ein Teil seiner Entourage sich noch dort aufhielt. Und doch lockte mich die Stadt seit zwei Tagen wie ein leiser Sirenengesang.

Da sagte Gianni etwas, was mir zu denken gab.

„Meine Großmutter hat, kurz bevor sie starb, zu mir gesagt, *Venedig wäre mein Schicksal.* Vielleicht ist es auch deines? Wenn du vor etwas Angst hast, Gina, dann musst du dich dem stellen. Ansonsten kannst du es niemals überwinden."

„Jetzt klingst du wie Klara", wich ich ihm aus, während seine Worte wie kleine Blasen in mich eindrangen und eine Gedankenkette auslösten.

Tatsächlich las ich sonst nie italienische Tageszeitungen, die Entdeckung hatte ich einem Zufall zu verdanken. Gestern hatte der *Messagero* neben meiner Vespa auf dem Boden gelegen. Ich wollte ihn in den nächsten Papierkorb befördern, als ich eine Überschrift entdeckte, die mein Blut stocken ließ. So nah war *er* mir noch nie gekommen. Und jetzt war Tiziana krank und ich sollte an ihrer Stelle nach Venedig fahren. Was würde geschehen, wenn ich dort auf *ihn* treffen würde? *Wie würde ich reagieren? Was würde ich tun?* Viel zu lange hatte ich diese Gedanken in mir verschlossen. Nur so konnte ich weiterleben. Überleben. Ich hatte mich in Rom gut eingewöhnt, mochte das Studium, und ich hatte Freunde gefunden. Meinen Lebensunterhalt verdiente ich mir als Kellnerin, ich brauchte nicht viel.

Der Anfang war schwer gewesen. *Er* hatte mich fast jede Nacht heimgesucht, doch ich war stärker geworden, bekämpfte die Dämonen der Erinnerung. Aber jetzt, in diesem Augenblick, fühlte ich, wie Zorn und Hass an die Oberfläche drängten und noch genauso stark in mir brannten wie damals. Nichts hatte sich verändert. So viele Leben hatte er zerstört.

Er hingegen hatte als achtbarer Mann weitergelebt, er hatte seine Macht und sein Vermögen vermehrt, sich im Glanz seiner vermeintlich guten Taten gesonnt, während die Toten tot blieben und ich mich verstecken musste. Ich war jetzt einundzwanzig, bald zweiundzwanzig. Wollte ich wirklich so weitermachen? Oder war ich bereit, mich meiner Vergangenheit zu stellen und Rache zu nehmen?

Die Antwort war ... *ja*. Erst wenn ich meine Rache vollendet hatte, würde ich frei sein. Das hatte ich bereits vor langer Zeit begriffen. Dabei hatte ich niemals vorgehabt, irgendetwas dem Zufall oder dem *Schicksal* zu überlassen. Ich wusste, wie meine Rache aussehen würde: *Er* sollte seine Macht verlieren. Sie war sein Leben. Der Tod allein war für ihn nicht Strafe genug. Doch Giannis Worte, oder besser, die seiner Großmutter, hatten etwas in mir ausgelöst. Etwas zog mich nach Venedig. Wenn die Stadt zu meinem Schicksal gehörte, dann würde ich mich ihr stellen.

Ich holte tief Luft und sagte: „Gut, Gianni. Du hast gewonnen. Ich komme mit."

7

Scharade

„Mein Gott, Tiziana! Das ist ein Nuttenkostüm!“ Fassungslos betrachtete ich den winzigen schwarzen Fetzen in meiner Hand. „Da passe ich doch nie rein!“

Gianni nahm ihn mir ab und hielt ihn hoch. Er grinste blöd.

„Spar dir deine Fantasien“, fauchte ich ihn an.

Du liebst doch Katzen. Das ist ein Catwoman-Kostüm, mit Extras. Es ist aus Latex und dehnt sich, tippte eine erschöpfte Tiziana auf ihrem Tablet. Mittlerweile hatte sie ihre Stimme gänzlich verloren. Ihre Augen tränten und ihre Nase lief, sie war schon ganz rot und wund. Ich kannte sie bisher nur als völlig durchgestyltes Luxusweibchen. Sie tat mir leid. Schnupfen war mies.

„Extras?“, fragte ich misstrauisch.

„Vermutlich meint sie die hier“, sagte ein immer noch dämlich grinsender Gianni und tippte auf die Klettverschlüsse in Brust- und Schritthöhe, die mir bisher entgangen waren.

„Also doch ein Nuttenkostüm“, sagte ich böse. „Keine Chance, das ziehe ich niemals an. Da könnte ich ja gleich nackt gehen! Hast du kein anderes Kostüm?“

Tiziana tippte: *Nein. Alle entsorgt. Hab dich nicht so. Hier, das gehört dazu.* Sie streckte mir ein weiteres, winziges Stück Latex entgegen, kaum größer als ein Taschentuch. Dafür verfügte es über kleine dreieckige Ohren und beidseitig standen einige drahtige Haare ab.

„Was soll das sein?“, fragte ich verblüfft

Eine Maske. Sie verdeckt dein Gesicht. Da, sie zeigte auf einen Stuhl, *ist der Gürtel für die Stinkbomben. Und Stiefel.*

Ich sah auf die Uhr. Gleich 13:30 Uhr. Die Zeit reichte nicht mehr, um zum Kostümverleih zu fahren. „Hast du wirklich nichts anderes? Eine Perücke vielleicht?“, unternahm ich einen neuerlichen Versuch, dem Latex-Horror zu entgehen.

Tiziana tippte: *Warum sollte ich eine Perücke tragen?* Sie zeigte auf ihre glänzenden, kastanienbraunen Locken.

Angeberin! Aber es stimmte, sie hatte wirklich schöne Haare. *Wer hat, dem wird gegeben …* Das hatte meine Großmutter früher oft zu mir gesagt. Schon wieder eine Erinnerung. Was war nur in letzter Zeit mit mir los? Ich schüttelte auch diese ab, schnappte mir das Kostüm aus Giannis Hand und die anderen Sachen und verschwand in Tizianas Ankleide. Als ich mich endlich in das ekelhafte Gummizeugs hineingequält, die etwas zu großen Stiefel mit jeweils einer Socke passend gemacht und die Maske übergestülpt hatte, betrachtete ich das Ergebnis im Spiegel. Nicht einmal übel, abgesehen davon, dass ich mich nackt fühlte, weil das Ding tatsächlich alles bis ins Detail modellierte. Ich war nicht sehr groß, aber die Proportionen stimmten und die hohen Stiefel verlängerten meine Beine optisch. Was aber vor allem zählte, war, dass ich mit der Maske vollkommen unkenntlich war. Kein Mensch würde mich so erkennen, nicht einmal Marisol. Ich hörte Gianni nach mir rufen und stiefelte hinaus. Bei meinem Anblick stieß er einen anerkennenden Pfiff aus, Tizianas Augen weiteten sich unwillkürlich.

Ich stellte fest, dass ich mich in dem Kostüm nicht unwohl fühlte. Es war die perfekte Tarnung. Und es schien, als wäre mit dem Kostüm auch ein wenig von Catwomans Geist in mich gefahren. Es stimmte mich irgendwie … kämpferisch. Tatsächlich fühlte ich mich wie eine Kriegerin, die in die Schlacht zog.

8

Venedig sehen und sterben …

Es gibt Orte auf der Welt, zu denen man, wenn man sie das erste Mal sieht oder betritt, sofort eine innere Verbindung hat. Obwohl der Verstand weiß, dass dies ein absolut surreales Gefühl ist, kommt es einem doch so vor, als wäre man schon einmal dort gewesen, kenne den Ort von früher und verbinde mit ihm gute Erinnerungen.

Gianni und sein Bruder hatten stets derart extensiv von ihrer Heimatstadt geschwärmt, dass ich glaubte, schon alles über Venedig zu wissen und es gar nicht mehr kennenlernen müsse. Für mich war Venedig eine Stadt, die vor mehr als einem Jahrtausend mit Pfahlbauten auf ein paar morastigen Inseln errichtet worden war und seitdem jeder Wahrscheinlichkeit trotzte.

Doch rein gar nichts hatte mich auf den magischen Moment vorbereitet, als Venedig plötzlich zum ersten Mal im abendlichen Dunst vor mir auftauchte.

Ich verfiel augenblicklich dem Zauber der Lagunenstadt und begriff, warum sie ein Mythos war: Wer die Seele dieser Stadt nicht erfasste, konnte selbst keine besitzen. Ihre herzzerreißende Schönheit wirkte auf mich wie ein trauriges Geheimnis und weckte in mir den Wunsch, ihr dieses zu entreißen. Als wäre Venedig ein Rätsel, das ich unbedingt lösen müsse.

Gegen 20:45 Uhr erreichten wir unser Hotel in der Nähe der Seufzerbrücke. Wir hatten es für einen Tag gebucht, würden es aber nur dazu nutzen, um eine letzte Einsatzbesprechung abzuhalten und uns auf unseren Zimmern umzuziehen. Nach unserer Aktion würden wir nicht mehr dorthin zurückkehren.

Wir hatten diskutiert, ob wir unsere Kostüme schon in Rom anlegen und uns in Umhänge hüllen sollten, befürchteten aber, damit zu sehr aufzufallen. Wir wollten keine Vorabfotos von uns auf Facebook oder Twitter riskieren. Etwas anderes wäre es im Februar gewesen, zum Karneval, aber es war Mai. Für den kurzen Weg vom Hotel zur Anlegestelle würde es gehen, zumal es schon spät sein würde.

Der offizielle Beginn des Festes war für 20:30 Uhr angesetzt, aber unser Plan sah vor, erst gegen 23:15 Uhr an Bord zu gehen, wenn die Stimmung unter den Gästen durch den Alkohol bereits gelockert war und alles dem Höhepunkt, dem Feuerwerk um Mitternacht, entgegenfieberte.

Auf der Fahrt mit dem Wassertaxi von der Parkplatzinsel nach Venedig hatten wir bereits die hellerleuchtete *Pride of the Seas* passiert. Ihre schiere Größe wirkte beeindruckend und abstoßend zugleich. Eine weiße, bedrohliche Wand, die aus dem Wasser wuchs, wie ein von Menschenhand geschaffener Eisberg.

Der Besitzer des Vaporettos war ein Freund von Gianni und Manfredo und ein Unterstützer der Gruppe. Er würde zuerst Gianni und Gabriella übersetzen und uns andere nacheinander abholen, damit wir nicht zusammen gesehen wurden. Dazu hatte er uns jeweils drei verschiedene, weniger frequentierte Anlegestellen zugeteilt. Giannis Freund würde in der Nähe des Kreuzfahrtschiffs auf ein vereinbartes Zeichen warten und uns wieder einsammeln, wenn wir von Bord gingen oder vielmehr flüchteten.

Wir hofften darauf, dass uns in der allgemeinen Verwirrung, die unserer Aktion folgen würde, niemand bemerken oder gar verfolgen würde. Außerdem wären wir ganz sicher nicht die einzigen Gäste, die danach den Wunsch verspürten, das Schiff schleunigst zu verlassen.

Wir hatten die Stinkbomben vorher getestet. Mir wird jetzt noch übel, wenn ich an unseren Selbstversuch denke. Dabei war es im Park von Tizianas Eltern gewesen, im Freien! Ehrlich, wir sind auseinandergespritzt wie die Wiesel; so schnell hatten wir noch nie Fersengeld gegeben. Bis auf Christian, unseren gruppeneigenen Chemiker, siebtes Semester. Er hatte die Stinkbomben für uns komponiert. So hatte er es ausgedrückt. *Komponiert.* Der fand das Ergebnis einmalig. Hochkonzentriert und hocheffektiv. Aber der hatte sich seinen Geruchssinn vermutlich längst weggeätzt.

Gegen 22:45 Uhr, nachdem wir den Schiffsplan, mit dem uns ebenfalls Pasquale versorgt hatte, ein letztes Mal durchgegangen waren und wir uns unsere Positionen eingeprägt hatten, verließen Reto und ich als letztes Paar das Hotel.

„Hast du alles?“, fragte ich ihn. Reto war für das Bezahlen des Vaporettos und für die Einladungen zuständig. Zu unseren Einsätzen nahmen wir nie etwas mit, was uns identifizieren könnte. Ich hätte auch nicht gewusst, wo ich noch irgendetwas an diesem Nuttenkostüm hätte unterbringen können. Man konnte sogar meine verdammten Nippel sehen! Auf der Hüfte trug ich eine Art Magazingürtel. Nur, dass dieser keine Magazine, sondern kleine Ampullen enthielt: die Stinkbomben. Das VIP-Bändchen trugen wir bereits am Handgelenk.

„Klaro!“, antwortete Reto.

Von wegen, wie sich gleich herausstellte. Als wir nach einem gut fünfminütigen Marsch bei der vereinbarten Anlegestelle ankamen, stellte sich heraus, dass Reto seine Einladung im Hotel vergessen und nur meine eingesteckt hatte. Ich schnappte mir sie und zeigte in Richtung des Hotels: „Los, renn und hol sie. Ich warte hier auf dich.“ Meine Füße schmerzten. Ich war die hochhackigen Stiefel nicht gewohnt und auf dem unebenen Pflaster dahingestakst wie ein Storch mit Rheuma. Reto, der verkleidete Mönch, hatte die Kutte geschürzt und war davongesprintet.

Ich verstaute die Einladung in meinem Umhang, den ich über dem Katzenkostüm trug. Unser Wassertaxi war noch nicht da.

Gerade hatte ein kleines Boot abgelegt und unvermittelt fand ich mich allein auf dem Steg wieder. Das Tuckern des Motors verklang, zurück blieb das plätschernde Geräusch des Wassers, das gegen die Mole schlug.

Ich drehte mich um. Ich befand mich ziemlich genau in der Mitte zwischen zwei Brücken, auf denen ich die Schemen nächtlicher Spaziergänger sehen konnte, doch der Weg auf meiner Seite des Kanals war wie leergefegt. Eine jähe Beklemmung packte mich. Nervös zog ich den Umhang enger um meinen Körper. Ich setzte die Maske auf, die ich bisher in der Hand gehalten hatte. Unsinnigerweise fühlte ich mich durch sie sicherer.

Plötzlich hörte ich hinter mir ein schabendes Geräusch. Ich fuhr herum und starrte angespannt in die Schwärze der Gasse. Mein Herz raste, als erwartete ich, dass *er* jeden Moment daraus hervortreten würde. Mir kam der nicht abwegige Gedanke, dass es einfach war, Entschlüsse zu fassen und in Rachefantasien zu schwelgen, wenn man im 530 Kilometer entfernten Rom saß. Mein Unbehagen wuchs und das Kostüm zwickte mich an einer delikaten Stelle. Unauffällig zupfte ich es unter dem Umhang zurecht, während meine Augen weiter versuchten, die Dunkelheit vor mir zu durchdringen. Und ganz plötzlich kam ich mir schrecklich albern vor. Ich steigerte mich hier unnötig in etwas hinein, nur weil ich zum ersten Mal seit Jahren etwas über *ihn* in einer Zeitung aufgeschnappt und es mit neuerlichen Albträumen bezahlt hatte.

Aus diesem Grund mied ich seit Langem alle Medien, die etwas über ihn bringen konnten, und besaß noch nicht einmal einen Fernseher.

Ich wandte mich entschlossen von der Gasse ab. Da war nichts, außer vielleicht einer Ratte. Auf der anderen Seite des Kanals entdeckte ich nun ein junges Pärchen, das Hand in Hand vorüberschlenderte, gleichzeitig öffnete sich direkt über mir ein Fenster und eine aktuelle italienische Schlagermelodie zerriss die Stille.

Ich entspannte mich. Reto würde sicher auch jeden Augenblick zurück sein.

Als dann noch ein schnittiges kleines Motorboot auftauchte und sich anschickte am Steg anzulegen, schüttelte ich den letzten Rest der Beklemmung ab, allein in einer fremden Stadt zu sein. Stattdessen sah ich mich nach einer Sitzgelegenheit um und entdeckte eine steinerne Bank neben einer verrammelten Tür. Tagsüber führte sie vermutlich in einen der vielen kleinen, versteckten Läden. Ich ging darauf zu, als ich plötzlich von hinten gepackt wurde, einen Einstich am Oberarm fühlte, und dann war da nichts mehr außer einer bodenlosen Schwärze.

9

Es ist vorbei

Ich fühlte mich komisch, merkwürdig schwerelos, als würde ich schweben. War ich wach oder träumte ich? Ich begriff nicht, was mit mir los war. Zwar wusste ich, wer ich war, aber alles andere schien mir abhanden gekommen zu sein. Ich hätte nicht einmal zu sagen vermocht, welches Jahr gerade war. Es war eine beängstigende Empfindung völliger Desorientierung, als wäre ich aus Raum und Zeit gefallen.

Es brauchte eine Weile, bis der Nebel aus meinem Kopf gewichen war und mein Bewusstsein langsam wieder in Gang kam.

Zunächst gelangte ich zu der Erkenntnis, dass ich tatsächlich keinen Boden fühlte, schlimmer, ich konnte mich nicht bewegen, als wäre ich gelähmt.

Mit diesem Gedankengang setzte verspätet die Angst ein. Etwas Schreckliches war geschehen! Das war kein Albtraum, das war real! Hinter den Lidern nahm ich nun eine Lichtquelle wahr. Und Stille. Nein, keine völlige Stille. Ich konnte schwach das leise Plätschern von Wasser hören. Und da waren auch ferne Stimmen, Musik und Lachen, wie von einer Party. Ich horchte auf die Geräusche in meiner unmittelbaren Umgebung. Wo immer ich war, im Moment schien ich allein zu sein. Ich nahm meinen Mut zusammen und öffnete die Augen.

Nur langsam nahm der Raum Konturen an, gewöhnte ich mich an das dämmrige Licht, das von einer einzigen Messinglaterne herrührte. Ich unterschied mattglänzende Mahagoni-Einbauten, bestückt mit antiken Schiffsinstrumenten wie einer Sammlung von Sextanten und zusammengerollten Papyri mit hölzernem Griff – vermutlich antike Seekarten. Neben einem Ledersessel ruhte ein überdimensionaler Globus in einem hölzernen Gestell.

Das Interieur löste etwas in mir aus. Es war mir vertraut, ich kannte es! Es war das Erlesenste und Teuerste, was die Bootsbaukunst zu bieten hatte. Ich war in einer Schiffskabine! *Er* hatte ein solches Boot besessen. Ich war hier, bei ihm! *Er* hatte mich gefunden. Es war vorbei, meine Flucht war zu Ende.

Während die Angst mich ansprang wie ein wildes Tier, konnte ich förmlich hören, wie alle Rädchen in meinem Gehirn an den richtigen Platz glitten und einrasteten. Plötzlich war alles wieder da: Venedig, die geplante Aktion auf dem Kreuzfahrtschiff, Reto, der seine Einladungskarte hatte liegen lassen, der verlassene Steg, das Motorboot und dann … Dunkelheit.

Und jetzt war ich hier. Mein erster Impuls war aufzuspringen und zu fliehen, doch es ging nicht. Es war wie in meinen Träumen, in denen ich vergeblich versuchte, wegzulaufen, aber meine Beine nicht bewegen konnte, weil Arme, *seine* Arme, mich unerbittlich umklammerten und festhielten.

Entsetzt stellte ich jetzt erst fest, dass ich mit Lederriemen an eine Art hochkant aufgestelltes Wagenrad gefesselt war, Arme und Beine ausgespreizt. Mein Kopf war an der Stirn fixiert, deshalb konnte ich ihn nur minimalst bewegen. Ungeheure Wut gesellte sich zu meiner Angst. *Als wäre ich das verdammte Messergirl in einer Zirkusnummer!* Dieser Umstand erklärte zumindest, warum ich eingangs das Gefühl gehabt hatte, zu schweben. Zudem war es schwülwarm in der Kabine und das Gummikostüm klebte unangenehm an meinem Körper. Was mir weiter zusetzte, war, dass ich nur durch meine Nase atmen konnte: mein Mund war mit einem Lederband geknebelt, das mittig eine Art Stahlkugel zieren musste, jedenfalls fühlte ich etwas Glattes, Kühles im Mund. Ich hatte keine Ahnung, was es damit auf sich hatte, vermutlich irgendein perverses Pornoteil. Das sähe *ihm* ähnlich. Ich zerrte wild an den Lederfesseln, mit dem einzigen Ergebnis, dass sie mir in die Haut schnitten. Ich wurde fast ohnmächtig vor Angst, ich konnte weder wegrennen noch um Hilfe schreien. Alles, was ich konnte, war, mir den Tod herbeizuwünschen. Es war besser zu sterben, als erneut dieser Bestie zu begegnen. Tatsächlich fiel mir das Atmen schwer. Vielleicht erstickte ich, bevor *er* zurückkehrte? *Oh, bitte, bitte, ich will sterben*, flehte ich stumm.

Da hörte ich, wie die Tür aufging und mein Herz setzte aus. Jemand betrat die Kabine. Ich konnte zunächst niemanden sehen, die Tür befand sich außerhalb meines Blickfelds, irgendwo hinter mir.

Schon bei früheren Gelegenheiten hatte ich festgestellt, dass Angst die Wahrnehmung von Zeit veränderte. Die wenigen Sekunden, die es dauerte, bevor er vor mir stand, kamen mir wie eine Ewigkeit vor.

Endlich erkannte ich nackte Füße unter einer schwarzen Hose und ein halb aufgeknöpftes schwarzes Hemd, das den Blick auf eine muskulöse Brust freigab. Obwohl der Mann eine Augenmaske trug, wusste ich sofort, dass *er* es nicht sein konnte. Dieser Mann hier war größer. Und um einiges jünger. Sein Haar war dunkel. Es musste einer seiner Handlanger sein oder sein neuer Favorit.

Die Augen des Unbekannten hinter der Maske musterten mich ausgiebig, tasteten meinen gesamten Körper ab. Plötzlich machte er eine Bewegung auf mich zu und riss nacheinander die Klettverschlüsse an Brust und Schritt auf. Jetzt war ich wirklich nackt. Mir entfuhr ein entsetztes Wimmern.

Der Maskierte umfasste meine rechte Brust und fuhr die Konturen mit seiner Hand nach, streifte meine Brustspitze, reizte sie mit seinen Fingern, bis sich das verräterische Ding versteift hatte. Dann beugte er sich herab und nahm die harte Knospe zwischen seine Lippen. Ich wappnete mich unwillkürlich gegen den Schmerz, gegen den Biss. Aber er tat mir nicht weh, sondern liebkoste sie mit seiner Zunge.

Ich wunderte mich, dass der Mann es wagte, mich anzufassen. *Er* hätte es ohne sein Beisein niemals geduldet.

Nun wandte der Fremde den Kopf und widmete sich mit der gleichen Intensität meiner anderen Brustwarze. Daraufhin kniete er sich vor mich hin und strich zärtlich über meinen rasierten Venushügel, seine Finger tasteten, streichelten, liebkosten. Es waren kundige Finger, darin erfahren, der Frau Lust zu bereiten.

Ich hörte ihn etwas murmeln, doch ich atmete inzwischen so hektisch und mein Herzschlag dröhnte derart laut in meinen Ohren, dass ich ihn nicht verstand. Und dann war da plötzlich seine Zunge. Seit damals hatte mich niemals jemand dort unten mit der Zunge berühren dürfen. Ich wollte es nicht, ich konnte den Gedanken daran einfach nicht ertragen. Doch es war zu spät. Das furchtbare Bild blitzte vor mir auf, meine Seele bäumte sich in namenlosem Entsetzen auf, als die Erinnerungen über mir zusammenschlugen und mich mit sich fortrissen. Ich verlor das Bewusstsein.

10

Prendi questo!

„Na endlich. Sie haben mir Angst gemacht“, sagte eine männliche Stimme. „Sie waren über zehn Minuten weggetreten.“

Ich hatte die Augen aufgeschlagen und starrte direkt in eine schwarze Maske. Erschrocken zuckte ich zurück. Ich lag auf einem Bett und neben mir saß mein Peiniger mit nacktem Oberkörper und hielt ein Buch in der Hand. *Er las in einem Buch! Seelenruhig, während, während …* Das Adrenalin schoss mir ins Blut, als ich mich an das Geschehene erinnerte. Es pumpte Kraft in meinen Körper und ließ mich hochschnellen. Ich war schon an der Tür, als er mich einfing. „Nicht so stürmisch. Sie wollen doch nicht etwa *so* nach draußen?“

Ich sah an mir herab und kreischte auf. Ich war vollkommen nackt, das Kostüm klebte nicht mehr an meinem Körper. Seltsamerweise trug ich noch die Katzenmaske, aber immerhin war das Kugelteil aus meinem Mund verschwunden. Der Mann hielt mich weiter von hinten umschlungen, ich spürte seine nackte warme Haut an meiner, atmete seinen sauberen, frischen Geruch. Unter anderen Umständen hätte ich seinen durchtrainierten Körper vielleicht als attraktiv empfunden, hätte ihn mir genommen. Doch jetzt fühlte ich nichts als Abscheu. Sein warmer Atem strich über mein Ohr, als er raunte:

„Tut mir leid um Ihr Kostüm, *Catwoman.* Ich werde es Ihnen selbstverständlich ersetzen. Aber es hatte Ihnen die Luft abgeschnürt. Ihre Maske habe ich nicht angerührt, Ihre Identität wurde gewahrt. Mein Ehrenwort darauf.“

Fast war ich versucht, ihm zu sagen, wo er sich sein falsches Ehrenwort hinstecken konnte. Ich wand mich in seinen Armen und er gab mich tatsächlich frei. Er fasste nach einem dunklen Jackett, das auf einem Stuhl neben der Tür lag, und reichte es mir. Mechanisch griff ich danach und hüllte mich darin ein.

Die Jacke vermittelte mir ein Gefühl von Sicherheit und mein Verstand meldete sich mit einem klaren Gedanken zurück: Hier stimmte etwas nicht. *Was redete der Mann da?* Benahm sich, als wäre es das Normalste von der Welt, eine Frau zu entführen, auf sein Boot zu schaffen und sich an ihr zu vergehen. Es entfachte meine Wut neu: „Sie perverses Schwein", fauchte ich ihn auf Italienisch an und wich zurück, bis ich mit dem Rücken gegen die Tür stieß.

Er lächelte unter seiner Maske.

Was für ein verdammtes, selbstsicheres Aas! „Sie sind ein Vergewaltiger!", warf ich ihm weiter an den Kopf, während ich mit einer Hand nach hinten griff und den Türknauf drehte. Ich wollte nur weg von hier, bevor *er* auf der Bildfläche erschien. Selbst wenn ich mich dafür ins Meer stürzen musste.

Als hätte er meine Gedanken erraten, sagte der Mann: „Ich weiß, Katzen gelten als wasserscheu. Aber vielleicht möchten Sie eine Runde schwimmen gehen? Zur Entspannung? Ich habe einen Whirlpool an Bord."

Er stand so dicht vor mir, dass sein Körper den meinen fast berührte. Die Hitze, die er ausstrahlte, weckte in mir eine eigenartige Empfindung. Es war das Gefühl, dass mir etwas entging. Plötzlich wusste ich es. *Es war seine Stimme!* Erstaunt registrierte ich, dass ich sie kannte, ich sie schon einmal gehört hatte. Wo und wann? Ich musste den Kopf heben, um in seine Augen sehen zu können. Sie schauten mich auf eine Weise an, die mir durch Mark und Bein fuhr. Ich kannte diesen Ausdruck. *Ungestilltes Verlangen. Lust.* Aber es lag noch mehr darin, etwas Undefinierbares, etwas, das mir Rätsel aufgab.

Je länger wir uns ansahen und unsere Blicke ineinander versanken, umso unwirklicher fühlte ich mich, als wäre ich der Welt, wie ich sie kannte, entrückt. Wir teilten einen Moment verwirrender Tiefe, als würden wir einander *erkennen*, jeder in die verletzliche Seele des anderen schauen. Es war ein unglaublich subtiles Gefühl, es war … verrückt. Ich besann mich, wo ich war, wer er war und senkte meine Augen. Fehler. Er trug noch seine Hose und ich sah die Beule in seinem Schritt.

Ohne dass ich sein Vorhaben hätte voraussehen können, griff er nach meiner Hand und legte sie auf sein erigiertes Glied. Gegen jede Vernunft überflutete mich ein Schauer der Erregung, sie kam über mich wie ein warmer Frühlingsregen und verdrängte kurz alles andere in mir, nutzte schamlos meine augenblickliche Verwirrung aus. Nur äußerst knapp konnte ich den Impuls abwehren, den Reißverschluss seiner Hose zu öffnen, ihn auf den Boden zu stoßen, mich auf ihn zu setzen und ihn mir zu nehmen wie ein wehrloses Stück Fleisch.

Halt! Was passierte gerade mit mir? *Drogen!* Das war es! Der Mann hatte mich unter Drogen gesetzt! Natürlich, der Stich in den Oberarm, das war eine Spritze gewesen! Da hatte ich die Erklärung, warum ich so neben mir stand. Anstatt schleunigst von hier zu verschwinden, benahm ich mich wie das Kaninchen vor der Schlange. Ich musste hier raus!

„Bitte lassen Sie mich gehen! Ich war nie hier“, flehte ich laut, um das Geräusch des Türknaufs, den ich in meinem Rücken drehte, zu übertönen. Ich hatte die Tür noch nicht richtig geöffnet, als er mich mühelos hochhob, sie mit einem Bein wieder zuschob und mich aufs Bett warf.

„Du willst also weiter spielen?“, knurrte er heiser. Er kniete auf meinen Schenkeln und wehrte meine Hände ab, die nach ihm schlugen und kratzten. Er fing sie ein und lehnte sich halb über mich, die Hände rechts und links meines Kopfes in seinen gefangen. Ich schrie nicht nach Hilfe, diese Blöße gab ich mir nicht.

Ich wusste ja, niemand würde kommen, dafür spuckte ich ihn an und bedachte ihn mit sämtlichen italienischen Schimpfwörtern, die ich kannte. Und das waren eine ganze Menge.

„Holla, du bist wirklich eine seltene Wildkatze. Soll ich dich wieder festbinden?“ Bevor ich mich versah, hatte er mich mit Seidentüchern ans Bett gefesselt, spreizte meine Beine und hielt sie fest. Dann rutschte er tiefer und ich hielt unwillkürlich den Atem an. *Er würde doch nicht nochmals …*

Er sah mich an, lächelte und sagte: „Aber nicht wieder ohnmächtig werden.“ Dann senkte er den Kopf, und nun schrie ich doch und klang dabei wie ein verwundetes Tier. Doch er ließ sich dadurch nicht beirren, hielt nicht inne. Seine Zunge umschmeichelte mich weiter. Was er für Lust hielt, war für mich die reinste Seelenpein. Doch dann veränderte sich etwas, ich fühlte etwas, was ich nicht kannte, etwas, was ich noch nie gefühlt hatte. Aber ich wollte das nicht fühlen, niemals, es wäre ein Verrat an mir selbst. Zur Bewegungslosigkeit verurteilt, dem *Fühlen* unterworfen, murmelte ich wie ein geheimes Mantra die Worte: *Es ist die Droge, es ist die Droge,* vor mich hin.

Plötzlich hielt die Zunge inne und mein Peiniger knurrte unwillig: „Jetzt nicht, verschwinde!“

Zunächst verstand ich nicht, was er damit meinte, doch da hörte ich das Klopfen an der Tür auch, und eine Stimme, die rief: „Es scheint aber sehr wichtig zu sein.“

„Egal, kann warten!“ Er zwinkerte mir zu und das Licht der kleinen Lampe auf dem Nachttisch brach sich kurz im Blau seiner Augen. In diesem Moment erkannte ich ihn. *Ich wusste, wer er war!* Darum war mir die Stimme so vertraut vorgekommen! Verdammt, was hatte er mit *ihm* zu tun? Warum tat mir der Mann das an? Die jähe Enttäuschung, die mich erfasste, fühlte sich an wie ein Eissplitter mitten ins Herz. Natürlich, er hielt mich bis zu *seinem* Eintreffen hier fest und gönnte sich selbst ein wenig Spaß. Ich beschloss, es mir keinesfalls anmerken zu lassen, dass ich ihn erkannt hatte.

„Es tut mir leid, Sir.“ Der Angestellte vor der Tür blieb hartnäckig. „Es ist Ihr Freund Dante und er sagt, es kann *nicht* warten.“

Der Mann erhob sich sichtlich genervt, warf eine Decke über meine Blöße, und schritt zur Tür.

Für den Bruchteil einer Sekunde verspürte ich Bedauern und schämte mich dafür. Lust war ein verdammt hinterhältig. Sie konnte einen in den unmöglichsten Situationen überfallen und überwältigen. Es war eine Erfahrung, mit der ich umgehen konnte, ich nutzte sie, seit ich sie für mich entdeckt hatte. Solange ich Herrin der Situation war, sie initiieren und dominieren konnte, war die Lust mir willkommen. Die Lust half mir über das hinweg, was ich erlebt hatte – sie war meine Form der Therapie. Meine Lust nach meinen Regeln auszuleben, schützte mich davor, verrückt zu werden.

Doch dieses Erlebnis hier war anders. Zum ersten Mal seit meiner Flucht war ich erneut gefangen, vollkommen wehrlos, hilflos. Und doch hatte mir die Lust gerade einen Streich gespielt. War es der Teil von mir, der den Kick suchte? War es das Adrenalin, das mich verraten hatte? Die Droge? Oder lag es an dem Mann, dem ich schon einmal begegnet war und den ich als attraktiv empfunden hatte? Hatte mein Körper deshalb meinen Verstand verraten?

Ich starrte auf die Tür, hinter der der Mann verschwunden war. Gegen alle Vernunft wartete ich darauf, dass er zurückkehrte. Und hasste mich dafür.

11

Kein Safeword?

„Wo brennt es, Dante?“

„Gib das nächste Mal Bescheid, wenn du es dir anders überlegst“, blaffte ihn sein Freund durchs Telefon an.

„Hallo? Wovon sprichst du?“

„Von wem spreche ich wohl?“, äffte ihn sein Freund nach. „Von Catwoman, die seit über einer Stunde am vereinbarten Treffpunkt auf dich wartet. Sie hat mich gerade wütend aus den Federn geholt. Auf solche Kundentelefonate kann ich verzichten!“

„Was soll das jetzt? Du hast wohl gestern zu viel gefeiert. Catwoman ist seit einer Stunde hier an Bord und liegt in dieser Sekunde auf meinem Bett. Du hast mich gerade von ihr heruntergeholt, Sportsfreund. Bye!“

„Halt! Ich weiß nicht, mit wem du es gerade treibst, Riccardo, aber ganz sicher ist es nicht meine Kundin.“

„Natürlich ist sie es, sie trägt das Kostüm auf dem Bild!“

„Sie trägt das Kostüm? Shit, warte!“ West hörte, wie sein Freund im Hintergrund eine weitere Nummer wählte, mehrere Sätze mit jemandem sprach, auflegte und ihr ursprüngliches Gespräch wieder aufnahm: „Riccardo, das muss ein Irrtum sein! Die Frau auf deinem Bett ist definitiv nicht die von unserer Agentur geschickte Catwoman. Du hast dir die Falsche geholt!“

„Das ist völlig absurd! Sie hätte den Irrtum doch sofort aufgeklärt.“ Noch während er sprach, schoss es ihm durch den Kopf, dass sie gar nicht hatte protestieren können: Weil in dem Skript von Catwoman stand, dass sie wünsche, dass man ihr den Mund knebeln solle und etwaige Fluchtversuche zu ignorieren habe. West wurde speiübel, als er daran dachte, was er mit dem Mädchen gemacht hatte, *bevor* sie auf dem von ihm entworfenen Lustrad ohnmächtig geworden war. Aber danach, als sie in seinem Bett aufgewacht war, hätte sie doch die Möglichkeit gehabt, den Irrtum aufzuklären? Warum hatte sie, außer ihn zu beschimpfen, nichts gesagt?

„Vielleicht ist sie eine Professionelle? Sie sieht die Yacht und spekuliert auf die Kohle?“, ließ sich Dante am anderen Ende vernehmen.

„Ich ruf dich wieder an.“ West legte auf und fragte den Sicherheitsmann, der ihn verständigt hatte. „Hatte die Frau irgendetwas bei sich, als wir sie uns geholt haben?“ Sein Instinkt sagte ihm, dass es sich bei dem Mädchen um keine Professionelle handelte.

„Nur eine Einladungskarte für die *Pride.*“ Sein Gegenüber zog sie aus der Windjacke. Riccardo studierte den Namen.

Verdammt, da hatte er seine Erklärung! Catwoman II war unterwegs zur Kostümparty gewesen! Es war ein unglücklicher Zufall, ein fataler Irrtum, der ihn seinen Kopf kosten konnte. Mit Recht – er hatte das Mädchen zu Tode geängstigt!

Oh Gott, und er hatte gedacht, weil sie das im Skript angegebene Safeword nach dem Erwachen nicht ausgesprochen hatte, dass alles in Ordnung wäre, und ihr Benehmen zum Spiel gehörte. Immerhin hatte Catwoman es sich aus den verschiedenen möglichen Szenarien, die die SEX-*treme* Adventures Agency anbot, herausgesucht.

Gib es zu, Riccardo, sagte er zu sich selbst, *du hast gespürt, dass irgendetwas nicht stimmte.* Er hatte sich noch über ihren jungen, frischen Körper gewundert, da laut Skript die bestellte Catwoman einige Jahre älter war als er. Er forderte immer ältere Frauen an. Aber diese hier hatte ihn scharf gemacht wie selten eine zuvor. Und er hatte viele gehabt.

Dabei stand er nicht auf junge Frauen. Aber es hatte etwas in ihren grauen Augen gelegen, etwas Wundes, das ihn berührt hatte, weit mehr als ihr Körper. Er wollte ihr Lust bereiten. Stattdessen hatte er sich der Freiheitsberaubung und der sexuellen Nötigung schuldig gemacht. Verdammt, aus dieser Nummer kam er nicht mehr heraus.

„Wo steckt Ettenhuber?"

„Schon da! Wo brennt's?" Der langjährige Leiter seines Sicherheitsteams, Schorsch Ettenhuber, schob seinen Mitarbeiter beiseite und sagte: „Ich übernehme jetzt."

West klärte den zwanzig Jahre älteren Deutschen, der ihm längst zum väterlichen Freund geworden war, in wenigen, knappen Sätzen über die Situation auf.

Ettenhuber erfasste die Auswirkungen sofort. „Herrschaftszeiten, du hast dir die falsche Frau geschnappt. Sie wird dich anzeigen, Rick!"

„Danke", sagte West zusammenhanglos.

„Wofür?"

„Dass du mir keine Vorwürfe machst."

„Ich habe dich oft genug gewarnt, dass das keine gute ... äh, Sache ist." Ettenhuber tippte auf den Namen auf der Einladungskarte. „Soll Kulijic sie auschecken? Vielleicht ergibt sich etwas, das dir als Verhandlungsbasis dienen könnte?"

West unterdrückte ein raues Lachen. „Schlägst ausgerechnet *du* mir gerade etwas vor, das *politically not correct* ist?" Er fixierte kurz seine Kabinentür, dann wandte er sich abrupt dem Meer zu, stützte sich vornübergebeugt auf die Reling und sog die klare salzige Luft in sich hinein. Keine zweihundert Meter entfernt ragte die *Pride of the Seas* aus dem Wasser, herausgeputzt wie ein junges Mädchen zu einem Ball. Das Fest war in vollem Gange, die Bordkapelle spielte gerade einen Tusch. Gleich darauf schossen mit einem pfeifenden Geräusch Feuerwerkskörper in die Höhe und zeichneten fantastische Figuren in die Luft. Drachen, mittelalterliche Szenen, Segelschiffe, der Markusdom. Immer weitere Böller explodierten, erhellten den nächtlichen Himmel mit tausend Farben, während ihre bunten Schatten wie in einem verschwommenen Spiegel kurz über das Meer huschten.

Trotz des ohrenbetäubenden Lärms der Raketen glaubte West zu hören, wie die staunenden „Ahs“ und „Ohs“ der Passagiere über das Meer zu ihm herüberwehten. Mit einem Mal wünschte er sich, dass er dort an Bord wäre, im Gewühl der sorglosen Passagiere anstatt auf seiner Segelyacht. Er wandte sich beinahe abrupt von dem Schauspiel ab. Seine Entscheidung stand fest.

„Nein, Schorsch. Auch wenn es ein Versehen war, habe ich eine junge Frau zu Tode geängstigt. Ich werde mich meiner Verantwortung stellen. Gib Sally einen kurzen Abriss der Lage. Sie soll eine Pressemitteilung vorbereiten, aber auf meine Freigabe warten. Ich gehe zurück und spreche mit der Frau.“

„Du hast nicht vor, ihr zunächst Geld anzubieten?“

Riccardo legte seinem Freund die Hand auf den Arm: „Nicht immer ist Geld die Lösung“, sagte er wider besseres Wissen. Er musste an die Augen des Mädchens denken, an die Tiefe, die sich darin spiegelte, und schüttelte nachdrücklich den Kopf. *Nein, sie nicht. Sie gehörte nicht zu dieser Sorte Mensch.* Er würde die Konsequenzen tragen. „Es ist meine Verantwortung und ich stehe dazu.“

„Eine gute Entscheidung, mein Junge. Sapperlot, aber der Skandal wird abgehen wie die Raketen da drüben auf dem Schiff.“ Ettenhuber machte eine entsprechende Geste in die Richtung und runzelte als Nächstes die Stirn. Er griff sich ein Fernglas von einem Haken, scannte die Bordwand und murmelte: „Zefix, schon wieder diese Ökospinner!“

West hatte das Banner ebenfalls entdeckt. „Solange sie nur Betttücher ausrollen, lass sie doch. Es ist ihnen kaum zu verdenken.“ Er wandte sich ab, um in die Kabine zurückzukehren, als ihn eine Stimme anrief: „Mr West!“ Ettenhubers Mitarbeiter MacCabe kam auf sie zu. „Ich habe den Namen auf der Einladung überprüft!“

„Keiner hat Sie angewiesen, das zu tun, MacCabe!", sagte West kurz angebunden.

„Aber er ist gefälscht!", erwiderte der hastig. „Die Frau steht nicht auf der ursprünglichen Gästeliste."

West und Ettenhuber tauschten einen perplexen Blick. „Die wollte sich mit gefälschter Einladung auf die Kostümparty der *Pride* einschleichen?"

„So sieht es aus, Mr West. Die Karte ist übrigens echt. Sie hat sich in das System gehackt und den Versand ausgelöst. Die E-Mail-Adresse wurde nur für diesen Fall eingerichtet. Sie ist bereits wieder gelöscht und lässt sich nicht mehr tracken. Da war ein Profi am Werk."

„Eine Falle?", sagte Ettenhuber wie aus der Pistole geschossen.

„Du denkst, die Frau wurde geschickt?", ging West sofort darauf ein. „Jemand wusste von der Agentur-Buchung, kannte das Skript, Zeit und Ort?"

„Nicht jemand ..."

West war sofort klar, an wen sein Freund dachte. Wenn diese Frau gebucht worden war, um ihn in die Falle zu locken, dann konnte es nur um eines gehen. Vermutlich war das Mädchen in seiner Kabine darauf präpariert, das arme Opfer zu spielen, um sich in sein Vertrauen zu schleichen. *Eine Hackerin. Ein Profi.*

„Bleiben Sie dran, MacCabe, und versuchen Sie, so viel wie möglich über sie herauszufinden."

„Ja, Sir!" Der Mann lief die Gangway zurück.

„Wie viel Bares haben wir im Tresor, Schorsch?"

„Ungefähr 50.000 US$ und nochmal so viel in Euros und Franken."

„Pack 25.000 Euro in einen Umschlag. Einen Versuch ist es wert. Ich gehe zurück und horche sie aus. Maledetto!", entfuhr es ihm.

„Was ist?"

„Mein Laptop ist in der Kabine!" Mit einem Satz war West an der Tür. Die Hand schon am Knauf, hielt er inne, um tief Luft zu holen. Die Frage war, wie er sich jetzt verhalten sollte?

Das Mädchen musste damit rechnen, dass er soeben über die Verwechslung informiert worden war, weil irgendwo eine echte und wütende Catwoman vergeblich auf ihre Abholung gewartet hatte. Was sie nicht ahnte, war, dass ihre Scharade ebenfalls bereits aufgeflogen war. Er musste sie daher wie das Opfer eines fatalen Irrtums behandeln. Das ungeschriebene Drehbuch verlangte von ihm Reue, Erschütterung, Zerknirschtheit. Er fühlte nichts von alledem. Was er tatsächlich fühlte, war *Enttäuschung*. Ein völlig irrationales und verwirrendes Gefühl für das er angesichts der Situation keinerlei Erklärung fand.

Er öffnete die Tür. Zu seiner Erleichterung war die Frau noch immer ans Bett gefesselt. Trotzdem musste er die Knoten der Seidentücher überprüfen. Er sah unauffällig zum Schreibtisch, auf dem sein Laptop stand. Er war zugeklappt, nichts deutete darauf hin, dass er benutzt worden war.

Sobald er das Mädchen losgeworden war, würde er sich vergewissern, dass kein Zugriff stattgefunden hatte. Er verdammte sich selbst für seine Nachlässigkeit, seinen Laptop mit den neuesten Betaversionen allein mit einer Fremden in einem Raum gelassen zu haben. In der Regel waren Vorsicht und Misstrauen seine zweite Natur.

Es war allerdings nie vorgesehen gewesen, Catwoman in sein Bett zu lassen, allein ihre Ohnmacht hatte ihn dazu veranlasst, sie in seine Schlafkabine zu bringen. Dabei hatte sie sie ihm nur vorgespielt! *Was für ein raffiniertes kleines Aas!* Beinahe wäre er auf ihren Augenaufschlag hereingefallen. Er konnte sich nicht erinnern, wann er sich zuletzt derart idiotisch gefühlt hatte. Aber irgendwie auch … *lebendig*.

Er trat entschlossen über die Schwelle seiner Kabine. Was sie konnte, das konnte er schon lange. *Showtime!*

12

Wie heißen Sie?

Mein Peiniger kehrte nach langen Minuten zurück. Er stand in der Tür und sein Blick strich durch den Raum, als würde er nach etwas Bestimmtem suchen. Nun kam er auf mich zu, blieb neben mir stehen, musterte mich kurz aber eindringlich … und löste nacheinander meine Fesseln.

Was hatte er jetzt wieder vor, fragte ich mich, während ich mir sofort die leichte Decke schnappte und an der Brust zusammenraffte. Ich schwang meine Beine aus dem Bett und behielt den Mann genau im Auge. Er machte keinerlei Anstalten, mich am Aufstehen zu hindern. Stattdessen stand er einfach nur stumm da und sah mich an, als wartete er darauf, dass ich etwas sagte. Merkwürdigerweise beschlich mich dabei das Gefühl, als wäre er gerade dabei, meinen Wert abzuwägen.

Unvermittelt sagte er da: „Es tut mir schrecklich leid, was passiert ist. Warum haben Sie nichts gesagt? Verraten Sie mir, wer Sie sind?“

Damit verblüffte er mich. „Was soll die Frage? Sie müssen doch wissen, wen Sie gekidnappt haben“, fuhr ich ihn an. Ich sah mich suchend nach etwas um, das ich anziehen konnte, zur Not tat es wieder seine Jacke, die vor dem Bett auf dem Boden lag. Bevor ich mich nach ihr bücken konnte, reagierte West. Er öffnete einen Wandschrank und zog ein graues Shirt und eine passende Trainingshose hervor. „Hier, das können Sie anziehen. Es ist sicher zu groß, aber Ihr Kostüm ist hinüber, bis auf das da.“ Er deutete auf einen Sessel, neben dem meine Stiefel standen. Auf dem Stuhl entdeckte ich noch den Magazingürtel. Während ich rasch nach den Sachen griff, aus Angst, West könne es sich anders überlegen, versuchte ich gleichzeitig, meiner Verwirrung Herr zu werden. Was sollte das jetzt wieder? Warum fragte er mich, wer ich bin? War das eine Art Psychospiel?

„Entschuldigen Sie, das war ungeschickt. Ich weiß jetzt, dass es sich um eine bedauerliche Verwechslung han …"

„Eine *bedauerliche* Verwechslung?", fuhr ich ihm in die Parade. Hatte der Mann sie noch alle? Für wie dämlich hielt er mich? „Ich … also, das ist sowas von …" Ich war tatsächlich derart fassungslos, dass ich ins Stottern geriet.

Er hob die Hände in einer Friedensgeste. „Bitte, Ihre Erregung ist verständlich. Ziehen Sie sich an, und dann erkläre ich Ihnen, wie es dazu kommen konnte. Möchten Sie etwas zu trinken, oder kann ich Ihnen sonst etwas anbieten?"

„Wie wäre es mit einem Baseballschläger, damit ich Ihnen eins überziehen und Ihnen Ihre perversen Spielchen austreiben kann?", giftete ich, während ich hinter der Schranktüre hastig in seine Sachen schlüpfte.

„Baseballschläger?"

Mist! Ich biss mir auf die Lippe. Wie unvorsichtig! Wut war ein gefährliches Gefühl, ich musste mich unbedingt mehr kontrollieren. Ich war in seinen Augen Italienerin. Baseball war uramerikanisch.

„Mein Bruder spielt an der Uni", warf ich schnell hinterher. Ich hatte keinen Bruder. Gab es überhaupt eine Baseballmannschaft an der Sapienza? Vermutlich nicht, da sie ja nicht einmal eine Fakultät für Sport besaß.

Angezogen kam ich wieder zum Vorschein. Obwohl mein Verstand mich danach drängte, sofort die Beine in die Hand zu nehmen, blieb ich mitten im Raum stehen. Erneut hatte ich keine Erklärung für mein Zögern, aber etwas an dieser surrealen Situation hielt mich gefangen.

„Es steht Ihnen selbstverständlich frei, sofort zu gehen und gegen mich Anzeige zu erstatten.“

Während ich noch überlegte, ob ich mich gerade verhört hatte, hob der Mann die Hände und nahm seine Maske ab. Ich wich erschrocken zurück. Was war hier los? Warum outete sich Riccardo West? Und was bedeutete dieses Wissen für mich – für uns beide?

Es schuf eine völlig neue Lage. Es bedeutete auch, dass mir West gerade einen entscheidenden Vorteil verschafft hatte! Warum? Das ergab keinen Sinn. Ich war dermaßen verwirrt, dass meine Gedanken den Faden verloren.

* * *

West beobachtete die junge Frau aufmerksam.

Sein Entschluss, sich zu outen, war spontan erfolgt. Jetzt war er gespannt, wie sie darauf reagierte. Sicher war ihr Auftraggeber alle möglichen Szenarien mit ihr durchgegangen. *Sie* überließ nie etwas dem Zufall, sie war eine geniale Strategin. Das hatte er früher an ihr bewundert. Doch er vermutete, dass ein Szenario, in dem er sich selbst outete, nicht Bestandteil des Trainings gewesen sein konnte.

Das Mädchen schien sich auf ihre Opferrolle zu beschränken und agierte weiter entsprechend verwirrt. Sie war wirklich überzeugend, ein Naturtalent. Sie hatte ihn bis jetzt perfekt manipuliert, sich keinen Fehler erlaubt.

Bis auf einen: *die Erwähnung des Baseballschlägers!* Damit hatte sie sich verraten. Sie war keine Italienerin, obwohl sie die Sprache perfekt beherrschte. Er, der Halbitaliener, konnte keinen Unterschied feststellen, ein Linguist vermutlich schon. Das Gespräch wurde aufgezeichnet, er konnte es also später nachprüfen lassen.

Das Mädchen starrte ihn an, als zweifele sie an seinem Verstand. Er hielt ihren Blick fest und sagte: „Mein Name ist Riccardo West und ich bin amerikanischer Staatsbürger. Hier ist meine Karte.“ Get this. *Prendi questo! … Jetzt bist du am Zug, du kleines raffiniertes Luder …* Erneut dachte er daran, dass sie ihn fast eingewickelt hatte mit ihrer *Verängstigtes-kleines-Mädchen-Show.*

* * *

„Was?“, entfuhr es mir eine Oktave höher als beabsichtigt. Ich stierte auf seine Visitenkarte, als handele es sich um ein Artefakt aus dem Höllenreich. Irgendetwas stimmte hier ganz und gar nicht. Was redete der Mann da? Ich kam mir vor, als wäre ich in einem Stück von Kafka gefangen. Nichts passte zusammen, nichts ergab einen Sinn. Ich vergaß sogar für den Moment völlig, dass er für *ihn* arbeitete.

„Es ist mein absoluter Ernst. Vor allem möchte ich mich bei Ihnen in aller Form für die entstandenen Unannehmlichkeiten entschuldigen. Wie erwähnt, handelte es sich um eine bedauerliche Verwechslung. Ein missglücktes Rollenspiel, verstehen Sie?“

Nein, ich verstand gar nichts. Weil ich nicht reagierte und lediglich weiterhin wie eine Irre vor mich hinstarrte, fragte er besorgt: „Benötigen Sie vielleicht einen Arzt?“

Ich konnte nur fassungslos den Kopf schütteln. Er verstand es als Antwort auf seine letzte Frage.

„Bitte“, West zeigte auf die Tür, „Sie können gehen. Einer meiner Leute wird Sie an Land bringen. Sie wissen, wer ich bin, Sie kennen meinen Namen. Ich bin in Ihrer Hand. Ich werde der Polizei gegenüber alles bestätigen, Ihre Entführung und die … Vorkommnisse hier an Bord.“

Endlich fand ich meine Stimme wieder: „Ich soll Sie anzeigen?“, stammelte ich. Das war das Letzte, was ich tun würde! Einfach mal so einen der reichsten amerikanischen Staatsbürger anzeigen und damit mein Konterfei in jeder Zeitung zu finden? Himmel! Meine

Gedanken verwandelten sich in einen Kreisel und warfen jeden Ansatz vernünftigen Denkens sofort aus der Bahn. Mir wollte keine plausible Erklärung für Wests Verhalten einfallen. Außer, dass der Mann verrückt war. Vollkommen plemplem. Er entführte Frauen auf sein Boot, verging sich an ihnen und danach schickte er sie mit der Erklärung „bedauerliche Verwechslung“ und „entschuldigen Sie die Unannehmlichkeiten“ wieder von Bord? Das Ganze garniert mit der Bitte, ihn anzuzeigen?

Unvermittelt hatte ich wieder das Rad vor Augen, auf dem ich ihm ausgeliefert gewesen war. *Und seine Zunge, die …* Verdammt! *Reiß dich zusammen!* „Was sind Sie? Eine Art pressegeiler Sado-Masochist?“, platzte es schneller aus mir heraus, als mir lieb sein konnte. Die ganze Anspannung, die Angst, die ich ausgestanden hatte, das Adrenalin, das immer noch durch meine Adern jagte, überforderten mich. Meine Beine gaben nach, ich schwankte. Er war sofort bei mir, fing mich auf und setzte mich auf dem Bett ab.

„Ich hole Ihnen ein Glas Wasser.“ Er drückte auf einen Knopf und gegenüber fuhr eine versteckte Bar mit einem leisen Summen heraus. Er schenkte ein, kehrte zu mir zurück und drückte mir das Glas in die Hand.

Ich trank und versuchte, meine Gedanken neu zu ordnen. Ich war Informatikerin, Logik war der Eckpfeiler, auf den sich mein Studium stützte. Irgendwo musste sich eine Logik hinter Wests Worten verstecken. Vorausgesetzt, er hatte mich mit den richtigen Daten gefüttert. Ich musste die Situation analysieren und Punkt für Punkt in die richtige Reihenfolge bringen.

Laut West war ich das Opfer einer simplen Verwechslung geworden. Wie wahrscheinlich war das? Dafür sprach allerdings, dass er sich geoutet hatte.

Die Daten waren mager, aber zum ersten Mal zog ich in Betracht, West könnte die Wahrheit gesagt haben, so unwahrscheinlich sie auch klingen mochte. Die Wahrheit hatte für Männer seiner Art viele Gesichter, nur eines davon, das ehrbare, war für die Öffentlichkeit bestimmt. Um ihre Absichten zu verschleiern, trugen sie Masken, agierten im Verborgenen, umgingen jenseits aller Moral Regeln und Verbote und schufen sich ihre eigenen Gesetze.

Ich hatte bereits früh in das Gesicht eines Teufels geblickt. Welches seiner Gesichter zeigte mir Riccardo West gerade? Meinte er es ehrlich oder führte er mich an der Nase herum?

Ich bezweifelte, dass man es als ehrbarer und moralisch integrer Mann schaffen konnte, in die erste Liga der Internet-Tycoons aufzusteigen. Wenn ich mehr über diese undurchsichtige Sache herausfinden wollte, blieb mir nur eine Möglichkeit: Ich musste auf sein Spiel eingehen. Wenn West für *ihn* arbeitete, war mein Schicksal längst besiegelt, und ich würde dieses Boot niemals lebend verlassen. Allerdings würde ich nicht kampflos aufgeben. Immerhin saß ich hier, ohne Fesseln, und hielt ein Glas in der Hand. Ich konnte es zerschlagen und die Scherben entweder als Waffe benutzen oder … mir damit die Pulsadern aufschlitzen.

Immerhin war das der Ansatz eines Plans. Die zweite Tür führte sicher ins Bad. Ich musste es nur rechtzeitig dort hineinschaffen. Mit dem Glas. Zur Not tat es aber auch eine Spiegelscherbe.

Mein Plan gab mir wieder Auftrieb. So oder so gab es nur zwei Möglichkeiten. Entweder ich war das Opfer einer absurden Verwechslung geworden oder West trieb ein Katz- und Mausspiel mit mir. Ich wollte nicht die Maus sein, ich war Catwoman! Zeit, die Krallen auszufahren. Zeit für ein paar Fragen. Zeit für Klarheit.

„Sie sagten, meine Entführung wäre ein Versehen gewesen, eine Art Verwechslung. Warum sollte ich Ihnen das glauben?“

Ich konnte beobachten, wie sich Wests Augen kurz verengten, tief in die meinen eindrangen, als wollten sie den Grund meiner Frage erforschen. Tatsächlich glaubte ich kurz Verblüffung in seinem Gesicht zu erkennen.

* * *

Interessante Strategie, dachte er. Sie spielte ihm den Ball zurück. Keine Theatralik, kein Zeter und Mordio. Sie stürzte nicht schreiend zur Tür, damit er sie mit einem entsprechenden Angebot aufhalten konnte. Allein die Frage, warum sie ihm glauben sollte. Sie verhandelte nicht, sondern wartete auf seinen nächsten Zug.

„Weil es die Wahrheit ist", antwortete er ihr jetzt. „Es lag an Ihrem Kostüm. Eine als Catwoman verkleidete Frau sollte mich in Venedig an jenem Steg erwarten. Es handelt sich um ein Spiel, ein verabredetes erotisches Abenteuer. Wir waren zu früh dran, sie standen da, trugen den Umhang und die Maske, und ich hielt Sie für *sie*. Wie gesagt, eine folgenschwere Verwechslung, die ich unendlich bedauere. Ich kann mich nur wiederholen: Selbstverständlich stehe ich zu meiner Verantwortung, sowohl zivilrechtlich als auch strafrechtlich."

* * *

Ich schüttelte unwillig den Kopf. Natürlich hatte ich schon von Agenturen gehört, die diese Form der Rollenspiele anboten. Männer und Frauen, denen „einfacher" Sex nicht genügte, und die ihre sexuellen Fantasien innerhalb inszenierter Situationen auslebten. Mir gefiel die Erklärung nicht. Etwas störte mich daran. Es passte nicht zum selbstsicheren Riccardo West.

„Ein Rollenspiel? Sie betäuben und entführen Ihre Dates, um sie dann auf ein Folterrad zu schnallen? Kriegen Sie sonst keinen hoch oder was?", sagte ich grob. Später fragte ich mich, wo meine Angst geblieben war.

Etwas wie Belustigung blitzte kurz in Wests Augen auf. „Ich denke, ich habe Ihnen bereits das Gegenteil bewiesen", sagte er und ich wurde rot. Ich dachte an meine Hand, die er auf seinen Schritt gelegt hatte und glaubte, erneut sein pulsierendes Glied fühlen zu können. Sofort verschränkte ich meine Hände.

Die Geste brachte mir ein weiteres Lächeln von West ein. Ich ignorierte es und stand auf. Gott sei Dank gehorchten mir meine Beine wieder. „Gut, dann gehe ich jetzt. Ich möchte aufs Festland. Wenn Sie das bitte arrangieren würden."

„Sie gehen?"

„Ja, Sie sagten doch, ich könnte gehen?"

„Natürlich. Kommen Sie."

Das ließ ich mir nicht zweimal sagen, auch wenn ich weiterhin ein Scheiß-Psychospiel dahinter vermutete. Rasch schlüpfte ich in die Catwoman-Stiefel, in denen noch immer Tizianas Socken steckten, und nahm den Magazingürtel an mich. Kurz fuhren meine Finger abschätzend über die Ampullen. Am Ende überlegte ich es mir anders und ließ ihn zurück. Ich folgte West nach draußen, wo er einem Mann Anweisungen erteilte, mich an Land, am Punkt meiner Wahl, abzusetzen. Er wandte sich mir erneut zu. „Ich höre von Ihnen?"

Ganz sicher nicht, dachte ich. Aber ich nickte und sagte so überzeugend wie ich konnte: „Darauf können Sie wetten, Sie Perversling!" Ich spielte auch eine Rolle. Die des Opfers.

„Es tut mir ehrlich leid", sagte er zerknirscht und wirkte dabei alles andere als zerknirscht. „Auf Wiedersehen und bis bald." Er hielt mir seine große braune Hand entgegen. Ich übersah sie.

Er sah mich an, als warte er darauf, dass ich noch etwas sagte, und als ich das nicht tat, verschwand er wortlos in seiner Kabine.

Ich folgte dem Mann, der mich an Land bringen sollte, in Richtung Steuerbord. Die Segelyacht war riesig, viel größer noch als jene, die *er* besessen hatte.

Ich sah über die Reling und entdeckte das dümpelnde Beiboot. Eine feste Leiter führte nach unten. Noch traute ich dem Braten nicht. Ich behielt recht. Plötzlich trat mir ein glatzköpfiger, gedrungener Mann in den Weg, dessen Schnauzer stark an einen Seehund erinnerte, und zog mich in die nächste Kabine.

„Lassen Sie mich sofort los“, blaffte ich ihn an und entriss ihm meinen Arm. „Ihr Boss hat gesagt, dass ich gehen kann!“

„Er hat auch gesagt, ich soll Ihnen das hier geben.“ Er öffnete einen Umschlag und gab den Blick auf ein dickes Bündel Geldscheine frei. „Das sind 25.000 Euro. Sie gehören Ihnen.“

Die Enttäuschung traf mich wie ein Hieb in den Magen. *Fast hätte ich mich von ihm blenden lassen!* Dabei war West wie alle anderen auch, keinen Deut besser! Er wollte sich mit seinem verdammten Geld freikaufen! So viel dazu, dass es ihm leid täte und er sich seiner Verantwortung stellen würde. *Lügner!*

„Sagen Sie Ihrem Boss, ich bin nicht käuflich! Warten Sie, ich sage es ihm selbst.“ Ich schnappte mir den Umschlag, stapfte zurück, im vollen Bewusstsein, mit meinen hohen Hacken seine Yacht zu beschädigen.

Voller Zorn riss ich die Tür zu seiner Kabine auf und wich erschrocken zurück. West hatte direkt an der Tür gestanden und sah fragend auf mich herab. Ich schubste ihn heftig gegen die Brust und brüllte: „Da haben Sie Ihr Scheißgeld!“, und beförderte den Umschlag sodann mit einem Schwung über Bord.

13

Wahrscheinlichkeiten

Wests Mann setzte mich tatsächlich an dem von mir angegebenen Ort ab.

Bis zuletzt hatte ich daran gezweifelt, aber West hatte Wort gehalten. Wenigstens das …

Ich kletterte mit zittrigen Beinen aus dem Boot und hastete den Steg entlang. Mehrmals sah ich zurück, ob mir jemand folgte, doch mein Begleiter hatte sofort wieder abgelegt. Mit einem Ruck riss ich mir die Latex-Maske vom Gesicht. Endlich! Ich fuhr mir über das verschwitzte Gesicht.

Es herrschte ziemlich viel Betrieb an Land, die meisten Leute trugen Kostüme, flüchtende Gäste des Kreuzfahrtschiffs. Ich achtete nicht weiter auf sie oder ihr aufgeregtes Geschnatter, meine Gedanken wurden vollkommen von dem soeben Erlebten absorbiert.

Erst das Kidnapping, jetzt die Freilassung. Über das *Dazwischen* wollte ich gar nicht erst nachdenken. Ausgerechnet Riccardo West! Wie hoch war die Wahrscheinlichkeit, demselben Mann innerhalb von drei Tagen zweimal zufällig zu begegnen? Als Informatikerin glaubte ich nicht an Wahrscheinlichkeiten. Und doch war es passiert. Vielleicht sollte ich öfters ins Casino gehen, schoss es mir unsinnigerweise durch den Kopf.

So unglaublich es auch klingen mochte, aber ich kam mehr und mehr zu dem Ergebnis, mich geirrt zu haben, und ich tatsächlich das Opfer einer bescheuerten Verwechslung geworden war.

Wenn ich zur Hysterie neigen würde, hätte ich jetzt gekichert.

Mann, da musste West ja der Arsch ganz schön auf Grundeis gehen!

Nachdem ich die Fische mit seinem Geld gefüttert hatte, musste er damit rechnen, dass ich zur Polizei gehen und die jeden Augenblick bei ihm aufkreuzen würde. Hoffentlich hatte er bis dahin noch einige unbequeme Momente. Mit Sicherheit hielt er schon den nächsten gefüllten Umschlag bereit.

Der wird sich wundern, nichts mehr von mir zu hören … Wenn ich es recht bedachte, war es schon eine Merkwürdigkeit, dass West mich nach meinem Wutanfall nicht aufgehalten hatte. Der Logik seiner käuflichen Welt folgend hätte er sein Angebot erhöhen müssen. Aber vermutlich hielt er sich für unantastbar, das taten diese Schweine immer. Für dieses Mal jedenfalls würde er sehr billig davonkommen. Was mich schon wieder aufbrachte. Diese Sorte Mann kam einfach immer davon. In meinem speziellen Fall hatte er sogar unverschämtes Glück auf seiner Seite gehabt. Ich stutzte, irgendetwas klapperte … Verdammt, meine Zähne schlugen aufeinander wie ein außer Kontrolle geratenes Gebiss. Offenbar ließ die Wirkung der injizierten Droge endgültig nach, und der Schock über das Erlebte setzte ein.

Ich irrte in dem riesigen Parkhaus der künstlichen Tronchetto-Insel umher, auf der Suche nach unserem Minivan. In der Aufregung wollte mir die Stellplatznummer nicht mehr einfallen. Aber ich war sicher, noch nicht zu spät dran zu sein. Wir hatten 1:10 Uhr vereinbart, für den Fall, dass wir getrennt wurden. Dazu noch einen zweiten Treffpunkt um 01:30 Uhr beim Haupteingang des Großmarkts, der sich ebenfalls auf der Tronchetto-Insel befand. Da herrschte immer Betrieb. Ich erkundigte mich bei einer Gruppe junger Leute nach der Uhrzeit. Fünf vor eins. Ich musste meine Gruppe unbedingt finden. Ich hatte kein Geld, kein Smartphone und ich musste raus aus diesen blöden Stiefeln. Meine Füße schmerzten wie Hölle.

„Gina!“, hörte ich plötzlich jemanden rufen. *Gott sei Dank!* Ich fuhr herum und sah im trüben Licht der Parkhausbeleuchtung

Gianni auf mich zuspurten. Nie zuvor hatte ich mich so gefreut, meinen Freund zu sehen.

„Verdammt, wo hast du gesteckt? Bist du crazy? Du hättest ruhig früher sagen können, dass du es dir anders überlegt hast", schimpfte er los, kaum, dass er mich erreicht hatte.

Statt einer Antwort brach ich in Tränen aus und warf mich an seine Brust.

14

Dicke Luft

Ich spürte die Blicke der anderen auf mir. Wir befanden uns auf der Heimfahrt nach Rom. Die anderen hatten ‚Scharade' wohl oder übel ohne mich durchgezogen.

Im Wagen herrschte eine eigenartige Stimmung. Die übliche Euphorie und Ausgelassenheit nach einer gelungenen Aktion ging völlig ab. Normalerweise wären wir in Feierlaune, würden uns gegenseitig auf die Schultern klopfen und uns versichern, was für eine Teufelsgruppe wir doch waren. Wir würden Wein trinken – bis auf den unglücklich ausgelosten Fahrer und mich, ich gewann Alkohol nichts ab –, Gianni würde seine Gitarre hervorholen und wir würden singen.

Stattdessen hatte die Gruppe gleich doppelt Veranlassung, auf mich sauer zu sein: a), weil ich sie mit meinem Rückzug im Stich gelassen hatte und b), weil ich ihnen meine Gründe dafür verschwieg.

Genau das tat ich nämlich. Ich schwieg. Mir wollte einfach keine logisch klingende Geschichte abseits der Wahrheit einfallen, die erklärte, warum ich ohne das Catwoman-Kostüm und in einem neuen, viel zu großen Outfit wieder aufgetaucht war.

Kurz hatte ich überlegt, ob ich vorgeben sollte, dass die Polizei mich wegen meines ‚Bordsteinschwalben-Outfits' aufgegriffen hatte.

Aber das hätte unser Computergenie Pasquale sicher dazu verleitet, es mit einem kleinen Eingriff in den Polizeicomputer zu verifizieren.

Reto jedenfalls wirkte sehr eingeschnappt. Verständlich, er hatte sich als mein Partner sowohl Sorgen als auch Vorwürfe wegen meines Verschwindens gemacht. Schließlich war er es gewesen, der seine Einladungskarte vergessen und mich alleine zurückgelassen hatte.

Gianni wiederum musterte mich mit einem undefinierbaren Ausdruck im Gesicht.

Leider war es nicht sehr förderlich gewesen, dass ich ihm als Erstes heulend um den Hals gefallen war. Gott sei Dank hatten die anderen das nicht mitgekriegt. Aber sicher tobten jetzt die wildesten Spekulationen durch Giannis Kopf. „Du willst also nicht darüber reden?“, fragte er mich. Es war das gefühlt hundertste Mal, seit er mich auf dem Parkplatz aufgegriffen hatte.

„Jetzt lass Gina endlich in Ruhe“, mischte sich seine Freundin Gabriella ein. „Siehst du nicht, dass sie völlig verstört ist?“

Ich zuckte zusammen. Den Eindruck machte ich also auf die anderen? Ich wollte abweisend aussehen, wie jemand, der in Frieden gelassen werden wollte. Aber das schien ich ja jetzt trotzdem erreicht zu haben. Ich lächelte Gabriella dankbar zu, kuschelte mich in meinen Sitz, versenkte mich in den sauberen Geruch von Riccardo West, der unverschämterweise seinen Kleidern anhaftete, und schloss die Augen. Ich war todmüde und wollte schlafen. Doch alles, woran ich denken konnte, waren Riccardo West und das, was seine Hände und Zunge mit mir angestellt hatten.

Gut, dass ich ihn nie wiedersehen würde.

15

Stinkbombe

West lehnte neben Ettenhuber an der Reling und sah dem Boot nach, mit dem MacCabe die junge Frau an Land brachte.

Er wunderte sich, wie viel um diese Uhrzeit auf dem Meer los war. Überall wimmelte es nur so von Vaporettos und Motorbooten aller Couleur. Offenbar hatte ein Exodus von der *Pride of the Seas* eingesetzt.

„Und jetzt?", fragte Schorsch Ettenhuber und senkte sein Fernglas, mit dem er verfolgt hatte, wie das ausgerollte Banner von zwei Besatzungsmitgliedern der *Pride* eingeholt wurde.

„Wir warten."

„Auf ihren nächsten Schachzug." Ettenhuber nickte. „Mir gefällt die ganze Sache nicht, Rick. Sie ist zu … persönlich."

„Frag mich."

„Was ist mit dem Geld?"

„Lass es schwimmen."

„Das meinte ich nicht. Das Mädchen hat es einfach so über Bord geworfen. Kaltblütig."

„Das ist sie." Er nickte. Tatsächlich hatte er ihre Kaltblütigkeit für einen Teil ihres Spiels gehalten. Sie hatte kaum auf ihn reagiert. Da waren zwar einige wenige flüchtige Momente gewesen, in denen er geglaubt hatte, ihre Lust geweckt zu haben. Aber jetzt war ihm natürlich klar, dass von Anfang an alles nur vorgetäuscht gewesen war. Berechnung.

„Wir hätten ihr mehr bieten sollen."

„Nein. Egal, was wir ihr geboten hätten, sie bekommt mehr von ihr. Das weiß sie. Auf jeden Fall hatte sie keine Möglichkeit, meinen Laptop zu spiegeln." Bevor er es verhindern konnte, war es bereits aus ihm herausgerutscht: „Ich wüsste zu gerne, wer sie ist", murmelte er, während er den klaren Sternenhimmel betrachtete.

„Was hast du gesagt?"

„Nichts, nur laut gedacht."

„Soso. Was denkst du, von wem wir zuerst hören werden? Von dem Mädel, einem Anwalt oder derer damischen Ami-Krampfhenna, die dir wie eine Zecke im Pelz sitzt?" Ettenhuber spuckte in hohem Bogen ins Meer – was das ganze Ausmaß seiner Verachtung für die Ungenannte offenbarte.

„*Sie* wird sich melden. Den Leckerbissen, mir zu drohen, wird sie sich kaum entgehen lassen." Wests Augen blieben an einem Polizeiboot haften, das ebenfalls auf die *Pride of the Seas* zuhielt. Er wusste, dass er sich eigentlich für die Vorgänge auf dem Schiff interessieren sollte, stattdessen wollten ihm die Augen des Mädchens nicht mehr aus dem Kopf gehen. Grau und klar, von langen dunklen Wimpern überschattet. Selbst als sie ihm all die verschiedenen Gefühle vorgespielt hatte, hatte er immer auch die Traurigkeit hinter ihrer Fassade wahrnehmen können. Er konnte sich nicht erklären, woher er diese Sicherheit nahm. Was war bloß mit ihm los? So kannte er sich nicht. Seine Gedanken führten ein Eigenleben, drifteten ständig in ihre Richtung ab. Eigentlich sollte er sich Sorgen über die möglichen Folgen einer Anzeige durch sie machen. Soviel war sicher, der Skandal würde ihn seine Regierungsaufträge kosten, und nicht nur das. Doch es war ihm egal, alles, woran er denken konnte, war das Mädchen. *Und wenn sie gegen ihren Willen agiert hatte?* Vielleicht war sie von *ihr* erpresst worden, dies zu tun? Es sähe *ihr* ähnlich, aus der Not anderer Kapital zu schlagen. Vor allem aber ließ ihn der Gedanke nicht los, diesen traurigen Augen schon einmal begegnet zu sein.

Ettenhuber betrachtete seinen Freund von der Seite. Er fand, dass dieser leicht abwesend wirkte, nicht so richtig bei der Sache. „Was ist los mit dir, mein Junge? Kein Kampfgeist?"

In dieser Sekunde trat ein junger Mann mit Kopfhörer aus Wests Kabine und enthob ihn damit einer Antwort. Er hielt eine Art Tablet-PC in der Hand – mit dem Unterschied, dass darauf einige Regler angebracht waren.

„Was gefunden, Kulijic?", fragte ihn West.

„Ihre Kabine ist sauber, Sir. Keine Wanzen."

„Was ist mit dem Kostüm und dem Gürtel?"

„Der Scan hat nichts ergeben, aber ich sehe mir die Sachen gleich noch genauer in meinem Labor an."

West hob den Kopf. „Maledetto, was ist das denn für ein bestialischer Gestank? Wo kommt der so plötzlich her? Vom Meer?"

Ettenhuber schnüffelte wie ein Jagdhund und rief alarmiert: „Nein, das kommt aus deiner Kabine! Bleib bloß weg, Rick!" Er stürzte hinein und kam Sekunden später mit dem Laptop wieder heraus. Dann warf er die Tür zu und lehnte sich schweratmend mit dem Rücken dagegen. Er war fast grün im Gesicht, als müsste er sich gleich übergeben. Ein ungewohnter Anblick.

„Gas oder … Säure?" West sah betroffen auf den Laptop, den sein Freund beidhändig an die Brust presste.

„Keine Ahnung, wenn ich es nicht besser wüsste, würde ich fast sagen, es war eine …"

„Stinkbombe!", ergänzte der Mann namens Kulijic. Er hielt grinsend seinen Turnschuh hoch und schnüffelte an der Sohle.

„Mann, Kulijic! Jetzt ist keine Zeit für Scherze!", entfuhr es West verärgert.

„Kein Scherz, Sir." Kulijic ließ den Schuh fallen, zog eine kleine Ampulle aus dem Magazingürtel und hielt sie mit zwei Fingern empor. „Sehen Sie? Der ganze Gürtel ist voll mit denen. Das sind *Stinkbomben!*" Seine Stimme hörte sich an, als wäre er gerade auf eine Goldader gestoßen.

West trat näher und beäugte misstrauisch die kleine Ampulle. „Sicher?“

„Ja. Ich glaube, ich bin da drin gerade auf eine getreten. Ich habe das Knacken gehört und die kleinen Splitter gesehen. Ich hielt es für eine Scherbe. Passen Sie auf.“ Er legte die Ampulle auf den Boden und machte Anstalten, auf sie zu treten.

„Unterstehen Sie sich!“, riefen Ettenhuber und West gleichzeitig. „Nehmen Sie das Zeug mit und entsorgen Sie es!“, befahl ihm Riccardo.

Ettenhubers Smartphone klingelte. Er nahm ab, lauschte kurz in den Apparat und streckte ihn dann mit einem undefinierbaren Gesichtsausdruck seinem Boss entgegen. Die Farbe war in sein Gesicht zurückgekehrt. „Für dich“, sagte er.

West sah seinen Freund fragend an. „Wer ist dran?“

„Der Kapitän der *Pride.*“

„Jetzt nicht. Der wird wohl selbst mit ein paar Ökospinnern fertig werden. Sag ihm, er soll einen Bericht schreiben.“

„Oh, ich denke, dass es dich schon interessiert, was er zu sagen hat.“ Sein Sicherheitschef grinste jetzt quer über das ganze Gesicht. West blickte ihn an, als würde er sich fragen, ob der Gestank in der Kajüte seinem Freund vielleicht den Verstand vernebelt hätte.

Nachdem er das Gespräch mit dem Kapitän beendet hatte, sagte er kopfschüttelnd: „Stinkbomben? Ist das zu fassen? Das Schiff muss teilweise evakuiert werden.“ Er wählte eine Nummer. Es dauerte, bis sich der Teilnehmer am anderen Ende meldete. „Ich bin’s. Ja, Ed, ich weiß, wie spät es ist. Wir haben eine Situation auf der *Pride* im Hafen von Venedig. Nein, keine Havarie. Setz dich mit dem Kapitän in Verbindung, er gibt dir einen Abriss der Lage. Check die rechtlichen Konsequenzen. Was wir an Tickets ersetzen müssen, eventuelle Klagen. Ruf mich später zurück.“ Er legte auf. *Was für eine Nacht! Aber keine Sekunde langweilig!* So quicklebendig hatte er sich schon lange nicht mehr gefühlt. Er spürte den Blick seines Freundes auf sich, der immer noch dreinschaute, als hätte er gerade eine gute Nachricht erhalten.

„Was ist los mit dir? Zu viel Stinkbombe geschnüffelt?"

„Verstehst du denn nicht? Das bedeutet …"

Die jähe Erkenntnis weitete Wests Augen. Er packte seinen Freund an den Schultern. „Maledetto, aber ja! Wir haben uns geirrt. Aber wie! Catwoman war gar nicht von *ihr* geschickt, sondern sie gehört zu denen!" Er lachte befreit auf. „Das Mädchen ist nichts weiter als eine einfache Ökospinnerin, die sich an Bord der Pride schleichen wollte."

„Sapperlot, und was für eine Freche dazu! Das nenne ich Rache!"

Riccardo schüttelte lachend den Kopf. „Unglaublich, ihre Freunde verseuchen die *Pride* und mir verpasst sie auch ein paar von den Dingern."

„Ja, alle neune! Voll die Yacht des Reeders erwischt." Ettenhuber feixte.

Riccardo wurde wieder ernst. „Sag, haben wir Gasmasken an Bord?"

„Wohl kaum."

„Tut mir leid, Schorsch, aber du musst nochmal da hinein." Er zeigte auf die Kabinentür. Ettenhuber wich einen Schritt zurück. „Das ist jetzt nicht dein Ernst!"

„Ich bin der Boss."

„Ausgerechnet jetzt kehrst du das heraus. Können wir nicht erst lüften? Überhaupt, wozu denn? Das Wichtigste haben wir!" Er hob Wests evakuierten Laptop hoch.

„Du bist doch sonst so schlau. Überleg doch, das schafft eine vollkommen neue Situation. Für mich. Für das Mädchen. Bis dato sind wir von völlig falschen Voraussetzungen ausgegangen. Dabei ist die Verwechslung echt gewesen. Ich muss wissen, wer sie ist. Ich habe sie entführt und quasi vergewaltigt. In ihren Augen bin ich ein Schwein", sagte West erschüttert, den das ganze Ausmaß seines Vergehens einholte. „Ob Absicht oder nicht,

Schorsch, es spielt für die Gefühle des Mädchens keine Rolle. Sie hat es real erlebt."

Ettenhuber stieß die Luft aus, als hätte er sie vorsorglich schon einmal angehalten. „Stimmt ja … Sachsendi! Alles wieder auf Anfang."

„Darüber hinaus steckt sie in einer Zwickmühle. Wenn sie mich anzeigt, dann wird sie erklären müssen, wie es zu der Verwechslung kam."

„Und dann fliegt auch die Aktion ihrer Kumpel, der Ökospinner, auf."

Riccardo nickte. „Eben."

„Wenn du weißt, wer sie ist, wirst du ihr nochmals Geld anbieten?"

„Nur, wenn ich sie noch mehr beleidigen möchte. Nein, ich habe andere Gründe. Falls sie sich zu einer Anzeige entschließt, können wir davon ausgehen, dass das Mädchen von der Staatsanwaltschaft, sobald die meinen Namen erfährt, abgeschirmt wird, um ihre Identität zu schützen. Meine Beteiligung wird aber auf jeden Fall durchsickern, irgendwer redet immer. Die Presse wird sich wie Aasgeier auf die Nachricht stürzen. Sie werden sie jagen. Es ist nur eine Frage der Zeit, bis sie ihren Namen herausgebracht haben. Und dann hat sie nicht nur die Presse, sondern auch amerikanische Anwälte am Hals. Die wittern doch eine Millionenklage tausend Meilen gegen den Wind. Darum muss ich wissen, wer sie ist, und versuchen, sie so gut wie möglich davor zu schützen. Das ist das Mindeste, was ich für sie tun kann."

„Verzeih einem schwerfälligen Bayern. Wie willst du das anstellen?"

„Ich gebe zur Not selbst Interviews."

„Du willst dich den Löwen zum Fraß vorwerfen? Sauber!"

„Falls sie irgendwo registriert ist, haben wir alles, was wir brauchen: Eine Aufzeichnung ihrer Stimme, ein Wasserglas mit Fingerabdrücken, Hautpartikel im Kostüm, sicher auch Haare auf dem Bett. Darum, mach dich ran, alter Freund!" West klopfte ihm aufmunternd auf die Schulter.

„Und was machst du?"

„Ich genieße die womöglich letzten Stunden meiner Freiheit."

„Ich leiste dir Gesellschaft." Ettenhuber öffnete die Tür zu einem Abstellraum, zog zwei Liegestühle heraus und platzierte sie an Ort und Stelle.

West sagte nichts, sondern wartete mit hochgezogenen Augenbrauen darauf, dass sich sein Freund erklärte.

„Wir können uns die Arbeit vorerst sparen", sagte der, während er es sich in seinem Liegestuhl bequem machte. „Ich habe der Frau vorhin einen winzigen Sender verpasst. Solange sie dein Shirt trägt, wissen wir, wo sie ist und wo sie hinwill. Und bevor du die Stirn runzelst: Ich habe da noch in der Annahme gehandelt, sie wäre eine Betrügerin", ergänzte Ettenhuber. Er streckte sich lang aus und murmelte: „Puh, jetzt könnt ich ein Bier vertragen!"

„Prima Idee!" West gab dem Steward Bescheid und kurz darauf nippten sie an einem kühlen Hellen. Bayrische Importware, Ettenhubers Lieblingsmarke.

„So schmeckt der Himmel auf Erden!", seufzte Ettenhuber nach dem ersten Schluck und prostete selbigem zu. Er setzte die Flasche an, nahm einen weiteren tiefen Zug und wischte sich anschließend mit dem Handrücken über den Mund. „Sapperlot, aber was für ein Ramba Zamba! Alles für das bisschen …", er suchte nach dem richtigen Wort.

„Sex?", half ihm West aus.

„Wohl eher Akrobatik. Es genügt nicht, dein Spielzimmer abzusperren, Junge. Die Leute schwatzen dann erst recht. Vielleicht solltest du mal deine Vorlieben überdenken! Dann säßen wir jetzt nicht in diesem Schlamassel."

„Vielleicht hast du recht." West trank von seinem Bier.

„Ich habe ganz sicher recht! Als der Herrgott die Triebe schuf, war das nicht seine Glanzstunde. Was ist bloß aus *sie unten, er oben* geworden? Jetzt kann es nicht kompliziert genug sein, es gibt 1001 Gerätschaften und das ganze Gelumpe braucht Batterien.

Ich erzeug meine Energie lieber selber. Strom und Sex sollten sich ausschließen. Meine Helga jedenfalls, die hat sich nie beschwert." Ettenhuber leerte die Flasche und rülpste gehaltvoll.

West schmunzelte. „Für Gott, König und Vaterland das Nachthemd geschürzt, hm? Soweit ich mich erinnere, hat sie sich von dir scheiden lassen, oder?"

„Du frecher Batzi! Gib lieber noch ein Bier aus!"

West bestellte nach.

„Und wenn wir schon dabei sind. Du musst damit aufhören, Rick."

„Mit was?"

„Tu nicht so scheinheilig. Ich kenn das Schmugglerversteck in deinem Flieger! Meinst du, ich weiß nicht, dass du der geheimnisvolle Museen-Wohltäter bist? Der, den die Medien den *Robin Hood der Kunst* nennen? Ich sage nur *Florenz* und *da Vinci* … Geh, jetzt schau nicht so damisch."

„Seit wann weißt du es?"

„Seit Tokio."

„Also schon beim zweiten Mal. Alle Achtung."

„Ich komm ja nicht auf der Brennsupp'n daherg'schwommen."

„Brennsupp'n daherg'schwommen?", wiederholte Riccardo holprig. „Das hast du mir noch nicht beigebracht." Die beiden sprachen Englisch miteinander, in das Ettenhuber hier und da urbayerischen Dialekt einfließen ließ.

„Ja, zwölf Jahre, und du kannst immer noch was dazulernen. Merk's dir, es bedeutet, dass ich nicht von gestern bin."

„Was hat mich verraten?"

„Dein Bewegungsprofil. Es reicht nicht, das Handy liegenzulassen."

West nickte. „Der Bio-Chip."

„Ja, der hatte bei dir auffällig viele Ausfälle. Immer nachts, und ein paar Wochen später freut sich irgendwo auf der Welt ein Museum. Komm, ich weiß, dass du nur Leute bestiehlst, die die Kunstwerke selbst gestohlen haben. Aber irgendwann erwischen sie dich. Der Knast ist kein schöner Ort. Du brauchst ein neues Hobby."

„Speedboot-Fahren?“

„Untersteh dich! Du hast die letzte Weltmeisterschaft nur knapp überlebt. Dreizehn Knochenbrüche!“

„Du bist zu abergläubisch, Schorsch“, sagte West leichthin.

„Nein, ich kenne deine Krankenakte. Irgendwann können sie dich nicht mehr zusammenflicken, Burschi.“

„Sagst du mir damit, dass ich alt werde?“

„Nein, ich sage dir damit, dass du zu hohe Risiken eingehst. Du hast Verantwortung. Ein Unternehmen. Menschen, die für dich arbeiten.“

West seufzte. „Ich hasse es, wenn ich dir recht geben muss.“

„Gut!“

16

Jeder hat ein(e) Happy End verdient!

„Alles gut gegangen, *chica*?“ Marisol lehnte verschlafen am Türrahmen meines Zimmers. Ich hatte sie in meine Aktivitäten für die Umwelt-Gruppe eingeweiht. Sie war deswegen ein wenig erschrocken gewesen. Marisol war die ehrlichste Haut, die man sich vorstellen konnte. Und ein wenig ängstlich. Und sehr fürsorglich. Manchmal kam ich mir vor wie ihre Tochter. Dabei war sie nur zwei Jahre älter als ich.

„Was trägst du da für komische Sachen?“, fragte sie mich weiter und musterte mich von oben bis unten.

Gute Frage! „Äh, ausgeliehen“, stotterte ich, riss sie mir vom Leib und pfefferte sie in die nächste Ecke. „Geh wieder schlafen, Marisol“, sagte ich, während ich mir ein Handtuch schnappte. „Ich dusche noch schnell und dann muss ich gleich zur Uni.“ Wir schrieben heute eine Klausur. Ich war froh, mich darauf konzentrieren zu müssen. Es würde mich zumindest kurzzeitig von der Dauerschleife in meinem Gehirn befreien, die die Ereignisse an Bord der Yacht ununterbrochen und in erschreckender Klarheit abspulte. Merkwürdigerweise wurde ich dabei das Gefühl nicht los, dass Riccardo West mir nichts getan hätte, jedenfalls nicht bewusst. Ich verstand das irrationale Vertrauen nicht, das ich in den Mann hatte. Konnte ich mir inzwischen selbst nicht mehr trauen? Verlor ich meine Urteilskraft?

„Ist wirklich alles in Ordnung mit dir?“ Marisols Augen ruhten forschend auf mir.

„Natürlich!“, versicherte ich ihr. In das Handtuch gewickelt ging ich auf sie zu, drückte sie kurz an mich und genoss für eine Sekunde die Vertrautheit und den Trost, den mir unsere Freundschaft schenkte. Dank Marisol war ich nicht allein auf dieser Welt.

Marisol erwiderte die Umarmung, sie liebte – im Gegensatz zu mir – Körperkontakt, kein Wunder bei drei Schwestern, vier Brüdern und einer Verwandtschaft, die ein ganzes Fußballstadion füllen würde.

Jetzt schob sie mich von sich, sah mir tief in die Augen und rief: „*Bueno*! Jetzt weiß ich, dass nada in Ordnung ist! Du hast doch was. Los, geh duschen! Kaffee und Marzipangebäck in fünf Minuten in der Küche!“ Sie stapfte davon.

Verflixt, das hatte man von guten Freundinnen! Ihren Argusaugen entging nichts. Während ich duschte, überlegte ich fieberhaft, wie ich mich Marisols Tribunal entziehen konnte. Mir wurde bewusst, dass ich mich in meinem eigenen Paradoxon verfangen hatte. Mein Leben war eine Lüge, aber ich wollte Marisol nicht anlügen. Das Einzige, was mir einfiel, war, ihr zu erzählen, ich hätte mich verliebt. Das würde vermutlich zu einem einseitigen Wortschwall ihrerseits führen, was genau so in meiner Absicht lag.

Marisol hatte nämlich zwei große Leidenschaften: Die Herstellung von feinstem Konfekt und eben die *Liebe*. Nicht irgendeine Liebe, sondern die große, unvergängliche, herzzerreißende Liebe. *Amor incondicional*. Die Sorte Liebe, die man in Bollywoodfilmen fand, in denen bis zum unvermeidlichen Happy End eimerweise Tränen vergossen wurden. Bevorzugt sah Marisol Filme mit Shah Rukh Khan, so eine Art indischer Tom Cruise. Sie besaß alle seine Filme auf DVD, die sie sich in ihrer Freizeit reihenweise auf ihrem kleinen Fernseher reinzog. Sogar ich war inzwischen mit dem Bollywood-Virus infiziert. Ich weiß nicht, wie viele Sonntagnachmittage wir bereits heulend auf ihrem Bett indische Liebesfilme geguckt hatten. Nicht, dass Marisol der Liebe schon begegnet wäre.

Meine Freundin war so jungfräulich wie am Tag ihrer Geburt. Sie war tatsächlich ein Unikum in dieser schnelllebigen, oberflächlichen Zeit. Doch mit der Unerschütterlichkeit eines wahren Christen, der auf die Rückkehr des Messias hofft, glaubte Marisol fest daran, dass ihre große Liebe irgendwo da draußen auf sie wartete. Sie musste sie nur finden. Oder von ihr gefunden werden.

Wie es schon ihre Traummannliste sagte, es kam nur ein Spanier in Frage (der aber möglichst wie Shah Rukh Khan aussehen sollte). Alle anderen Männer waren in Marisols Augen direkte Abkommen des Teufels, mit Huf, Schwanz und Horn, und die Schlimmsten waren sowieso die Italiener.

Während das heiße Wasser auf mich herabprasselte, war ich froh, mich mit Marisols nicht vorhandenem Liebesleben beschäftigen zu können. Es lenkte mich ab. Erst nach zehn Minuten stieg ich aus der Dusche. Ich hatte mich geschrubbt, als wollte ich Venedig von mir abwaschen, und meine Haut wies inzwischen erstaunlich viel Ähnlichkeit mit gekochtem Hummer auf.

Ich hüllte mich in ein Handtuch, tappte einmal quer über den Flur in mein Zimmer und sah sofort, dass Riccardos Kleidung nicht mehr in der Ecke lag. Marisols Ordnungssinn. Ich entkam ihm nicht. Sie würde sie waschen. Eigentlich hatte ich die Sachen in die nächste Mülltonne stopfen wollen. Egal. Ich suchte Unterwäsche, Shirt und frische Jeans heraus und holte meine geliebten Sneakers aus der Tasche, die ich für Venedig gepackt hatte.

Als ich fertig angezogen war, mein Haar kurz angeföhnt und noch leicht feucht in den üblichen Pferdeschwanz gezwungen hatte, stellte ich fest, dass ich zum ersten Mal seit vielen Jahren meine wichtigste tägliche Routine vergessen hatte: mich zu rasieren.

Bisher hatte ich immer peinlich genau darauf geachtet, meine echte Haarfarbe nicht preiszugeben. An keiner Stelle des Körpers. Dazu gehörte auch regelmäßiges Augenbrauen- und Wimpernfärben. Reflexartig überprüfte ich die Keramikschale, die meine Vorderzähne bedeckte. Ich hatte einen etwas schiefen Schneidezahn, der mich unverwechselbar machte. Wenigstens die saß richtig. Grimmig schwor ich mir, nie wieder einen Fuß auf venezianisches Territorium zu setzen, und wenn die Stadt zur letzten Zuflucht der Menschheit würde. Ausgerechnet jetzt fielen mir Giannis Worte, respektive die seiner Großmutter, ein. Sie trafen nicht zu. Venedig war nicht mein Schicksal, Venedig war mein Fluch!

Also gut, neue Herausforderung. *Marisol.* Ich hob das Kinn, straffte meinen Körper und stolzierte in die Küche. Es war nicht unser erstes Duell. Marisol war mein abwechslungsreiches Liebesleben nicht entgangen. Logischerweise billigte meine Freundin mein Treiben nicht und versuchte daher von Zeit zu Zeit, mich ‚zu bekehren'.

Verführerischer Kaffeeduft schlug mir entgegen. Meine Freundin erwartete mich am gedeckten Tisch. Die üblichen Waffen: zwei Tassen, eine volle Kanne Kaffee und ein Teller ihrer hausgemachten, nach Sünde schmeckenden Marzipanpralinen. Mir lief sofort das Wasser im Mund zusammen. Ich setzte mich, Marisol schenkte ein und schob mir wortlos den Teller zu. „Also, raus mit deine Sprache, *chica*. Was hast du angestellt?"

„Wie kommst du darauf, ich hätte etwas angestellt?" Ich wählte meine Lieblingspraline, Pistazie mit einem Schuss Amaretto, und schob sie mir in den Mund.

„Weil du Küche geentert hast wie eine Torero, der eine Stier erlegen muss. Das ist nicht nett. Sehe ich aus wie eine Stier?"

Ich verschluckte mich an der Nuss. „Bitte?", keuchte ich.

„Du hast schon richtig gehört." Marisol hob die Tasse an ihren Mund und taxierte mich über den Rand hinweg. Unter ihrem Blick fühlte ich mich plötzlich genauso verletzlich wie auf diesem komischen Rad, auf dem mich West festgeschnallt hatte.

Nur, dass jetzt nicht mein Körper, sondern meine Seele ausgeliefert schien. Doch Marisol war meine Freundin. Sie wollte nur das Beste für mich, sie sorgte sich um mich. Selbstredend, dass ich ihr weder die Lüge, ich hätte mich verliebt, noch irgendeine andere auftischen konnte. Also schwieg ich und aß noch eine Praline. Und noch eine.

„So schlimm? Du hast dich verliebt oder, *guapa*?"

Na toll! Da soll man nicht die Krise kriegen ... Ich verschluckte mich gleich nochmals. Marisol stand auf und hieb mir kräftig auf den Rücken.

„Wie kommst du bloß darauf?", sagte ich, als ich meine Luftröhre wieder soweit unter Kontrolle hatte.

„Deine Benehmen, deine Blick und die fremden Kleider, die eindeutig eine große Kerl gehören. Ich habe gesehen, wie du sie dir vom Leib fetzen. Als hättest du Angst, dich an ihnen zu verbrennen."

„Und daraus schließt du, ich hätte mich verliebt?" Ich war einigermaßen fassungslos. Was für Signale sandte ich bloß aus?

Marisol strahlte und nickte heftig mit dem Kopf. Als ob das nicht ausreichte, klatschte sie auch noch in die Hände und rief „*Sííí!*"

Wie kam ich aus der Nummer wieder raus? Antwort: Gar nicht.

Ich wurde völlig von Marisol überrannt: „Wie heißen er? Wie sehen er aus? Wo wohnen er? In Venedig?"

Mir wurde schlecht. Und das lag nicht an den vielen Pralinen, die ich inzwischen in mich hineingestopft hatte.

Hilflos sah ich zur Küchenuhr und sagte lahm: „Ich muss zur Uni. Wir schreiben eine Klausur."

„Gut." Marisol nahm mir den Teller weg. „Die Pflicht gehen vor. Aber du entkommst Marisol nicht!"

Ja, danke, das war mir auch klar.

Marisol redete weiter: „Heute Abend will ich alles über Venedig wissen, *bueno*?" Und, nach einer kurzen Pause, während der ich meine Tasse in die Spüle stellte, fügte sie noch etwas hinzu. Es waren nicht ihre Worte, die mir einen Schauer über den Rücken jagten, sondern die Art, wie sie es sagte, mit dieser jähen sanften Stimme: „Jeder hat eine Happy End verdient, *chica*."

Jetzt war ich endgültig davon überzeugt, dass Marisol in meine

Seele blicken konnte. Wenn ich an etwas mit ganzem Herzen glaubte, dann daran, dass es für mich kein Happy End geben konnte. *Niemals*. Nicht, solange *er* lebte und die gleiche Luft wie ich atmete.

Ich zwang mich zu nicken, weil Marisols Blick auf mir haftete, als wäre er für alle Zeiten festgeschraubt. Keinen Ton hätte ich jetzt herausgebracht, so dick war der Kloß in meinem Hals.

Es reichte, dass ich mich heute Nacht Gianni weinend an den Hals geworfen hatte. Wenigstens hatte ich einen Aufschub bis zum Abend gewonnen. Vielleicht passierte ja inzwischen etwas. Marisol verliebte sich ausgerechnet heute, oder der Boden tat sich auf und verschlang mich. Vielleicht hatte ich auch Glück und die Außerirdischen eroberten unsere Erde … Ich war für alles offen.

Warum zum Teufel, fragte ich mich, war ich bloß nach Venedig mitgefahren? Ich hatte ein Gefühlsbeben erlebt und etwas in mir hatte sich dabei definitiv verschoben.

17

Wer ist sie?

Sie lagen an Deck der Sealion und sahen zu, wie die Morgenröte die Nacht vertrieb. Für einen viel zu kurzen Augenblick gaben sie sich dem magischen Moment der Geburt eines neuen Tages hin.

Endlich seufzte Ettenhuber zum Steinerweichen und wischte über sein Tablet. In den letzten Stunden hatte er dieses kaum aus den Augen gelassen und einen kleinen, rot blinkenden Punkt fixiert.

„Ich glaube, sie ist an ihrem Endziel angekommen. Seit einer halben Stunde bewegt sich der Sender nicht mehr."

„Wo?"

„Rom."

„Wie es sich abgezeichnet hat. Hast du schon die genaue Adresse?" West war aufgesprungen und stand neben seinem Freund.

„Nur, dass sie sich im Zentrum befindet. Augenblick, ich muss erst noch …"

„Gib her." West nahm ihm das Tablet aus der Hand, setzte sich seitlich auf den Liegestuhl, öffnete Masken, wischte, tippte, scrollte. Nach weniger als zwei Minuten rief er: „Ich habe sie!" Er hielt seinem Freund das Tablet unter die Nase.

„Ja, schon gut, du bist ein Genie", sagte der gutmütig, griff sich sein Tablet zurück und überprüfte die Adresse. Er blickte zu seinem Freund auf. „Da ist jedenfalls keine Polizeistation registriert."

„Eine Anwaltskanzlei?", mutmaßte West.

„Das haben wir gleich." Er kopierte die Adresse und überprüfte sie mit zwei verschiedenen Research-Programmen. Ihrem eigenen und dem des zweiten großen Anbieters. „Nein, es ist keine Kanzlei im gesamten Mietshaus gemeldet. Nur achtzehn Privat-Wohnungen."

„Trotzdem könnte ihr Anwalt dort wohnen."

„Oder sie ist einfach nur nach Hause gefahren. Versetz dich in die Lage des Mädchens. Vielleicht wollte sie sich erst einmal sammeln, duschen, die Kleidung wechseln."

„Vermutlich hast du recht. Aber für den Moment sollten wir von einem Worst-Case-Szenario, einer Anzeige, ausgehen. Hier ist mein Plan: Ich bleibe vorerst hier und warte, was weiter geschieht. Wir können nicht ausschließen, dass sie ihre Eltern angerufen hat, damit die sich um die Sache kümmern. Sie könnte auch ihre Öko-Guerilla-Truppe eingeweiht haben. Es gibt zig Möglichkeiten. Du fliegst auf jeden Fall sofort nach Rom. Ich sage dem Piloten Bescheid. Überprüf die Adresse vor Ort. Und zu niemandem ein Wort, auch nicht zu MacCabe. Das bleibt unter uns."

„Das musst du mir nicht sagen, Junge!"

West berührte ihn kurz am Arm. „Entschuldige, mein Freund. Ich stehe wohl gerade etwas neben mir. Es war eine lange Nacht." Kurze Pause, dann folgte die Ergänzung: „Und vergiss nicht, mir Fotos von dem Mädchen zu schicken!"

Ettenhuber sah seinen Freund prüfend an, fast, als wollte er noch etwas sagen.

„Was ist?"

„Nichts", der Bayer wandte sich ab. „Bin schon unterwegs."

West sah dem Boot hinterher, das seinen Freund ans Festland brachte. Das zweite Beiboot kam ihm entgegen. MacCabe kehrte jetzt erst zurück. Beide Boote hielten kurz auf gleicher Höhe an und Ettenhuber und MacCabe wechselten ein paar Worte.

West kniff die Augen zusammen. Ihm gefiel nicht, dass es neben ihm und seinem Freund noch weitere Mitwisser gab. Es ging ihm nicht um sich, sondern um das Mädchen. Wenn etwas durchsickern sollte, würde sie allein durch seine Prominenz durch die Pressehölle gehen. Er überlegte, was er über MacCabe wusste, der ihm von Ettenhuber empfohlen worden war, nachdem dessen Vorgänger gekündigt hatte, um einen weniger unsteten Job als Sheriff in seiner Heimatstadt anzutreten. Zuletzt war MacCabe Polizeibeamter in einer Kleinstadt an der Küste von Texas gewesen. Er war Mitte fünfzig und ein eher ruhiger Typ, und bisher nicht durch Übereifer aufgefallen.

Auf Wests Frage, warum er den Namen auf der Einladungskarte überprüft habe, hatte er geantwortet, dass er es ohne bestimmten Grund getan hätte, es wäre eine reine Routinehandlung gewesen.

„MacCabe, auf ein Wort", sagte West, kaum dass dessen Kopf über der Reling erschienen war.

„Mr West?"

„Wie lange sind Sie jetzt bei uns?"

„Acht Monate, Sir."

„Sind Sie zufrieden mit Ihrer Arbeit und der Bezahlung?"

„Ja, natürlich."

„Gut. Und Sie haben die Verschwiegenheitsklausel unterschrieben."

„Äh, ja?"

„Lesen Sie sie nochmals. Es bedeutet, dass ich Sie verklagen kann, sollte auch nur ein Hauch der nächtlichen Ereignisse an Bord der Sealion nach außen dringen. Ganz davon abgesehen, was ich mit Ihnen anstellen würde. Wir verstehen uns?"

„Natürlich, Sir." MacCabe kaute auf der Innenseite seiner Wange.

„Was ist? Sie wirken, als wollten Sie noch etwas sagen?"

„Schorsch Ettenhuber hat mir gerade das Gleiche gesagt. Allerdings noch etwas drastischer äh … formuliert."

Ettenhuber meldete sich gleich nach der Landung in Fiumicino und dann nochmals, als er vor dem Mietshaus in der Nähe des Hauptbahnhofs Stazione Termini angekommen war.

„Unser Mädchen pflegt keinen üppigen Lebensstil. Hier ist alles ein wenig heruntergekommen und der Verkehr! Grausig … Mir summen jetzt schon die Ohrwaschl", dröhnte es aus dem Telefon.

„Hast du schon einen Namen?“

„Woher denn? Hier hat es mit Erdgeschoss fünf Stockwerke, plus Dachgeschoss, und in jeder Etage drei Wohnungen, macht achtzehn Parteien und über vierzig registrierte Personen. Hast du mir doch selber vorhin per SMS geschickt.“

„Ja, aber es kommen nur ungefähr acht weibliche Bewohner in Frage, der Rest ist zu jung oder zu alt.“

„Geduld. Ich leg mich auf die Lauer. Servus!“

Bald trafen die ersten Fotos und Filme ein. Die Gesuchte war nicht dabei. Am späten Nachmittag meldete sich Ettenhuber erneut. „Mein Junge, ich habe sie! Schade, ich würde jetzt gerne dein Gesicht sehen. Achtung, bleib dran. Ich drücke jetzt auf *Senden.*“

West sah sich den kurzen Videofile an. Er zeigte, wie ein Mädchen mit knallrotem Helm aus einer Garage kam, wie sie den Helm abnahm, ihren Pferdeschwanz zurechtzog und im Haus verschwand. „Maledetto!“ West schnappte hörbar nach Luft.

„Das kannst du laut sagen“, pflichtete ihm Ettenhuber bei. „Das Mädchen auf der Vespa, diese Gina Lombardi! Jetzt hamma a Problem.“

„Inwiefern?“ West drückte auf Replay.

„Ja, glaubst du, das ist ein Zufall? Das ist ja hüh-hott! Erst lässt sie sich fast von uns überfahren, dann stolperst du in der Uni über sie und dann taucht sie als Katze wieder auf. Vielleicht sind wir völlig auf dem Holzdampfer und die fährt mit uns Schlitten?“

West sprang sofort darauf an. „Finden wir es heraus!“

„Heißt das, ich darf mir hier noch länger die Beine in den Bauch stehen?“

„Auf jeden Fall bis heute Abend. Ich schicke dir Verstärkung.“ Er legte auf.

* * *

Schorsch Ettenhuber fielen fast die Augen aus den Höhlen, als er erkannte, wer der schwarzen Limousine entstieg.

„Was machst *du* hier?“, empfing er seinen Freund.

„Ich bin deine Verstärkung“, grinste West.

„Ich dachte, du wolltest an Bord warten?“

„Verhaften lassen kann ich mich auch in Rom. Außerdem bin ich mir jetzt ziemlich sicher, dass dieses Mädchen mich nicht anzeigen wird.“

„Wegen der Stinkbombenaktion? Verlass dich lieber nicht drauf.“

West zuckte mit den Achseln. „Vertrau mir, ich weiß es einfach. Und jetzt ab mit dir, du hast ein Zimmer im Hassler. Ich komme nach. Ist sie noch in der Wohnung?“

„Ja, vierter Stock links. Sie hat eine Mitbewohnerin, eine Spanierin namens Marisol Esperanza.“

„Auch Studentin?“

„Nein, sie arbeitet in der Nähe des Pantheons. Sie lernt Konditor. Was machst du eigentlich für ein Gesicht?“

„Was meinst du?“

Ettenhuber kniff die Augen zusammen. „Du schaust irgendwie anders aus als sonst.“ Er wich ein wenig zurück und musterte seinen Schützling. Plötzlich packte er ihn am Arm und zog ihn energisch mehrere Meter weg, in den nächsten Hauseingang. „Herrschaftszeiten, du bist doch nicht etwa auf der Jagd? Das Mäderl ist doch viel zu jung für dich und du … du bist ein verdorbener Saubatzi! Lass sie in Frieden! Hast du nicht schon genug angerichtet?“, ereiferte sich Ettenhuber.

West hatte seinen Freund selten derart aufgebracht erlebt. Es machte ihn betroffen. Er blickte zu dem Haus, in dem sie wohnte. Es zog ihn beinahe magisch dorthin. Sie war dort, kaum fünfzig Meter von ihm entfernt. Hatte Schorsch recht? War es sein Jagdtrieb oder war es doch etwas anderes? Er konnte es nicht sagen, tatsächlich traute er seinen eigenen Absichten nicht. Darum war er hier. Er war auf der Suche nach einer Antwort, musste wissen, was es mit diesem Mädchen auf sich hatte, und was ihr Geheimnis war. Er wollte hinter ihre Maske sehen. Aber wie konnte er das seinem Freund verständlich machen, wenn ihm sein Verhalten selbst unerklärlich schien? Er wandte sich Ettenhuber wieder zu.

„Ja, ich habe einiges angerichtet. Aber vielleicht hoffe ich einfach auf eine Chance, es wenigstens teilweise wieder gutmachen zu können?“

Der Zweifel stand Ettenhuber weiter im Gesicht geschrieben.

West legte ihm die Hand auf den Arm. „Warten wir erst einmal ab, was weiter passiert, alter Freund. Einverstanden? Wir sehen uns um 22:00 Uhr auf ein Bier in der Bar.“

18

Nasse Handtücher

„Und, hast du sie gesehen?“, begrüßte ihn Ettenhuber später, als Riccardo etwas verspätet in der Bar auftauchte.

„Ja, sie ist ins Zentrum gefahren und hat in einer Tempelruine Katzen gefüttert.“ Riccardo sah aus, als dachte er an schöne Dinge.

Leider verpasste ihm Ettenhuber mit der nächsten Bemerkung einen Coitus interruptus. „Passt zu Catwoman“, sagte der trocken. Der Bayer nippte an seinem dritten Bier. Er fand, er hatte es sich verdient.

„Hau nur weiter in die Kerbe.“ Jetzt stand eine steile Falte auf Riccardos Stirn.

„Freilich!“ Ettenhuber sah sich um und senkte die Stimme. „Das Mädel ist ein Opfer. Dein Opfer, Rick! Mach es nicht schlimmer, in dem du sie bedrängst. Oder hast du auf der Sealion nur große Töne gespuckt, von wegen du würdest dich deiner Verantwortung stellen?“

„Nein, natürlich nicht.“ West nahm das Bierglas, das der Barkeeper eben vor ihn hingestellt hatte und drehte es verlegen in seinen Händen. Ettenhuber registrierte es mit Genugtuung. „Gut, dann war’s das jetzt und wir reisen morgen ab.“

„Nein!“

„Ja, Kruzitürken, red i mit einer Wand?“

„Du verstehst das nicht“, wehrte West ab.

Ettenhuber kniff die Augen zusammen. „Bitte? Ich bin ganz Ohr. Erklär’s mir, für kleine Bayern.“

Schweigen.

„Aha, du kannst es nicht!“, trumpfte Ettenhuber auf.

„Das ist nicht der Punkt.“

„Was dann? A Komma vielleicht?“ Ettenhuber rollte mit den Augen. „Pass auf. Ich hab’s trotzdem verstanden. Ich kenn deine G’schichte. Wegen deiner Vergangenheit brauchst du die Kontrolle. Immer und absolut. Der Zufall ist dein Feind. Daher planst du alles bis ins letzte Detail, du bist dominant, Zefix, sogar beim Schnacksln! Jetzt hast du Mist gebaut und alles, was deshalb passiert oder passieren wird, entzieht sich deiner Kontrolle. Das ist dein wahres Problem! Aber du wirst es nicht lösen, indem du dem Mädel hinterherrennst. Du musst die Dinge einmal laufen lassen. Reiß dich also zammen, Rick. Das ist mein Rat.“

West verzog den Mund. „Warum empfinde ich deine Ratschläge immer wie ein nasses Handtuch, das mir an den Nacken knallt?“

„Weils des sollen. Sonst merkst das net. Schnaps?“

West nickte. Ettenhuber bestellte.

Ein gutes Dutzend Schnäpse später wankten sie Arm in Arm in ihre Zimmer.

* * *

Am nächsten Morgen trafen sie sich in Wests Suite. Er hatte Frühstück bestellt und auf der Terrasse eindecken lassen.

„Sachsendi, an solchan Brummschädel hob ich scho lang nimma g’habt“, meinte Ettenhuber nach der zweiten Tasse Kaffee. Er fuhr sich über den kahlen Kopf. „I hob scho Schiss g’habt, dass mei Kater net durch die Tür passt.“

„Was?“, fragte West. Ettenhuber hatte ausschließlich breitestes Bayrisch gesprochen.

„Entschuldigung. Wie geht’s jetzt weiter?“, wechselte er wieder ins Englische.

West stand auf und trat an die Terrassenbrüstung. Unter ihm

breitete sich wie ein bunter Teppich die Trinità dei Monti, die Spanische Treppe und ein Großteil des römischen Centro Storico aus. Wenn er sich für den Ausblick interessiert hätte, dann hätte er rechter Hand, über die Piazza del Popolo hinaus, die Kuppel des Petersdoms entdecken können und linker Hand das Nationaldenkmal. Jetzt, gegen 10:00 Uhr morgens, begannen sich Platz und Straßen langsam mit Touristen zu füllen. Nichts davon nahm er wahr. Es lag nicht an den Auswirkungen des Alkohols. Seine Gedanken waren woanders. *Bei ihr …*

„Wir fliegen nicht nach Hause, oder?" Ettenhuber lehnte plötzlich neben ihm.

„Nein!"

„Herrschaftszeiten, du bist so ein sturer Bock!"

„Erinnerst du dich, Schorsch, was du gestern zu mir gesagt hast?"

„Ich hab schon Schwierigkeiten mit heute, wie soll ich mich da noch an gestern erinnern?", brummte sein Freund und zog eine verbeulte Schnupftabakdose hervor. Er klopfte sich eine Prise auf den Handrücken, hielt sich ein Nasenloch zu und zog sie geräuschvoll hoch. „Also, was hab ich verzapft?"

„Du sagtest, dass der Zufall mein Feind wäre. Was aber wäre, wenn der Zufall mein Freund wäre?"

„Hä?"

„Ich bin dem Mädchen zweimal in Rom begegnet und einmal in Venedig. Jedes Mal war es ein Zufall!"

„In Rom vielleicht. In Venedig war es Blödheit. Von dir."

„Schorsch, trink ein Bier. Nüchtern bist du unausstehlich."

„Ja, die Wahrheit hört niemand gern. Wie geht es jetzt weiter?"

„Wir helfen dem Zufall auf die Sprünge."

Ettenhuber riss die Augen auf. „Bist du deppert? Du willst sie nochmals treffen? Absichtlich?"

„Ja, und ich habe auch schon eine Idee. Ich habe meine Meinung geändert. Ich möchte alles über sie wissen. Aber wir sollten diskret vorgehen."

Ettenhuber schüttelte den Kopf. „Langsam glaube ich, dieses Mädchen hat dich verhext.“

„Nein, Schorsch“, er sah seinen Freund mit einem Ausdruck an, den dieser noch nie an ihm bemerkt hatte. Es lag ein tiefer Ernst darin, der seinen nachfolgenden Worten erst ihre Bedeutung verlieh: „Sie hat mich verzaubert.“

Ettenhubers Augen verengten sich unwillkürlich. „Sapperlot, du meinst wirklich, was du sagst! Ehrlich, mir ist gar nicht wohl bei der Sache. Sei doch einfach froh, dass sie dich nicht angezeigt hat, obwohl du es verdient hättest! Lass sie in Frieden, mein Junge.“

„Gerade das kann ich nicht, Schorsch.“

19

Rattenfänger

Professor Fortunato enterte den Lehrsaal wie ein siegreicher Feldherr. Aufrecht und strahlend, machte er seinem Namen alle Ehre: Fortunato, der Glückliche. Und genauso verkündete er auch die triumphale Nachricht: „Vor wenigen Tagen hat Riccardo West einen Vortrag an unserer Universität gehalten. Ich freue mich, Ihnen heute mitteilen zu dürfen, dass die Sapienza, also wir alle, ihn nachhaltig beeindruckt haben, und er unseren Studiengang für ein Projekt von West GlobalSoft ausgewählt hat. Das heißt", er legte eine bedeutungsvolle Pause ein (ich schwöre, ich hörte in Gedanken den Trommelwirbel), „er stellt uns die neuesten Forschungen seines Holographie-Programms zur Verfügung. Wir sollen es für ihn testen, Bugs reporten, Hilfsprogramme entwerfen etc. Eine Projektbeschreibung und die entsprechende Software erhalten Sie morgen mit Ihrem neuen Laptop." Noch während er sprach, hatte reihum aufgeregtes Stimmengemurmel eingesetzt, das sich zum Schluss hin lautstark steigerte.

„Ja, Sie haben richtig gehört", verschaffte der Professor sich eifrig Gehör. „West GlobalSoft stellt jedem Teilnehmer dieses Studienganges einen Laptop der neuesten GlobalSoft Generation zur Verfügung! Die finanziellen Mittel sind quasi unbeschränkt."

Derart enthusiastisch hatte ich den ansonsten eher knöchernen Fortunato noch nie erlebt. Freilich, welcher Wissenschaftler wollte nicht einmal in den Worten *unbeschränkte Mittel* schwelgen? Seine Begeisterung war verständlich.

Jeder freute sich. Nur ich nicht. Ich war stinksauer. Dieser elende Rattenfänger Riccardo West! Wurde ich den nie los? Wenigstens bestand kaum die Gefahr, dass der Amerikaner in persona hier aufkreuzte. Ich war mir nicht sicher, ob ich mich in seiner Nähe zügeln könnte. Wenn ich nur an ihn dachte, schnellte mein Wutpegel nach oben. Aber ich ging jede Wette ein, dass sich der perverse Feigling nach der Episode in Venedig sofort nach Hause abgesetzt hatte. Da, wo er vor dem Zugriff der italienischen Justiz sicher wäre …

Beifall brach los und riss mich aus meinen Überlegungen. Der Professor hatte seine Rede fortgesetzt.

„Hab ich was verpasst?“, fragte ich Pasquale neben mir, der frenetisch klatschte.

„Schläfst du? West kommt morgen selbst her und gibt uns eine Einführung in das Holo-Programm.“ Pasquale hämmerte wie ein Verrückter auf den Laptop auf seinem Schoß ein. „Ich mache eine Liste, was ich ihn alles fragen will. Vielleicht krieg ich später einen Job bei West Global. *Los Angeles!* Das wär was!“

Mir wurde schlecht. Der Rattenfänger war noch gar nicht da, aber mein Freund lief ihm schon hinterher. Ich kann nicht wiedergeben, was mir gerade alles so durch den Kopf schoss. Doch die Neuigkeit von Wests Besuch war nicht mein heutiger Tiefpunkt. Es kam noch schlimmer. Pasquale knuffte mich. „Hallo, was ist heute bloß los mit dir?“

„Was soll los sein?“

„Der Professor hat dich aufgerufen!“

„Was?“ Ich merkte jetzt erst, dass er und überhaupt alle im Saal, mich fixierten.

„Signorina Lombardi! Schön, dass Sie mir Ihre Aufmerksamkeit schenken.“ Alle lachten. Meine Ohren glühten. Ich verabscheute es, im Mittelpunkt zu stehen.

„Signor West hat Gianni Casagrande“, er nickte meinem Freund an meiner anderen Seite zu, „und Sie, Signorina, als Projektleiter auserkoren. Ich hoffe, Sie sind sich der besonderen Ehre, aber auch der damit verbundenen Pflichten bewusst, denn Sie repräsentieren unsere Universität. So, und jetzt zurück zur Tagesordnung. Wir haben noch eine Vorlesung!“

20

Überzuckert

„*Dios mío*! Was machst du denn?“ Marisol hatte ihre Tür geöffnet und tippte den aufgerollten Teppichläufer mit ihrem nackten Fuß an. In ihrem langen weißen Nachthemd und dem Haarzopf, der ihr über die rechte Schulter baumelte, sah sie aus wie ein Relikt aus einem vergangenen Jahrhundert. Fehlte nur noch die Nachtmütze und eine Laterne in der Hand.

„Ich putze!“

„Du putzt? Um ein Uhr nachts?“ Marisol sah aus, als ob sie überlegte, ob sie wachte oder träumte.

„Ja!“

„*Bueno*, stopp! Was ist passiert?“ Jetzt war Marisol das pure Misstrauen.

„Kann ich nicht putzen, ohne dass etwas passiert ist?“

Marisol stemmte die Hände in die Hüften: „Du hast noch nie freiwillig geputzt! Hast du eine Gehirnwäsche gemacht?“

„Ha, ha, sehr witzig.“ Ich packte den Putzlappen, wrang ihn aus und klatschte ihn auf den Boden.

„Aha!“

„Was *aha*?“, blaffte ich und packte den Schrubber.

„Du bist stinkig! Wer ist Putzlappen?“

„?“

„Stell dich nicht doof. Du hast gerade Putzlappen ermordet. *Symbolisch*.“

Wow! Marisols Italienisch wurde immer besser. An ihrer Empathie hatte ich sowieso nie gezweifelt. Sie war ein Echolot, das sofort jede meiner Untiefen registrierte.

„Marzipan?“, schielte ich mit Blick auf die Küchentür.

„Marzipan“, nickte Marisol.

„Küche?“

„In fünf Minuten.“

Da saßen wir dann und ich futterte Pralinen. Marisol mochte es nicht, wenn ich mit vollem Mund redete. Also hielt ich ihn voll. Ich wusste ja nicht, was ich ihr erzählen sollte. Im Verstellen war ich vielleicht gut, aber nicht, wenn es darum ging, jemandem ins Gesicht zu lügen. Schon gar nicht, wenn es sich um Marisols Gesicht handelte, das meiner besten Freundin. Meine List hatte allerdings einen Nachteil: Die Pralinen gingen zur Neige.

Marisol saß mir mit gegenüber und jedes Mal, wenn ich mir eine frische Praline nahm, verfolgten ihre Augen deren Weg vom Teller in meinen Mund. „Ich weiß nicht, was deine Körper mit die vielen Pralinen anstellt, du musst eine Verbrennungsmotor haben wie eine Lastschiff.“ Sie nahm sich selbst die Vorletzte und seufzte: „Mir hopsen jede einzelne an die Hüfte.“ In der Tat, seit unserer Erstbekanntschaft waren sie ein ganzes Stück ausladender geworden.

„*Du siehst wunderbar aus, mía amor, Spanier mögen eine Frau mit Substanz*“, zitierte ich ihre Mutter. *Und Inder auch*, ergänzte ich im Stillen und verputzte das letzte Stück Konfekt. Ich leckte mir noch ausgiebig die Finger und danach war ich dran. „Jetzt erzähl schon!“, drängte mich Marisol.

„Nichts“, ich zuckte mit den Schultern, „ein wenig Ärger an der Uni, ein wenig Ärger mit Sergio. Das Übliche.“ Sergio war der Besitzer der Bar, in der ich arbeitete, und er machte mir regelmäßig Avancen. Er war Witwer, Mitte sechzig und trug selten seine Zähne, weil sie ihn drückten. Das hatte den angenehmen Nebeneffekt, dass er nicht so viel redete. Aber ich arbeitete nicht ungern für ihn, er ließ mir weitgehend freie Hand.

„Pfft, Italiener“, winkte Marisol ab, als könne man von ihnen nichts Besseres erwarten. „Und?“ Sie dehnte das Wort.

„Was und?“

„Du hast doch was. Seit Venedig, eigentlich schon einige Tage vorher. Du benimmst dich wie eine Kreisel.“ Sie machte eine Drehbewegung mit ihrer Hand, und ich konnte nur raten.

„Ich wirke *durcheinander?*“

„*Sí!*“, nickte Marisol. „Du schlafen schon eine Woche immer zuhause und jetzt *putzen!*“ Sie sprach das Wort aus, als handelte es sich dabei um etwas Unanständiges. Für mich. Und sie setzte noch einen drauf: „Du bist eine andere Gina. Hat man dich in Venedig gewechselt, wie Kinder in Babystation?“

Ich starrte sie an. Diese Frau schaffte mich. Und sie würde nicht lockerlassen, das sah ich ihr eindeutig an. Da half nur eins: die Flucht nach vorn. Ich musste ihr die Wahrheit erzählen. Die hatte nämlich einen entscheidenden Vorteil: Marisol würde sie mir im Leben nicht glauben.

Daher sagte ich: „Du hast den Nagel auf den Kopf getroffen! Stell dir vor, man hat mich mit einer anderen Catwoman verwechselt, betäubt, gekidnappt und auf eine Segelyacht gebracht, wo sich ein maskierter Fremder an mir vergangen hat.“

„No, no, no“, Marisol fuchtelte wild mit ihrem Zeigefinger vor meinem Gesicht. „Ich bin betrübt und furios! Ich mache mir um dir Sorgen und du erzählen eine Geschichte von Zorro! Und alle Marzipankonfekt ist weg! Weißt du was? Ich vertausche Schlaf gegen Freundin. Du“, sie tippte mir mit dem Finger fest auf die Brust, „geh wieder putzen, aber mach nichts schmutzig!“ Sie stand auf, warf ihren Haarzopf auf den Rücken und verließ mit der Würde einer Königin unsere winzige Küche.

Auf dem Flur hörte ich sie über den Schrubber stolpern, was einen wirklich bösen spanischen Fluch zur Folge hatte.

Ich hingegen stieß einen abgrundtiefen Seufzer aus. Das musste ich mir merken. Einfach die Wahrheit erzählen, damit konnte man jedes Gespräch abwürgen. Wen interessierte schon die Wahrheit? Die war entweder fad oder zu bizarr. Beides Attribute, denen die meisten, und besonders die praktische Marisol, nichts abgewinnen konnten.

Was aber noch lange nicht mein West-Problem löste. Entweder ich verweigerte mich dem Projekt und riskierte damit, ein Semester zu verlieren, oder ich machte ein paar Wochen lang gute Miene zum bösen Spiel. West würde nach der Einführung wieder verschwinden und Gianni konnte die Kommunikation übernehmen, während ich mich ganz klein machte. Ich hatte schon ganz andere Dinge durchgestanden und ich würde auch diesen verfluchten Amerikaner überleben. Und überzuckert war ich auch.

21

Dunkle Wolken

FutureNetCom/San Fernando Valley/USA

Wütend warf Esther Cameron nach dem Gespräch mit Amerikas bekanntestem Headhunter den Hörer auf die Gabel. Schon wieder hatte ihr dieser verdammte Riccardo West ein junges Computertalent vor der Nase weggeschnappt. Ihre Entwicklungsabteilung benötigte dringend frisches Blut, darum hatte sie sich hier sogar persönlich eingeschaltet. Vergeblich. Der junge Mann hatte null auf sie reagiert und sie hatte fast an ihren Reizen gezweifelt. Ihrer Erfahrung nach hatten die meisten Computernerds sowieso einen an der Klatsche. Entweder sie waren ganz wild auf Sex oder sie kriegten keinen hoch, dachte sie verächtlich. Und jetzt ging er zur Konkurrenz.

Ihre Sekretärin steckte den Kopf herein. „Jetzt nicht, Margaret", wies sie sie barsch ab. Da wurde die Tür aufgedrückt und Randall Marston, der Leiter ihrer Sicherheitsabteilung, wurde hinter der Frau sichtbar. Sie winkte Margaret hinaus und Marston schloss die Tür.

„Ich hoffe, es ist wichtig, Randall."

Der große schwere Mann, ehemals ein Mitglied der Special Forces, trat näher.

„Ich denke schon. Es geht um West. Er ist immer noch in Italien."

Esther zuckte mit den Schultern. „Na und. Er hat ein Haus und ein Boot dort. Von mir aus kann er da für immer bleiben."

„Er ist in Rom und finanziert ein Forschungsprojekt an der Sapienza-Universität. Studiengang Informatik."

Esther horchte auf. Das konnte nur bedeuten, ihr Konkurrent hatte etwas Brandneues am Laufen! „Was wissen Sie noch? Um welches Projekt handelt es sich?"

„Um das Holographie-Programm."

„Aber das ist doch nicht neu! Nein, es muss etwas anderes dahinterstecken", überlegte sie laut. „Das ist ganz sicher nur ein Ablenkungsmanöver. Vermutlich ist Rick an einem ganz bestimmten Studenten interessiert. Besorgen Sie eine Liste aller Studenten, die an dem Projekt beteiligt sind und checken Sie jeden Einzelnen aus. Herkunft, Eltern, Vermögensverhältnisse, das Übliche."

„Schon erledigt, Boss. Meine Leute sind bereits dabei. Es gibt zwei Projektleiter, Gianni Casagrande und Gina Lombardi. Beide scheinen auf den ersten Blick interessant zu sein."

„Gut, bleiben Sie an der Sache dran, Randall! Ich will, dass Sie jeden verdammten Stein umdrehen, auf den die beiden je getreten sind. Rick verspricht sich etwas von ihnen. Ich will die Dossiers der beiden schnellstmöglich auf meinen Schreibtisch."

22

Liebe *ist* Schmerz

Das Handy in seiner Hose vibrierte. Er ignorierte es. Er wollte jetzt nicht gestört werden. Vier lange Wochen hatte sie jede seiner Einladungen abgelehnt. Bis heute. Jetzt war er hier, mit *ihr*, und er wollte sich keine Sekunde mit irgendetwas anderem beschäftigen.

Nichts war so wichtig wie sie. Es war lange her, dass er sich so gut gefühlt hatte, beschwingt, wie berauscht. Ja, er war berauscht von ihrer Nähe.

Er fand es hinreißend, sie dabei zu beobachten, wie sie sich eine Haarsträhne hinter das Ohr schob, bezaubernd, wie sie die Lippen beim Lesen spitzte, betörend, wie sie sich jetzt den lockeren Träger ihres Spaghetti-Tops zurück über die Schulter schob. Er war verliebt. Zum ersten Mal. Nichts anderes konnte dieses ungewohnte Gefühl bedeuten. Liebe verändert einen. Nie zuvor hatte er seine Umgebung bewusster wahrgenommen. Alles hatte an Intensität gewonnen, die Farben leuchteten heller, sogar das Essen schmeckte ihm wieder. Bei ihr zu sein, machte ihn glücklich, gab seinem Leben den Sinn, nach dem er immer gesucht hatte. Plötzlich war seine Welt voller Träume.

* * *

Ich spürte seine Blicke. West schien sich ehrlich über meine Zusage zu freuen. Fast tat er mir leid, wenn er den Grund erfuhr, warum ich heute ja gesagt hatte. Dies war ein Abschiedsessen. Ich wollte ihm unwiderruflich klarmachen, dass es keinen Sinn hatte, wenn er weiter um mich warb. Es war zu gefährlich. Für mich. Auch konnte ich mir keine Paparazzi-Fotos von uns leisten. Darum hatte ich das Lokal ausgewählt. Klein und verschwiegen. Keine Touristen.

„Warum siehst du mich so an?", fragte ich, weil ich mich verlegen fühlte und unbehaglich und auch irgendwie … durchtrieben, berechnend. Sofort biss ich mir auf die Unterlippe. Blöde Frage. Verdammte Spontanität. Sie sollte verboten werden, ich ging ihr zu oft in die Falle. Gott sei Dank wurde uns eben das Essen gebracht. Der Kellner hatte uns die Langusten empfohlen. Sie sahen köstlich aus. Ich wünschte Riccardo *buon appetito* und wir griffen beide nach unserem Besteck.

„Sieh an, wen haben wir denn da?"

Ich sah von meinem Teller auf.

Eine Frau mit schwarz glänzenden Locken war schräg hinter Riccardo stehen geblieben, sodass ich sie noch vor ihm sehen konnte. Unter ihrem weißen Hosenanzug blitzte eine tief ausgeschnittene rote Seidenbluse hervor. Obwohl sie nicht mehr ganz jung war, hatte ihre exotische Schönheit etwas Verstörendes. Kaum minder irritierend fand ich die Art, wie sie mich taxierte. Abschätzend. Als wäre ich ein fauler Apfel im Obstsortiment.

Auf Riccardo schien allein der Klang ihrer Stimme zu wirken. Er legte unendlich langsam sein Besteck auf den Teller, als könne er sich nur schwer davon trennen. Dabei sandte er mir einen Blick zu, den ich zunächst nicht richtig einordnen konnte. War es Vorsicht oder Misstrauen, oder gar eine Warnung? Auf jeden Fall hätte ich schwören mögen, dass sich die Atmosphäre allein durch die Anwesenheit der Frau plötzlich verdichtet hatte.

Riccardos Miene schaltete auf einen gleichmütigen Ausdruck um, als er sich auf dem Stuhl halb zu ihr umdrehte.

Sie strahlte uns mit zwei Reihen perfekter Zähne an, als wäre sie uns ein herzlich willkommener Gast.

Ich empfand ihr Lachen als genauso falsch wie ihre Zähne, die sie ein Vermögen gekostet haben mussten. Selten war mir jemand auf Anhieb derart unsympathisch gewesen. Instinktiv hatte ich die Natur dieser Frau erfasst. Sie entstammte der Welt, aus der ich kam und die ich hinter mir gelassen hatte. Eine Welt, der Riccardo West angehörte. Eine Welt, die ich verachtete, und die ich niemals wieder betreten wollte.

Unvermittelt fragte ich mich, warum ich diesem Essen zugestimmt hatte. Ich hätte West einfach weiter ignorieren sollen. Irgendwann musste er ja wieder nach Amerika zurückkehren. Viel fehlte nicht und ich wäre aufgestanden und gegangen. Doch es hätte so ausgesehen, als würde ich vor diesem weiblichen Raubtier die Flucht ergreifen. Die Genugtuung gönnte ich ihr nicht. Ich beschloss, dass sie Riccardos Problem war, nicht meins, und ich daher keinen Grund zur Höflichkeit hatte – schließlich störte sie unser Essen. Also beachtete ich sie nicht weiter, nahm meine Gabel wieder auf und begann zu essen. Ich hatte Hunger.

Auch Riccardo schien keinen Grund zur Höflichkeit zu haben.

„Get away", sagte er barsch auf Englisch zu ihr. Ich grinste in meine Languste.

„Willst du uns nicht vorstellen?" Die Frau zog einen Stuhl heran und setzte sich ungeniert. Dann nahm sie Riccardos Gabel, spießte ein Stück Languste von seinem Teller auf und steckte es sich in den kirschrot geschminkten Mund.

„Köstlich", gurrte sie. „Ich sollte auch einmal hier essen. Ein *Geheimtipp*?"

Mir gefiel nicht, wie sie das Wort dehnte, es klang, als wollte sie damit etwas andeuten. Plötzlich hatte ich keinen Hunger mehr.

Riccardo schien es ähnlich zu ergehen. Er schob ihr seinen Teller zu und sagte: „Da, du kannst alles haben. In deiner Gegenwart vergeht mir der Appetit. Komm, Gina, wir gehen." Riccardo nahm die Serviette vom Schoß und warf sie auf den Tisch. Er hatte sich schon halb erhoben, als die Frau sagte: „Wenn ich du wäre, würde ich nicht mit dem nächstbesten Flittchen ins Bett steigen. Dein neues Spielzeug ist sexuell sehr aktiv, mein Lieber. Sie hat sich durch halb Rom gevögelt."

So ein Miststück! Ich umklammerte meine Gabel, am liebsten hätte ich sie ihr in die manikürte Hand gerammt. Eigentlich wollte ich die Schickse ja nicht beachten, aber ich habe mich selten an gute Vorsätze gehalten. Ich beugte mich ihr etwas entgegen, roch ihr ekelhaft süßliche Parfüm und sagte: „Falsch, Sie sind nicht richtig unterrichtet. Ich bin sexuell aggressiv, *meine Liebe*." Ich lächelte zuckersüß.

„Oh, sie zeigt ihre Krallen, die Kleine. Charmant. Na dann, genießt euer Essen. Ich bin weg." Sie schob den Stuhl zurück, stand auf und versuchte dabei, Riccardo kurz durchs Haar zu streichen, doch er zuckte angewidert vor ihrer Hand zurück. Bevor sie ging, sagte sie direkt an mich gewandt: „Wir sehen uns!"

Irrte ich mich, oder hatte der letzte Satz wie eine Drohung geklungen? Ich sah ihr hinterher, wie sie mit wohldosiertem Hüftschwung und über dem Rücken wogendem Haar das Restaurant verließ. Und ich war bei Weitem nicht die Einzige. Jeder im Raum schien kurz in ihren Bann geraten zu sein. *Bis auf Riccardo.*

Was hatte dieser seltsame Auftritt zu bedeuten, fragte ich mich. Ich ahnte natürlich längst, wer diese Frau war, auch, dass mehr hinter dieser Begegnung steckte als nur die Szene einer eifersüchtigen Verflossenen. Diese Begegnung war von ihr eiskalt berechnet herbeigeführt, jedes Wort gezielt abgeschossen worden. Bloß, zu welchem Zweck?

Jetzt verstand ich den Blick, den mir Riccardo eingangs zugeworfen hatte. Er war wegen der Frau beunruhigt. Ich auch. *Sie hatte mich ausspioniert!* Sie wusste zwar nicht mehr als den üblichen Studententratsch, trotzdem fröstelte es mich. „Ich gehe schwer davon aus, dass diese reizende Zeitgenossin deine Ex-Frau ist?" Vermutlich auch das Vorbild für *The Wolf of Wall Street,* dachte ich grimmig.

Selbst wenn ich bei ihrer Scheidung erst zehn Jahre alt gewesen war, hatte ich, bedingt auch durch mein Studium, etwas über die Geschichte dieser Ehe aufgeschnappt. Es rankten sich eine Menge abstruser Gerüchte um das Ende ihrer Beziehung und das Internet spuckte hierzu über eine Million Treffer aus.

Die Kurzform lautete: Frau heiratet zehn Jahre jüngeres Computergenie am Tag seiner Volljährigkeit, sie bauen gemeinsam den größten Softwarekonzern der Welt auf, bei der Scheidung, knapp sechs Jahre später, behält sie alles, er geht leer aus. Mit knapp fünfundzwanzig fängt er nochmals ganz von vorne an. Und schafft es erneut an die Spitze. Heute war sie wieder nur die Nummer zwei. Und auf dem absteigenden Ast, was man so hörte. Erst kürzlich hatte sich Gianni über die Unausgereiftheit ihres neuesten Produkts ausgelassen, dass dem Konzern Innovationen und neue Ideen fehlten und er den Anschluss an den Markt verloren habe.

Die Frau war längst weg, aber das Unbehagen, das sie ausgelöst hatte, war geblieben. Es hielt mich umfangen, als hätte sie ein feines Netz um mich gesponnen.

Riccardo entging das nicht. Er griff über den Tisch und legte seine Hand sanft auf meine. „Entschuldige, Gina. Ich hätte dir das gerne erspart. Sie ist eine furchtbare Frau.“ Ich sah auf seine Hand, unter der die meine verschwunden war. Seine Wärme übertrug sich auf mich, schlüpfte unter das Netz, löste es auf. Doch ich wollte diese Nähe nicht und entzog ihm meine Hand.

„Können wir bitte gehen?“, sagte ich schroffer als beabsichtigt. „Ich kann sie noch immer riechen. Von dem Maiglöckchenduft ist mir ganz übel.“

„Natürlich!“ Riccardo sprang sofort auf. Gleichzeitig entdeckten wir Schorsch Ettenhuber, der auf uns zukam. Als er heran war, zischte er leise: „Warum gehst du nicht an dein Handy, Rick? Ich wollte dich vor der Hexe warnen. Was wollte sie?“

„Du warst das gerade?“

„Ja, ich war das gerade! Es ist mein Job, oder?" Er sah die Teller mit den fast unberührten Langusten und die Handtasche, die an meiner Schulter baumelte. „Ihr geht schon?"

„Sieht so aus." Riccardo ging uns voran zur Theke, um zu bezahlen. Der Inhaber des Lokals wirkte, als verstünde er die Welt nicht mehr, und weigerte sich, die Kreditkarte entgegenzunehmen. Logisch, er dachte, es läge an seinem Essen. Erst als Riccardo etwas von einem Notfall murmelte und ihn bat, das Essen für uns einzupacken, entspannte sich seine Miene wieder. Er führte uns anschließend persönlich zur Tür und drückte Riccardo dort mit einem *grazie* e *arrivederci* die weiße Plastiktüte in die Hand.

Kurz darauf saßen wir in Riccardos Limousine, die Trennscheibe war hochgefahren und abgedunkelt. Er hatte mir die Tür aufgehalten und ich war, ohne groß nachzudenken, eingestiegen.

Wir waren allein, auf engstem Raum. Das war eindeutig zu wenig für meine Komfortzone und ich rutschte vorsichtshalber ganz durch, brachte so viel Abstand wie möglich zwischen Riccardo und mich. Es war ein ganzer Meter. Immerhin. Ich stand wegen dieser Frau noch etwas neben mir. Ihr boshafter, taxierender Blick wollte mir nicht aus dem Kopf gehen. Und mich beschäftigte noch etwas: Wie konnte sie wissen, wo wir waren? An einen Zufall glaubte ich nicht. Verfolgte sie etwa Riccardo? Ich hatte es abgelehnt, mich von ihm abholen zu lassen, und war mit meiner Vespa da. Also, was wollte seine Ex-Frau von ihm? Immerhin lag die Scheidung lange zurück.

Das mussten in etwa die Fragen sein, die sich Riccardo auch gerade stellte. Denn obwohl er sich um Gelassenheit bemühte, konnte ich seine unterschwellige Wut spüren. Und Beunruhigung. Da ich nicht davon ausging, dass er Angst vor ihr hatte, musste dem etwas anderes zugrunde liegen. Auch glaubte ich zu wissen, dass es sich nicht um eine geschäftliche Angelegenheit handelte – selbst wenn sich die beiden Unternehmen hier und da Scharmützel in der Presse lieferten, die ihrerseits nicht müde wurde, immer wieder dieselbe Suppe vom gnadenlosen Wettbewerb zwischen den beiden Ex-Partnern aufzuwärmen. Hier ging es eindeutig um etwas anderes.

„Und jetzt?“, fragte mein Begleiter und hob die Plastiktüte auf seinem Schoß leicht an. „Picknick?“

„Im Auto?“, fragte ich mit einem Blick auf die hellen Ledersitze.

„Warum nicht?“

„Wir haben kein Besteck.“

„Es tut mir leid, Gina.“

„Dass du kein Besteck hast?“, fragte ich zurück, obwohl ich wusste, dass er das nicht gemeint hatte. Er sah mindestens genauso unbehaglich aus, wie ich mich fühlte.

„Das mit meiner Ex-Frau. Sie ist giftiger als jede Königskobra. Sie hat uns den Abend verdorben, die Stimmung.“

Das wäre wohl mein Einsatz gewesen, um Riccardo zu sagen, dass es zwischen uns nichts gab, das man als *Stimmung* bezeichnen könnte. Oder ihm zu verraten, dass ich die Frau auf der Yacht gewesen war. Aber es hätte die Dinge nur verkompliziert und meine Scham war zu groß, mit ihm darüber zu sprechen. Es hätte allzu peinliche Bilder zwischen uns heraufbeschworen. Schlimm genug, dass ich West danach nochmals begegnen musste. Alles, was ich wollte, war, dass er endlich aus meinem Leben verschwand. Und am allerwenigsten wollte ich mich in Gedanken mit seiner ehemaligen Frau auseinandersetzen. Das war aufreibend. Stattdessen hörte ich mich sagen: „Erzähl es mir.“

„Was soll ich dir erzählen?“

„Du und deine Ex-Frau. Eure Geschichte.“

Er beugte sich vor und stellte die Plastiktüte vorsichtig zwischen seinen Füßen ab. Irgendwie erinnerte mich diese Geste an die Art, wie er das Besteck langsam auf seinem Teller abgelegt hatte. Wie ein Ritter, der sich für einen Angriff wappnete. Wogegen wappnete er sich jetzt? Gegen meine Frage? Hatte ich gerade unwissentlich einen winzigen Blick auf seine Verletzlichkeit geworfen? Besaß auch ein Mann wie Riccardo West eine Komfortzone und war ich womöglich gerade in diese eingedrungen?

Er sah mich forschend an. Nichts in seinen Augen deutete darauf hin, dass ich seinen Unwillen geweckt hatte. Kurz verbanden sich unsere Blicke, tauchten ineinander ein. Ich konnte mich im klaren Blau seiner Augen gespiegelt sehen, als wäre ich in ihnen gefangen.

„Erzählst du mir dann auch deine Geschichte?", fragte er sanft.

Ich konnte nicht verhindern, dass ich leicht zusammenzuckte. „Welche Geschichte?", fragte ich zurück und verfluchte mich im Stillen, weil sich meine Stimme heiser anhörte, wo sie überrascht hätte klingen sollen.

„Die Geschichte, die sich hinter dem Mädchen Gina verbirgt. Was oder *wer* dich so verletzt hat."

Jetzt war es passiert. Jetzt hatte ich erst so richtig Grund, auf mich selbst wütend zu sein. Ich hatte mit dem Feuer gespielt. Und mich verbrannt. Ein Mann wie West hatte die Ressourcen und das Fachwissen, meine Vita zu überprüfen. Er musste dabei auf Ungereimtheiten gestoßen sein, selbst wenn meine Papiere erstklassig gefälscht waren. Er hätte nur in dem italienischen Waisenhaus in Apulien nachfragen müssen, in dem ich angeblich aufgewachsen war und in dem mich niemand kannte. Vielleicht hatte das auch dieser Schorsch Seehundbart erledigt. All das schoss mir durch den Kopf und ich vergaß dabei völlig, dass Riccardo mich weiter ansah. Selbst ein Stein hätte meine Panik gespürt. Plötzlich fühlte ich erneut seine warme Hand auf meiner. „Es ist gut Gina, du musst es mir nicht erzählen. Aber vielleicht irgendwann?"

Ich brachte ein Nicken zustande, mir war gerade sehr nach Weinen zumute und nach Flucht. Ich musste weg von diesem Mann. Irgendetwas stellte seine Nähe mit mir an. Etwas, wonach ich mich sehnte und wofür ich mich gleichzeitig verabscheute. Ich fühlte mich wie ein Magnet, der verzweifelt versucht, sich einem anderen zu entziehen, dabei all seine Kraft einsetzen und doch ohnmächtig zusehen muss, wie er Millimeter für Millimeter an Boden verliert.

„Also …“, begann Riccardo und ich sah, wie ein Muskel an seiner Wange zuckte. Das und das winzige Zögern offenbarten mir, wie viel Überwindung es ihn kostete, darüber zu sprechen. Erneut gewährte er mir einen Blick hinter seine selbstgewisse Fassade.

Als hätte er meine Gedanken erraten, lächelte er mich jetzt an. Es war ein bitteres Lächeln und sein Echo traf mich mehr, als ich zulassen wollte. Es tat mir weh und plötzlich wünschte ich, ich hätte ihn nicht gefragt.

Aber es war zu spät, Riccardo sprach weiter: „Ich war das, was man im Allgemeinen als ein Wunderkind bezeichnet. Mit fünfzehn studierte ich bereits am MIT in Boston. Für mich gab es nur Bits und Bytes, ich lebte in meiner eigenen kleinen Welt. Mein Vater war kurz zuvor bei einem Autounfall umgekommen und meine Mutter folgte ihm nur wenige Monate später nach. Sie war nie zuvor krank gewesen, ich glaube, sein Tod hat ihr alle Kraft geraubt. Meine Eltern haben mich vieles gelehrt. Aber mich auf jemanden wie Esther Cameron vorbereiten, das konnten sie nicht. Ein derart verderbter Mensch existierte nicht in ihrer Vorstellungskraft.

Esther stand kurz vor ihrer Promotion, als mich einer meiner Professoren ihr mit den Worten vorstellte: *Sie sind brillant, Miss Cameron, aber dieser junge Mann hier ist ein Genie.* Da war ich gerade siebzehn. Sie war zehn Jahre älter als ich und die schönste Frau, die ich je gesehen hatte. Und die gefährlichste. Sie verführte mich noch am selben Tag. Mit Esther tauchte ich in eine völlig andere Welt ein. Es war aufregend, weil wir uns anfangs verstecken mussten, ich war ja noch nicht volljährig. Tagsüber forschte ich und fieberte dem Moment am Abend entgegen, an dem wir uns trafen. Sie ging sehr klug vor. Sie hatte wenig Zeit für mich, manchmal meldete sie sich zwei Wochen lang nicht. Später begriff ich, dass Entzug zu ihrem Plan gehörte, um mich leichter von ihr abhängig zu machen. Dabei wäre dies gar nicht nötig gewesen, ich war ihr vom ersten Tag an hörig, konnte nur noch an sie denken. Sie war dominant, und irgendwann kamen die Schläge dazu. Sie liebte es, anderen Schmerz zuzufügen. Die Peitsche tränkte sie mit einem Narkotikum. Die nächste Stufe war dann Kokain. Sie kannte sich mit der Dosierung genau aus. Es war genug, um mich süchtig zu machen, aber nicht zu viel, dass ich nicht hätte arbeiten können. Schließlich sollte ich ja auch weiter Programme schreiben. Tagsüber arbeitete ich wie verrückt und nachts leckte ich ihr das Kokain von den Brüsten. Sie lehrte mich jedes verdammte perverse Spiel. Ich verfiel ihr vollkommen. Sie war meine Droge.

Wir heirateten an meinem achtzehnten Geburtstag in Mexiko und gründeten noch am selben Tag eine gemeinsame Firma. Jahrelang entwickelte ich ständig neue Produkte, während sich Esther um alles Geschäftliche kümmerte. Ein Start-up folgte dem anderen, Esther trieb mich unerbittlich an, sie bekam nie genug.

Knapp sechs Jahre nach Gründung der Firma gingen wir an die Börse. Es war der erfolgreichste Börsengang des Jahrzehnts, unsere Firma mehrere Milliarden wert. Ich war ein vierundzwanzigjähriger Workaholic und ich war kokainsüchtig. Mir fiel nicht auf, dass Esther mich immer mehr abschirmte, Einladungen zu Vorträgen oder Tagungen absagte. Die meiste Zeit verbrachte ich sowieso in meinem Kellerlabor zuhause in der monströsen Villa in den kalifornischen Bergen, die Esther hatte bauen lassen. Immer seltener war ich in meinem Labor in der Firma anzutreffen. Eines Tages, Esther war verreist, brauchte ich dringend einige Teile aus dem Firmenlabor und ließ mich hinfahren. Ich blieb bis spätnachts, und als ich gehen wollte, hat mich jemand vor dem Labor abgepasst. Er entpuppte sich als Reporter, der sich als Bürobote hatte anstellen lassen. Normalerweise sorgte Esther dafür, dass ich nicht belästigt wurde und immer jemand bei mir war.

Aber der Sicherheitsmann, der sonst vor meiner Tür wachte, war nicht zu sehen. Ich versuchte, den Reporter abzuweisen, aber er hing an mir wie eine Klette. Er erzählte mir furchtbare Dinge über meine Frau. Dann endlich kam der Sicherheitsmann, rief Verstärkung, und der Eindringling wurde abgeführt. Zunächst glaubte ich dem Reporter keine Silbe, aber das, was er gesagt hatte, ließ mich nicht mehr los. Es war, als bräuchten seine Worte einige Zeit, bis sie in meinem Bewusstsein Fuß fassten und ihre Saat keimte. Ich fing an, mir Gedanken über meine Frau zu machen, beobachtete sie im Umgang mit anderen. Was mir zugutekam, aber erst später bei einer medizinischen Untersuchung festgestellt wurde, war, dass Esther das gefährliche Kokain zwischendurch mit einer synthetischen Ersatzdroge ersetzt hatte, die weniger schädlich war. Sie wollte wohl vermeiden, dass ich zu früh am Drogenkonsum zugrunde ging. Zum ersten Mal fielen mir Dinge an ihr auf, die ich vorher nie wahrgenommen hatte. Es gefiel mir nicht, wie sie unsere Mitarbeiter behandelte: herrisch und selbstgerecht. Der Filter der Liebe war von mir abgefallen; ich begriff, dass die furchtbaren Dinge, die mir der Mann über meine Frau erzählt hatte, alle wahr waren.

Esther hat mich nach Strich und Faden betrogen, sowohl mit anderen Männern als auch geschäftlich. Die Firma gehörte quasi ihr allein, alle Patente waren auf sie angemeldet. Bevor ich sie jedoch mit meinen Vorwürfen konfrontierte, wollte ich mich nochmals mit dem Reporter treffen. Um keinen Argwohn zu wecken, fragte ich nicht bei der Personalabteilung nach, sondern hackte mich in mein eigenes System, verfolgte via Sicherheitskameras seinen Weg zum Parkplatz und notierte mir sein Kennzeichen. So machte ich ihn ausfindig. Der Mann willigte sofort in ein Treffen ein. Doch ich wartete vergeblich auf ihn." In Riccardos Augen stand ein Grauen, das mir einen Schauer über den Rücken jagte. Ich begriff, dass es sich der Reporter nicht anders überlegt hatte. „Was ist passiert?", hauchte ich.

„Er wurde am selben Tag ermordet, und ich wachte endgültig aus dem Rausch meiner Ehe auf."

„Du denkst, *sie* war das?", fragte ich erschüttert.

„Ja, aber ich hatte keinerlei Beweise."

„Bist du zur Polizei gegangen?"

„Natürlich, aber Esther und ihre Leute waren gründlich. Die Polizei fand weder den Laptop des Reporters noch sein Smartphone oder sonst irgendwelche Aufzeichnungen zu Recherchen über unsere Firma. Die Aufnahmen, die bewiesen, dass der Mann von Sicherheitsbeamten abgeführt worden war, waren auch gelöscht worden. Für unser Unternehmen war er einfach ein Angestellter, der nicht mehr zur Arbeit erschienen und deshalb fristlos entlassen worden war. Die Polizei nahm zwar meine Aussage zu Protokoll, aber Esther selbst wurde nicht behelligt. Sie schickte ihre Anwälte vor und die stellten meine Aussage als Racheakt eines enttäuschten Ehemanns dar, weil Esther mich verlassen wollte. Die hatten die Scheidungspapiere schon parat. Das machte mir klar, dass sie schon länger geplant hatte, mich loszuwerden. Noch am selben Tag habe ich Esther verlassen, nur mit dem, was ich am Leibe trug. Ich wollte einfach nur so weit weg von dieser Frau, wie ich konnte. Ich war Faust, der vor Mephista floh."

„Dann stimmen die Gerüchte, dass sie damals buchstäblich alles bekommen hat?"

„Ja, wenigstens hierin hat die Presse nicht übertrieben. Alles, was ich wollte, war, diese Frau nie wiederzusehen. Nichts sollte mich an den größten Fehler meines Lebens erinnern."

„Und dann hast du nochmals von vorne angefangen."

„Ja, aber erst habe ich versucht, mich totzusaufen. Schorsch Ettenhuber hat mich gerettet. Und das zum zweiten Mal."

Mir war bereits aufgefallen, dass zwischen den beiden Männern mehr bestand als nur die Bindung zwischen Arbeitgeber und Angestelltem. „Ich habe Schorsch vor zwölf Jahren in München kennengelernt. Ich war das, was man damals als Shooting Star der

New Economy bezeichnete und eingeladen worden, bei der Münchner Sicherheitskonferenz einen Vortrag über die Sicherheit im Netz zu halten. Es war einer meiner wenigen Auftritte in der Öffentlichkeit, Esther hat darauf gedrängt, weil die Konferenz kurz nach unserem Börsengang stattfand und es eine gute Presse sei. Zur selben Zeit gingen in unserem Konzern mehrere Morddrohungen ein, sowohl gegen mich als gegen Esther. Esther war sehr um meine Sicherheit besorgt und gab mir ein halbes Dutzend Securityleute mit. Vor Ort teilten mir die deutschen Behörden Schorsch Ettenhuber zu. Ich wollte diese zusätzliche Überwachung nicht. Aber Ettenhuber ließ sich nicht abwimmeln und nahm seine Aufgabe sehr ernst. Tatsächlich fand er eine Bombe, die unter meinem Wagen angebracht war und die Esthers Leute übersehen hatten. Ich habe ihn vom Fleck weg engagiert."

Ich rechnete nach. Kombinierte das Gehörte mit den offensichtlichen Schwingungen, die Riccardo aussandte, und fügte die Daten zusammen. „Denkst du, dass sie …" Ich zögerte, die Ungeheuerlichkeit meiner Schlussfolgerung auszusprechen.

Riccardo, dessen Blick die ganze Zeit über starr auf die Trennscheibe vor uns gerichtet gewesen war, während er mit dumpfer Stimme erzählt hatte, wandte sich mir langsam zu. „Alle Achtung!", sagte er. „Ich habe viel länger dazu gebraucht."

Seine Gedanken kehrten zu jenem Tag in München zurück, als Schorsch Ettenhuber ihm das Leben gerettet hatte. Ettenhuber, der zu jener Zeit schon eine abenteuerliche Karriere hinter sich hatte, die ihn nach dem Jurastudium zur Fremdenlegion, weiter zur Polizei und danach zu einer Spezialeinheit geführt hatte, hatte sich zunächst geweigert, sein Angebot anzunehmen, um eine Woche später völlig überraschend doch noch zuzusagen. Heute war er, neben Dante, der einzige Mensch, dem Riccardo voll und ganz vertraute.

„Die Urheber konnten nie ermittelt werden. Aber Schorsch ist bis heute davon überzeugt, dass Esther den Auftrag dazu erteilt hat. Als Witwe hätte ihr alles gehört. Eine elegante Lösung, ganz ohne hässlichen Scheidungskrieg."

„Du sagtest vorhin, dieser Schorsch hätte dich ein zweites Mal gerettet …?"

„Damals in München hatten wir unseren Deal per Handschlag besiegelt. Ich flog nach der Konferenz heim, aber Ettenhuber hatte ein Leben in München, eine Anstellung, eine Wohnung. Er musste erst alles abwickeln. Er teilte mir zwei Monate später mit, wann er eintreffen würde, aber ich antwortete nicht. Zwischendurch war das mit dem Reporter geschehen und ich hatte mein Mobiltelefon weggeworfen, nachdem ich Esther verlassen hatte. Daraufhin setzte sich Schorsch mit der Firmenzentrale in Verbindung, aber die wollten nichts von seiner Einstellung wissen – obwohl ich sie gleich nach meiner Rückkehr darüber informiert hatte. Ettenhuber dachte an den Attentatsversuch, wurde misstrauisch und flog trotzdem nach Los Angeles. Als er eintraf, war ich seit zehn Tagen verschwunden. Er spürte mich auf der Straße auf, zwischen den Obdachlosen. Er kann sehr hartnäckig sein."

Trotz der traurigen Geschichte entlockte mir seine letzte Bemerkung ein leises Lächeln, weil ich an Marisol denken musste. Dabei fiel mein Blick auf meinen Schoß. Riccardo hielt noch immer meine Hand. Ich brachte es nicht übers Herz, sie ihm jetzt zu entziehen.

„Das war meine Geschichte. Ich bin nicht stolz darauf." Seine Finger umschlossen fest die meinen, und wie von selbst verflochten sie sich, vertiefte sich das unsichtbare Band.

Ich wollte ihn trösten, ihm sagen, dass er zu jung gewesen war, er von Anfang an keine Chance gehabt hatte, um gegen diese Frau zu bestehen. Sie hatte ihn missbrauchen und benutzen können, weil sie ihm in ihrer perfiden Niedertracht haushoch überlegen war. Die, die nicht fair spielten, hatten einen entscheidenden Vorteil auf ihrer Seite: Das Böse überstieg unsere Vorstellungskraft, weil wir es nicht kannten, weil wir selbst niemals so handeln oder absichtlich einen Menschen verletzen könnten. Bis uns das Böse einholte, uns in sein Netz spann und uns vernichtete.

Aber das alles konnte ich Riccardo nicht sagen. Weil ihm das zu viel über mich selbst verraten würde. Also schwieg ich und sah auf unsere verschlungenen Hände. War das Böse das Band, das uns einte? Weil wir beide schon dem wahren Bösen begegnet waren und es uns beinahe vernichtet hätte? Mich hielt der Gedanke an meine Rache am Leben. Was war es bei Riccardo? Der neuerliche Kampf bis an die Spitze? Sein Erfolg als Unternehmer? Oder hatte er seiner Ex-Frau Rache geschworen, und diese bestimmte sein Leben, so wie sie das meine bestimmte?

Riccardo fasste mich sanft am Kinn und drehte mein Gesicht in seine Richtung. „Ich habe versprochen, ehrlich zu sein. Du weißt jetzt alles über mich.“ Er sah mich ernst an und ich las die Frage in seinen Augen. Für einen Wimpernschlag war ich versucht, ihm alles zu erzählen, mein Herz zu erleichtern und Trost und Verständnis zu erfahren; wollte seine Arme um mich spüren und seine Stimme hören, die mir sagte, dass ich jetzt in Sicherheit wäre. Ich kämpfte die Versuchung nieder, stemmte mich gegen den unerbittlichen Magneten und gewann einen sicheren Millimeter zurück. Ich schüttelte auf seine stumme Frage hin ebenso stumm den Kopf. Ich wollte nicht an die Nacht denken, als *er* meine Kinderseele getötet hatte. Ich hatte *seine* folgenden Drohungen ignoriert. Ich war viel zu trotzig und stolz gewesen. Aber so wie ich *ihm* nicht geglaubt hatte, hatte auch mir niemand glauben wollen. Am Allerwenigsten meine Stiefmutter. Sie hatte es vorgezogen, in ihrer schönen heilen Welt zu bleiben, die sie sich selbst geschaffen hatte. Sie wollte das Hässliche nicht sehen. So viele Gefühle brachen damals über mich herein und begruben mich unter sich: Enttäuschung, Trauer, Ohnmacht. Hass …

Ich sah Riccardo an und traf auf seinen weichen Blick, ich fand darin das Versprechen, für mich da zu sein und mich zu beschützen, das Böse von mir fernzuhalten und vor allem, das Bekenntnis, dass ich ihm vertrauen konnte. Zu meinem Schrecken erkannte ich das Wir darin. Es brachte etwas in meinem tiefsten Inneren ins Wanken, was bisher mein Halt gewesen war. Das verunsicherte mich, ich drehte mich weg von Riccardo, suchte einen neuen Fixpunkt, an den ich mich klammern konnte.

Durch das Fenster entdeckte ich zwei Teenager, die sich mit der selbstvergessenen Hingabe ihrer Jugend küssten. Fast beneidete ich sie um ihre Unbeschwertheit, die Fähigkeit, die Welt auszuschließen. *Die Möglichkeit der Liebe* … Für mich gab es keine Liebe, sie gehörte nicht zu meinem Leben. Liebe war Hoffnung, Liebe war Sehnsucht. Liebe war gefährlich. Liebe *war* … Schmerz.

Riccardo und ich, wir waren beide gebrannte Seelen, das hatte ich heute erkannt. Wenn man Feuer mit Feuer bekämpft, bleibt nichts zurück als kalte Asche.

Beinahe abrupt entzog ich ihm meine Hand. „Danke für Ihr Vertrauen. Ich muss gehen. Bitte lassen Sie mich künftig in Ruhe. Ich bin heute nur gekommen, um Ihnen zu sagen, dass ich Sie nie wiedersehen möchte“, spulte ich das zuvor Zurechtgelegte herunter. Ich siezte ihn absichtlich wieder, weil das vertrauliche Du zu viel Nähe geschaffen hatte. Ich brauchte diese Distanz, sie war meine Brücke zu Vernunft und Logik. Gefühle waren gefährlich. Das hatte mich meine Vergangenheit gelehrt.

Der weiche Ausdruck in Riccardos Gesicht verblasste. „Was hat man dir angetan, Gina?“

Das war genau die Frage, die ich befürchtet hatte. „Nichts, lassen Sie mich gehen!“

Er sah mich verletzt an, doch er griff an mir vorbei und entriegelte die Tür. Ich war vor der kurzen Berührung seines Armes zurückgewichen. Ich stieg aus, ohne einen Blick zurück. Er sollte die Tränen in meinen Augen nicht sehen. Blind stolperte ich davon.

23

Aufgeben ist keine Option

Nur mit Mühe widerstand er dem Impuls, ihr hinterherzulaufen. Er ahnte, es hätte nichts an ihrer Entscheidung geändert. Dieses Mädchen besaß Stolz. Er hatte noch nie jemanden getroffen, der gleichzeitig so stark und so verletzlich war. Er gab dem Fahrer das Zeichen, noch nicht abzufahren. Wider jede Vernunft hoffte er, dass sie es sich anders überlegen und zurückkehren würde.

Eine ganze Weile blieb er reglos sitzen, als könne er damit die Zeit mit ihr verlängern, ihre Gegenwart festhalten. Er schämte sich auch nicht, über die Stelle zu streichen, auf der sie eben noch gesessen hatte, da, wo das Leder noch ihre Wärme bewahrte.

Wieder war da dieser unfassbare Moment der Nähe gewesen, den er sich nicht erklären konnte. Diese junge Frau ließ ihn alle Bitternis vergessen, ließ Wunden heilen, von denen er gedacht hatte, dass sie sich niemals wieder verschließen würden; sie löste Gefühle in ihm aus, die er niemals für möglich gehalten hatte. Sein Herzschlag beschleunigte sich jedes Mal, wenn er nur an sie dachte, und ihre Abwesenheit empfand er beinahe wie einen körperlichen Schmerz, als wäre sie ein unabdingbarer Teil von ihm. Es machte ihm Angst und trotzdem gab es nichts, wonach er sich mehr sehnte. Nie zuvor hatte er sich einem Menschen so geöffnet wie gerade eben. Dieses Mädchen ging ihm unter die Haut. Er wollte sie beschützen und die Traurigkeit von ihr nehmen, er wollte sie glücklich sehen und der Grund für ihr Lachen sein. Er stellte sich vor, wie er sie mit in die Toskana nahm, auf sein Anwesen. Er würde für sie zwei Pferde satteln, Eclipse für ihn und die sanftere Ceres für sie, und ihr die wunderbare Landschaft zeigen. Seine Hunde würden sich gegenseitig über die Wiese jagen und anschließend könnten sie …

Neben sich hörte er plötzlich ein Räuspern. „Na, mein Junge, hörst du die Geigen spielen?“

Er fuhr aus seinem Tagtraum auf. Ettenhuber hatte von ihm unbemerkt die Tür geöffnet und sah ihn an. Der Bayer schmunzelte über das ganze Gesicht.

„Steig schon ein“, brummte Riccardo seinen Freund an.

„Herrschaftszeiten“, sagte Ettenhuber und öffnete das Fenster, kaum, dass er neben ihm saß. „Hier drin stinkt’s vielleicht nach Fisch! Wie du das aushältst. Also, was jetzt? Fliegen wir heim, oder willst du dir weiter an der Kleinen die Zähne ausbeißen?“

Riccardo sah auf seine Hand, die die ihre gehalten hatte. Er dachte an den Moment, als er kurz ihre Nachgiebigkeit gespürt hatte, und an ihre Stimme, als sie ihm gesagt hatte, dass sie ihn nie wiedersehen wolle. Sie war der Widerspruch in Person. *Nein! Aufgeben war keine Option.* Er war Italiener und glaubte an die Sterne. Ihre Begegnung hatte etwas zu bedeuten. Außerdem umgab das Mädchen ein Geheimnis. Und dieses Geheimnis war der Grund, warum sie vor ihm davonlief.

„Du verstehst das nicht, Schorsch. Dabei kennst du mein Leben. Meine Vergangenheit ist ein einziges Desaster und die Gegenwart hat schon vor Langem ihren Reiz für mich verloren. Und die Zukunft? Sie interessierte mich nicht sonderlich. Bis dieses Mädchen aufgetaucht ist. Irgendetwas ist an ihr, das für mich alles verändert hat.“

„Deifi, auf jeden Fall hat es einen Poeten aus dir gemacht! Dann hab ich noch ein nasses Handtuch für dich: Schon mal daran gedacht, was passiert, wenn sie herausfindet, dass du weißt, dass sie die Catwoman an Bord war?“

„Tag und Nacht."

„Siehst du, mein Junge. Das Rennen kannst du nicht gewinnen."

Riccardo holte tief Luft. „Genau darum werde ich es ihr morgen sagen."

24

Der Dämon

Connecticut/New Haven/USA

Jack Epstein, der Leiter des Sicherheitsteams, stürmte in die Bibliothek. Schon an der Tür rief er seinem Boss zu: „Wir haben sie gefunden!"

Der Mann hinter dem Schreibtisch sah nur kurz auf und fuhr dann fort, mit einem Seidentuch den Griff eines Revolvers zu polieren. Die antike Waffe war sein wertvollster Besitz. Einst hatte sie General Washington in seinem Freiheitskampf begleitet. Sie täglich zu reinigen, hatte für ihn etwas Rituelles. Nichts in seinem Verhalten deutete darauf hin, wie wichtig diese Nachricht für ihn war – dass womöglich seine Zukunft davon abhing.

Er wusste, wer mit *sie* gemeint war. Über vier Jahre hatte er auf diesen Moment gewartet. Sie lebte also noch. „Wo?"

„In Italien, in Rom."

„Was macht sie da?"

„Sie studiert an der Sapienza-Universität. Informatik im fünften Semester." Der Mann räusperte sich und nahm unbewusst Haltung an. Ihm war klar, was er als Nächstes zu erwarten hatte.

„Sie studiert? Einfach so? Sie haben vier Jahre gebraucht, um eine Studentin zu finden? Gratuliere, eine Meisterleistung!", scholl es ihm höhnisch entgegen. „Wofür bezahle ich Sie eigentlich?"

Sein Gegenüber blieb stumm.

„Schafft sie mir hierher. Nein, warte.“ Er hatte es sich anders überlegt. „Ich fliege selbst nach Italien. Wie viele Männer haben wir vor Ort?“

„Zwei, O’Brian und Mallory.“

„Ausgerechnet die irischen Trottel?“

„Sie haben sie aufgespürt, Sir“, sagte Epstein pikiert. Es waren seine Männer. Dass sie einen Tipp erhalten hatten, verschwieg er.

„Wohl eher über sie gestolpert. Sie setzen sich sofort nach Rom in Bewegung, Epstein. Nehmen Sie genügend Männer mit und bereiten Sie alles vor. Ich komme morgen nach. Ich will ihr Gesicht sehen, wenn sie begreift, dass es vorbei ist. Und, Epstein?“

„Ja, Sir?“

„Wenn Sie nochmals ohne anzuklopfen meine Bibliothek betreten, können Sie sich einen neuen Job suchen. Verstanden?“

„Ja, Sir!“

25

Bollywood

Selten hatte ich mich so auf eine Dusche gefreut. Bei vierzig Grad Außentemperatur hatte sich die Klimaanlage an der Uni verabschiedet. Meine Kleider klebten an mir, ich konnte sie gar nicht früh genug loswerden. Außerdem war Montag. Marisols freier Tag. Das bedeutete Nachschub an Pralinen und ein gutes Essen.

Ich schnupperte, ob ich erraten konnte, was mich Gutes erwartete, aber im Treppenhaus stach mir lediglich ein merkwürdig süßlicher Geruch in die Nase. Puh, da hatte jemand definitiv zu tief in die Parfümflasche geschaut!

Ich sperrte die Wohnungstür auf und fand mich mitten in einem exotischen Treibhaus wieder. Blumen, Blumen, Blumen, wohin ich sah, in allen Farben und Sorten.

„Marisol!", kreischte ich.

Sie schaute, in Schürze und mit einem Kochlöffel in der Hand, aus der Küche. Dazu grinste sie wie ein Honigkuchenpferd.

Ich sah in ihr Gesicht und verstand. Die Blumen, das war Bollywood pur! Marisol hatte einen Verehrer! Ich stürzte auf sie zu, umarmte sie und rief: „Oh, ich freue mich so für dich! Wie heißt er? Warum hast du nichts gesagt? Wann lerne ich ihn kennen?"

Hinter Marisol nahm ich eine Bewegung wahr. Und dann entdeckte ich ihn. *Riccardo West.* Hier, in unserer Küche, die durch seine Präsenz plötzlich auf die Größe einer Puppenstube schrumpfte. Gut, dass ich mich an Marisol festhalten konnte. Ich war derart fassungslos, dass ich kaum stehen, geschweige denn etwas sagen konnte. Er hatte sich vom Stuhl erhoben und sah mich an. Sah mich einfach nur an. Mit diesem Blick, der mir zu sagen schien, dass die Welt ein schöner Ort sein konnte, dass er die Welt für mich zu einem schönen Ort machen wollte – dass es sich lohnen würde, ihm zu vertrauen. Tatsächlich hielt die Welt für uns einen Augenblick den Atem an. Es gab nur uns beide. Allein. Zusammen.

Bis ich mich besann. Ich ließ Marisol los, wankte wie eine Betrunkene davon und schloss mich in meinem Zimmer ein. Ich schlüpfte in mein Bett, zog die Decke über den Kopf, rollte mich wie ein Embryo zusammen und hielt mir die Ohren zu. Ich wollte nichts sehen, nichts hören, nichts fühlen. Alles, was ich wollte, war die ganze verdammte Welt auszusperren.

Aber Riccardo ließ sich nicht aussperren. Riccardo wohnte längst in meinem Herzen.

26

Der Dämon ist hier

Ich konnte das Klopfen an meiner Tür nicht länger ignorieren. *Marisol.* Mittlerweile war es dunkel geworden. Unwillig tauchte ich unter der verschwitzten Decke hervor.

Jetzt verstand ich auch, was Marisol sagte: „Er ist gegangen. Komm, du musst etwas essen."

„Ich habe keinen Hunger. Danke!" Das Letzte, was ich jetzt gebrauchen konnte, war ein Marisol-Gespräch. Dazu fehlte mir die Kraft. Als wären meine Gedanken durch den Türschlitz geschlüpft, sagte meine Freundin: „Wir müssen nicht über ihn reden, wenn du nicht wollen."

Ich hatte seit dem Morgen nichts mehr gegessen, dazu Wests überraschendes Auftauchen, ja, mir war ein wenig flau im Magen. Außerdem brachte mich der süße Duft der Blumen fast um. Er hing überall, obwohl das Fenster weit geöffnet war. Ich schwang meine Beine aus dem Bett, tappte zur Tür und öffnete sie. Bevor ich mich versah, drückte mich Marisol bereits an ihre volle Brust.

„Komm, Gina, du essen jetzt etwas. Ich habe Gnocchi mit Salbei gemacht, in Butter geschwenkt, und ein Tiramisu! Danach stellen wir Blumen ins Treppenhaus. Die drogieren uns sonst."

So elend mir auch war, ich musste einfach lachen. „Du meinst, die betäuben uns sonst noch!"

„Sag ich doch." Marisol zog mich mit sich in die Küche, drückte mich auf einen Stuhl, schöpfte reichlich Gnocchi auf einen Teller und streute knusprig gebratene Salbeiblätter und frisch geriebenen Parmesan darüber.

Während ich meine Portion verschlang, versuchte ich die beiden benutzten Teller in der Spüle zu ignorieren. Riccardo hatte hier gegessen, mit Marisol. Was hatten die beiden über mich geredet?

Marisol schaute mir beim Essen zu. Sie war erst zufrieden, als ich meinen Teller ganz geleert hatte. Danach stand sie auf und verkündete: „Und jetzt noch eine Tiramisu." Sie öffnete den Kühlschrank in meinem Rücken. Er war alt und seine skurrilen Geräusche klangen inzwischen wie ein Formel-1-Wagen. Trotzdem hörte ich Marisols erstickten Laut hinter mir.

Ich fuhr herum und sah die beiden Männer. Der eine hatte Marisol von hinten gepackt und hielt ihr den Mund zu. Ihre Augen über seinem schwarzen Handschuh waren vor Schreck geweitet. Die Eindringlinge waren maskiert, trotzdem erkannte ich den zweiten Mann an seinem Siegelring. Er musste ihn absichtlich über den Handschuh gezogen haben. *Er* wollte, dass ich wusste, dass er es war. Der Dämon meiner Vergangenheit! *Er war hier …*

„Hallo Kate", sagte er und der Klang seiner Stimme überbrückte mühelos Vergangenheit und Gegenwart und katapultierte mich in die Nacht zurück, als meine Kindheit starb. „Zeit, dass du wieder nach Hause kommst. Deiner Freundin geschieht nichts, du musst nur mit mir mitkommen. *Freiwillig.* Wir verstehen uns?"

Ich nickte. Meine Stimme bebte, als ich antwortete: „Es ist gut. Ich komme mit, aber er soll sofort meine Freundin loslassen." Ich versuchte so mutig wie möglich zu klingen, obwohl mein Körper zitterte und mein Herz wie verrückt pumpte.

„Wenn sie verspricht, nicht zu schreien."

Marisol nickte hektisch, und der Mann nahm die Hand von ihrem Mund. Meine Freundin machte einen Schritt vorwärts, mehr gab die enge Küche nicht her, holte keuchend Luft und dann stieß sie einen Schrei aus, der den Trompeten von Jericho Konkurrenz gemacht hätte.

Der Mann packte sie erneut, nicht ohne einen Tritt gegen sein Knie und einen schwungvollen Schlag mit der Porzellanschüssel zu kassieren, die Marisol sich blitzschnell gegriffen hatte. Da ging das Tiramisu dahin. Leider gelang es ihm, Marisol einen Wattebausch gegen den Mund zu drücken. Er musste das Betäubungsmittel vorbereitet in der Tasche gehabt haben. Sie wehrte sich noch kurz, dann erschlaffte meine Freundin in seinen Armen.

Ich hatte mich sofort auch ins Getümmel geworfen, schließlich konnte ich nicht zusehen, wie der Kerl auf Marisol losging. Ich hatte dem Dämon einen kräftigen Stoß gegeben, sodass er rückwärts taumelte, und mir dann einen Teller geschnappt, um ihn Marisols Angreifer, der eben versuchte, seine Pistole zu ziehen, auf den Kopf zu schlagen. Er wich aus, stolperte über Marisol, verlor Gleichgewicht und Pistole, die unter die Anrichte schlitterte, und schlug, bevor er zu Boden ging, mit dem Kopf gegen die Porzellanspüle. Na also, k.o.! Es war ein kurzer Triumpf. Als ich mir als Nächstes einen Stuhl greifen wollte, wurde ich zurückgerissen und kassierte eine brutale Ohrfeige, die mich gegen den Kühlschrank schleuderte. Ich sah Sterne und blinzelte benommen.

„Schluss jetzt!“, knurrte der Dämon herrisch. „Wir gehen.“ Er packte meinen Arm und warf einen kurzen Blick auf seinen Kumpan, doch der rührte sich nicht. Dann sah er mich an: „Ein Mucks, und deine Freundin ist tot“, drohte er. Ohne mich loszulassen, bückte er sich und tastete hektisch nach der Pistole unter der Anrichte, konnte sie jedoch nicht greifen. Der Dämon fluchte, richtete sich auf und zerrte mich eilig mit sich in Richtung Wohnungstür. Im Flur stießen wir auf ein unerwartetes Hindernis. Der Dämon erstarrte, ließ mich aber nicht los, sondern hielt mich wie ein Schutzschild an sich gepresst.

An der Wohnungstür erwartete uns breitbeinig ein stiernackiger

Glatzkopf mit Seehundbart: Schorsch Ettenhuber, Wests Sicherheitschef. Er umklammerte eine Pistole und sagte mit Blick auf den maskierten Dämon: „Ja, ist schon wieder Fasching? Lass das Mädel los, Spezi! Aber dalli!"

Ich spürte, wie sich sein Griff lockerte. Ohne seinen Kumpan war *er* nichts. Energisch entwand ich mich ihm. Im selben Moment entdeckte ich Riccardo hinter Ettenhuber. Er griff an Ettenhuber vorbei und zog mich hinter sich.

„Haut ab!", befahl Ettenhuber jetzt. „Ich halte den Komiker hier so lange in Schach, bis die Polizei eintrifft."

„Aber Marisol! Sie liegt betäubt in der Küche! Und da ist noch so ein Kerl …", stammelte ich.

„Ich kümmere mich um sie! Ihr müsst hier sofort weg!"

Riccardo packte mich ohne Umschweife und bugsierte mich die Treppe hinab.

Im zweiten Stock angekommen, hörten wir jemanden die Treppe heraufsprinten. Riccardo und ich sahen uns an. Freund oder Feind?

Zwischen dem Geländer konnten wir eine Waffe in der Hand des Mannes aufblitzen sehen. Wir entschieden uns für Feind. Zurück. Im zweiten Stock stand der altmodische Käfigaufzug offen. Riccardo stieß mich hinein, schwang sich selbst über das Geländer und warf sich dem Mann, der gerade den nächsten Treppenabsatz erreicht hatte, entgegen. So etwas hatte ich bisher nur im Kino gesehen. Der Mann riss die Waffe hoch, aber Riccardo prallte auf ihn, bevor er sie abfeuern konnte. Ich blieb natürlich nicht im Aufzug, sondern rannte ohne Sinn und Verstand die wenigen Stufen hinterher, während die beiden Männer um die Waffe rangen. Vor meinen Augen rollten sie ineinander verkeilt über den Treppenabsatz. Riccardo kam auf seinen Kontrahenten zu liegen, nutzte seine Chance, holte aus und hämmerte ihm die Faust auf die Nase. Ich konnte sie knacken hören. Die Waffe entglitt dem Angreifer und fiel mir direkt vor die Füße. Ich schnappte sie mir. Riccardo rappelte sich auf und zerrte mich weiter. „Los komm!“, keuchte er.

Da tauchte noch ein Mann von unten auf. Doch inzwischen hatte sich der Hausflur mit einigen aufgeschreckten Bewohnern gefüllt, und es waren auch näher kommende Polizeisirenen zu hören. Von oben erklang ein scharfer Ruf. Die Maskierten aus meiner Wohnung liefen die Treppe herab, der Bodyguard, noch leicht unsicher auf den Beinen wirkend, voran. Sein Anzug war ruiniert und ich erhaschte einen Hauch von Tiramisu. Mit leisem Schrecken registrierte ich, dass er seine Waffe wieder hatte.

West entriss mir die meine, hielt sie vor sich und schirmte mich mit seinem Körper ab. Als der Dämon uns passierte, zischte er mir zu: „Ich krieg dich noch, Miststück.“

„Nur über meine Leiche“, sagte Riccardo.

„Das können Sie haben. Niemand lebt ewig, *West*.“

Und weg war er. Der dritte Mann, dessen Pistole wir gekapert hatten, rappelte sich mühsam auf und taumelte hinterher.

Ein Motor heulte auf und Reifen quietschten. Sie waren weg.

Kurz herrschte eine gespenstische Stille im Treppenhaus, bis der Mieter im Erdgeschoss, unser Methusalix, seinen Spazierstock schwenkte und laut „Bravo!“ rief. Jäher Applaus brandete im Treppenhaus auf, alle stimmten in seinen Ruf ein und plötzlich waren wir von meinen Mitbewohnern umringt, die sich benahmen, als hätten wir eine siegreiche Schlacht geschlagen. Alles redete wild durcheinander und schon gingen die ersten Becher Wein herum. Es war wie damals, als Marisol im Aufzug steckengeblieben war und der Techniker erst nach zwei Stunden auftauchte. Bis dahin war eine rege Treppenhausparty im Gange. Ich dankte im Stillen den Italienern für ihre Leichtigkeit. Während wir uns zwischen den Leuten hindurch nach oben kämpften, lächelten und versicherten wir, dass wir in Ordnung wären. Mir war das Aufsehen eindeutig zu viel. Ich wollte sofort nach Marisol sehen, während Riccardo laut dachte: „Wo ist eigentlich Schorsch abgeblieben?“

Ich rief: „Marisol!", er: „Schorsch!", und wir flogen die Treppen bis in den vierten Stock geradezu hoch. Hintereinander stürmten wir in die Wohnung.

Dort fanden wir Schorsch Ettenhuber inmitten des Blumenmeers in einer Blutlache auf dem Flurboden, die Hände fest um den verletzten Oberschenkel gepresst. Riccardo warf sich neben ihn auf die Knie. „Es ist nichts, mein Junge. Nur eine Messerattacke. Der zweite Mann. Ich werde alt. Und langsam. Los, hilf mir auf. Ich muss hier raus. Ist ja wie auf einer Beerdigung." Seine Stimme flatterte und strafte seine Worte Lügen.

„Nichts da, Kumpel. Du bleibst schön liegen!" Riccardo riss sich das Hemd vom Körper und improvisierte einen Druckverband: „Gina, ruf den Notarzt! Schorsch muss sofort ins Krankenhaus. Das Messer muss eine Arterie verletzt haben!"

Ich wählte den Notruf und rannte unterdessen in die Küche. Marisol schlief auf dem Fußboden. Ich konnte es nicht fassen, aber sie schnarchte. Ich legte ihren Kopf zur Seite, falls sie sich übergeben musste, und kühlte ihre Stirn mit Eiswürfeln, während wir auf den Notarzt warteten.

Die Polizei traf zuerst ein.

27

Zu Risiken und …

Marisol kam zu sich. Sie schlug die Augen auf und das Erste, was sie sah, war ich. Sie blinzelte. „Warum siehst du so verheult aus, *chica*? Ist was passiert“?

„Allerdings! Kannst du dich nicht erinnern?“

Marisol kniff die Augen zusammen. Plötzlich fuhr sie hoch und schlug sich die Hand vor den Mund: „*Madre de dios*! Dieser Bandido hat mir drogiert! Ich bin in eine Krankenhaus! Bin ich krank?“

„Nein, soweit ist mit dir alles in Ordnung. Du hast nur lange geschlafen.“

„Gut“, sagte Marisol grimmig, „dann ich habe hier nichts zu suchen.“ Mir war bekannt, dass Marisol an einer Arztphobie litt. Sie schlug die Decke zurück und riss sofort die Augen auf, als sie das hochgerutschte Krankenhaushemd bemerkte, das ihre Schenkel weit jenseits der Schicklichkeitsgrenze entblößte.

Sie sah zu mir, dann wieder auf ihre Schenkel. Entsetzen machte sich auf ihrem Gesicht breit, als sie registrierte, dass sie quasi mit nacktem Hinterm in einem Bett hockte, das nicht das ihre war. Ihr entfuhr ein derart lautes „Maldito!“, dass ich zusammenzuckte.

Ihr Fluch rief einen der beiden Männer auf den Plan, die Riccardo vorsorglich vor der Tür postiert hatte. Ein lautes „Alles okay?“, schallte uns um die Ohren.

„RAUS!!! Du … du lustiger Molch“, brüllte Marisol und warf ein Kissen nach ihm.

Hastig zog er sich zurück. Marisol suchte sich eine bequeme Sitzposition und drapierte die Decke um sich wie den Krönungsmantel. Anschließend sah sie mich einige Sekunden lang forschend an, wie eine Mutter, die nicht wusste, ob sie ihr Kind maßregeln oder sich einfach nur darüber freuen sollte, dass es nach einer langen Nacht unversehrt wieder zu Hause gelandet war. Ich zog unwillkürlich den Kopf ein.

„So! Was hast du ausgefressen, *chica*?"

„Wie kommst du darauf, ich hätte etwas ausgefressen?", wich ich aus und unternahm den hoffnungslosen Versuch, dabei so ahnungslos wie irgend möglich auszusehen.

„Bist du eine Papagei? Nein. Aber ich bin eine gute Freundin, keine dämliche Freundin aus Hinterwald. Wir werden von maskierten Bandidos überfallen und der eine sagt, du musst nach Hause kommen! Ahora, entweder Papa oder Ehemann!"

Na toll! Mir blieb fast das Herz stehen. Gute Freundinnen konnten wirklich lästig sein! Ich senkte den Kopf und starrte auf ihre Bettdecke, während ich sprach. Mir fiel es im Augenblick schwer, ihrem inquisitorischen Blick zu begegnen.

Marisol würde nicht gefallen, was ich als Nächstes plante. „Ich kann dir nichts darüber erzählen", sagte ich steif. „Nur so viel: Es brächte dich in Gefahr. Diese Männer sind zu allem fähig."

„Puh, ich verstehe. So ist das. Deine Papa oder Ehemann ist eine, wie sagt man in Italien? *Mafioso*?"

Ich sog scharf die Luft ein. Was konnte man darauf antworten? Nichts.

Marisol tätschelte meine Hand. „Arme Gina, deshalb bist du so, wie du bist", sagte sie mitfühlend.

„Wie bin ich denn?" Ich verstand nicht, was sie meinte, und war auch ein wenig misstrauisch.

„Triste."

Traurig? Na gut, damit konnte ich leben. Da schob Marisol hinterher: „Und loca, completa loca. *Sí!*", bekräftigte sie.

„Bitte? Du hältst mich für verrückt?“ *Na, danke.*

„*Sí!*“ Sie strahlte mich unerwartet an, nur um mir darauf mit schief gelegtem Kopf zu erklären: „So viele Männer und kein Einziger; so viele Gedanken und alle traurig; so wenig Schlaf und so viele Albträume. Aber es geben gute Medizin dagegen!“

„Ich soll Medikamente nehmen?“ Ich sah Marisol an, als würde ich an ihrer geistigen Gesundheit zweifeln. *Himmel! Was war in diesem Betäubungsmittel gewesen?*

Hinter uns öffnete sich die Tür und das Strahlen auf Marisols Gesicht vertiefte sich, wenn das überhaupt möglich war. Ich wandte mich um und entdeckte den Grund: *Riccardo West.* Blass und mitgenommen, doch immerhin lächelnd, trat er in den Raum.

Neben mir verkündete Marisol triumphierend: „Da kommen deine Medizin, *chica*!“

Ich warf ihr einen mörderischen Blick zu. Irgendwie nahm mir meine bisher eher als ängstlich aufgefallene Freundin die Situation zu wenig ernst. Vielmehr hatte ich den Eindruck, als würde sie sich großartig amüsieren. *Auf meine Kosten!*

Auf Wests Gesicht zeichnete sich kurz Verwirrung ab, ihm war meine Reaktion auf Marisols Bemerkung nicht entgangen. Er kam näher und ich sah zu ihm auf. „Wie geht es Ihrem Freund Schorsch?“

„Er kommt durch, aber es war knapp. Er hat viel Blut verloren. Sie haben ihn operiert. Momentan ist er noch im Aufwachraum.“ West trug ein einfaches Shirt und ich sah das große Pflaster in seiner Armbeuge. „Sie haben Blut gespendet?“

„Ja, wir haben dieselbe Gruppe. Und wie geht es dir, Marisol?“, wandte er sich an meine Freundin. *Aha!* Sie waren schon beim Du!

„Sehr gut. Vielleicht ein bisschen müde. Wer ist Schorsch?“

„Mein Freund und Sicherheitschef.“

„Du hast eine Sicherheitschef?“, staunte Marisol. „Ist denn deine Ware so wertvoll?“

„Für manche Leute schon.“ West lächelte.

„Na so was! Wer hätte das gedacht. Und wer passen jetzt auf den Laden auf?"

„Keine Sorge, es ist alles geregelt."

Mir kam ein Verdacht. „Was denkst du denn, was Riccardo für einen Laden hat?"

„Was ist das für eine Frage? Er ist Blumenhändler, *bueno*?"

Unvermittelt fiel die Anspannung des Tages von uns ab und Riccardo und ich lachten befreit auf. Wir sahen uns an und irgendwie wussten wir, dass wir gerade beide das Gleiche dachten: unser erstes gemeinsames Lachen. Darüber vergaß ich sogar, Marisols Annahme zu Riccardos Beruf zu berichtigen.

Marisols Dauergrinsen hielt an: „Sag ich doch, Liebe ist die beste Medizin! Und jetzt will ich nach Hause!"

Das brachte mich in die harte Wirklichkeit zurück. Das war der Punkt. Ich konnte nicht mehr zurück in unsere Wohnung. *Er* hatte mich aufgespürt. Meine Flucht begann von vorne. Momentan schützten mich noch Wests Leute. Was wiederum bedeutete, dass ich auch ihm und seinen Leuten entkommen musste – und zwar, bevor West anfing, mir Fragen zu stellen. Und die Polizei. West hatte bereits ausgesagt und es geschafft, sie bisher von mir fernzuhalten. Unruhig rutschte ich auf dem Bett hin und her.

„Was ist los?", fragte Marisol prompt. „Musst du auf Topf?" Sie war einfach herzerfrischend.

„Nein", sagte ich und konnte mir meine plötzliche Verlegenheit nicht erklären. „Aber ich brauche jetzt einen Kaffee. Ihr auch?" Ich hatte vor, mich dabei zu verdrücken. Es ging nicht anders. Mir brannte das Herz jetzt schon bei dem Gedanken, Marisol nie wiederzusehen. Ich würde mich bis zum Versteck meines Notfallkits durchschlagen und von dort aus die Person anrufen, die mich schon einmal, vor über vier Jahren, gerettet hatte. Ich wusste, sie würde mir wieder helfen.

„Nein, Kaffee trinken wir zuhause! Aber geht ihr nur. Ich ziehe mich inzwischen an. *Dios*, wo sind eigentlich meine Sachen?"

Marisol machte ein Gesicht, als fürchtete sie, dass man sie ihr in der Zwischenzeit gestohlen haben könnte.

Ich holte sie aus dem Schrank, in dem ich sie verstaut hatte, und reichte sie ihr. Sie nahm sie, presste sie an sich und sagte: „Und nimm Riccardo mit, *sí?* Außer du willst, dass er mir beim Stripteasen zuguckt."

Das war bei Weitem das Frivolste, das Marisol je von sich gegeben hatte. Und jetzt zwinkerte sie mir auch noch zu! Was auch immer sich für eine Substanz auf dem Wattebausch befunden hatte, sie hatte Nachwirkungen. Meine Freundin benahm sich heute eindeutig nicht wie meine Freundin. Ich sah sie an und versuchte gleichzeitig die Tränen, die hinter meinen Augen brannten, zurückzuhalten. Ich drückte sie kurz an mich und schniefte: „Ich bin so froh, dass dir nichts passiert ist."

Sie hielt mich sekundenlang fest und flüsterte mir so leise ins Ohr, dass nur ich sie verstehen konnte: „Vergiss niemals, *chica*: Jeder hat eine Happy End verdient!" Sie ließ mich los, strich mir mit einer mütterlichen Geste übers Haar und sagte: „Und jetzt raus mit euch zwei! Ihr habt fünfzehn Minuten, solange wie eine spanische Dame brauchen tut, um sich frisch zu machen."

28

Ich bin kein Liebes!

Ich schloss die Tür zu Marisols Zimmer. Kurz standen Riccardo und ich unschlüssig davor.

„Also, was möchtest du?", fragte er mich.

„Was ich möchte?" Ich verstand nicht. Ich war damit beschäftigt, mir zu überlegen, wie ich ihn möglichst schnell loswurde.

„Kaffee, Espresso, Cappuccino?"

Ach so. „Äh, Cappuccino."

„Ich fürchte, wir müssen mit dem Automaten vorliebnehmen, die Kantine dauert zu lange."

„Kein Problem."

„Da vorne", sagte er und mir blieb nichts anderes übrig, als den langen Flur neben ihm herzudackeln. Wir passierten eine Treppe und das Schild *Uscita* zog meine Augen magisch an.

„Das ist keine Lösung."

„Was?" Ich zuckte zusammen wie ein ertapptes Kind. West war stehengeblieben und ich war ihm fast vor die Brust gerannt. Uns trennten nur wenige Zentimeter. Ich war ein echter Fluchtprofi.

„Davonzulaufen, *cara*", sagte er jetzt sanft und sah mit diesen unglaublichen Augen auf mich herab. Ganz kurz drohte ich, in dem blauen Meer zu versinken. Aber nur kurz. Schon riss ich mich zusammen und brachte schnell einen Meter Abstand zwischen uns. Er nannte mich *cara!* Offenbar war Marisol ansteckend. Es ärgerte mich. „Nennen Sie mich nicht *cara*! Ich bin nicht Ihr *Liebes!*“, fauchte ich und war knapp davor, kindisch mit dem Fuß aufzustampfen.

„Natürlich bist du das“, sagte er und brachte dabei das Kunststück fertig, gleichzeitig bestimmt und zärtlich zu klingen. Ich wusste nicht, wie er das machte. Eine Sekunde lang fragte ich mich, ob ich auch an Marisols Wattebausch geschnüffelt hatte? Ich wich vorsichtshalber noch einen Schritt zurück. Er hatte lange Arme und im Moment sah es ganz danach aus, als wolle er sie um mich legen. Niemals! Und jetzt lächelte er mich auch noch an, auf eine Art, als würde er alles über mich wissen. Es machte mich noch wütender. Dieser selbstsichere Bastard! *Nichts wusste er, gar nichts!*

Da sagte er wie ein Echo auf meine Gedanken: „Ich weiß alles über dich, *cara.*“

Was? Ich starrte ihn an wie einen Geist. „Das glaube ich nicht!“

„Das klären wir besser nicht hier. Wir erregen Aufsehen“, sagte er und deutete mit dem Kopf auf zwei tuschelnde Krankenschwestern. Ich hatte eher den Eindruck, dass nur Riccardo West Aufsehen erregte.

„Komm“, er fasste nach meinem Ellbogen, „wir ziehen uns einen Automaten-Kaffee, danach bringen wir deine Freundin nach Hause und sprechen über alles.“

Ich riss mich von ihm los. „Da gibt es nichts zu besprechen. Gehen Sie! Marisol und ich nehmen uns ein Taxi!“

Ich rannte die paar Schritte zurück zu Marisols Zimmer, riss die Tür auf und hörte einen Aufprall, gefolgt von einem lauten „Autsch“. Ich blickte zur Seite und entdeckte Marisol auf dem Boden, wie sie sich stöhnend die Nase rieb. Beinahe hätte ich sie mit der Tür ausgeknockt.

Sie hatte eindeutig gelauscht! Mein Mitleid hielt sich daher in Grenzen. „So ist das mit der Medizin“, sagte ich, während ich ihr aufhalf.

„Wie?“, näselte sie.

„Nebenwirkungen.“

29

Zwickmühle

Die Nebenwirkungen hielten an. Natürlich wartete West mit seinen beiden Guerillas vor der Tür. Meine Chancen, mich aus dem Staub zu machen, tendierten dadurch gegen Null. Den gesamten Weg von Marisols Zimmer durch das Krankenhaus nach unten zum Ausgang hielt sich West dicht neben mir. Für mich fühlte es sich an, als befände ich mich auf dem Gang zum Schafott.

Direkt vor dem Ausgang stand Wests Limousine mitsamt Chauffeur und einem weiteren Leibwächter.

Riccardo ließ Marisol und mich einsteigen und setzte sich zu uns auf die Rückbank. Die anderen folgten mit einem zweiten Wagen. Als wäre er der verdammte amerikanische Präsident! Es fehlten nur noch die Fahnen auf der Haube und die Motorradstaffel vorneweg. Es war dieselbe Limousine, die ich vor nicht allzu langer Zeit mit meiner Vespa geschnitten hatte. War das tatsächlich erst wenige Wochen her?

Mein Leben war damals schon kompliziert gewesen und ich hätte nie erwartet, dass es noch komplizierter werden könnte. Doch genau das war mit Wests Erscheinen eingetreten.

Meine Wut und meine Ohnmacht machten mich stumm. Marisol saß zwischen uns wie die Staatsgrenze. Sie und West betrieben Konversation, während ich demonstrativ aus dem Fenster starrte. An einer Ampel hatte ich unauffällig den Türgriff betätigt. Inzwischen war ich soweit, mich aus dem Wagen zu stürzen und darauf zu hoffen, dass ich im Verkehrschaos untertauchen könnte. Aber die Limousine öffnete sich nicht. Natürlich. Er hatte an alles gedacht. Ich war gefangen.

Die Fahrt endete. Wir hielten vor unserem Mietshaus. „Es war mir ein Vergnügen, Marisol", charmierte West. „Ich hoffe, du verzeihst mir, dass ich dir deine Freundin noch kurz entführe?"

„Natürlich", flötete diese und sah mich augenzwinkernd an. *Verräterin!*

West öffnete die Tür und ich griff ebenfalls nach dem Knauf. Bloß, die Tür ging nicht auf! Ich sah nach vorne. Der Chauffeur, von dem ich bisher nur Hinterkopf und Mütze zu Gesicht bekommen hatte, hatte sich mir zugewendet. Der Mann, der mir schon in der Uni aufgelauert hatte! *Komplizen, wohin man blickte,* dachte ich erbost. Aber ich war selbst schuld. Man begegnete jedem Menschen zweimal. Man sollte sich also immer benehmen. Das war auch eine der Weisheiten, die mir meine Großmutter mit auf den Weg gegeben hatte.

Marisol war mittlerweile ausgestiegen. Ich war so in Gedanken, dass ich erschrak, als sie an mein Fenster klopfte. Sie grinste schon wieder wie ein Honigkuchenpferd und machte das ‚Daumen-hoch-Zeichen'.

Ich zeigte ihr eine andere universelle Geste. Ich war so voller Wut, dass ich beinahe geplatzt wäre. Kaum mochte man jemanden, wurde alles so … verzwickt. Gefühle ließen sich weder kontrollieren noch berechnen. Man war ihnen hilflos ausgeliefert.

Kurz genoss ich Marisols schockierten Blick, dann tat es mir schon wieder leid und ich schickte schnell eine Kusshand hinterher. Ich sah Marisol nach, bis sie im Haus verschwunden war. *Meine Freundin.* Sie wusste es nicht, aber es war ein Abschied für immer. Ich würde sie nie wiedersehen und ich wünschte ihr das schönste, bombastischste Bollywood-mäßige Happy End, das es auf der ganzen Welt gab.

30

Wie ein gewaltiger Sturm

„Hier!“

Verständnislos starrte ich auf das Taschentuch, dass mir West hinhielt. „Du weinst“, ergänzte er und da ich es immer noch nicht nahm, tupfte er mir die Tränen mit unendlicher Zartheit selbst weg, als wäre ich eine zerbrechliche Kostbarkeit. Ich ließ es für einen Moment geschehen, um mich zu sammeln. Und um sicherzugehen, dass mir meine Stimme gehorchte.

„Lassen Sie mich gehen, Sie können mich hier nicht festhal ten!“, sagte ich so energisch wie ich konnte, trotz meiner zugeschnürten Kehle.

„Natürlich nicht. Ein Wort von dir genügt und Silvio entriegelt den Wagen. Allerdings fände ich es schade, wenn Schorsch ganz umsonst im Krankenhaus gelandet wäre.“

„Was soll das heißen?“

West zeigte nach draußen. „Siehst du den Wagen dort? Und den dort drüben? Scheint, als wäre eine ganze Armee für dich abgestellt worden. Wir sollten uns unterhalten. Über das, was in deiner Wohnung passiert ist.“

„Verdammt!“, entfuhr es mir. Weniger wegen der Männer, sondern weil West im Krankenhausflur die Wahrheit gesagt hatte. Er wusste wirklich etwas! Die Frage war nur, wie viel er wusste. Und dann fiel mir ein Detail ein, dass ich bisher vollkommen verdrängt hatte, etwas, was der Dämon Riccardo geantwortet hatte, als er zu ihm sagte, er würde mich nur über seine Leiche kriegen: *Das können*

Sie haben. Niemand lebt ewig, WEST. Der Schreck schoss wie eine elektrische Welle durch meinen Körper. Verdammt, verdammt, verdammt. *Er* hatte Riccardo erkannt und wusste, dass er mir half. Damit war Riccardo in Lebensgefahr! *Er* würde ihn töten!

West war an mich herangerückt, viel zu nahe, so nahe, dass ich die Hitze spürte, die von seinem Körper ausging. Ich wollte das nicht, ich rutschte weiter und drückte mich so eng an die Tür, wie ich nur konnte. Aber seinem Blick entkam ich nicht. Er hielt mich fest, wie damals auf der Yacht, und die geheimnisvolle Chemie zwischen uns vertiefte sich, warf erneut ihre Bande aus wie ein Anker aus Seide. „Was wissen Sie?", flüsterte ich. Wir sprachen noch immer Italienisch, doch West wechselte jetzt ins Englische, als wollte er mir damit sein Wissen über meine Vergangenheit noch eindringlicher demonstrieren:

„Dein Name ist Katherine Lawrence. Du verschwandest vor über vier Jahren auf mysteriöse Weise aus New York. Es war am Tag der Beerdigung deiner Stiefmutter und deiner kleinen Stiefschwester. Dein Vater ist Senator Ben Lawrence. Es gilt als sicher, dass er beim Parteitag der Republikaner, der im September stattfindet, zu deren Präsidentschaftskandidaten gewählt werden wird."

Ich war nicht fähig, irgendetwas zu sagen. Die Erinnerungen überrollten mich wie ein gewaltiger Sturm und rissen mich mit sich in den dunklen Strudel menschlicher Abgründe, in den ich viel zu früh geblickt hatte. Plötzlich fühlte ich Riccardos Arme um mich und ließ es diesmal geschehen. Ich bekam nicht mit, dass sich das Fahrzeug in Bewegung setzte. Ich lag an Wests Brust und weinte mir die Seele aus dem Leib.

31

Zwei Stiere in einer Arena sind einer zu viel!

Borgo San Lorenzo/Mugellotal/Toskana

Ich hatte die Fahrt wie durch einen Schleier erlebt und schlief anschließend fast 24 Stunden durch. Es war, als würde sich die Anspannung der letzten Jahre in einer Schlaforgie entladen.

Jetzt war ich wach und sah mich im Raum um. Die Vorhänge waren zugezogen, doch ich konnte Licht hindurchschimmern sehen. Es war auf eine angenehme Weise still, nur die beruhigenden Laute der Natur drangen durch das offene Fenster herein. Ich hörte das Zirpen der Grillen und das Schnauben eines Pferdes ganz in der Nähe.

Merkwürdigerweise überkam mich nicht das seltsam bedrückende Gefühl, das mich immer befiel, wenn ich in einem fremden Bett aufwachte. Kein Albtraum, keine Angst, keine Verlorenheit, was ich fühlte war … Sicherheit. Weil ich ahnte, wo ich war. Ich war bei ihm. Riccardo hatte mich zu sich nach Hause gebracht.

Plötzlich bewegte sich der Vorhang zur Seite, Sonnenlicht flutete herein, und zu meiner Verblüffung erschien ein weißer Pferdekopf in der Fensteröffnung. Das Tier stieß ein Wiehern aus, als wolle es mich fragen, was ich an diesem herrlichen Tag im Bett tue. Das fragte ich mich jetzt auch. Ich schlug die Decke zurück und schwang meine Beine heraus. Hoppla. Sofort drehte sich alles um mich herum und die Welt bestand sekundenlang aus einem Haufen Lichtpunkte, die vor meinen Augen tanzten. Ich plumpste wieder aufs Bett.

Auf dem Nachttisch entdeckte ich eine Karaffe mit Wasser und merkte erst jetzt, wie trocken sich mein Hals anfühlte. Ich stillte meinen Durst, weiter beäugt durch den Schimmel, der neugierig jede meiner Bewegungen verfolgte.

Plötzlich ertönte eine vertraute Stimme und ich ärgerte mich über mich selbst, weil mein Herzschlag sich unwillkürlich beschleunigt hatte: „Was treibst du denn hier, Frechdachs? Ab mit dir, Ceres. Du störst unseren Gast!“

Ich hörte einen Klaps, der wohl Ceres’ Hinterteil traf, der Pferdekopf schien mir nochmals zuzunicken und verschwand mit einem letzten, auffordernden Schnauben.

„Ich bin wach!“, rief ich voreilig und biss mir sofort auf die Zunge. Ich trug nur mein Höschen und ein T-Shirt. Schnell schlüpfte ich wieder unter die Decke. Dabei hatte er mich schon nackt gesehen. Was er natürlich nicht wissen konnte. Die Tür ging auf und herein kam … *Marisol!*

Wir fielen uns in die Arme, als hätten wir uns das letzte Mal vor hundert Jahren gesehen.

„Wie kommst du hierher?“

„Riccardo hat mir Limousine geschickt. Ich wurde chauffiert.“ Marisol kicherte wie ein Backfisch.

„Wow, ich wette, du hast dich darauf gefreut, den Satz zu sagen!“

„Ja! Nicht schlecht für eine Blumenhändler.“

„Marisol, Riccardo ist kein …“

„Weiß ich doch lange! Ich habe dich nur zugezogen.“

„Aufgezogen.“

„Ja, ja. Wie geht es meiner kleinen *chica*?“ Sie ging zum Fenster, riss die Vorhänge auf und die Sonne flutete herein.

„Mir geht es gut. Musst du denn nicht arbeiten?“

„Ich habe Urlaub! Eine ganze Woche!“

„Wo sind wir hier eigentlich?"

„In der Toskana, in Villa von Riccardo." Ihre Stimme klang, als hätte sie mir soeben verkündet, wir befänden uns im Paradies.

„Und dir geht es auch wirklich gut?", fragte ich vorsichtig. Ich fühlte mich sehr schuldig an dem, was ihr zugestoßen war, schließlich war ich der Anlass für den Überfall in der Wohnung gewesen.

„Ja, alles am Stück. Aber wie geht es dir wirklich?"

Gute Frage. Mein Vater hatte mich aufgespürt, ich konnte also nicht mehr nach Rom zurück; Riccardo West wusste, wer ich wirklich war, und er hatte mich offenbar auf sein Anwesen entführt. Und meine Freundin gleich mit. Obwohl, die war sehr freiwillig hier. Verblüfft stellte ich fest, dass es mir angesichts der Umstände nicht einmal schlecht ging. Primär hatte ich jetzt nur eines: Hunger.

„Hast du Hunger?", fragte Marisol prompt. Wenn es um Essen ging, war sie ein Seismograph.

„Und wie! Gibt es Frühstück?"

„Nein, Abendessen, es ist gleich 17:00 Uhr. Riccardo und ich kochen! Große Menü."

„Ihr kocht … *zusammen?*", fragte ich verblüfft.

„Ja, deine Riccardo ist eine Koch excelente."

„Er ist nicht *mein Riccardo*!", entrüstete ich mich. *Ging das schon wieder los …*

„Warte, bis du seine *Scaloppine Riccardo* probiert hast", ging Marisol nicht auf meinen Protest ein. „Er macht eine Soße aus eigenem vino dazu! Und Gemüse und Salat aus Garten! Alles fresco!", rief sie enthusiastisch und klatschte in die Hände.

Natürlich war Marisol begeistert. Ich weiß gar nicht, wie oft sie sich in Rom darüber beklagt hatte, dass sie Gemüse und Salat einkaufen müsse, während im Garten ihrer Eltern in Roja alles selbst gezogen wurde.

„Vielleicht solltest du Riccardo excelente selbst heiraten?", schlug ich vor, während ich einen zweiten Anlauf unternahm, aufzustehen. Etwas wackelig, aber es ging.

„Ha! Wenn er eine Spanier wäre … sofort! Er ist so eine männliche Mann“, schwärmte sie, und ich rollte mit den Augen.

Noch bevor ich nach dem Bad fragen konnte, hatte Marisol bereits eine Tür geöffnet und schob mich mit einem Grinsen hinein.

Ich hatte den Eindruck, dass das Bad mindestens so groß war wie unsere Wohnung in Rom. Alles war hell und luftig und glänzte vor Sauberkeit. Das Schönste aber war die freistehende Wanne mit den Klauenfüßen. Marisol und ich hatten in unserem nur eine Dusche. Ich konnte mich nicht erinnern, wann ich das letzte Mal in meinem Leben ein Vollbad genommen hatte.

Marisol ließ bereits das Wasser ein. „Du nimmst jetzt eine schöne lange Bad und danach gibt es eine leckere Menü. Ich habe auch deine Sachen mitgebracht. Da!“ Sie zeigte auf meine schäbige Reisetasche auf dem Korbstuhl. „Und damit du nicht verhungerst …“ Sie öffnete die Tasche und zog eine durchsichtige Tüte mit Marzipanpralinen heraus. Ich strahlte. Gute Freundinnen waren das Beste, was einem passieren konnte.

32

Safeword

Eine Stunde später holte mich Marisol ab, gerade, als ich mich selbst auf den Weg machen wollte, um sie zu suchen.

Ich wollte mich beschweren. Das spanische Biest hatte mir nicht eine einzige Hose eingepackt, nicht einmal meine Jeansshorts. Stattdessen fand ich in der Tasche zwei Kleider und zwei Röcke, alles sehr andalusisch angehaucht, weil Marisol sie mir aus ihrer Heimat mitgebracht hatte. Das bedeutete Carmenausschnitt und Volants. Alles sehr weiblich. Und alles absolut nicht mein Stil. Ich fühlte mich unwohl darin, im wahrsten Sinne des Wortes *verkleidet.*

Wohl oder übel trug ich einen knöchellangen schwarzen Rock mit Rüschen und Lochstickerei und ein einfaches weißes Spaghettiträgershirt. Schwarze Espadrilles, auch eine Gabe von Marisol, vervollständigten mein Outfit.

„Gina! Du siehst wundervoll aus!“, rief Marisol bei meinem Anblick. Sie hatte mich noch nie in einem Rock gesehen. „Und die schönen Haare!“

Wieso schöne Haare? Gut, ich hatte sie gewaschen und geföhnt und trug sie offen, aber nur, weil ich auch keinen Haargummi gefunden hatte. Marisol hatte wirklich an alles gedacht, um mich zu sabotieren. Gute Freundinnen konnten wirklich die Pest sein.

Aber ehrlich gesagt, war mir gerade alles ziemlich egal, meine Sinne waren nur auf eines gerichtet: etwas Essbares. Das Haus war durchzogen von den köstlichsten Düften. Darüber hinaus würde ich gleich Riccardo wiederbegegnen. Freute ich mich auf ihn? Es war eine Frage, die ich lieber verdrängte, auf jeden Fall hatte mich eine Art Grundverlegenheit befallen. Bei unserem letzten bewussten Zusammentreffen hatte ich mich heulend wie ein kleines Mädchen an seine Brust geklammert.

Marisol nahm mich an die Hand und führte mich durch einen Flur in ein weitläufiges Wohnzimmer, dessen Schiebetüren auf eine riesige überdachte Terrasse führten. Die offenen Seiten des Porticos waren mit luftigen weißen Vorhängen geschützt, die sich sachte im Wind blähten, aber nach vorne hin eröffnete sich mir ein weiter Blick in die sanfte, hügelige Landschaft der Toskana. Auf einer Wiese zu meiner Rechten grasten friedlich mehrere Pferde, darunter der vorwitzige Schimmel. Die Sonne stand schon etwas schräg und tauchte das Land in einen sanften goldenen Schimmer. Das Bild hätte gemalt nicht schöner sein können. Es überwältigte mich. Der Tisch auf der Terrasse war liebevoll gedeckt und mit einfachen Wiesenblumen dekoriert.

Plötzlich hörte ich ein Bellen und sah drei riesige, zottelige Hunde direkt aus Richtung der Koppel auf mich zurasen. Sie würden mich umrennen! Gerade rechtzeitig erklang ein scharfer Pfiff und sie liefen links und rechts an mir vorbei, als sei ich ein Felsen im Wasser. Ich drehte mich um und da stand Riccardo – in einer rotweiß-karierten Küchenschürze, aus der ein Kochlöffel lugte, und ein volles Tablett balancierend. Die drei Hunde saßen hechelnd zu seinen Füßen und himmelten ihn an, als wäre er ihr persönlicher Gott. Ich fing an zu lachen. Riccardo in Küchenschürze, das sah wirklich komisch aus! Vielleicht war ich auch einfach nur erleichtert. Oder diese ganze Idylle machte mich hysterisch. Keine Ahnung. Jedenfalls konnte ich für eine ganze Weile nicht mehr aufhören zu lachen.

Marisol packte mich, setzte mich auf einen Stuhl und wandte ihr Allheilmittel an: „Armes Mädchen. Muss dringend etwas essen.“ Sie drückte mir ein Stück Weißbrot in die Hand und stellte eine der Glasschalen von Riccardos Tablett vor mich. Mit der

Grandezza eines Küchenchefs verkündete sie stolz: „Rote-Beete-Carpaccio mit gerösteten Pinienkernen in Aceto Crema.“

Im Augenwinkel sah ich, wie Riccardo seine Schürze abstreifte. Schwarze Chinos und ein loses weißes Leinenhemd kamen zum Vorschein. Schon besser. Ich hörte auf zu lachen. Was mit vollem Mund auch ratsam war. Riccardos Blick war weich, als er sagte: „Willkommen daheim, Gina.“

Irgendwie schaffte ich es, mich nicht zu verschlucken und Pinienkerne auszuspucken. Der Mann war wirklich hartnäckig. Aber mir war natürlich klar, dass wir uns unterhalten mussten. Über alles. Über meine Vergangenheit und über meinen Vater. Und über uns. Dass es kein *uns* gab. Aber zuerst wollte ich dieses wunderbare Essen genießen. Ich musste dringend Kraft tanken.

„Das Essen hat Sterne verdient. Du solltest eine Restaurant eröffnen, Riccardo.“ Marisol genehmigte sich eine zweite Portion Pfirsichmousse.

„Ich bin quasi in einem aufgewachsen. Meine Eltern haben eines besessen. Sie waren beide hervorragende Köche. Wobei Mutter mehr für die Nachspeisen zuständig war, Vater für den Rest.“

Ich sah zu Riccardo. Er hatte wehmütig geklungen. Er musste seine Eltern sehr vermissen. Ich wusste nicht, was es hieß, Eltern zu haben und sie zu lieben. Ich hatte meine Mutter nie gekannt, sie war kurz nach meiner Geburt gestorben, und meine spätere Stiefmutter, nun ja. Sie war nur mit sich selbst beschäftigt. Und mein Vater war ein Teufel. Einzig durch meine Großmutter hatte ich eine Zeitlang Nestwärme erfahren. Doch sie starb, als ich neun war.

„Jetzt ist Zeit für Verdauung! Ihr zwei spazieren gehen, ich räume auf“, verkündete Marisol. Dieses Biest! Sie wusste, wie man mich ausknockt.

Riccardo war sofort aufgesprungen, um den Tisch herum, die Hände ganz gentlemanlike an meiner Stuhllehne. Sitzenbleiben hätte blöd ausgesehen. Die Hunde, die während des Essens friedlich auf der Terrasse ausgeharrt hatten, sprangen auf. Sie freuten sich auf den Spaziergang. Ich konnte nicht behaupten, dass das auch auf mich zutraf. Die Schonfrist war vorbei, die Stunde der Wahrheit war gekommen. Riccardo lenkte mich auf einen Feldweg. Seinem Versuch, meine Hand zu nehmen, war ich mit einem Schritt zur Seite ausgewichen. Händchenhalten kam nicht in Frage.

Die Hunde tobten neben uns her. Zwei waren gleich groß und muskulös, ihr Fell wegen der Sommerhitze kurz geschoren. Der dritte war ein wenig kleiner und eher goldfarben. „Was sind das für Rassen?“, fragte ich, um das eigentliche Gesprächsthema unseres Spaziergangs noch etwas aufzuschieben.

„Keine Ahnung. Ein bisschen Maremmo-Abbruzzo-Hütehund, ein wenig Golden Retriever und laut Tierarzt auch ein wenig Kuvasz. Das ist eine ungarische Hütehundrasse“, ergänzte er, bevor ich ihn danach fragen konnte.

„Und was hüten die drei so?“

„Schafe.“

„Sie haben Schafe?“ Ich sah mich um, als erwartete ich auf dem nächsten Hügel eine wollene Herde zu sehen.

„Nein. Ich habe die drei bei einem Ausritt vor drei Jahren gefunden. Jemand hatte die Welpen im Wald ausgesetzt.“

Ich biss mir auf die Lippe. Warum hatte ich gefragt? Ich liebte Hunde und hier war ein Mann, der sie offenbar auch liebte und sie sogar rettete. Dabei war das Letzte, was ich wollte, noch mehr sympathische Züge an einem Mann zu entdecken, den ich unbedingt hassen wollte. Für das, was er mir auf dem Boot angetan hatte. Ich wollte ihn loswerden und ich wollte vor allem, dass er mich endlich in Ruhe ließ. Warum war der Kerl nur so verflixt hartnäckig? Es half alles nichts, ich musste ihm sagen, dass ich Catwoman war. Dann würde er verstehen, warum ich seine Nähe nicht wollte. Wir brauchten einen klaren Schlussstrich, dann konnte ich aus seinem Leben verschwinden, und damit auch leichter aus Marisols.

Aber wie das so ist mit Entschlüssen: Sie zu fassen war das eine, sie dann umzusetzen, das andere. Die Situation war derart vertrackt, dass es mir schwerfiel, logisch zu denken. Ich war der lebende Beweis, dass sich Gefühle und Logik ausschlossen. Sie stritten in meinem Kopf wie zwei sich spinnefeinde Brüder. Aber es half nichts, es nagte seit Wochen an mir, und wenn ich es jetzt nicht aufklärte, würde es mich noch auffressen.

„Ich muss dir etwas sagen." Verblüfft blieben wir stehen und schauten uns an. Wir hatten gerade gleichzeitig dasselbe gesagt.

Riccardo fasste mich an den Händen, und diesmal ließ ich es geschehen, obwohl mir jede seiner Berührungen durch und durch ging, ich sie bis in die Zehenspitzen fühlen konnte. Er sah mich wieder mit so tiefem Ernst an, dass ich unwillkürlich den Atem anhielt.

„Es ist vielmehr ein Geständnis", begann er. „Ich wollte es dir vorgestern sagen, als ich dir die Blumen geschickt hatte. Aber dann passierte das mit deinem Vater. Es ist so: Ich weiß, dass du das Mädchen auf meinem Boot warst."

Sekundenlang blieb ich reglos. Ich hatte mich selbst so viel damit beschäftigt, es ihm zu sagen, dass ich eine Weile brauchte, bis ich die gesamte Tragweite der Erkenntnis, dass er es längst gewusst hatte, begriff. Er hatte mich die ganze Zeit über verarscht! Ich entriss ihm meine Hände, schlug ihn, trommelte mit den Fäusten auf seine Brust, beschimpfte ihn, ließ meiner Wut und Enttäuschung freien Lauf.

Nur am Rande bekam ich mit, dass die Hunde uns umsprangen und bellten, weil meine Attacke auf ihren Herrn sie nervös machte. Riccardo rief ihnen einen kurzen Befehl zu. Ich ließ von ihm ab und rannte davon. Wie immer. Nur, wo sollte ich hin? Ich rannte kopflos immer weiter, wusste nur, dass ich so weit weg von dem Mann wollte wie möglich.

Am Rande eines Bachs, der quer durch das Grundstück verlief, holte mich Riccardo ein. Ich wollte eben hindurchwaten, als er seine Arme von hinten um mich schlang. Ich kämpfte, schrie und wand mich. Doch er war viel zu stark. Ich weiß nicht, wie lange ich tobte. Niemand kam. Um uns war endlose Weite. Ich saß in der Falle, in seiner Falle. Es war wie auf dem Boot. Doch dieses Mal wurde ich nicht ohnmächtig.

„Beruhige dich, Kate“, sagte er immer wieder und endlich drang zu mir durch, dass er mich bei meinem richtigen Namen nannte! Das brachte mich zur Räson. Ich erschlaffte in seinen Armen, während mein Verstand sich von meinem Gefühlsausbruch erholte. Ich erkannte, dass Riccardo das kleinere Übel war, Riccardo war im Grunde nicht einmal ein Problem!

Er war nämlich genau das, wofür ich ihn von Anfang an gehalten hatte: ein Perverser und ein Lügner. Und da ich nichts für ihn fühlte, konnte er mir auch nichts anhaben. Er war nur hinter mir her gewesen, weil er sich versichern wollte, dass ich ihn nicht anzeigen würde. Darum seine Hartnäckigkeit. Jetzt, da er wusste, dass ich ihn gar nicht anzeigen konnte, weil ich mich unter falschem Namen in Italien aufhielt, würde er sich beruhigt zurückziehen. Ich war ihn los, musste mich nicht einmal davonschleichen.

„Lassen Sie mich los!“, forderte ich herrisch. Er lockerte seinen Griff, ich entwand mich seinen Armen und lief den Weg zurück in Richtung Haus, ohne weiter auf ihn zu achten.

Marisol hatte es sich auf einem Liegestuhl auf der Terrasse gemütlich gemacht, neben sich ein Glas Rotwein.

„Schon zurück?“, murmelte sie schläfrig. Dann entdeckte sie die Tränenspuren in meinem Gesicht. Sie richtete sich abrupt auf. „*Dios mío!* Was ist passiert?“ Sie spähte an mir vorbei zu Riccardo, der hinter mir die Terrasse betreten hatte.

„Marzipan?“, sagte Marisol vorsichtig zu mir. Es klang wie eine geheime Losung, unser Safeword. Ich nickte.

Sie sprang auf, packte mich an der Hand und zog mich in ihr Zimmer.

„Was ist los mit euch zwei? Schon Gewitter?“, fragte sie, kaum dass sie die Tür geschlossen hatte.

„Ich muss hier weg, Marisol!"

„Na, na, immer ruhig. Setz dich, ich holen Marzipan und dann du wirst erzählen deiner Marisol alles. Und diesmal will ich auch wissen, warum dich der maskierte Bandido rauben wollte."

Und das tat ich dann auch. Ich erzählte Marisol alles. Von meiner Flucht vor vier Jahren und wie ich nach Rom kam. Ich ließ nur meinen richtigen Namen weg und den wahren Grund meines Untertauchens. Dieses Wissen war zu gefährlich. Deswegen waren Menschen gestorben. Menschen, die ich geliebt hatte. Anders als in Rom, als ich ihr die Kurzform der Episode von Venedig präsentierte und die sie als Scherz abgetan hatte, bekam sie nun alles zu hören. Was Riccardos sexuelle Vorlieben mit beinhaltete. Bei Marisol half nur die Rosskur.

Als ich geendet hatte, umarmte mich Marisol, und wir weinten beide eine Weile. Sie wiegte mich in ihren Armen, streichelte mein Haar und murmelte immer wieder „meine arme chica" oder auch „das kommt davon". Danach trocknete Marisol ihre Tränen und aß hintereinander drei große Pralinen. Sie kaute langsam, sie brauchte Zeit zum Nachdenken.

„*Bueno*! Riccardo ist also ein lustiger Molch?"

„Lustmolch", korrigierte ich automatisch.

„Wie wird man eine Lustmolch mit gusto Lack und Leder?"

Ich verstand den Sinn der Frage nicht so ganz, und Marisols Ton klang auch irgendwie komisch. „Woher soll ich das wissen? Das ist vermutlich angeboren." Meine Schultern spannten sich an. Ich war auf der Hut.

„Bei manchen Männern, *sí*. Riccardo ist nicht diese Sorte. Muss eine andere Schuld geben."

Ich stieß die Luft aus. Ich konnte es nicht fassen! Marisol suchte immer noch nach Entschuldigungen für Riccardo West! Was hatte er mit ihr gemacht, während ich geschlafen hatte? Sie hypnotisiert? „Begreifst du denn nicht, was der Mann getan hat?", schrie ich sie an. „Er hat sich an mir auf dem Boot vergangen! Danach hat er mich wochenlang belogen, behauptet, er hätte nach der Studentin mit dem roten Helm gesucht, weil er sie kennenlernen wollte, hat sich sogar als Mäzen in die Universität eingeschlichen. Dabei war sein Interesse an mir die ganze Zeit nur geheuchelt: Alles, was er damit bezweckte, war sich abzusichern! Die pure Berechnung! Ich wette, es gibt jede Menge Fotos und Aufnahmen von Riccardo und mir, die beweisen sollen, dass wir uns kennen. Wenn ich ihn jetzt noch anzeigen würde, würde ich mich damit nur lächerlich machen, kein Mensch würde mir auch nur ein Wort glauben. Der hat mich benutzt und du verteidigst das perverse Schwein auch noch?" Ich war längst aufgesprungen und raste wie ein tobsüchtiger Zwerg durchs Zimmer. Und was machte Marisol? Sie schnippte mit den Fingern wie eine Flamencotänzerin und rief: „*Bueno*! Jetzt weiß ich, du magst ihn! *Muchooo*."

Ich hielt inne und stierte meine Freundin an. Was war mit ihrem Konservatismus passiert? Sie war definitiv verrückt geworden! „Hast du mir denn nicht zugehört?"

„*Sí*! Venedig ist schlimme Sache für dich gewesen, ich verstehe das. Aber es war nicht Absicht, sondern Verwechslung. Das kommt davon, wenn man um Mitternacht in fremder Stadt als Katze schleicht. Ich habe dir gesagt, du sollst sein lassen. *Así*, ist passiert. Dafür du Riccardo treffen. Spanische Sprichwort sagt: *Schlechte Nächte können gute Tag machen.* Ich kenne Unterschied zwischen gute Gefühle und schlechte Gefühle. Riccardo hat gute Gefühle für dich. Allein, wie er dich ansieht!" Ihr Blick wurde schwärmerisch. „*Así*! Genauso sieht mein Vater meine Mutter an!"

Ich sank in den nächstbesten Sessel. Marisol schaffte mich.

„Noch eine Marzipan?" Sie kniete plötzlich vor mir und hielt mir die Schachtel hin. „Du musst mit Riccardo sprechen, Gina. Auch wegen deine Vater. Er kann dich vor ihm schützen. Wir können nicht einfach so aus Haus gehen, oder?"

Da hatte sie leider recht. In Rom hätte ich schnell untertauchen können, aber hier kannte ich mich nicht aus. Ich nahm mir vor, die Nacht damit zu verbringen, die Gegend zu googeln. Immerhin hatte mir Marisol, wenn schon nicht meine Jeans, wenigstens meinen Laptop eingepackt. Auf einem Smartphone war das einfach zu mühsam.

„Gut, ich spreche mit ihm." Das sagte ich hauptsächlich, damit Marisol Ruhe gab. Der einzige Grund, warum ich mit ihm sprechen wollte, war, weil ich wissen musste, wie er meine wahre Identität herausgefunden hatte. „Aber erst morgen", fügte ich trotzig hinzu. „Ich will ihn heute nicht mehr sehen."

33

Die Stunde der Wahrheit

Marisol hatte sich nach dem Frühstück zurückgezogen. Vorher hatte sie mich angeblinzelt, was Riccardo natürlich nicht entgangen war. Manchmal wünschte ich, meine Gefühlswelt würde denselben einfachen Bahnen folgen wie Marisols.

Riccardo kam gleich auf den Punkt. „Wir müssen uns über deinen Vater unterhalten."

„Zuerst möchte ich wissen, wie du meinen Namen herausgefunden hast. Waren es meine Papiere?" Ich war deshalb in Sorge, weil ich auf jeden Fall neue brauchen würde.

„Nein, die und dein Werdegang sind in Ordnung. Der oder die, die dir damals geholfen haben, haben erstklassige Arbeit geleistet. Es waren deine Fingerabdrücke."

„Meine Fingerabdrücke?"

„Ja. Deine Fingerabdrücke sind in der zentralen Datenbank des FBI gespeichert. Dein Vater wollte wohl jede Möglichkeit nutzen, dich aufzuspüren."

„Du hast dich in die Datenbank des FBI gehackt?" Für den Bruchteil einer Sekunde vergaß ich den Grund der Unterhaltung und schwankte als Informatikerin zwischen Skepsis und Bewunderung.

„Das war nicht schwer, meine Firma war an der Entwicklung beteiligt. Der Knackpunkt war: Wir glaubten den Daten nicht und hielten es zunächst für eine Verwechslung. Wir forschten weiter und fanden noch einen Schwachpunkt. Deine Existenz in Italien vor 2011. Schorsch ist aufgefallen, dass das Waisenhaus, in dem du aufgewachsen bist, seit 2012 nicht mehr existiert. Was eine Nachverfolgung schwer macht. Das hat ihn hellhörig gemacht. Natürlich gibt es ein Daten-Archiv mit deinem Namen. Aber wir wissen beide, dass man einen Namen nachträglich einspeisen kann. Schorsch ist deshalb nach Apulien gefahren und hat eine Schwester des katholischen Waisenhauses und einen Lehrer der Schule, in die du damals angeblich gingst, ausfindig gemacht. Er hat ihnen dein Foto gezeigt. Beide konnten sich nicht an dich erinnern. Erst die dritte Person, ein Lehrer am Istituto Massimo in Rom, auf dem du seit 2011 tatsächlich warst, bestätigte deine Existenz. Kurzum, vor 2011 schien es dich in Italien nicht zu geben. Da war uns klar, es handelte sich nicht um einen Fehler. Du warst Katherine Lawrence. Da stellt sich vor allem die Frage, wer unter deinem Namen seit vier Jahren in einer geschlossenen Anstalt weggesperrt ist?"

Seine Ausführungen schockierten mich. Dass jemand unter meinem Namen meinen Platz eingenommen hatte, hatte ich nicht gewusst, ebenso das mit den eingespeicherten Fingerabdrücken. Das Risiko, dass jemand mein Foto herumzeigte, war jedoch nicht zu umgehen gewesen. Jeder Mensch hinterlässt Spuren. „Seit wann weißt du es?"

„Seit gut zwei Wochen."

Meine Gedanken rasten. Riccardo wusste seit zwei Wochen, dass ihm von Catwoman, alias Katherine Lawrence, keine Gefahr einer Anzeige drohte. Damit wäre sein dringlichstes Problem gelöst. Warum ließ er mich dann nicht in Ruhe? Was wollte er noch von mir? Denk nach, Kate! Du weißt warum! Was bedeutet es für dich, dass Riccardo die Wahrheit über dich kennt? Die Erkenntnis traf mich wie ein Stromschlag. Riccardo hatte mich getäuscht. Er hatte mich vor drei Tagen nicht gerettet, sondern meinem Vater ins Handwerk gepfuscht! Er wollte daraus Kapital schlagen!

Mein Vater war ein sehr einflussreicher Mann und sollte er Präsident werden, würde er Riccardo West einen großen Gefallen schuldig sein, weil der ihm seine Tochter zugeführt hatte. Mein Vater hatte sich wohl zunächst um einen Deal herumdrücken wollen. Er würde mich holen kommen, sobald die Bedingungen für meine Übergabe durch Riccardo klar definiert wären. Wahrscheinlich waren sie das schon. Darum war ich hier. In dieser Einsamkeit. Es gäbe kein Aufsehen, wie es in unserem Wohnhaus in Rom entstanden war. Mir fiel Marisol ein! Sie war hier in Gefahr! *Sie* hielten sie für eine Mitwisserin, was sie ja definitiv auch war. Ich Hornochse hatte ihr auch noch alles erzählt! *Scheiße, Scheiße, Scheiße.* Ich manövrierte mich da immer tiefer hinein. Marisol und ich mussten hier so schnell wie möglich weg! Aber zunächst musste ich Ruhe bewahren, durfte mir meine Gedanken und Schlussfolgerungen nicht anmerken lassen.

Das war gar nicht so einfach, weil ich völlig durcheinander war und eine Synapse in meinem Gehirn gerade sehr rot glühte. Ich glaube, sie versuchte mir zu signalisieren, dass sich irgendwo in meinen Überlegungen ein Logikfehler eingeschlichen hatte. Bloß, ich kam nicht drauf. Vielleicht, weil es mit Gefühlen zu tun hatte, aber die waren ja nicht meine Angelegenheit. Also blieb ich auf derselben Spur. „Jetzt, da du weißt, dass du keine Anzeige von mir zu befürchten hast, können wir diese Farce beenden. Marisol und ich reisen ab." Ich stand auf. Er ebenfalls. Er trat mir in den Weg, automatisch wich ich einen Schritt zurück und stolperte über meinen Stuhl. Er fing mich auf und ich landete ungewollt in seinen Armen. Sofort befreite ich mich brüsk von ihm und wir standen uns gegenüber wie zwei Kampfhähne.

Riccardos blaue Augen hatten sich verdunkelt, wirkten jetzt violett wie ein Gewitterhimmel. „Ist es das, was du denkst? Dass es mir die ganze Zeit nur um die dämliche Anzeige ging? Ich würde mit dir sofort zur Polizei gehen und mich selbst anzeigen. Aber es würde dir mehr schaden als mir." Seine Stimme bebte vor unterdrücktem Zorn.

„Ach, du willst nur Schaden von mir abwenden? Wie selbstlos", höhnte ich. Seine Wut machte mich rasend. Er hatte kein Recht, wütend auf mich zu sein!

Riccardo holte einmal tief Luft und fuhr sich dabei mit einer hilflos wirkenden Geste durchs Haar, bevor er etwas ruhiger sagte: „Ja, ich gebe zu, du hast jedes Recht, auf mich wütend zu sein. Wir hatten einen verdammt schlechten Start."

Ich fasste es nicht. Wir hatten einen schlechten Start? Nicht nur Marisol schaffte mich, der auch!

„Vorschlag: Du setzt dich wieder", dabei drückte er mich auf den Stuhl zurück, was ich ausnahmsweise geschehen ließ, weil sich meine Beine ziemlich wackelig anfühlten, „und wir sprechen später über uns. Zuerst müssen wir das mit deinem Vater klären."

„Ich will nicht mit dir über meinen Vater sprechen." *Und ein uns gibt es auch nicht!*

„Warum nicht?"

„Eben, weil ich nicht mit dir darüber diskutieren will. Punkt."

„Ich kann dir helfen."

„Und wer sagt, dass ich will, dass du mir hilfst? Danke, aber ich komme bisher gut allein zurecht." Ich hüllte mich in meinen Trotz wie in eine Rüstung.

Er sah mich an und ich ahnte, was er in diesem Moment dachte. Dass ich vor drei Tagen nicht alleine zurechtgekommen und Marisol mit hineingezogen worden war. Ich rechnete Riccardo hoch an, dass er nicht darauf anspielte. Stattdessen sagte er: „Ich fürchte, du hast keine andere Wahl, als meine Hilfe anzunehmen."

Ich wollte jetzt nichts so Lapidares von mir geben wie „man hat immer eine Wahl". Mir war sehr wohl bewusst, dass ich seine Hilfe längst beansprucht hatte. Schließlich saß ich in seiner Villa. Aber ich wollte es hier enden lassen. Heute Nacht würde ich meinen endgültigen Fluchtplan entwerfen und spätestens morgen Nacht wäre ich weg. Wenn alles gut ging …

„Tut mir leid, aber so leicht entkommst du mir nicht!"

„Was?", rief ich erschrocken. *Konnte der Mann meine Gedanken lesen?*

„Was hat dein Vater dir angetan?"

Ich stieß die Luft aus. Missverständnis. Aber dieses Minenfeld war noch gefährlicher. „Hörst du mir nicht zu, Riccardo? Es ist meine Angelegenheit, und ich will nicht mit dir darüber sprechen."

„Ich bin Amerikaner. Wenn der Mann, der sich um das höchste politische Amt in den USA bewirbt, seine eigene Tochter dazu bringt, vor ihm Angst zu haben, und sie sich deshalb in eine neue Identität flüchtet, ist das sehr wohl meine Angelegenheit. Außerdem weiß er, wer ich bin. Ich bin also längst involviert."

„Hast du Angst, er könnte dir geschäftlich schaden?" Ich war ein wenig gemein, weil er nicht aufhörte, mich zu bedrängen.

„Nein, ich habe Angst um *dich*."

Ich stand auf. Anscheinend konnte ich dieses Gespräch nur beenden, wenn ich ging.

„Wo willst du hin?"

„Ich gehe mit Marisol spazieren." *Übersetzt*: Ich wollte das Gelände bei Tag erkunden.

„Ist dein Vater pädophil? Hat er dich missbraucht?"

Genau das hatte ich befürchtet. Er gab keine Ruhe und ging zum Angriff über. Damit war zu rechnen gewesen. Mit Nachdruck antwortete ich ihm: „Nein, ich versichere dir, mein Vater hat mich *nicht* missbraucht." Was die Wahrheit war.

Darum glaubte er mir. Ich sah kurz die Erleichterung in seinen Augen aufblitzen. Und dann schockierte er mich. „Also steht dein Verschwinden im Zusammenhang mit drei ungeklärten Todesfällen: Zum einen wäre da Luisa Napoli, die am 11. Dezember 2007 brutal ermordet wurde, zum anderen die Krankenschwester Malala Shariffa, die zusammen mit ihrem Mann Ende 2010 bei einer Gasexplosion umkam. Luisa Napoli war dein langjähriges Kindermädchen und du kanntest auch Malala Shariffa. Sie war Krankenschwester in dem Privatsanatorium, in das du an deinem vierzehnten Geburtstag, dem Tag der Ermordung deines Kindermädchens, eingeliefert wurdest. Du wurdest gut sieben Monate später entlassen, im Juli 2008. Mitte 2010 wurdest du erneut eingeliefert. Ende 2010 sterben deine Stiefmutter und deine Halbschwester bei einem Autounfall, und du verschwindest spurlos am Tag ihrer Beerdigung. Am selben Tag kommen auch Malala Shariffa und ihr Mann um. Was ist damals passiert, Katherine?“

Alles kochte wieder in mir hoch. Irgendwie brachte ich das Kunststück fertig, zu antworten, obwohl es mir die Luft abschnürte. „Du willst wissen, ob ich alle diese Menschen ermordet habe? Ja, das habe ich!“, schrie ich ihn an. Und das war genauso die Wahrheit. Es war meine Schuld, dass diese Menschen hatten sterben müssen. *Weil ich damals nicht den Mund gehalten hatte …*

Plötzlich stand Riccardo neben mir, hielt mich fest umschlungen und streichelte mein Haar, während er flüsterte: „Ich weiß, dass du niemanden ermordet hast, *cara.* Ihr Tod ist nicht deine Schuld. Du bist nicht für deinen Vater verantwortlich. Erzähle mir deine Ge schichte. Ich bin jetzt da. Teile es mit mir, dann wird es für dich leichter. Es frisst dich sonst auf, so wie meine Vergangenheit mich aufgefressen hat. Das habe ich erst begriffen, seit ich dich kenne. Wir sind uns ähnlich, wir haben das beide in der ersten Sekunde unserer Begegnung im anderen wahrgenommen. Weißt du, Kate, manchmal stellt die Vergangenheit die Weichen falsch. Man begegnet jemandem oder lässt sich auf jemanden ein, der einen aus der Bahn wirft. Das verändert einen. Bei manchen wirkt es dauerhaft, aber es gibt auch Momente, in denen man spürt, dass es da noch einen Weg gibt. Lass mich für dich dieser Weg sein.“

Später konnte ich nicht sagen, ob es an seinen Worten gelegen hatte oder es allein der zärtliche Klang seiner Stimme gewesen war, die meinen Schutzwall durchdrangen. Jedenfalls fühlte ich zum ersten Mal seit langer Zeit wieder, was Geborgenheit ist. Ich erzählte Riccardo die ganze furchtbare Geschichte. Am Ende hatten wir den Ansatz eines Plans. Über den wir stundenlang stritten. Denn der hatte zwei enorme Haken. Zunächst befand sich der Beweis, den wir brauchten, an einem der bestgesicherten Orte der Vereinigten Staaten: der Bibliothek meines Vaters in seinem Anwesen in New Haven in Connecticut. Außerdem bestand ich auf meine persönliche Beteiligung, während Riccardo diese strikt ablehnte. Er wollte das ohne mich durchziehen. Über diesen Punkt lagen wir uns gerade heftig in den Haaren, als Marisol erschien und unser Wortgefecht vorerst beendete: „Olé! Zwei Stiere in eine Arena! Nicht gut. Stopp! Jetzt ist Mittag, Zeit für Essen! Danach könnt ihr euch weiter Hörner stoßen."

34

Pläne und noch mehr Kräftemessen

„Sauber! Das muss ich euch lassen, ihr passt zusammen. Ihr seid beide verrückt!", sagte Schorsch Ettenhuber drei Tage später voller Inbrunst, nachdem wir ihm unseren Plan erklärt hatten. Ich hatte mich inzwischen soweit durchgesetzt, dass Riccardo meine Beteiligung in Erwägung zog. Ettenhuber und Riccardo tauschten jetzt einen sehr langen Blick, der mir vorkam wie ein Disput ohne Worte.

„Du weißt, was die Alternative wäre, Schorsch", sagte Riccardo endlich. „Ich könnte es durchaus auch alleine durchziehen. Denk an Tokio, Florenz und den *da Vinci*."

„Oh nein, du hast mir versprochen, es nicht mehr zu tun", wiegelte Ettenhuber beinahe erschrocken ab.

„Tokio, Florenz und da Vinci?", wunderte ich mich, während ich mich fragte, was da gerade unterschwellig zwischen den beiden Männern ablief.

„Nur ein Running Gag unter Freunden, *cara*", antwortete mir Riccardo.

Ettenhuber war vor drei Stunden überraschend bei uns aufgetaucht. Er hatte sich nach kaum einer Woche selbst aus dem Krankenhaus entlassen und sich von einem seiner Leute hierherfahren lassen.

Zu viert saßen wir am Tisch. Marisol und Riccardo hatten wieder ein exquisites Menü gezaubert. Ich war daher gerade zu satt, um mich gegen das „ihr passt zusammen", mit einem „wir sind nicht zusammen!" zu wehren. Ich hatte lediglich eingewilligt, dass

Riccardo mir half, das umzusetzen, was ich Racheplan nannte. Er selbst bezeichnete es als *diesem Scheißkerl ein für allemal das Handwerk zu legen.*

„Wieso? Riccardo spaziert hinten zu deine Vater in die Bibliothek und holt diese Stick, während du vorne ablenkst. Klingt doch *bueno*?"

„Marisol, bei dir hört es sich so einfach an, als ginge es drum, ein Rezept nachzukochen." Ich schmunzelte.

„Bist du verrückt?", entrüstete sie sich, „Rezept nachkochen ist eine Kunst! Sonst wäre jeder eine Sterne-Koch!"

Riccardo lehnte sich vor. „Was ist so verrückt daran, Schorsch? Ich bitte den Senator auf Basis unseres Zusammenstoßes in Rom um eine Unterredung. Dabei lasse ich Verhandlungsbereitschaft durchblicken. Unter dem Vorwand, mich in den nächsten Tagen sowieso geschäftlich in North Carolina aufzuhalten, werde ich ihm sein Anwesen in Connecticut vorschlagen. Ich muss in seine Bibliothek, weil Kate den Beweis da versteckt hat."

„Ja, ja, das hast du eben schon erläutert. Das ist es nicht, was mir Kopfschmerzen bereitet. Es geht schon damit los, dass wir die Kleine heimlich in die Staaten schmuggeln müssen."

„Mein Privatflugzeug wurde noch nie richtig durchsucht, oder? Weder bei der Einreise noch bei der Ausreise. Maximal wurde ein Kopf in den Gepäckraum gesteckt und einer läuft durch den Gang und schaut in Cockpit und Toilette. Es ist ein kalkulierbares Risiko. Denk an deinen Schinken!"

„Was?", fragten Marisol und ich wie aus einem Mund und sahen uns dabei an wie zwei Personen, die glaubten, sich gerade sehr verhört zu haben.

Wie sich herausstellte, hatte Schorsch Ettenhuber schon mehrfach kiloweise feinsten Hinterschinken in die Staaten geschmuggelt. Einmal im Jahr schmiss er eine bayerische Sause für seine Werkschutz-Mitarbeiter, wie er uns mit leicht rotem Kopf erklärte.

„Fein, du wirst eine Schinken sein!", sagte Marisol zu mir und ich fand ihre Entwicklung in letzter Zeit sehr rasant. Diesen Hang zum Abenteuer hätte ich nicht in ihr vermutet. Wo war meine vorsichtige und besonnene Freundin abgeblieben? Währenddessen schüttelte Ettenhuber unwillig den kahlen Kopf.

„Der Schinken riskierte maximal eine Geldstrafe und Konfiskation. Ihr beide riskiert die Verhaftung!"

Riccardo runzelte die Stirn und ich sah meine Felle davonschwimmen. *Arghh! Wieso war Ettenhuber nicht im Krankenhaus geblieben?* Mit Müh und Not hatte ich es fast geschafft gehabt, Riccardo davon zu überzeugen, dass er mich mitnehmen musste, und jetzt machte es mir der sture Bayer wieder kaputt! „Die ganzen letzten vier Jahre waren ein Risiko!", sagte ich heftig. „Wenn es um meinen Vater geht, bin ich bereit, jedes Risiko einzugehen!"

„Kate", sagte Riccardo besänftigend, „Schorsch hat recht. Es ist zu gefährlich."

„Für dich oder für mich?" Herausfordernd funkelte ich ihn an.

„Es hilft keinem von uns, wenn wir verhaftet werden." Sein Ton gefiel mir nicht. Er hörte sich an, als hätte er ihn speziell für kleine störrische Mädchen reserviert.

„Gut, dann flieg alleine und wir treffen uns in New Haven."

„Wie bitte? Was soll das heißen?" Riccardo sah mich an, als würde ich nicht richtig ticken.

„Ich habe es einmal heimlich raus aus den Staaten geschafft. Dann komme ich auch wieder hinein." Ich glaubte es in dem Moment selbst.

„Du bist verrückt!"

„Sag ich doch", hörte ich Ettenhuber murmeln, während Marisol sichtlich vergnügt unserem englischen Schlagabtausch folgte. Sie hielt es wohl für ein Geplänkel unter Verliebten.

Riccardo und ich führten einen sekundenlangen, stummen Dialog. Meine gesamte Körpersprache signalisierte meine Entschlossenheit. Ich würde mich nicht ausschließen lassen.

„Also gut", Riccardo fuhr sich durch die ohnehin zerzausten

Haare, „wir finden eine Lösung. Vorschlag: Wir überspringen diesen strittigen Punkt und diskutieren ihn später aus. Kehren wir zum ursprünglichen Plan zurück und gehen zunächst davon aus, dass wir dich in die Staaten einschmuggeln konnten. Das Wichtigste ist und bleibt deine Sicherheit, Kate. Ich habe mir deshalb etwas Zusätzliches überlegt: Vorausgesetzt, du schaffst es in die USA, wird dich Samuel Lauder am Tag meines Treffens mit deinem Vater begleiten."

Ettenhuber pfiff durch die Zähne.

„Wer ist Samuel Lauder?", wollte ich sofort wissen.

„Der Vize-Gouverneur von Virginia", antwortete mir Riccardo. „Ich kenne ihn gut. Und er hasst deinen Vater, Kate. Er hat als ehemaliger Bezirksstaatsanwalt von Virginia einmal gegen Ben Lawrence ermittelt. Es ging um Bestechung. Er konnte ihm damals nichts nachweisen. Aber ich weiß, dass Lauder bis heute davon überzeugt ist, dass Lawrence schuldig war."

„Weiß dein Spezi Samuel schon von seiner Beteiligung?", fragte Ettenhuber.

„Nein, ich rufe ihn noch heute an und erkläre ihm alles."

„Guter Schachzug. Gegen Lauder kann Lawrence nicht einfach nach Gutdünken vorgehen!"

„Moment, Riccardo!", rief ich. „Du willst diesen Mann in unseren Plan einweihen?" Ich hatte vor allem das Wort *Bezirksstaatsanwalt* im Ohr behalten. „Wir waren uns doch einig, den Kreis der Mitwisser nur auf die unmittelbar Beteiligten zu beschränken! Keine Anklage, keine Verhandlung, keine Zeugen." Vor allem wollte *ich* nicht als Zeugin vor Gericht gezerrt werden, wo zwangsläufig eine ganze Jury die Aufnahmen auf dem Stick sehen würde. Am Ende würden sie womöglich noch bei der Presse landen.

Riccardo berührte meinen Arm. „Sam Lauder ist vertrauenswürdig und wir brauchen ihn. Er ist dein Begleitschutz. Außer natürlich, du verzichtest auf deine Beteiligung."

Womit wir wieder bei unserem strittigen Punkt waren. Riccardo wollte die Sache ohne mich durchziehen. Was in meinen Augen ein Ding der Unmöglichkeit war. Ich konnte mir einfach nicht vorstellen, wie er meinen Vater in seiner Bibliothek so lange ablenken konnte, dass der nicht mitbekam, wie er den Stick aus seinem Versteck holte. Es handelte sich nämlich um ein verdammt kniffliges Versteck. Um eines, wie es sich junge Mädchen aussuchten.

Darum würde ich die Ablenkung sein. Und am Ende setzte ich mich durch. Das war nicht ohne weitere, heftige Diskussionen abgegangen, was, wenn ich es mir recht überlege, eigentlich eine ziemliche Untertreibung war. Riccardo und ich waren wie zwei lose Enden einer Hochspannungsleitung aufeinandergetroffen und hatten uns Funken sprühend entladen. Am Ende hatte ich Riccardo vor die Wahl gestellt, mich entweder in Borgo San Lorenzo einzusperren und festzubinden oder eben mitzunehmen. Riccardo sah ein, dass es besser wäre, mich in seiner Nähe und damit unter Kontrolle zu haben, als mich unbeaufsichtigt zu lassen, so dass ich womöglich noch *irgendwelche Dummheiten* anstellte. Letztere Bemerkung nahm ich ihm sehr übel. Sie degradierte mich irgendwie erneut zu einem kleinen, widerspenstigen Mädchen. Einmal mehr musste ich ihm energisch klarmachen, dass ich in den letzten Jahren sehr gut ohne ihn zurechtgekommen war. Offenbar war das ein Totschlagargument, denn daraufhin willigte er endlich ein, und es wurde noch ein friedlicher Abend.

Wir kehrten zu unserem Plan zurück. Es war beschlossene Sache, dass die Kontaktaufnahme Riccardos mit meinem Vater nicht von Italien aus stattfinden sollte, sondern wir zunächst in die USA reisen würden, damit ich zuerst mit Lauder sprechen konnte. Das Treffen mit meinem Vater sollte erst danach arrangiert werden. Angesichts der unangenehmen Begegnung zwischen ihm und Riccardo im Treppenhaus, aus der mein Vater klar als Verlierer hervorgegangen war, war das ratsam. Mein Vater hatte das Misstrauen erfunden. Was kein Wunder war, er selbst traute jedem alles zu, weil er selbst zu allem fähig war. Der Zeitplan musste daher so straff wie möglich gehalten werden. Je weniger Zeit zwischen meiner Ankunft in den Staaten und dem Treffen der beiden Männer lag, umso besser. Der Zufall kam uns dann zu Hilfe. Wir hatten herausgefunden, dass mein Vater, der sich meist in Washington oder in New York aufhielt, in den nächsten Tagen eine Reise zu seinem Stammsitz in New Haven plante.

Die erste Schwierigkeit bestand darin, mich zum Flughafen zu schmuggeln. Mein Vater hatte seine Leute weiter auf mich und auch auf Riccardo angesetzt. Sie wussten längst, dass ich mich in Riccardos Villa bei Borgo San Lorenzo versteckte. Das Anwesen war jedoch gut gesichert, sowohl technisch wie durch Ettenhubers Leute. Und Riccardos Hunde schliefen seit dem ersten Abend vor meiner Tür.

35

Zwei gleiche Pole

Mit Plänen ist es ein wenig wie mit dem Entwickeln von Softwareprogrammen. Man muss beim Programmieren einer Logik folgen, die alle Möglichkeiten berücksichtigt. Ein winziger Fehler kann unabsehbare Konsequenzen haben und den Algorithmus beeinträchtigen. Dann muss man bis zu diesem winzigen Fehler zurückkehren und die Logik neu definieren. Jeder Informatiker kennt das. Auch unser bis ins kleinste Detail durchdachte Plan war den Algorithmen des Lebens unterworfen. Wir erfuhren dies am Abend vor der geplanten Abreise, als mein Vater uns einen Strich durch die Rechnung machte. Er rief Riccardo an und nahm ihm damit das Heft aus der Hand.

Das Gespräch war von seiner Seite eine einzige latente Drohung. Mein Vater wies sowohl auf seine vielfachen Beziehungen wie auf sein politisches Endziel hin, und dass er Riccardo *einige Schwierigkeiten* bereiten könne. Zum Schluss verlangte er die ‚Herausgabe' seiner Tochter. Riccardo reagierte geistesgegenwärtig. Zunächst verbat er sich diese Drohungen, immerhin wäre Amerika eine Demokratie und weder ein Senator noch ein Präsident der Vereinigten Staaten könne willkürlich handeln. Außerdem wäre Kate volljährig und könne selbst über ihren Umgang entscheiden. Dann schwenkte er auf einen etwas versöhnlicheren Ton um, als zeigten die Worte meines Vaters Wirkung. Er sagte, was ja durchaus der Wahrheit entsprach, er hätte auch schon über eine Kontaktaufnahme nachgedacht, kurzum, er signalisierte

Verhandlungsbereitschaft. Das war die Sprache, die mein Vater verstand: Ein Geschäft zum gegenseitigen Nutzen. Der Termin stand also fest, etwas früher als geplant. Wir erkannten auch den Vorteil darin, dass mein Vater den Termin selbst initiiert hatte. Es würde sein Misstrauen eindämmen.

* * *

Einen Tag später, am frühen Morgen, stiegen Ettenhuber, Riccardo und ich auf einem Privatflugplatz in North Carolina aus einem West-GlobalSoft-Firmenjet. Das Unternehmen besaß südlich von Raleigh eine ehemalige Plantage, die zu einem exklusiven Ferienresort ausgebaut worden war. Den privaten Flugplatz hatte Riccardo im Zuge der Umbauarbeiten eigens anlegen lassen. Es war eine der wenigen Gelegenheiten, bei denen ich fand, dass ungezügelter Reichtum nützlich sein konnte. Ich war selten in meinem Leben derart erleichtert gewesen. Alles war glatt gegangen, obwohl ich glaubte, dass sowohl die italienischen als auch die amerikanischen Beamten, die kurz an Bord kamen, meinen Herzschlag hören müssten. Beide Male war ich zuvor in einen Verschlag unter dem Cockpit gekrochen. Ettenhuber nannte es sinnigerweise das ‚Schinkenversteck' und ich hatte mich unwillkürlich gefragt, wozu Riccardo ein Schmugglerversteck benötigte. Beförderte er darin hier und da mehr als nur einen Schinken? Kurz streifte mich Ettenhubers Da-Vinci-Bemerkung und ich fragte mich, was mir entgangen war, doch schon lenkten mich die gegenwärtigen Ereignisse ab. Es war soweit: Zum ersten Mal seit über vier Jahren würde ich amerikanischen Boden betreten.

An der Ausstiegsluke zögerte ich kurz. Während ich tief Luft holte, überlegte ich, dass die Distanz bis zum Anwesen meines Vaters kaum mehr als 500 Meilen betrug. Bisher waren es immer 4500 Meilen gewesen. Riccardo, der vor mir ausgestiegen war, spürte meine Unsicherheit, kam zurück und sagte eindringlich: „Du bist hier sicher, *cara*." Ich gab mir einen Ruck, es gab schließlich einen guten Grund, warum ich hier war. In Pilotenuniform samt Mütze kletterte ich von der Gangway direkt in einen Wagen, der dort auf uns wartete.

„Die erste Etappe wäre geschafft", sagte Ettenhuber, der uns als Einziger begleitete.

Wie von Riccardo vorausgesehen, hatte Samuel Lauder nach einem längeren Telefonat seine Beteiligung zugesagt, unter einer Bedingung: Er wollte mich vorher kennenlernen. Der Vize-Gouverneur schien ein vorsichtiger und besonnener Mann zu sein, so wie Riccardo ihn mir beschrieben hatte. Wir würden daher nur kurz in Riccardos Haus stoppen, das er sich abseits des Resortgeländes hatte bauen lassen. Dort wollten wir uns auffrischen und ich konnte die Uniform loswerden. Dann würde es weiter zu Lauders privatem Anwesen bei Baltimore gehen. Riccardo verzichtete für diese Etappe bewusst auf die Nutzung des resorteigenen Hubschraubers, da er wegen der roten *West Global-Soft*-Kennzeichnung zu auffällig wäre, auch, weil Lawrence die freundschaftliche Verbindung zwischen ihm und Lauder, einem der wenigen ebenbürtigen Gegner meines Vaters, bekannt war. Wenn plötzlich Riccardo West mit dem Hubschrauber in Lauders Park landete, und das acht Tage „nach Rom", würden bei meinem Vater sämtliche Alarmglocken schrillen.

Aus diesem Grund waren wir auch nicht gleich in Virginia gelandet, denn da kannte jeder meinen Vater. Auch Riccardo war dort kein Unbekannter. Nichts sollte durchsickern. Es war zudem vorgesehen, die Limousine gegen einen einfachen Landrover zu tauschen.

Wir näherten uns jetzt Riccardos Grundstück, das scheinbar komplett von einer hohen Steinmauer umgeben war. Wir hielten vor einem schmiedeeisernen Tor, Riccardo öffnete es mit einer Fernbedienung und wir fuhren die gekieste Auffahrt entlang. Nach einer Biegung erreichten wir ein einfaches, weiß gestrichenes Holzhaus mit hellgrauen Läden und einer Veranda, die sich über die gesamte vordere Länge erstreckte. Blühende Kletterrosen rankten sich an beiden Seiten in die Höhe. Es war bezaubernd, aber kleiner, als ich erwartet hätte. „Das ist dein Haus?“, staunte ich.

„Ja. Ich habe es selbst entworfen.“

Innen gefiel es mir genauso gut: Die vielen Bücherregale, die hellen Korbmöbel, das dunkle Schiffsparkett und die lindgrünen Wände strahlten etwas Behagliches, Harmonisches aus. Es roch angenehm nach Holz und frischem Bienenwachs. Das war kein Haus, das war ein Zuhause, und es weckte in mir den ganz und gar unsinnigen Wunsch, hier länger verweilen zu können.

Wir hielten uns allerdings nicht lange in dem Haus auf. Ich machte mich kurz frisch und schlüpfte in Jeans und Bluse, die Ettenhuber freundlicherweise besorgt hatte. Riccardo schmiss in der Zwischenzeit die Espressomaschine an. Während ich meinen Kaffee schlürfte und mir dazu Marisols Marzipan herbeiwünschte, fragte ich ihn: „Wie viele Häuser hast du eigentlich?“

„Nur das hier und das in der Toskana. In Los Angeles habe ich eine Wohnung.“ Ich erwischte mich beim Gedanken an ein 400-qm-Penthouse, mit Blick über die ganze Stadt. Offenbar hielt ich mich auch gerne an Vorurteilen fest.

Tatsächlich fühlte ich mich schon seit einer Weile in einer merkwürdigen Stimmung gefangen. Einerseits war da diese fiebrige Erwartung in mir, weil die Dinge nach langem Stillstand endlich ins Rollen kamen. Andererseits hatte ich wenig Vorstellung davon, wie es danach weitergehen würde. Die letzten Wochen, und besonders die letzten Tage, war so viel passiert, es hatte so viele Veränderungen in meinem Leben gegeben, dass ich immer noch damit beschäftigt war, das alles zu sortieren. Die Tektonik meiner Gefühlswelt war nicht nur in Bewegung geraten, sie hatte sich definitiv verschoben. Und ich konnte mich nicht länger davor verschließen, dass das vornehmlich an Riccardo West lag.

Verstohlen betrachtete ich den großen Mann an meiner Seite, der mein Leben derart durcheinandergewirbelt hatte, und dem ich teilweise gestattete, es in die Hand zu nehmen. Irgendwie begriff ich selbst nicht so richtig, wie ich es so weit hatte kommen lassen können.

Speziell beschäftigte mich der Umstand, dass ich mir überhaupt so viele Gedanken über Riccardo machte. Er spukte mir ständig im Kopf herum, hatte sich darin festgesetzt wie ein lästiges Summen. Ich zwang mich, mir immer wieder in Erinnerung zu rufen, dass er und ich nicht zusammenpassten und sich unsere Wege sowieso trennen würden, sollte sein Plan aufgehen. Das war jedenfalls das, was ich beschlossen hatte: Nach gelungener Aktion so viel Abstand wie möglich zwischen ihn und mich zu bringen – zumal ich nicht wusste, wie es mir *danach* gehen würde. Alles war möglich. Ich konnte euphorisch reagieren oder in ein tiefes Loch fallen. Früher hatte ich mir immer vorgestellt, am Tag meiner vollendeten Rache zu sterben. Zugegeben, das klang ein wenig theatralisch, aber in erster Linie war es eine bequeme Vorstellung gewesen, sie implizierte eine Endgültigkeit, die mich davor bewahrte, über diesen Punkt hinausdenken zu müssen. Jedenfalls bisher. Dieser verflixte Riccardo zwang mich nämlich, eben genau das zu tun. Und meine Gedanken kreisten und kreisten und erzeugten noch mehr von dem lästigen Summen. Und hier und da poppte dazwischen auch der Wunsch nach Sex auf. Nach der Episode mit Riccardo auf dem Boot hatte ich die skandinavischen Wochen eingestellt. Es war also naheliegend, mir zu überlegen, ob ich an Sex-Entzug litt. Bisher hatte ich Sex als meine Form von Therapie begriffen. Sex war mein Königreich und ich seine Herrscherin. Ich war lediglich ein wenig unsicher, ob mir der reine Sex fehlte oder das Gefühl von Macht und Dominanz, das er mir verlieh, indem ich ihn mir nahm, wann ich wollte und mit wem ich wollte.

Selbst über mich und meinen Körper zu entscheiden, mochte

für andere Freiheit bedeuten, mir gab es Sicherheit. Darum hatte mich die Sache auf dem Boot ja so mitgenommen, dieses völlige Ausgeliefertsein. Ja, ich hatte Lust auf Sex mit Riccardo, und hatte bereits mehrere Kämpfe mit meinem persönlichen Teufelchen ausgefochten, ob ich ihn mir vielleicht nicht doch wenigstens einmal gönnen sollte. Aus rein therapeutischem Selbstzweck, natürlich. Aber ich war mir gegenüber hart geblieben. Sobald der Film in meinem Kopf zu weit gediehen war, hatte mein innerer Regisseur „cut!" gerufen. Riccardo war dominant, und ich war es auch. Das ging nicht zusammen, als würden zwei gleiche Pole versuchen, zueinanderzukommen. Was physikalisch unmöglich war. Und es gab noch eine Konstante: Riccardo würde niemals auf seine perversen Spielchen verzichten können. Nachdem, was er mir über seine Geschichte mit seiner Ex-Frau erzählt hatte, war es *seine Form der Therapie*. Darin glichen wir uns. Vielleicht war es das, was Riccardo in mir sah: Jemand, der eine ähnliche Geschichte wie er erlebt hatte, jemand, der wie er zerbrochen war an der Tat eines anderen, eines Menschen, den man einmal geliebt hatte. Verdammt, immer wieder Riccardo! Warum beschäftigte er mich so sehr?

Der Gegenstand meiner Betrachtungen telefonierte gerade mit jemandem namens Kulijic. Danach rief er Vize-Gouverneur Lauder an und informierte ihn, dass wir uns jetzt auf den Weg machen würden. Das stoppte vorerst meine fruchtlosen Gedankengänge.

„Was ist, wenn ich Vize-Gouverneur Lauder nicht überzeugen kann?", wandte ich ein.

Bevor ich mich versah, nahm Riccardo mein Kinn in die Hand und sah mich derart intensiv an, dass ein heißes, unkontrollierbares Gefühl in mir aufstieg. Leise sagte er: „Ich habe keinen Zweifel, dass du ihn überzeugen wirst, *cara!*" Dann ließ er mich los, warf Schorsch Ettenhuber den Wagenschlüssel zu und rief: „Auf, wir fahren!"

„Du freust dich fast darauf, oder? Du siehst aus wie ein Feldherr, der in die Schlacht zieht", sagte ich im Wagen zu ihm. Wir saßen auf der Rückbank des Rovers, durch verdunkelte Scheiben vor neugierigen Blicken geschützt.

MacCabe, der zu uns gestoßen war, saß am Steuer, Ettenhuber neben ihm. Seine Leute hatte er separat einfliegen lassen. Vier von ihnen würden uns beim Anwesen des Vize-Gouverneurs erwarten, wie ich jetzt erst durch Riccardo erfuhr. Ettenhuber und er überließen nichts dem Zufall, rechneten mit allem. Das beunruhigende Gefühl, dass es vielleicht wirklich zu einer Schlacht kommen könnte, ließ mich die gesamte Fahrt nicht mehr los.

36

Kreuzverhör

New Baltimore – Privates Anwesen des Vize-Gouverneurs von Virginia/USA

Vize-Gouverneur Samuel Lauder öffnete uns persönlich die Tür. Groß, weißhaarig, im grauen Anzug und mit altmodischer Uhrkette wirkte der Siebzigjährige wie ein gemütlicher älterer Herr im Ruhestand und nicht wie der streitbare Staatsanwalt und Politiker, den die Öffentlichkeit kannte.

Riccardo und Lauder begrüßten sich mit Handschlag und wir begaben uns sofort in sein Arbeitszimmer.

„Sie sind also die kleine Katherine Lawrence“, sagte er, sobald wir Platz genommen und mit Getränken versorgt waren. „Mein Freund West hat mich über die Umstände unseres Zusammentreffens unterrichtet, allerdings sehr wenig über Sie selbst erzählt. Er meinte, dies möchte er Ihnen überlassen. Selbstverständlich habe ich die damaligen Medienberichte verfolgt. Ich kann mich auch noch gut an die Erklärung erinnern, die ihr Vater auf seiner Pressekonferenz verlesen hat. Trotzdem habe ich meine Kenntnisse nochmals aufgefrischt. Der Mörder Ihres Kindermädchens wurde nie gefasst, und der Bericht zur Gasexplosion einige Jahre später, bei der eine Krankenschwester und ihr Mann starben, weist meiner Meinung nach Lücken auf. Und da wäre noch der Autounfall Ihrer Stiefmutter und Stiefschwester. Das sind eine

Menge Todesfälle in Ihrem direkten Umfeld. Verzeihen Sie deshalb meine offenen Worte, aber ich bin verwundert, dass Sie mir hier gegenübersitzen und nicht in der geschlossenen Psychiatrie sind." Sein Blick sagte mir klar, dass er Antworten erwartete, und ich bekam eine Vorstellung davon, wie sich die Angeklagten früher im Gerichtssaal bei seinen Fragen gefühlt haben mussten. Das hier war ein Kreuzverhör. Fast war ich versucht zu erwidern, ich sei unschuldig. Aber das hatte er als Staatsanwalt sicher oft gehört, außerdem entsprach es nicht der Wahrheit. Ich war schuldig. All diese Menschen waren nur aus einem Grund gestorben: wegen mir. Also sagte ich: „Ich bin hier. Das bedeutet, mein Vater hat gelogen."

„Sicher. Mich interessiert das Motiv. Hat Ihr Vater gelogen, um Sie, seine Tochter, zu schützen?"

„Nein, mein Vater hat gelogen, um *sich* zu schützen."

„Kennen Sie den Mörder Ihres Kindermädchens?"

Ich zögerte nicht mit der Antwort. „Ja. Er war es!", sagte ich hart.

„War er es selbst, oder hat er den Auftrag dazu erteilt?", feuerte er ohne Pause die nächste Frage auf mich ab.

Ich schluckte. Die Erinnerung daran war qualvoll und riss kaum vernarbte Wunden auf. Aber ich war hier, um mich der Vergangenheit zu stellen. Nicht, um selbst eine Zukunft zu haben, sondern damit dem Dämon endlich die Gerechtigkeit widerfuhr, die er verdiente. „Er war es nicht selbst, aber er … er …"

„Ja?" Lauder beugte sich zu mir vor.

„Er zwang mich, dabei zuzusehen." Jetzt war es heraus. Ich zitterte und hörte, wie Riccardo neben mir scharf die Luft einsog. Das hatte ich ihm nicht erzählt. Jetzt, da ich einmal begonnen hatte, kam der nächste Satz wie von allein über meine Lippen. „Er sagte, er wolle mir damit demonstrieren, was passiert, wenn ich noch einmal mein dreckiges Maul aufmache."

„Das heißt, Sie haben damals Ihr Kindermädchen Luisa ins Vertrauen gezogen. Was genau haben Sie ihr erzählt?"

Erneut zögerte ich, die Schuld lastete tonnenschwer auf mir. Es war meine Neugierde gewesen, gepaart mit jugendlicher Dummheit, die die damaligen Ereignisse erst ins Rollen gebracht hatten. „Es geht um das, was auf dem USB-Stick zu sehen ist."

„Was ist darauf?"

„Ein Film", presste ich heraus.

„Der Beweis, dass Ihr Vater ein Mörder ist?"

„Der Beweis, dass mein Vater eine Bestie ist." Meine Stimme kam kaum über ein Flüstern hinaus. Darüber zu sprechen, verlieh dem Schrecken noch mehr Präsenz, als würden mich die dunklen Schwingen des Dämons streifen. Aber ich schöpfte Mut aus der Gewissheit, dass heute der Tag der Rache war. Wenn alles so verlaufen würde, wie wir es geplant hatten, würde mein Vater heute stürzen. Und zum ersten Mal war ich dankbar dafür, dass ich nicht alleine war, sondern Hilfe hatte. Es fehlte nicht viel und ich hätte nach Riccardos Hand gegriffen.

Samuel Lauder wartete mit der Miene eines Mannes, der alle Zeit der Welt hatte, bis ich schließlich von selbst weitersprach. „Ich habe Luisa erzählt, was ich in der Nacht vor meinem vierzehnten Geburtstag beobachtet hatte. Ich war aufgeregt, konnte nicht schlafen und geisterte durchs Haus. Aus dem Westflügel, in dem mein Vater sein Büro hatte, kamen Geräusche. Normalerweise stand am Durchgang immer eine Wache, und es herrschte ein strenges Verbot, diesen Flügel ohne Aufforderung zu betreten. Meine Neugier war größer als das Verbot. Und dann sah ich es …" Ich stockte erneut.

„Was hast du gesehen, *cara*?" Riccardo kniete plötzlich neben mir, nahm meine kalten Hände zwischen seine und rieb sie zwischen seinen großen warmen Fingern.

Seine Zuwendung gab mir die Kraft für die nächsten Worte: „Ich sah meinen Vater, seinen Freund und meine kleine Stiefschwester." Tränen brannten hinter meinen Augen.

„Haben sich die beiden Männer an ihr vergangen?", fragte

Vize-Gouverneur Lauder mit der ungerührten Stimme eines Staatsanwalts, wofür ich ihm in diesem Moment dankbar war. Es half mir, mit der Schilderung der furchtbaren Entdeckung fortzufahren, die mein ganzes Leben überschattet hatte. „Nur der Freund. Sie waren alle drei nackt. Sie hatten Tabea zwischen sich auf das Sofa gesetzt und der Mann kniete vor ihr, mit dem … Kopf zwischen ihren Beinen und er machte diese widerlichen Geräusche dabei. Mein Vater …“, ich schluckte, „mein Vater, er sah einfach nur zu und er … er hielt dabei sein Geschlechtsteil in der Hand und … befriedigte sich selbst. Es war so … ekelhaft. Und Tabea lachte und gluckste die ganze Zeit über. Das war ein furchtbarer Kontrast, er ging über meinen Verstand.“ Ich zitterte nun am ganzen Körper und weinte hemmungslos. Riccardo nahm mich in die Arme, streichelte meinen Rücken und hielt mich einfach nur fest. Ruhig warteten die beiden Männer ab, bis mein Tränenfluss endlich versiegte und ich mich aufrichtete.

Lauder reichte mir ein Taschentuch: „Wie alt ist Ihre Stiefschwester damals gewesen?“ Erstmals nahm ich einen Hauch von Emotion in seiner Stimme wahr.

„Sieben“, schluchzte ich erneut auf. Die Erinnerung an Tabea war wie ein Stich mitten ins Herz.

„Und das ist alles auf dem Film zu sehen?“, fragte nun Riccardo ungläubig.

„Ja.“ Ich tupfte mir die roten Augen.

„Wie haben Sie das angestellt?“, übernahm wieder Lauder. „Sind Sie zurück auf Ihr Zimmer und haben Ihr Mobiltelefon geholt?“

Ich hörte die Skepsis in Lauders Stimme. Es klang nach *berechtigter Zweifel*. Offenbar war es ihm zu viel Geistesgegenwart für eine knapp Vierzehnjährige. Er forderte mich heraus. Doch es war gerade seine nüchterne Art, die mir half, meine Fassung zu wahren und seine Fragen weiter zu beantworten.

„Ich war wie alle Mädchen in meinem Alter quasi mit meinem

Mobiltelefon verwachsen und hatte es auf meinen Streifzug mitgenommen“, erklärte ich und schluckte erneute Tränen hinunter. „Ich habe erst gar nicht gemerkt, dass ich alles filmte, ich tat es fast schon automatisch. Im ersten Impuls wollte ich auf die Männer losgehen, aber etwas hielt mich zurück. Vielleicht, weil ich wusste, dass ich den Film brauchen würde und sie ihn mir sofort wegnehmen würden.“

„Warum haben Sie sich damals nicht sofort Ihrer Stiefmutter anvertraut?“

„Sie war ja nie da, sondern ständig auf Reisen. Auch in jener Nacht. Meine kleine Schwester Tabea war behindert, mongoloid. Damit kam meine Stiefmutter nicht zurecht, das begriff ich aber erst später. Tabea war so ein liebes Mädchen. Wir hingen sehr aneinander. Wir hatten ja nur uns.“

„Würden Sie das alles auch bei einer Gerichtsverhandlung aussagen?“

Riccardo kam mir mit einer Antwort zuvor: „Davon war nie die Rede, Sam!“, sagte er hart. „Das Mädchen hat genug gelitten. Gerade du müsstest wissen, was in einem solchen Fall auf sie zukommen würde. Sie hätte keine ruhige Minute mehr. Nach allem, was sie durchgemacht hat, wäre das eine Zumutung. Hier kommt Gerechtigkeit vor Recht. Was ist, wirst du uns helfen?“

Lauder hob in einer beschwichtigenden Geste die Hände. „Schon gut. Ein Rückfall in alte Gewohnheiten. Zuerst muss ich den Film sehen. Und ich warne dich, Rick. Was du heute vorhast, ist höchst riskant, geradezu tollkühn und hart am Rande der Legalität. Was ist, wenn deine Aktion misslingt?“

Riccardo hatte sich wieder neben mich gesetzt. „Wenn es misslingt, denke ich mir etwas Neues aus.“ Er griff nach seinem Glas Rotwein und nippte daran. Er wirkte wie die Ruhe selbst. Ich hingegen war das reinste Nervenbündel, von tausend Ängsten geplagt, die durch Lauders warnende Worte noch weiter geschürt wurden.

„Gut, ich rekapituliere", setzte Lauder wie zu einem Plädoyer an, „du verschaffst dir heute den USB-Stick mit dem Beweis, dass Ben Lawrence ein pädophiles Schwein ist. Du konfrontierst ihn damit und er muss sich fürderhin aus dem Leben seiner Tochter heraushalten, sofern er nicht will, dass die ganze Welt ihm bei seinen Perversitäten zusieht? Korrekt? Das war es?"

„Selbstverständlich nicht!", brach es aus mir heraus. „Mein Vater muss von allen seinen Ämtern zurücktreten! Er soll seine Macht und sein Ansehen verlieren. Beides bedeutet ihm mehr als sein Leben, er ist nichts ohne sie! Das wird ihn brechen."

Lauder fixierte mich mehrere lange Sekunden, und ich verfolgte die verschiedenen Stadien des Denkprozesses, der sich in seinen Augen abspulte. „Ich verstehe", sagte er langsam und betont. Und das tat er wirklich, er verstand meinen unausgesprochenen Plan.

„Wie viel wissen Sie über die Gasexplosion?", kam er darauf zurück.

„Nichts. Aber ich bin mir sicher, *er* hat den Auftrag dazu erteilt." Ich kämpfte gegen den dicken, schmerzenden Kloß in meinem Hals an, der sich darin festgesetzt hatte. „Ich begegnete Malala in der geschlossenen Anstalt, in die mich mein Vater nach dem Mord an meinem Kindermädchen Luisa einsperren ließ. In der Klinik wurde ich mit Psychopharmaka vollgepumpt. Vater hat aus mir bewusst einen Junkie gemacht. Kein Mensch sollte mir mehr glauben, sollte ich jemals wieder meine Geschichte auftischen."

„Dieser Verbrecher!", knurrte Riccardo, der sichtlich Mühe hatte, sein Temperament im Zaum zu halten. „Verpasst seiner eigenen Tochter eine Gehirnwäsche!"

„Sie hat funktioniert. Ich vergaß, was geschehen war, und durfte nach einem halben Jahr wieder zurück nach Hause. Dort bekam ich Privatunterricht und eine Pflegerin, die aber eher einer Gefängnisaufseherin glich. Sie war dafür zuständig, mir meine tägliche Dosis Psychopharmaka zu verpassen."

Lauder nickte. „In der Öffentlichkeit hieß es, Sie hätten schwere psychische Probleme."

Ich schnaubte verächtlich. „Nicht mehr als jedes andere mutterlose Kind mit einem karrieregeilen, pädophilen Vater. Außerdem hatte ich viel zu früh meine nächste Bezugsperson, meine Großmutter, verloren und musste zusehen, wie mein Kindermädchen ermordet wird. Da hätten sie auch einen Knacks davongetragen."

„Ich dachte, Sie hätten die Vorkommnisse sowieso vergessen?"

„Stimmt, aber dann fand ich den USB-Stick zufällig in meinem alten Versteck und sah ihn mir an. Schlagartig war alles wieder da. Es war ein Schock und ich verkroch mich tagelang in meinem Bett."

„Wann war das?"

„Mitte Juli 2010. Ich war außer mir und vor allem so dumm, meinen Vater erneut mit meinem Wissen zu konfrontieren. Ich hatte mich nicht unter Kontrolle, wenn die letzte Spritze in ihrer Wirkung nachließ. Ich war inzwischen von ihnen abhängig. Außerdem sorgte ich mich um Tabea. Sie wurde immer stiller und apathischer. Meine Stiefmutter hörte unser Geschrei und kam hinzu. Ich versuchte natürlich, ihr zu erklären, worum es bei dem Streit ging, was mein Vater und sein Freund ihrer kleinen Tochter antaten, aber sie wollte nichts davon hören. Ich prallte von ihr ab wie von einer Wand. Es war zum Verzweifeln. Am selben Tag landete ich wieder in der Anstalt."

„Wo sie erneut auf die indische Krankenschwester Malala Shariffa trafen."

„Ja. Sie erkannte mich sofort wieder und fand es eigenartig, dass man mich derart sedierte, wie sie mir später sagte. Sie hat deshalb beim behandelnden Arzt dagegen protestiert, mit dem Ergebnis, dass sie sofort in eine andere Abteilung versetzt wurde und zwar unter Androhung der Entlassung. Das hat sie erst recht misstrauisch gemacht. Von da an hat sie meinen Fall verfolgt. Mehrmals gelang es ihr, sich zu mir zu schleichen und die Infusionen zu reduzieren. Irgendwann war ich soweit, dass ich ihr alles erzählt habe. Sie wollte mir helfen und mit meiner Stiefmutter sprechen. Ich flehte sie an, es nicht zu tun, aber sie war nicht davon abzuhalten. Ich glaube, es lag an ihrer Kultur, sie verstand nicht, wie eine Mutter ihrem Kind nicht helfen konnte. Offenbar hatte aber meine Stiefmutter inzwischen selbst Zweifel bekommen. Malala brachte mir einen handgeschriebenen Brief von ihr mit. Sie ließ mich wissen, dass sie etwas beobachtet hatte und mir nun glaubte. Ich solle noch etwas durchhalten. Bald wäre ich frei."

„Wann war das?"

„Kurz nach Weihnachten 2010, drei Tage, bevor sie und meine kleine Schwester bei einem Autounfall starben."

Lauder saß plötzlich stocksteif da. Es war klar, was er dachte: Mein Vater musste seine Frau loswerden, bevor sie zu einem Problem für ihn wurde. „Hm, fassen wir zusammen. Ben Lawrences Frau und Tochter kommen bei einem tragischen Autounfall ums Leben. Zur Beerdigung in New York holt er Sie, Kate, aus der Anstalt. Der gebrochene Witwer an der Seite seiner Toch ter! Ich erinnere mich. Das waren damals denkwürdige Fernsehbilder und brachten dem Senator Wählerstimmen en masse. Nichts ist so einträglich wie Mitleid. Am Abend der Beerdigung kommt es dann zu dieser Gasexplosion." Er sah mich eindringlich an. „Ich nehme an, die Krankenschwester und Sie hatten einen Fluchtplan?"

„Ja, aber zuerst wollte ich eine Waffe, um meinen Vater zu töten. Malalas Mann hat mir einen Kontakt in einer New Yorker Bar verschafft. Sie selbst wusste nichts davon. Ich hatte ihm dafür ein Schmuckstück gegeben. Den Ring meiner Großmutter."

Sekundenlange Stille. Lauder räusperte sich. „Hm, ihr Vater lebt noch, aber Malala Shariffa und ihr Mann sind tot und Sie sitzen hier. Was ist nach der Beerdigung geschehen?"

„Der Waffenkauf scheiterte, aber ich habe damals jemanden getroffen, der mir geholfen hat, ins Ausland zu fliehen."

„Wen?"

„Das möchte ich nicht sagen."

„Ich verstehe. Wegen der falschen Papiere."

„Vize-Gouverneur", mischte sich Riccardo ein, „ich denke, das reicht. Gönnen wir Miss Lawrence ein wenig Ruhe."

„Natürlich. Was halten Sie davon, wenn wir eine Kleinigkeit zu uns nehmen? Ich habe nebenan etwas vorbereiten lassen." Wir folgten ihm hinaus. Wir sahen keine dienstbaren Geister und ich nahm an, sie hielten sich auf Anweisung Lauders im Hintergrund. Im Esszimmer erwartete uns ein reichliches Büffet. Die drei Männer langten tüchtig zu, ich hatte wenig Appetit, trank dafür aber viel Kaffee und hielt mich an den Nachtisch. Ich brauchte dringend Zucker.

Immer wieder sah ich auf die Uhr. Das Treffen mit meinem Vater in New Haven sollte um 20:00 Uhr stattfinden. Bis zur Abfahrt blieben uns noch knapp zwei Stunden. Riccardo und MacCabe würden als Erste losfahren, der Vize-Gouverneur und ich würden ihnen nach zehn Minuten folgen. Wir würden ständig in Kontakt bleiben. Am Tisch gingen wir gemeinsam mit Lauder nochmals unseren Plan durch.

„Vergiss nicht, meinen Vater aufzufordern, er soll die Kameras und den Ton in der Bibliothek abschalten. Er kann das durch einen Knopf unter seinem Schreibtisch selbst tun."

„Das erwähnst du jetzt schon zum dritten Mal, *cara*." Riccardo verkniff sich ein Lächeln. Ich beneidete ihn um seine Ruhe. Und ein wenig hasste ich ihn auch dafür. Mein Part war im Gegensatz zu seinem einfach und ungefährlich. An der Seite des Vize-Gouverneurs war ich sicher. Mein Vater konnte ihm nichts anhaben, wenn er sich nicht selbst das Genick brechen wollte. Trotzdem klopfte mir jetzt schon mein Herz bis zum Hals, wenn ich daran dachte, den Dämon so bald wiederzusehen.

„Sie müssen nicht aussteigen", sagte Lauder als Echo auf meine Gedanken. „Es reicht, wenn Sie durch das offene Fenster mit ihm sprechen."

Das war mein Part innerhalb unseres Plans: Meinen Vater zu beschäftigen, ihn abzulenken und Riccardo damit die benötigte Zeit allein in der Bibliothek verschaffen.

Riccardo würde quasi unter den Augen meines Vaters etwas stehlen, was diesen vernichten konnte. Allerdings wies unser Vorhaben einen nicht unerheblichen Schwachpunkt auf: Es konnte sein, dass sich der kleine Stick nicht mehr an dem Ort befand, an dem ich ihn einst zurückgelassen hatte. Mein Vater, einer seiner Leute, oder vielleicht eine Reinigungskraft, konnten ihn längst gefunden haben. Überdies war das Versteck für einen so großen Mann wie Riccardo schwer zugänglich und er musste schnell handeln. Ich hatte als junges Mädchen keine Schwierigkeiten gehabt, mich hinter die verschiebbaren Wände der Bibliothek zu zwängen. Riccardo hingegen würde sich abenteuerlich verrenken müssen, um ihn zu erreichen. Wenn er es überhaupt schaffte. Gut möglich, dass wir insgesamt eine Schneiderfahrt planten. Wir hatten das ausführlich diskutiert. Mein Vater ahnte wohl, dass es einen Beweis gab. Ich hatte es meiner Stiefmutter gegenüber erwähnt, als ich so verzweifelt versucht hatte, sie zu überzeugen, und ging daher davon aus, sie hatte es ihm gesagt. Ich hatte selbst noch versucht, den Stick an mich zu bringen, bevor sie mich abholten und wieder in die Anstalt steckten. Riccardo und Ettenhuber hingegen waren beide der Ansicht gewesen, dass mein Vater den Beweis nicht gefunden haben konnte, ansonsten wäre er nicht all die Jahre so hinter mir her gewesen. Und meine Stiefmutter und Halbschwester noch am Leben. Trotzdem hatte ich weiter meine Zweifel. Und Angst. Furchtbare, lähmende Angst. Nicht um mich. Um Riccardo.

Falls mein Vater nur den geringsten Verdacht hegte, was es wirklich mit Riccardos Besuch auf sich hatte, oder er sich gar in die Ecke gedrängt fühlte, fürchtete ich, er würde nicht zögern, Riccardo als vermeintlichen Dieb zu erschießen. Der Dämon hatte ständig eine geladene Waffe in seinem Schreibtisch. Ich kannte meinen Vater, hatte am eigenen Leib erfahren wozu er fähig war und war daher überzeugt, er würde einen perfiden Dreh finden, um es wie Notwehr aussehen zu lassen. Jähe Panik überkam mich. Plötzlich hielt ich unseren Plan für zu gefährlich.

„Vielleicht sollten wir alles abblasen", sagte ich unvermittelt in den Raum. Riccardo, Lauder und Ettenhuber froren kurz in ihrer Bewegung ein und sahen mich entgeistert an. Riccardo fasste sich als Erster. „Das ist gut, *cara.* Du machst dir Gedanken um das Gelingen und mahnst uns damit zur Vorsicht. Ich verspreche dir, beim geringsten Anzeichen von Gefahr für dich brechen wir ab."

Toll, Kate, dachte ich, *jetzt stehst du als Feigling da.* Ich hatte jetzt die Wahl, den Irrtum aufzuklären, dass ich mich weniger um mich sorgte als um Riccardo, oder einfach die Klappe zu halten. Ich entschied mich für Letzteres. Es gab kein Zurück. Das las ich in Riccardos Blick. Er war entschlossen, es zu Ende zu bringen. Für mich.

37

Von Löwen und Lämmern

„Es ist soweit", sagte Riccardo nach einem Blick auf seine Uhr. „Ich gebe MacCabe Bescheid, dass wir losfahren."

Wir begaben uns zum Eingang, MacCabe wartete bereits im Landrover in der Auffahrt. Riccardo drückte mich kurz an sich. Ich blieb vor Sorge und Angst völlig steif in seinen Armen. Er schob mich von sich, hielt mich an den Schultern und zwang mich, ihm in die Augen zu sehen. „Es wird alles gut werden, *cara*. Danach wirst du endlich frei sein und musst dich nicht mehr vor deinem Vater verstecken." Noch einmal presste er seinen harten Körper an mich, als wolle er mir damit seine Kraft und Zuversicht mitteilen, und dann war er fort. Plötzlich fror ich, trotz des milden Klimas, als hätte Riccardo alle Wärme mit sich genommen.

Ich sah dem Wagen hinterher, wie er den Weg bis zum Tor entlangfuhr, das sich schon vor ihm öffnete und kämpfte gegen den jähen Drang, ihm hinterherzulaufen.

Plötzlich hielt der Rover an, fuhr rasend schnell rückwärts, sodass der Kies nur so unter den Reifen spritzte, und blieb vor uns stehen. Die Tür sprang auf, Riccardo stürmte die fünf Stufen herauf und riss mich in seine Arme. Er küsste mich. *Er küsste mich!* Völlig überrumpelt ließ ich es geschehen. Es war ein Kuss, der in mir den Wunsch weckte, niemals wieder Atem holen zu müssen, ich wünschte mir, die Zeit würde stillstehen. Für immer. Da ließ Riccardo mich abrupt los, schenkte mir ein umwerfendes Lächeln und war endgültig fort.

„Mir scheint, meinen jungen Freund hat es richtig erwischt. Das Lamm zähmt den Löwen."

„Entschuldigen Sie, was haben Sie gesagt?" Ich stand noch völlig unter dem Zauber des Kusses. Tatsächlich war ich verwirrt und damit beschäftigt, meine schwankenden Gefühle ins Lot zu bringen. Ich hatte nicht gewusst, dass ein Kuss so viele Empfindungen auslösen konnte.

„Nichts. Kommen Sie, junge Lady." Lauder fasste meinen Ellenbogen und führte mich zu der Limousine, die eben vorfuhr. Sein Chauffeur öffnete mir die Tür und ich nahm auf der Rückbank Platz. „Warten Sie kurz", bat der Vize-Gouverneur, „ich brauche noch ein paar Minuten mit meinen Leuten. Ich habe sie bis jetzt wegen der Fahrt im Unklaren gelassen."

Ich beobachtete durch das Heckfenster, wie eine weitere Limousine hinter unserem Wagen anhielt. Drei Männer stiegen aus. Kurzer Haarschnitt, Sonnenbrillen. Sie sahen aus wie die Leute, mit denen sich mein Vater umgab. Kurz erschrak ich, aber es waren Polizisten in Zivil, die für die Sicherheit von Samuel Lauder abgestellt waren. Riccardo hatte recht. An der Seite von Lauder konnte mir mein Vater nichts anhaben. Trotzdem hatte ich nie zuvor eine solche Angst verspürt. Riccardo setzte heute sein Leben für mich aufs Spiel. Wie hatte ich das zulassen können? Ich selbst hatte vor vielen Jahren mit meinem Leben abgeschlossen. Ich wusste, wie sich der Tod anfühlte. Von innen und von außen. Er war mir zu oft begegnet, hatte mir alle Menschen genommen, die ich liebte. Seither mied ich die Liebe, weil sie mich an den Tod band. Der Tod war kalt und unersättlich, er holte sich die Wärme und die Farben, das Schöne und das Gute, und am Ende tötete er jede Hoffnung. Genauso sah es in mir aus. So hatte ich die letzten Jahre gelebt. Mit toten Gefühlen. Ich hatte mich daran gewöhnt. Es machte das Leben um vieles einfacher. Darum wehrte ich mich auch derart gegen Riccardo. Ich ahnte, dass er mein Inneres mit Farben füllen würde, die Liebe war unbeschwert und bunt und freigebig und … bedingungslos. *Amor incondicional.* Ich fürchtete mich vor ihr. Vor dem, was sie mit mir machen würde, wie sie mich verändern würde. Die Liebe war mir unbekannt. Der Tod war mir vertraut. So lautete meine Logik, die Gleichung meines Lebens, an die ich mich bisher geklammert hatte. Zu ungewiss war der Ausgang des heutigen Tages, zu hoch die Wahrscheinlichkeit, erneut verletzt zu werden. Und weitere Schuld auf mich zu laden. Denn es wäre meine Schuld, wenn Riccardo heute etwas zustieße …

Lauder stieg zu mir in den Wagen und riss mich aus meinen Überlegungen. In letzter Zeit driftete ich oft in diese düstere Gedankenwelt ab, als wolle ich mich selbst von Etwas überzeugen. Die Frage war, wovon? Am Ende pflichtete ich im Stillen meist Marisol bei: Ich war doch ein wenig *loco*. Vielleicht auch komplett.

Lauder bat den Chauffeur, die Trennscheibe hochzufahren. Ich bekam gerade noch mit, dass Ettenhuber als Beifahrer eingestiegen war. Die Anwesenheit des bedächtigen Bayern tat mir gut.

„Möchten Sie noch etwas trinken?“ Lauder öffnete eine gutbestückte Minibar und zeigte auf eine Flasche Wasser.

„Nein, danke.“ Ich hatte schon viel zu viel Kaffee getrunken und ich wollte keinen Zwischenstopp verursachen. Mehrere Stunden Fahrt lagen vor uns. Meine Hände waren ineinander verkrampft und ich musste ständig an Riccardo denken. Wie er sich jetzt fühlte? Er hatte so ruhig gewirkt, aber auch unternehmungslustig. Das war der Unterschied zwischen Mann und Frau. Wo der Mann das Abenteuer sah, sah die Frau das Risiko. Wo er sich auf die Gefahr freute, fürchtete sie sich davor, was ihm geschehen könnte. Männer hielten die Welt in Atem.

„Es wird alles gut gehen, mein Kind“, sagte Lauder und tätschelte meine Hand. Auch er strahlte nichts als Ruhe aus. Zwischendurch nippte er an einem Glas Whiskey.

„Wissen Sie was?“, sagte ich nach zwei Stunden quälender Nervosität, in denen ich mir die schrecklichsten Szenarien, was alles schiefgehen konnte, ausgemalt hatte „Geben Sie mir auch so einen." Was der gute Vize-Gouverneur nicht ahnen konnte, war die Wirkung, die Alkohol auf jemanden haben würde, der noch nie auch nur ein Glas Sekt oder Bier getrunken hatte. Jemanden wie mich. Dementsprechend war die Reaktion. Der Whiskey brannte wie Feuer und ich musste böse husten, trotzdem ließ ich mir sofort nochmals nachschenken und fühlte mich danach herrlich entspannt. Und furchtbar müde. Ich verschlief die restliche Fahrt. Einfach so.

Lauder weckte mich. „Riccardo hat sich gerade gemeldet. Er ist soeben in New Haven vorgefahren und dürfte gerade ins Haus reingehen. Wir sind auch gleich da." Er klopfte gegen die Scheibe und gab Anweisung, ein paar Minuten anzuhalten, damit wir nicht zu früh dran wären.

Ich setzte mich aufrecht und fuhr mir verlegen durchs Haar. Die Welt drehte sich etwas und meine Zunge fühlte sich geschwollen an.

„Möchten Sie noch einen Schluck?", bot mir Lauder an, der offenbar ganz auf die entspannende Wirkung des Alkohols setzte. Ohne es zu wollen, nickte ich, außerdem bezweifelte ich, das pelzige Ding in meinem Mund in Bewegung setzen zu können.

Er schenkte mir einen Fingerbreit ein und ich kippte alles hinunter. *Holla!* Beim dritten Mal brannte es nicht weniger. Ich keuchte, konnte aber diesmal wenigstens das Husten unterdrücken.

„Alles in Ordnung?"

Ich lächelte Lauder schief an.

„Herrje, Sie sind Whiskey nicht gewohnt oder?"

Ich schüttelte den Kopf. Alles fuhr Karussell. Lustig.

Unsere Limousine fuhr wieder an und hielt kurz darauf vor dem Tor.

Natürlich erkannte ich mein ehemaliges Zuhause wieder, auch wenn es sich ein wenig drehte. Ich hörte, wie der Chauffeur unsere Namen sagte und dabei in die Kamera sah. Offenbar wollte man ihm nicht glauben. Die Fenster fuhren hinten beide herunter, damit der Mann in der Überwachungszentrale uns beide sehen konnte, Lauder und mich. Die linke Kamera schwenkte mit einem leisen Surren in meine Richtung und ich strahlte und winkte hinein, als hinge mein Leben davon ab.

Das Tor öffnete sich jetzt, wir fuhren durch eine Platanenallee hinauf zur Villa, hinter uns der zweite Wagen. Nur am Rande hatte ich mitbekommen, dass ein dritter Wagen, der mit Ettenhubers Männern, auf der anderen Straßenseite parkte. Und dann standen wir vor dem imposanten Haus meines Vaters, dem Haus meiner verlorenen Kindheit. Ich entdeckte Riccardos Landrover in der Auffahrt. Sein Mitarbeiter MacCabe rauchte an den Wagen gelehnt eine Zigarette.

Lauders Chauffeur stieg aus, ging um den Wagen herum und öffnete die Tür auf Lauders Seite. Er saß, wie geplant, dem Eingang zugewandt, und wie zuvor abgesprochen blieben wir beide sitzen.

Ein junger Mann im Anzug eilte geschäftig die Stufen herab, beugte sich zu Lauder und sagte: „Ich bin Norman Studebaker, der persönliche Assistent von Senator Lawrence. Der Senator empfängt Sie jetzt, Vize-Gouverneur. Und seine Tochter natürlich.“ Studebakers Blick streifte mich neugierig, wurde aber sogleich von Lauders Antwort abgelenkt. „Miss Lawrence und ich haben nicht die Absicht, das Haus zu betreten, Mr Studebaker. Seien Sie so gut und bitten Sie den Senator heraus.“

Studebaker zögerte. Offenbar überfordert, starrte er den Vize-Gouverneur an. Nach einigen unausgeglichenen Sekunden drehte er sich um und verschwand wieder im Haus. Das war der entscheidende Moment. Mir war ganz flau im Magen.

Und dann erschien er, mein Vater. Zwischen zwei Bodyguards schritt er die Treppe würdevoll wie ein Herrscher herab. Es behagte mir, dass er gezwungen war, sich zu uns hinunterzubeugen, um in den Wagen sehen zu können.

„Das ist eine ungewöhnliche Art der Zusammenkunft, Vize-Gouverneur. Sie bringen mir meine Tochter?“

„Nein, wir wollten lediglich Hallo sagen."

Ich beugte mich über Lauder und lallte: „Hallooo Vaaater. Wie … geht esss … dir?" Sein geschäftsmäßiger Gesichtsausdruck entgleiste kurz. Ich fand, er sah furchtbar komisch aus. Ich kicherte, zeigte mit dem Finger auf ihn und plumpste halb über Lauder. Er schob mich zurück neben sich.

„Das ist ja ekelhaft! Sie ist vollkommen betrunken! Was soll das, Lauder?", rief er herrisch und winkte einen seiner Männer heran. „Schaff das Mädchen sofort ins Haus!"

„Nein, das wird er nicht tun." Lauder gab seinem Chauffeur das vereinbarte Zeichen und der sagte in sein Smartphone: „Jetzt!" Sofort öffneten sich hinter uns die Türen der Limousine und die drei Männer stiegen aus. Ettenhuber folgte ihrem Beispiel, MacCabe drückte seine Zigarette aus.

Plötzlich hatte die Atmosphäre etwas Bedrohliches an sich. Ich wurde schlagartig etwas nüchterner.

„Was soll das? Was wollen Sie, Lauder? Eine Gefälligkeit, Geld?", fuhr ihn mein Vater wütend an.

„Kommen Sie, Senator", Lauder gestattete sich ein abfälliges Lächeln, „Sie wissen genau, dass Sie mich damit beleidigen." Er behielt die Treppe dabei genau im Auge.

„Was treiben Sie dann für ein Spielchen? Sagen Sie endlich, was Sie wollen, aber stehlen Sie mir nicht meine Zeit. Ich habe Besuch und …" Er hielt inne wie ein Mann, dem plötzlich ein Licht aufging. In derselben Sekunde erschien Riccardo und hastete die Treppen hinab. „Danke für den Drink, Senator. Ich denke, wir kommen nicht zusammen." Er hatte schon fast den Rover erreicht, als mein Vater bellte: „Los, durchsucht ihn!"

„Das werden Sie schön lassen!", rief Lauder in gleicher Lautstärke. Plötzlich hielten Lauders Männer und die beiden Männer meines Vaters Waffen in der Hand. Zwei weitere sprinteten heran.

„Wir wollen doch jetzt keinen Streit anfangen, Senator. Steigen Sie ein, West! Wir fahren!", gab Lauder das Kommando. Kurz stand die Situation auf der Kippe. Die Männer meines Vaters hingen an seinen Lippen. „Lasst sie gehen. Das hat ein Nachspiel, Lauder“, zischte er böse.

„Das hoffe ich doch sehr, Lawrence.“ Lauder lächelte wie eine Sphinx und schlug die Tür zu.

Unsere Wagenkolonne hielt ein paar Kilometer weiter auf einem Parkplatz vor einem Restaurant. Riccardo stieg aus, riss die Tür auf meiner Seite auf, grinste breit und klopfte auf seine Hosentasche. „Ich habe ihn!“

Ich beugte mich heraus und erbrach mich auf seine Schuhe.

38

Erdloch gesucht

Da malte man sich vier Jahre lang einen genialen Racheplan aus und dann sowas. Ich schämte mich in Grund und Boden, wenn ich an meinen kläglichen Beitrag zu der ganzen Aktion dachte, vor allem vor Riccardo. Aber seine Reaktion war wirklich sehr süß und besorgt gewesen. Marisol hingegen kriegte sich nicht mehr ein, selbst als Riccardo die Geschichte zum dritten Mal zum Besten gab. Und erst Ettenhuber! Bisher war er mir ja immer sympathisch gewesen, aber seitdem nannte er mich nur noch Schnapsdrossel. *Schnapsdrossel!*

Dabei trank ich sonst nie! Und ich hatte mir nach diesem Erlebnis geschworen, nie mehr auch nur in die Nähe von Alkohol zu kommen. Was ich jetzt nochmals bekräftigte.

„Schade, dann packen ich die Marzipan-Pralinen mit *Amaretto*-Glasur wieder weg“, sagte Marisol.

„Untersteh dich!“ Ich grapschte nach dem Teller. Auch Ettenhuber schnappte sich eine Praline. Wie sich herausgestellt hatte, teilten wir die Vorliebe für Marzipan.

Wir saßen an Deck der Sealion, Marisol, die ihren Urlaub kurzerhand um eine weitere Woche verlängert hatte, Ettenhuber und ich. Riccardo war an Land, er hatte einen Termin beim Notar. Er kaufte wieder irgendetwas. Ich hatte den Verdacht, dass er mindestens so shoppingsüchtig war wie Tiziana. Bloß, dass seine Zielobjekte größer waren.

Schon zwei Tage nach unserer Rückkehr aus den USA waren

wir von der Villa in der Toskana nach Venedig übergesiedelt. Meine ‚Angelegenheit' hatten wir noch vor Ort geklärt. Wir waren zunächst zum Anwesen des Vize-Gouverneurs zurückgekehrt und Riccardo und Samuel Lauder hatten sich den Film auf dem Stick angesehen. Allein. Ich hatte das von Anfang an abgelehnt. Die Bilder hatten mich lange genug verfolgt. Meine kleine Schwester Tabea war tot, aber das Echo ihres Leids haftete für immer wie ein Brandmal auf meiner Seele. Ich hatte ihr nicht helfen können und würde mit dieser Schuld leben müssen.

Die Sequenz war nur 16 Sekunden lang, aber sie war ausreichend, um das gesamte Maß der Verderbtheit meines Vaters zu dokumentieren. Riccardo und Lauder bebten vor unterdrücktem Zorn, als sie zu mir zurückkehrten, und ich glaubte, in Riccardos blauen Augen sogar Tränen entdeckt zu haben.

Lauder marschierte sofort zur Bar und schenkte jedem zwei Finger breit Whiskey ein. Mir nicht. Mir war noch immer ziemlich übel und leichter Schweiß stand mir auf der Stirn. Die Männer besprachen kurz ihre weitere Vorgehensweise. Es blieb dabei. Riccardo würde meinen Vater anrufen und die Bedingungen stellen.

Lauder äußerte nochmals seine Bedenken. „Was Sie da vorhaben, mein junger Freund, ist nichts anderes als Erpressung."

„Das ist mir bewusst. Die einzige Alternative wäre den Mann zu töten. Wir sind keine Mörder."

„Stimmt, aber es gäbe die Alternative, mit diesem Film zur Staatsanwaltschaft zu gehen. Ich bin mir sicher, ich könnte meinen Nachfolger im Amt dazu bewegen, die Ermittlungen zu den verschiedenen Vorfällen wieder aufzunehmen."

Ich wurde wachsbleich. Das war genau die Entwicklung, die ich befürchtet und mit Riccardo ausführlich diskutiert hatte. „Mr Lauder, ich werde mich nicht als Zeugin vor ein Gericht zerren lassen", sagte ich bestimmt. „Eine Untersuchung dauert und bis es zur Anklage kommt, vergehen Monate. Ich kenne meinen Vater und Sie kennen ihn auch. Was glauben Sie, was in der Zwischenzeit passiert? Mein Vater wird Himmel und Hölle in Bewegung setzen, dass es gar nicht erst zu einer Anklage kommen wird."

„Sie hat recht, Samuel. Sollte etwas durchsickern, wird die Presse Ben Lawrences Tochter jagen. Dieses Mädchen ist bereits einmal durch die Hölle gegangen, eine Anklage würde sie ein zweites Mal da hineinstoßen. Sie sind selbst Jurist, Sie wissen, wie Anwälte vorgehen. Der Film würde kaum als Beweismittel zugelassen werden, nicht nur, weil wir ihn uns unrechtmäßig beschafft haben. Ihre Deputys waren dabei und werden das unter Eid bezeugen müssen. Alle Beteiligten von damals sind tot, bis auf Katherine. Das Einzige, was passieren wird, ist, dass Katherines Krankenakten an die Öffentlichkeit gezerrt werden und man sie als Geistesgestörte hinstellen wird. Und am Ende triumphiert der Scheißkerl."

„Aber seine politische Karriere wäre mit Sicherheit am Ende", erwiderte Lauder ungerührt. „Und was die mögliche Erpressung betrifft: Als ehemaliger Staatsanwalt muss ich darauf hinweisen, dass es strafbar wäre, Auszüge des Films *anonym* ins Netz zu stellen."

„NEIN!", schrie ich. „Das ist meine kleine Stiefschwester! Ich werde nicht zulassen, dass irgendwelche Perverse sich an ihr aufgeilen, solange es noch eine andere Möglichkeit gibt!"

„Keine Sorge, Kate. Das werde ich nicht zulassen", versicherte mir Riccardo.

„Trotzdem muss ich weiter den Advocatus Diaboli spielen, Rick. Sie sagten vorhin, alle Beteiligten wären tot. Was ist mit dem zweiten Mann auf dem Video? Er ist nicht nur Täter, sondern auch ein Zeuge. Man sieht ihn nicht besonders deutlich, aber es dürfte nicht schwer sein, seine Identität festzustellen."

„Ich kenne den Mann", warf ich ein. „Er war ein enger Freund meines Vaters. Später habe ich herausgefunden, dass er kurz nach der Beerdigung meiner Stiefmutter und Stiefschwester verschwunden sein soll. Sein Name war Vernon Sandburgh."

Lauder hatte sich den Namen notiert. „Gut möglich, dass unser Senator den Mann hat verschwinden lassen. Er wäre der Einzige gewesen, der Ihre Angaben hätte bestätigen können, Miss Lawrence. Ich werde mich bei David Moreno erkundigen, ob es eine Akte zu dem Mann gibt.“ Er griff zum Telefon.

„David Moreno ist Sams Nachfolger als Bezirksstaatsanwalt“, klärte mich Riccardo auf.

Lauder erreichte den Bezirksstaatsanwalt mobil und erklärte sein Anliegen. Nach zehn Minuten rief der zurück. Vernon Sandburgh war vor vier Jahren von einem Bootsausflug nicht mehr zurückgekehrt. Ein Jahr später war er für tot erklärt worden. „Danke, David“, verabschiedete sich Lauder. Er blickte von Riccardo zu mir. „Wie es aussieht, hat sich Lawrence komplett abgesichert. Keine Zeugen, bis auf Katherine.“

Riccardo erhob sich. „Wir haben den Film, Samuel. Es bleibt bei unserem ursprünglichen Plan?“ Das klang weniger wie eine Frage, eher wie eine feststehende Tatsache. Er wollte das jetzt durchziehen, für mich.

Lauder stieß einen Seufzer aus. „Der Jurist in mir sagt nein, aber wenn es der absolute Wille des Mädchens ist?“ Er sah mich auf eine Weise an, die mir suggerierte, dies wäre die letzte Möglichkeit, meine Meinung noch zu ändern.

„Ja, ich will es so“, sagte ich hart, „außer Sie können mir hier und jetzt versprechen, dass mein Vater für die Morde und für das, was er Tabea angetan hat, verurteilt wird und ins Gefängnis wandert.“ Ich sah Lauder herausfordernd an.

Er musterte mich ernst. „Sie wissen genau, dass ich das nicht kann, Miss Lawrence. Gut, Sie haben gewonnen. Ich bin dabei.“ Lauder unterstrich sein Einverständnis mit einem Nicken.

„Dann werde ich jetzt Ben Lawrence anrufen“, sagte Riccardo. „Er soll sofort seinen pädophilen Arsch hierherbewegen, wir zeigen ihm den Film und diktieren ihm unsere Bedingungen.“

„Was ist, wenn er sich weigert zu kommen?“, fragte ich.

„Keine Sorge, Kate, er wird kommen! Nach unserem Auftritt heute weiß er, dass wir etwas gegen ihn in der Hand haben müssen. Einen Macher wie ihn muss es verrückt machen, wenn er nicht agieren kann, sondern abwarten muss, dass die gegnerische Partei den nächsten Zug unternimmt."

Riccardo behielt recht. Einige Stunden später traf mein Vater ein. Lauder hatte seinen Leuten höchste Wachsamkeit eingeschärft, falls mein Vater entgegen Riccardos Anweisung, allein zu kommen, die Kavallerie mitbrachte. Doch er war allein, hatte sogar auf seinen Chauffeur verzichtet.

„Er ist hier", verkündete Lauder und ich verzog mich nach oben in das Zimmer, das mir Lauder für die Dauer meines Aufenthalts zur Verfügung gestellt hatte. Ich wollte den Dämon nie mehr wiedersehen.

Riccardo kam nach einer Stunde, in der ich vor Unruhe fast verging, zu mir, mit einem Blatt in der Hand.

„Du hast es bekommen?", flüsterte ich atemlos.

„Ja, dein Vater hat die von Vize-Gouverneur Lauder und mir aufgesetzte Vereinbarung unterschrieben. Ben Lawrence wird von allen seinen Ämtern zurücktreten und seine politische Karriere offiziell beenden. Das ist der Deal: Dein Vater wird von nun an deine Existenz vergessen, ansonsten werde ich dafür sorgen, dass der Stick in die falschen Hände gerät. Er würde damit alles verlieren, seinen Ruf und das ererbte Vermögen. Kein Mensch macht Geschäfte mit einem mutmaßlich Pädophilen. Das wird er nicht riskieren. Du bist frei, Kate!", sagte er feierlich.

Fast konnte ich es nicht glauben. Riccardos Plan hatte funktioniert! Ich hatte mein Leben zurück! Kein Verstecken mehr, keine Angst mehr. Der Dämon, das Monster unter meinem Bett, hatte seine Macht über mich verloren. „Was ist mit dem Mädchen, das unter meinem Namen in der Anstalt weggesperrt ist?" Ich hatte Riccardo gebeten, mehr über sie herauszufinden. Sie litt tatsächlich an einer schweren, unheilbaren Nervenkrankheit. Insofern hatte dieser Schwindel etwas Gutes, ihr kam unter meinem Namen die beste Pflege zugute.

„Das wurde auch schriftlich festgelegt. Dein Vater gründet eine Stiftung und die übernimmt bis zu ihrem Lebensende die Kosten. Es ist in seinem Sinne, dass die Sache mit der falschen Katherine Lawrence nicht publik wird.“

„Und er tritt wirklich von allen seinen Ämtern zurück?“

„Ja. Er hat bis morgen Mittag Zeit, eine Pressekonferenz einzuberufen und seinen Rücktritt zu erklären. Wir warten noch so lange hier ab und fliegen danach sofort zurück nach Italien.“

Wir hatten gewonnen.

39

Ein Herz und eine Seele

Venedig/Italien

„Oh, ist das eine schöne Objekt." Marisol klatschte begeistert in die Hände, kaum dass wir an der Anlegestelle S. Samuele aus dem Boot geklettert waren.

Riccardo führte uns seinen neuesten Einkauf vor. Einen Renaissance-Palazzo an einem Nebenarm des Canal Grande. Mit Besitzerstolz erklärte er uns, der Palazzo wäre der älteste aus der Mocenigo-Gruppe und hätte einmal der gleichnamigen Patrizierfamilie gehört, die sieben Dogen von Venedig gestellt hätte. Gleich nebenan hätte auch Lord Byron ein Jahr gelebt. Das interessierte mich. Ich hatte Lord Byrons Gedichte als Teenager geliebt. Ich glaube, er war innerlich genauso zerrissen gewesen wie ich. In der einen Stunde durchströmte mich Freude und Hoffnung, dann wieder fühlte ich mich, als würde mich eine große schwarze Wolke verschlingen. Vielleicht lag es daran, dass ich bisher nicht richtig begriffen hatte, dass meine Flucht zu Ende war. Die vielen Ereignisse hatten mich noch gar nicht richtig zur Ruhe kommen lassen. Auch wurden meine Gedanken weiterhin viel zu sehr durch Riccardo absorbiert. Um dem entgegenzuwirken, hielt ich möglichst Abstand zu ihm. Ursprünglich hatte ich sofort nach Rom zurückkehren wollen, um meine alte Routine wieder aufzunehmen, das Studium und die Gruppentreffen. Das würde mir Halt geben, glaubte ich, und ich würde mich dort besser sortieren können.

Aber Marisol hatte sich vom ersten Tag an in Venedig verliebt gehabt und wollte am liebsten gar nicht mehr zurück. Und Pläne schmiedete sie auch. Ich dachte, ich höre nicht recht, als sie sagte: „Oh, da unten links, das schöne große Raum, könnte man eine feine Pasticceria einrichten. Und die Rundbogenfenster gäbe eine schöne Schaufenster für *Venezia dolce e delizioso*. Und daneben wäre eine gute Möglichkeit für eine Ristorante, *asi*!"

„Was?", kreischte ich. Irgendwie war ich gerade richtig alarmiert. Wie es aussah, hatten Marisol und Riccardo, längst ein Herz und eine Seele, die Zeit, in der ich mich meinen konfusen Selbstbetrachtungen hingegeben hatte, für ganz besondere Gespräche genutzt.

„Ja, ich mache bald Prüfung und danach eine eigene Geschäft." Marisol strahlte. „Riccardo hat mir eine gute Angebot gemacht."

„Aber du wolltest doch immer entweder nach Madrid oder Barcelona?"

„Stadt ist Stadt, aber Venedig ist Venedig. Ich liiiiiebe es hier!"

„Und ich? Was wird aus mir? Ich wäre dann ganz alleine in Rom!" Meine Stimme kippte. Ich brauchte Marisol! Wie sehr sie zu meinem Halt geworden war, wurde mir jetzt erst richtig bewusst. Das kommt davon, wenn man Probleme vor sich herschiebt. Ich hatte mich geweigert, mich damit auseinanderzusetzen, wie es weitergehen würde, wenn Marisol in ihre Heimat zurückkehrte. Weil ich zu sehr mit mir selbst beschäftigt war ... Das rächte sich jetzt.

Marisol spürte meine wachsende Panik und nahm mich in die Arme. Sie flüsterte: „Ist doch noch Monate Zeit. Gut möglich, meine kleine Schwester Yolanta kommen nach Rom und machen auch eine Lehre bei Claudio. Sie wird bei dir wohnen und du bleiben in Familie. *Bueno*?"

Nichts war *bueno*! Alles ging viel zu schnell. Ja, ich war jetzt frei und musste nicht ständig über die Schulter schauen, aber ich hatte immense Schwierigkeiten, damit umzugehen. Schuld war Riccardo. Er bedrängte mich nicht, aber ich glaubte schon, dass er Erwartungen hatte. Immerhin war da dieser Kuss gewesen.

Aus diesem Grund hatte sich meine Begeisterung in Grenzen gehalten, als wir nach Venedig weiterfuhren und Quartier auf der Sealion bezogen. Es war schier unmöglich, einem gut 1,90-Mann auf einer Segelyacht aus dem Weg zu gehen. Und die besten Erinnerungen hatte ich sowieso nicht an diese Yacht.

Aber Marisol war derart begeistert von den Bildern gewesen, die Riccardo ihr auf seinem Laptop gezeigt hatte, dass sie ihn in Borgo San Lorenzo bedrängt hatte, nach Venedig zu fahren. Riccardo hatte gerne zugestimmt und ich mich von ihr breitschlagen lassen. Die beiden waren sich absolut einig und verstanden sich inzwischen auch ohne Worte. Dabei hatte Marisol immer behauptet, sie hasse es, zu verreisen. Aber in einer Limousine mit Chauffeur war das natürlich etwas völlig anderes. Marisol entwickelte entschieden einen Hang zum Luxus. Als sie mich auf der Herfahrt von der Toskana erneut Schnapsdrossel genannt hatte, hatte ich ihr Luxusschnecke an den Kopf geworfen.

„Luxusschnecke?“, hatte sie misstrauisch wiederholt.

„Ja, wenn ich eine Schnapsdrossel bin, dann bist du eine Luxusschnecke.“

„*Bueno*, ich weiß zwar nicht, was das ist, aber ich kenne Ton. Das ist keine anständige Wort!“

„Darauf kannst du wetten.“ Die Erinnerung an unsere Kabbelei entlockte mir ein Lächeln, danach kehrten meine Gedanken erneut zu Riccardo zurück.

Einerseits war ich ihm dankbar für seine Unterstützung und für das Risiko, das er für mich eingegangen war. Alleine hätte ich es niemals geschafft, das war mir inzwischen klar geworden. Meine utopischen Rachepläne waren genau das gewesen: utopisch. Doch sie hatten mich am Leben gehalten. Nun haderte ich damit, wie es mit meinem zweiten Leben weitergehen sollte. Irgendwie fühlte ich mich unsteter denn je. Ich musste weg von Riccardo, soviel war mir klar, in seiner Nähe würde ich niemals zur Ruhe kommen. Stoiisch mied ich jedes Gespräch mit ihm und war sorgfältig darauf bedacht, dass wir nie alleine waren. Ich teilte eine Kabine mit Marisol und wich ihr kaum von der Seite. Irgendwann hatte sie gefragt, ob ich „eine feuchte Wickel wäre", weil ich so anhänglich war.

Ich wanderte weiter durch den Palazzo, während Marisol und Riccardo in Plänen schwelgten, die mich nichts angingen. Ich hatte noch nie einen alten venezianischen Palazzo von innen gesehen und stieß auf eine Menge verblichener Pracht. Verblasste Fresken und abgebröckelter Stuck ließen die ehemalige Schönheit mehr als nur erahnen, sie war da. Unaufdringlich und berührend. Wahre Schönheit war niemals vergänglich, sie war unsterblich. So langsam konnte ich Marisols Begeisterung verstehen. Dieses Morbide besaß einen Charme, dem auch ich mich nicht entziehen konnte. Diese Räume atmeten Geschichte aus, ließen mich eine Atmosphäre spüren, die etwas Berauschendes an sich hatte. Auf jeden Fall setzten sie in mir den Wunsch frei, etwas für sie zu tun. Dieser Palazzo sollte wieder in seiner alten Pracht erstrahlen.

Offenbar erging es Marisol ähnlich, denn als ich sie allein in der Eingangshalle antraf, hatte sie einen Besen in der Hand und kehrte eifrig Schutt zusammen.

Mich wunderte vor allem, wo sie den Besen herhatte. Ich fragte lieber nicht. „Wo ist Riccardo?"

„Im Keller."

„Hier gibt es einen Keller?"

„Ist feucht."

Wer hätte das gedacht. „Was machst da du eigentlich?"

„Ich kehre."

Ich rollte mit den Augen. „Das sehe ich. Warum?"

„Ist schmutzig."

Sehr ergiebig, unser Gespräch. Ich ließ sie weiterkehren und inspizierte die Fensterstöcke. Sie waren noch gut in Schuss. Sie brauchten nur ein wenig frische Farbe.

Riccardo kehrte zurück. Kopf und Schultern waren voller Staub und Gipspartikelchen. Ich widerstand dem Impuls, ihm den Dreck aus den Haaren zu streichen. Marisol hatte diese Hemmungen nicht.

„Pfui, du hast halbe Decke mitgebracht! Nächstes Mal Kopf einziehen, *bueno*?"

„*Bueno*!" Riccardo lief die Halle mit federnden Schritten ab. Er strahlte wieder diese unglaubliche Energie aus. „Ist dieser Palazzo nicht einfach einmalig? Über vierhundert Jahre alt und immer noch erzählt er uns diese faszinierende Geschichte von Schönheit. Ich kann ihn flüstern hören." Seine Finger glitten mit einer geradezu zärtlichen Geste über die Reste eines Freskos.

„Das ist das Plätschern des Wassers gegen die Stützpfähle", sagte ich.

Es war, als hätte ich eine Symphonie von Mozart unterbrochen. Ich war der Misston.

Jedenfalls sahen mich sowohl Riccardo als auch Marisol mit demselben gekränkten Ausdruck an.

„Was denn?"

„Du bist eine Banause", schnaubte Marisol und drückte mir den Besen in die Hand. „Hier, kehren. Das ist deine neue Zuhause."

„Ich glaube, du hast sie nicht mehr alle!" Ich ließ den Besen fallen, als hätte ich mich an ihm verbrannt.

40

Kurzschlussreaktion oder ein Bad in der Lagune

Ich schmollte auf der ganzen Rückfahrt. Marisol hatte sie wirklich nicht mehr alle. *Meine* Freundin hatte sich mit Riccardo gegen mich verbündet!

Was wollten die beiden bloß von mir? Ich hatte Riccardo einmal geküsst, nein vielmehr, *er* hatte *mich* geküsst! Noch dazu in einem Moment, in dem wir nicht wussten, ob wir uns lebend wiedersehen würden. Dummerweise hatte ich Marisol von dem Kuss erzählt. Und jetzt leitete sie davon ab, ich solle gleich bei ihm einziehen? War sie jetzt auch *loco* geworden?

Blöderweise teilten wir uns eine Kabine und konnten uns nicht aus dem Weg gehen. Damit waren es schon zwei Personen, denen ich auf beengtem Raum ausweichen wollte. Marisol und Riccardo waren zum Glück gerade in der Küche beschäftigt, wo sie das nächste Menü ausheckten. Oder mein Leben verplanten, was weiß ich.

Auf dem Oberdeck mit dem Whirlpool fand ich eine unverfängliche Person. Schorsch Ettenhuber. Schon von Weitem schallte mir ein „Scheißvieh, haust ab!“ entgegen. Ich kicherte. Ettenhuber und die Möwen. Die waren aber wirklich zu einer Plage geworden. Man konnte kaum mehr in Ruhe frühstücken, weil die Viecher ständig darauf lauerten, Essbares von den Tellern stibitzen zu können. „Hat man Ihnen wieder die Wurstsemmel geklaut, Schorsch?“, begrüßte ich ihn. Er fuhr herum. „Ah, die Schnapsdrossel! Ehrlich, des is ja wie beim Hitchcock!“, schimpfte er weiter, während er sich mit einem Taschentuch einen verdächtigen Fleck von der Schulter wischte. Leider erfüllte Schorsch Ettenhuber nicht meine Erwartungen. Wohl plauderten wir über mein Studium und meine zukünftigen Pläne, doch als ich über meine Rückkehr nach Rom sprach, unterbrach er mich: „Haben Sie das Riccardo schon gesagt?“

„Oh, er weiß Bescheid.“

„Sie haben es ihm gesagt?“

„Äh, nicht direkt.“

„Sie sollten mit ihm reden, Mädel.“

Jetzt fing der auch noch damit an! Reichte es nicht, dass Marisol mich damit nervte? Es war ein richtiger Spießrutenlauf gewesen, die letzten zwei Tage ihren arrangierten Versuchen, Riccardo und mir Zweisamkeit zu verschaffen, auszuweichen. Das war Ettenhuber nicht entgangen.

Gestern war ich sogar kopfüber ins Wasser gesprungen, bekleidet wohlgemerkt, nur um Riccardo zu entkommen. Ich weiß nicht einmal, was er genau zu mir sagte, da ich damit beschäftigt war, wie wild gegen unsere Kabinentür zu hämmern. Doch Marisol, diese Verräterin, hatte mir nicht geöffnet. Und dann hielt mir Riccardo plötzlich diesen Ring unter die Nase. Der Sprung war eine Kurzschlussreaktion gewesen, und mir im Nachhinein sehr peinlich.

„Ich verstehe ja, dass diese damische Verwechslung am Anfang es sehr schwierig für Sie macht“, fing Ettenhuber an. „Sie können darauf spucken, dass ich dem Jungen deshalb gründlich den Kopf gewaschen habe. Er hätte es Ihnen gleich sagen sollen. Das hat er versäumt, aber das hatte seine Gründe. Die Sie inzwischen kennen. Ich finde, Sie sollten nicht den gleichen Fehler wie er machen, und rate Ihnen, ernsthaft miteinander zu reden. Er ist kein schlechter Mensch, geben Sie ihm eine Chance.“

Ich holte tief Luft, ich mochte Ettenhuber, aber ich hatte keine

Lust, mit ihm die gleiche Diskussion zu führen wie mit Marisol. Vielleicht reagierte ich darum heftiger als beabsichtigt: „Hören Sie, Schorsch, ich bin Riccardo dankbar für seine Hilfe, aber ab jetzt trennen sich unsere Wege. Gerade die Art unserer ersten Begegnung zeigt doch, wie verschieden unsere Vorstellungen von Moral und Ethik sind. Sein Verhalten ist für mich unverzeihlich."

„Tschuldigung, wenn ich Ihnen das so sage, aber Sie sind schon ein wenig kindisch und stur, oder?"

„Bitte?"

„Na ja, das mit den Stinkbomben auf dem Kreuzfahrtschiff war ja wohl auch nicht die feine Art. Wissen Sie, wie teuer es den Jungen zu stehen kommt? Seine Reederei muss die Schiffspassagen zurückbezahlen, das geht in die Millionen, und von einigen Passagieren wird er sogar wegen Geruchsbelästigung verklagt. Wir wissen ja längst, dass es Ihre Freunde waren. Er schützt sie. Wegen Ihnen."

„Die verklagen Riccardo wegen der Stinkbomben?"

„Das sind Amerikaner, Mädel. Die verklagen alles und jeden. Sogar das Loch in der Socke."

Etwas löste sich in mir. Ich musste lachen. „Schorsch, Sie sind unbezahlbar."

„Freilich, *Schnapsdrossel*."

Eine Weile schwiegen wir. Endlich seufzte ich. Die würden ja doch keine Ruhe geben. Es bestätigte mir nur wieder, dass gute zwischenmenschliche Beziehungen auch gewisse pädagogische Lästigkeiten nach sich zogen. „Also gut", gab ich nach, „ich rede mit Riccardo."

„Wann?"

„Nach dem Abendessen."

„Hast recht, Mädel. Ein voller Magen streitet nicht gern."

Ich verstand nicht ganz, was er mir damit sagen wollte. Ich war schließlich keine streitbare Person.

41

Ein romantischer Abend

Da nimmt man sich vor, einer bestimmten Sache aus dem Weg zu gehen, und muss dann feststellen, dass man auf Schritt und Tritt von ihr verfolgt wird. Mir erging es so mit der Romantik. Als ich am Abend an Deck kam, wurde mir sofort klar, dass sich auch die Göttin der Romantik gegen mich verschworen hatte. Dabei hatte mir Marisol schon genügt.

Die Kulisse an diesem Abend war pure Poesie. Am Horizont lockte das nächtlich erleuchtete Venedig unter einem silbern schimmernden Halbmond, kleine Lichtpunkte bewegten sich wie verzauberte Elfen über das Wasser, und über allem funkelte ein Sternenzelt wie aus Tausendundeine Nacht. Zu dieser Stunde entfaltete die Stadt ihre ganze besondere Magie, verbarg ihre Wunden, die ihr die Zeit und unbedachte Menschen zugefügt hatten.

Ich ließ mich von der einmalig stimmungsvollen Atmosphäre selbstverständlich nicht einfangen.

Zu dritt saßen wir an einem festlich gedeckten Tisch auf dem Oberdeck der Sealion. Zum Murmeln des Meeres und der Nacht genossen wir ein köstliches Essen, und jeder der vier Gänge sah meinen Teller leer. Marisol und Riccardo hatten sich selbst übertroffen.

Ettenhuber glänzte ausnahmsweise mit Abwesenheit, er war mit MacCabe an Land *auf ein Bier*.

Gleich nach dem Nachtisch schob Marisol ihren Stuhl zurück und verabschiedete sich mit dem Satz: „Ihr seid eine Mann und eine Frau, und der Mond scheint auf Schiff. Ich gehe ins Bett." Sie war so subtil wie ein Matrose auf Landurlaub.

Da saßen wir nun, Riccardo und ich. Allein. Mit dem Mond und der Romantik. Mir gefiel, dass er offenbar auch ein wenig befangen war. Einige Sekunden lang sahen wir uns nur an. Es war unfair, aber es genügte, um diese geheime Verbindung zwischen uns wiederherzustellen, als ob nur wir beide auf dieser besonderen Frequenz sendeten. Ich wusste schon, warum ich ihm ausgewichen war und versuchte, ein unverbindliches Gesicht zu machen. Riccardo missverstand mich. „Ich hoffe, du springst nicht wieder ins Wasser?" Er lächelte schief.

„Nein", sagte ich verlegen.

„Komm!" Er stand auf und streckte die Hand nach mir aus. *Oh, nein, Händchenhalten ist im Rede-Paket nicht enthalten!* Außerdem, wo wollte er hin? Einmal um das Schiff herum? Ich würde sicher keinen Fuß mehr in seine verdammte Kabine setzen, von seinem Spielzimmer ganz abgesehen. Ich blieb sitzen und verschränkte die Arme. „Wir können auch hier reden."

Er zeigte auf das Teleskop, das vorne am Bug angebracht war. „Ich wollte dir nur die Sterne zeigen."

„Die kann ich auch von hier sehen." Ich zeigte nach oben.

„Wow, an dir ist eine echte Romantikerin verloren gegangen."

„Wenn du Romantik willst, lies Jane Austen."

„Also gut." Er seufzte und setzte sich wieder. Und schwieg. Nachdem wir uns mehrere Minuten lang fruchtlos angeschwiegen hatten, wurde ich unruhig. Ich hielt es nicht mehr aus. „Was wolltest du mir sagen?"

„Ich dachte eigentlich, du wolltest mir etwas mitteilen? Ich weiß ja ganz genau, was ich will", sagte er ruhig.

„Und was willst du?" Die Worte purzelten schneller aus meinem Mund, als ich es wollte, und in derselben Sekunde wusste ich, dass ich Riccardo sehenden Auges in die Falle lief. Ich fühlte mich wie ein schwerfälliges Schiff, das einen Torpedo auf sich zuschießen sieht, ohne jede Möglichkeit, auszuweichen. Und schon traf er mich. Mitten ins Herz.

„Dich. Ich will dich, *cara.*"

Wenigstens gehorchten mir weiter meine Zunge und mein Verstand. Mein Herz hatte nämlich gerade ausgesetzt. „Wie, du willst mich? So wie man einen Palazzo kauft, oder eine Firma übernimmt? Ich bin ein Mensch, keine Trophäe", antwortete ich wenig originell.

Mit leiser, intensiver Stimme raunte er: „Ich will dich, Kate, bei mir, ganz nahe, für immer. Du hast mich eine neue Art des Fühlens gelehrt. Plötzlich wünsche ich mir Dinge, die meiner Vorstellungskraft so fern lagen wie die Galaxie am anderen Ende der Milchstraße. Du hast mich gelehrt zu träumen und ich will diese neue Welt der Träume mit dir zusammen erleben, sie mit dir teilen. Erinnerst du dich, was ich zu dir über die Irrwege des Lebens sagte, als wir im Wagen vor dem Restaurant saßen? Lass uns den Rest des Weges gemeinsam gehen. Ich liebe dich, du bist alles für mich, *cara.* Du bist mein Herz." Er nahm meine Hand, drehte sie und küsste zärtlich ihre Innenseite.

Wäre dies ein Film, würde jetzt eine Symphonie erklingen und im Hintergrund ein farbenprächtiges Feuerwerk zünden. Abspann. *Happy End.* Das war eindeutig zu viel für mich, meine Realität sah anders aus. Ich spürte Panik in mir aufsteigen wie eine schwere schwarze Wolke, die mir die Luft abschnürte. Verzweifelt klammerte ich mich an alles, was ich war: Eine junge Frau zwischen Trauma, Verbitterung und Zynismus, die nichts von Liebe und Gefühlen hielt und noch weniger an sie glaubte. Das war *mein* Weg.

„Das ist doch Unsinn, Riccardo", sagte ich schroff, während ich ihm meine Hand entzog. „Abgesehen davon, dass ich dir für deine Hilfe bei meinem Vater dankbar bin, kann ich die Umstände unserer ersten Begegnung nicht vergessen. Vor allem nicht, dass du mich danach wochenlang belogen hast. Morgen kehre ich nach

Rom zurück." Eigentlich hätte ich jetzt aufstehen und weggehen sollen, aber meine Beine verweigerten mir den Dienst.

„Seltsam, ich hatte eigentlich erwartet, dass du so etwas sagst wie *du hättest keine Gefühle für mich*. Stattdessen erfindest du Ausflüchte."

Ausflüchte? Der hatte sie ja nicht mehr alle. Aber bitte. Wie er es wünschte: „Ich habe keine Gefühle für dich."

„Das glaube ich dir nicht."

Ja, redete ich mit dem Mond? Und warum wollten diese verflixten Beine nicht aufstehen? „Dieses Gespräch führt doch zu nichts. Uns trennen Welten. Es gibt keinen *Weg*. Ich bin eine Öko-Terroristin und dir gehören diese Scheißumweltschleudern von Ozeanriesen", feuerte ich ein früher zurechtgelegtes Argument auf ihn ab.

„Na und?" Er lächelte mich an. „Solange du nur mit Stinkbomben wirfst, sehe ich darin kein Problem."

„Es ist aber eines, ein ideologisches! Du bist ein Umweltkrimineller! Ihr Reeder investiert lieber in Golfanlagen an Deck als in zeitgemäße Abgastechnik! 50% der Erderwärmung gehen auf euer Konto!", warf ich ihm vor. „Ihr schleudert hochgiftiges Schwefel, Stickoxid und Ruß in die Luft! Hauptsache billig. Ein mittleres Schiff verbraucht 300 Tonnen Schweröl. *Am Tag!* Damit pustet es täglich mehr Schadstoffe in die Luft als tausend Lastwagen! Dabei könntet ihr mit Diesel fahren, den gibt es längst mit minimalem Schwefelgehalt. Aber selbst die paar Cent würden ja euren Profit schmälern! Wegen der blöden Kreuzfahrtschiffe geht eine über tausendjährige Stadt wie Venedig in wenigen Jahren vor die Hunde!" Ich war so richtig in Fahrt. Schade, dass Manfredo und Gianni mich jetzt nicht hören konnten.

„Du hast die Wale vergessen."

„Was?"

„Der zunehmende Schiffslärm beeinträchtigt ihr empfindliches Gehör. Weltweit haben die Strandungen von Walen zugenommen."

„Vielen Dank, dass du selbst Öl ins Feuer gießt“, keuchte ich. Ich war noch ein wenig atemlos von meinem Ausbruch.

„Du und deine Freunde, ihr habt eure Hausaufgaben nicht gemacht. Jedes meiner fünf Schiffe verfügt über modernste Abgastechnik und fährt längst mit emissionsarmem Dieselkraftstoff.“

„Na und? Kreuzfahrtschiffe sind reine Vergnügungsdampfer. Sie sind überflüssig.“

„Gut. Ich stoße alle Schiffe ab.“

„Was?“ Ich wiederholte mich.

„Ich kenne dein Problem, Kate“, sagte er ruhig. „Du hast Angst, dich auf etwas Neues einzulassen. Weil du eins mit deinem Problem geworden bist. Es ist dir vertraut. Deine Angst ist statisch, sie kann nicht mehr wachsen. Die Angst vor etwas Neuem jedoch schon.“

Langsam wurde ich richtig fuchsig. „Bist du jetzt zum Seelenklempner mutiert oder was? Zum Mitschreiben: *Ich. Habe. Keine. Angst.* Ich will bloß *dich* nicht!“ Ich merkte selbst, dass ich mich wie ein störrisches Kind anhörte. Schon wieder. Es war seine Schuld. Warum ließ er mich nicht einfach in Ruhe? Ich hasste es, derart bedrängt zu werden. Mein Leben hatte ich auch vor ihm gemeistert. Allein. Ich brauchte weder ihn noch brauchte ich seine Liebe. Was immer Liebe ist. Ich stand auf. Wenigstens funktionierten meine Beine wieder. Riccardo musste jetzt natürlich auch aufstehen. Wenn ich an ihm vorbeiwollte, musste ich ihn wegschieben oder mich an ihm vorbeidrücken. Das war die einzige Angst, die ich hatte: zu viel Körpernähe. Zu ihm.

Leider stand mir Riccardo in puncto Sturheit in nichts nach. „Natürlich hast du Angst, Kate!“, sagte er und seine Stimme war heiser vor Intensität. „Weil du nichts anderes kennst als die Angst. Sie hat dein Leben bestimmt. Erst hattest du Angst um deine kleine Schwester, dann um deine Vertraute Luisa, dein Kindermädchen, später um dein Leben! Du hast immer alles gegeben, was den Menschen Kate ausmacht. Treue, Mut, Mitgefühl.

Das Leben lehrte dich bisher einzig, dass Liebe und Gefühle schmerzhaft sind. Das ist deine Wahrheit, denn du hast nie etwas anderes als Schmerz zurückerhalten. Aber jetzt bin ich für dich da, Kate. Du musst keine Angst mehr haben. Ich beschütze dich. Wenn du mich lässt."

Er sagte so tiefe Dinge zu mir, und die Worte durchdrangen Schicht um Schicht meine innere Bastion und gaben meine Verletzlichkeit preis. In meinem Herzen wusste ich, dass er es wirklich ernst meinte. Dieser Mann spielte nicht. Riccardo West, der brillante, souveräne Unternehmer, warb um mich, eine kaum 22-Jährige. Ja, ich hatte Angst. Vor ihm. Vor seiner Leidenschaft. Vor seiner Gewissheit, mich zu lieben. Und ein Stück weit beneidete ich ihn auch um seine Gefühle.

Denn da war noch meine starke, rationale Seite, die um jeden Zoll kämpfte und bereits daran arbeitete, eine neue Mauer um meine Verletzlichkeit zu ziehen. Sie hatte mich all die Jahre geschützt und mir geholfen, mein Leben und meine Erinnerungen zu ertragen. Nur deshalb war ich nicht verrückt geworden. *Loco.* Aber jetzt war ich in Gefahr, dass ich es doch noch wurde, zu sehr kollidierte gerade mein Herz mit meinem Verstand. Ich musste unbedingt das Chaos in meinem Inneren ordnen. „Das geht mir alles ein wenig zu schnell. Gib mir etwas Zeit zum Nachdenken", bat ich. Die brauchte ich wirklich. Bisher hatte ich mich niemals mit den Gefühlen eines Mannes auseinandersetzen müssen. Es hatte seinen Vorteil, wenn man die Männer wie Eintagsfliegen behandelte, man suchte sich einen aus, nahm ihn und verschwand dann wieder. Die Fronten waren klar, Komplikationen ausgeschlossen.

Die Komplikation namens Riccardo schaute mich an, als hätte er diese Reaktion von mir erwartet. Er zog die Schmuckschachtel hervor, die mir bereits ein Bad in der Lagune beschert hatte, und mein voller Magen machte einen Satz.

„Nimm dir so viel Zeit, wie du willst, Kate. Aber würdest du mir so lange die Ehre erweisen, diesen Ring zu tragen? Er hat einmal meiner Mutter gehört und davor meiner Großmutter."

Ich war heilfroh, dass er auf meine Bitte um Zeit einging, aber mindestens genauso dankbar war ich ihm, dass er nicht vor mir niederkniete. Vielleicht wäre ich sonst doch nochmals über Bord gesprungen. Mir war heiß und ich benötigte dringend eine Abkühlung. Ich hatte mich kaum mehr unter Kontrolle. War emotional. Meine Gefühle liefen Amok und hatten sich vermutlich längst mit meinen Hormonen verbündet. Sie verselbständigten und potenzierten sich und sie verhinderten weiterhin, dass ich einen klaren Gedanken fassen konnte. Hilflos blieben meine Augen auf dem Ring haften. Er war wirklich sehr schön. Seine Fassung wirkte wie eine Blüte: ein lupenreiner Saphir, umrahmt von weißen, blätterförmig angeordneten Diamanten. Ein Hauch von Nostalgie umgab mich plötzlich. Meine Großmutter hatte mir einen ähnlichen Ring kurz vor ihrem Tod geschenkt – der Ring, den ich Malalas Mann für die Waffe überlassen hatte. Sicherlich war es der Gedanke an meine Großmutter, der mich zustimmen ließ. „Also gut", sagte ich mit leiser Stimme und ließ zu, dass ihn mir Riccardo ansteckte. Die beinahe schüchterne Zärtlichkeit, mit der er meine Hand danach küsste, rührte mich. In diesem Augenblick vibrierte sein Smartphone auf dem Tisch. Ich sandte ein Stoßgebet gen Himmel, dass Riccardo das Gespräch annahm und wurde tatsächlich erhört. Er zog sein Handy heran. Eine Nachricht poppte auf. Ich drehte den Kopf in seine Richtung und las mit: *Code Black*.

„Entschuldige, da muss ich leider kurz rangehen", sagte Riccardo. „Ed, was gibt es denn so Dringendes?", meldete er sich und entfernte sich einige Schritte.

„Hi, Rick. Ich stelle auf Lautsprecher. Sally ist auch hier."

„Hi Sally", begrüßte er sie.

„Hör zu, hier braut sich was zusammen. Du solltest sofort zurückkommen", fuhr Ed fort.

„Was braut sich zusammen?"

„Hast du meine Mail von vorhin nicht gelesen?" Es klang vorwurfsvoll.

Wests schlechtes Gewissen regte sich. Tatsächlich hatte er seine Geschäfte in den letzten Tagen sträflich vernachlässigt. Dabei standen nächste Woche die vierteljährliche Aufsichtsratssitzung und der Produktlaunch mit großem Pressebahnhof an. „Ich bin noch nicht dazu gekommen. Was ist los?"

„Jemand verkauft in großem Stil unsere Aktien. Der Kurs ist innerhalb der letzten halben Stunde um mehrere Punkte gefallen. Sally hat sich ein wenig umgehört. Sally, das solltest besser du Rick berichten."

„Es geht um die Gerüchte, Rick."

„Welche Gerüchte?"

„Es heißt, unser neues Betriebssystem sei fehlerhaft, nicht ausgereift und weise gravierende Sicherheitslücken auf. Und auch, dass unser Holographie Programm nicht funktioniert."

„Lächerlich. Das übliche Geschwätz des Wettbewerbs. Man redet die Konkurrenz schlecht. Sobald wir die beiden neuen Produkte lanciert haben, wird der Markt entscheiden."

„Das weiß ich doch alles, Rick, trotzdem wirkt sich das schon jetzt auf unseren Aktienkurs aus. Und darüber müssen wir dich informieren. Was Ed und mir mehr Sorgen macht, sind die Vorwürfe der angeblich gravierenden Sicherheitslücken. Das ist mehr als die übliche Polemik. Vor ungefähr einer Stunde wurde der Presse ein Dokument zugespielt, mir liegt es noch nicht vor, aber ein ehemaliger Kollege von der *Washington Post* hat es mir am Telefon vorgelesen. Es soll angeblich beweisen, dass *West Globalsoft* eine Vereinbarung mit der NSA getroffen hat, die es der Agency ermöglicht, jederzeit auf die Daten unserer User zuzugreifen. Hier wird gekonnt mit der Hysterie der Leute gespielt."

„Noch einmal: Das ist absolut lächerlich. Es gibt diese Vereinbarung nicht. Setz eine Erklärung auf, Sally, dass dieses Papier gefälscht ist. Habt ihr schon eine Spur, wer unsere Aktien kauft? Meine Ex vielleicht?“ Wer sonst, dachte er. Alle Jahre wieder.

„Nein, bisher nicht. Aber wir sind dran. Warte, Rick, Caroline kommt gerade herein.“ Er hörte kurzes Tuscheln und dann ein lautes „Oh Gott“ von Sally.

„Was ist los?“, rief er beunruhigt.

„Mehrere Brandanschläge auf unsere Produktionshallen. Aber …“

„Gibt es Verletzte?“, unterbrach er seine Pressechefin sofort.

„Das wollte ich gerade sagen, mehr wissen wir noch nicht.“

„Wo?“

„Los Angeles und Houston. Und in unserem Europa-Werk bei Budapest. Die Polizei ist schon informiert.“

„Gut, ich komme zurück. Es gilt höchste Alarmbereitschaft, auch in der Zentrale. Schickt nach Hause, wer entbehrlich ist, und lasst nur Freiwillige zu. Verdammt!“, fluchte er. „Das ist kein Zufall. Das ist eine konzertierte Aktion. Ed, Sally, haltet mich auf dem Laufenden.“ Er legte auf und fand mich an seiner Seite.

„Was ist los?“, fragte ich besorgt.

„Ein unbedeutender Brand in der Produktion. Nur ein Sachschaden“, sagte er mit einem Lächeln, das mich wohl beruhigen sollte, aber sein Ziel völlig verfehlte. Riccardo redete weiter: „Ich sollte mich aber vor Ort zeigen. Ich muss zurück in die Staaten. Wartest du bitte kurz? Ich brauche Schorsch Ettenhuber hier.“

Dessen Nummer war besetzt, aber zwei Minuten später war er dran.

„Ich weiß schon Bescheid, Rick, und habe eben mit dem Leiter der Sicherheit in Houston telefoniert“, informierte er seinen Boss. „Wann fliegen wir?“

„Komm erst einmal an Bord, dann besprechen wir alles.“

Bis Ettenhuber und MacCabe eintrafen, blieb West nicht untätig. Ich leistete ihm Gesellschaft. Er telefonierte nochmals mit dieser Sally und gab dem Piloten die Reisepläne für den nächsten Morgen durch. Um 6:00 Uhr ging es los, das hieß, er würde das

Boot gegen 04:30 Uhr verlassen. Eine halbe Stunde später kletterten Ettenhuber und MacCabe an Bord.

Zuvor hatten Riccardo und ich noch eine kleine Meinungsverschiedenheit ausgefochten. Er wollte, dass ich bis zu seiner Rückkehr an Bord der Sealion blieb. Das kam gar nicht in Frage. Ich wollte zurück in mein Studium. Ich hatte schon einiges versäumt und wollte nicht länger von Wests Protektion in der Uni profitieren. Das Duell gewann ich. Auch weil Marisol mich ausnahmsweise unterstützte. Die Neugier hatte sie wieder an Deck getrieben. Darum bekam Ettenhuber Anweisung, Marisol und mich morgen Nachmittag (Marisol, die Luxusschnecke, wollte unbedingt nochmals in den alten Palazzo) sicher nach Rom zu begleiten und nicht von unserer Seite zu weichen, bis er selbst aus den Staaten zurückgekehrt wäre.

„Aber die Gefahr ist doch jetzt gebannt?“, wandte ich ein.

„Trotzdem fühle ich mich wohler, wenn Schorsch in deiner Reichweite bleibt.“

„Solange er mir nicht auf den Hacken klebt.“ Ich bedachte Ettenhuber mit einem frechen Lächeln.

„Sie werden gar nicht merken, dass ich da bin, Mädel“, meinte Schorsch friedlich.

Wir gingen gar nicht mehr ins Bett, sondern blieben an Deck, verteilt auf vier Liegestühle. Riccardo, Ettenhuber, Marisol und ich. Niemand sagte ein Wort. Die Kulisse der Romantik war dieselbe geblieben, das funkelnde Sternenzelt, das nächtlich erleuchtete Venedig, über dem die silberne Sichel des Mondes ruhte, allein die Atmosphäre hatte sich verändert. Es fühlte sich für mich an, als befänden wir uns im Auge eines Sturms. Irgendwann klingelte Ettenhubers Handy.

„Was ist los, Schorsch?“, fragte Riccardo sofort, als er Ettenhubers schockierten Ausdruck bemerkte.

„Einer meiner Männer wurde in LA tot aufgefunden! Ich komme heute mit dir mit, Rick.“

„Natürlich. Geh, weck MacCabe und informiere ihn über die neue Lage. Er muss hier für dich übernehmen. Und beordere noch zwei Leute aus LA hierher. Ich will ein ganzes Team hier haben. Sie sollen sich sofort auf den Weg machen, zur Not auch eine Maschine chartern."

„Zwei sind noch in Italien, in der Toskana. Ich hol sie gleich her."

„Wozu brauchst du ein Team hier?", fragte ich verständnislos.

„Eine reine Vorsichtsmaßnahme, *cara*. Am besten bleibt ihr beide, Marisol und du, hier auf meinem Schiff, bis ich die Situation geklärt habe."

„Welche Situation?"

Er zögerte mit der Antwort. Ich gab sie ihm selbst. „Du denkst, mein Vater steckt hinter der ganzen Sache, oder? Dieses Schwein", stieß ich verächtlich hervor. „Das sähe ihm ähnlich, sich jetzt an dich zu halten."

„Es muss nicht dein Vater sein, *cara*. In der IT-Branche wird mit harten Bandagen gekämpft. Wir hatten schon öfters mit Attacken von außen zu tun. Es ist nicht der erste Versuch einer feindlichen Übernahme und sicher wird es auch nicht der letzte sein. Ich werde auch mit diesem fertig. In spätestens einer Woche ist der Spuk vorüber und ich bin wieder da."

„Aha, das heißt, du hattest auch schon einmal einen toten Security-Mann? Business as usual?"

Er und Ettenhuber tauschten zwar einen bezeichnenden Blick, vermittelten jedoch weiterhin den Eindruck von Besonnenheit und Ruhe. Was man von mir und Marisol nicht behaupten konnte. Da ging sie endgültig dahin, die Romantik.

Als die Männer schließlich aufbrachen, überkam mich doch ein komisches Gefühl. Riccardo verließ sein Boot, ich blieb zurück. Fast kam ich mir vor wie eine Frau, die für längere Zeit Abschied von ihrem Liebsten nahm.

Kaum eine halbe Stunde später rief Riccardo bereits bei MacCabe an und schärfte ihm nochmals höchste Wachsamkeit ein.

Den nächsten Anruf erhielt ich aus dem Flugzeug. „Willst du mich jetzt jede halbe Stunde anrufen?", zog ich ihn auf. „Eigentlich wollte ich gerade noch ein wenig schlafen." In meiner Stimme schwang ein leises Lächeln mit. Riccardo meinte es wohl ernst mit dem Beschützen …

42

Die diebische Esther

Headquarter West GlobalSoft/Los Angeles/USA

„Es ist mir egal, ob es ein Verlustgeschäft ist, Aaron. Ich will die Schiffe loswerden, allen voran die *Pride,* und zwar presto“, sagte West zu seinem Chief Financial Officer. Der Angesprochene nickte verkniffen und kritzelte etwas in seinen Notizblock. Wenn sein Boss diesen Ton anschlug, dann half kein Argument mehr.

West atmete tief durch. Er war erst seit wenigen Stunden zurück, aber er hatte alles soweit im Griff. Er hatte die Presse beschwichtigen können, indem er dem CNN-Chefreporter in den Morgennachrichten ein dreiminütiges Interview gegeben hatte, das inzwischen alle Sender übernommen hatten. Es war sein erstes seit zwei Jahren. Die NSA hatte sich seinem kurzen Dementi über die angebliche Sicherheitslücke im neuen GlobalSoft-Betriebssystem angeschlossen.

Er hatte privat selbst Aktien im größeren Stil dazugekauft, war bis an die Grenze dessen gegangen, was die Börsenaufsicht SEC zuließ, und noch vom Flugzeug aus hatte er zwei seiner Großinvestoren davon überzeugt, mitzuhalten. Der Marktpreis hatte sich seit Öffnung der Börse fast wieder auf den Normalstand eingependelt. Der tote Wachmann wiederum schien Opfer eines Eifersuchtsdramas geworden zu sein. Laut dem leitenden Ermittler stand seine Freundin unter dringendem Tatverdacht. Sie hatte sich abgesetzt. Weitere Brandanschläge waren nicht erfolgt, die Schäden nicht der Rede wert. Es war nur ein Sturm im Wasserglas gewesen.

In vier Stunden stand ihm noch die Aufsichtsratssitzung bevor, die auf seine Veranlassung hin vorgezogen worden war, und am morgigen Tag der Produktlaunch, unter anderem seines neuesten Geniestreichs, dem Holographie-Programm. Den Termin hatte er gleich um eine ganze Woche vorverlegt. Er wollte so schnell wie möglich zurück nach Italien, zu Kate. Er vermisste sie jetzt schon, nach kaum 24 Stunden. Laut seiner Entwicklungsabteilung waren die neuen Produkte stabil, das hatten seine eigenen Testläufe bestätigt.

„Gut, nächster Punkt auf der Agenda", sagte er jetzt. „Der Produktlaunch."

„Sally?" Er sah auffordernd zu seiner PR- und Pressechefin in Personalunion. Diese stand auf und betätigte die Fernbedienung für den Beamer. Eine Power Point Präsentation erschien auf der Leinwand.

„Muss das sein, Sally?" West hasste PPPs, Sally wusste das eigentlich.

„Nur ein paar Zahlen und Statistiken, Rick. Zur Veranschaulichung." Sie ließ sich nicht aus der Ruhe bringen.

„Na dann." Er griff nach der Kaffeekanne, als die Tür aufging und seine Sekretärin den Kopf hereinsteckte. Er sah ihr sofort an, dass etwas nicht stimmte. Er stellte die Kanne langsam zurück.

„Was gibt es?" Der Versuch, nach außen hin ruhig zu bleiben, gelang. Innerlich verkrampfte er sich und konnte nur an eines denken: *Kate!*

„Ein dringender Anruf, Sir."

„Wer ist es?"

„Ihre Ex-Frau, Sir."

Der kollektive Unmutslaut seiner leitenden Angestellten entsprach nicht annähernd dem rauen Gefühl, das in ihm aufstieg, wann immer er sich mit diesem weiblichen Teufel konfrontiert sah. Es war zwar unvermeidlich, dass sie sich hier und da auf dem gesellschaftlichen Parkett begegneten, aber bis auf die fatale Begegnung in Rom hatten sie zuletzt am Tag ihrer Scheidung persönlich miteinander gesprochen. Natürlich hatte es seither immer wieder Attacken von ihrer Seite aus gegeben, sie waren im selben Geschäftsfeld tätig, hatten die erste Firma gemeinsam aufgebaut, aber das alles zu regeln, überließ er seinen Anwälten. Was konnte sie heute von ihm wollen? Es interessierte ihn nicht. Vermutlich wollte sie sich abreagieren, weil er ihren kümmerlichen Versuch der feindlichen Übernahme im Keim erstickt hatte.

„Sagen Sie ihr, ich rufe zurück." Was er selbstredend niemals vorhatte.

„Sie sagte, dass Sie das sagen würden. Für den Fall sollte ich Ihnen ausrichten, es ginge um *Kayel.*" Seine Sekretärin wirkte verlegen.

„*Kayel*? Was soll das sein?", fragte Ed, der Justitiar, verständnislos. Er sah zu West und wich erschrocken zurück. Sein Boss war leichenblass.

Der hatte die Botschaft sofort verstanden. Es hieß nicht *Kayel,* sondern KL. *Katie Lawrence*. Er rannte aus dem Raum, rief dabei seiner Sekretärin zu: „Stell sie durch", und zwang sich in seinem Büro, den Hörer erst nach dem vierten Läuten abzunehmen. Diese Spielchen waren wichtig im Umgang mit seiner Ex. Keine Blöße, keine weiche Stelle, sie würde sich sofort darin festbeißen, wie ein nimmersatter Vampir.

„Hallo mein Lieber", gurrte es aus dem Apparat.

Wie er ihre Stimme hasste! Früher hatte er sie einmal erotisch gefunden. In einem anderen Leben, auf einem anderen Planeten. „Was willst du?", sagte er barsch.

„Wir sollten uns unterhalten. Über dein neues Spielzeug."

„Da gibt es nichts zu unterhalten. Leb wohl." Er legte auf. Er kannte seine Ex. Wenn sie einen echten Trumpf in der Hinterhand hatte, würde sie sofort zurückrufen. Ansonsten würde sie bis morgen warten, in der irrigen Annahme, er würde ihr dann leichter in die Falle gehen. Das Telefon klingelte. *Maledetto!*

„Nochmals Ihre Ex- Frau, Sir. Möchten Sie …"

„Ja, stellen Sie sie durch."

„Du bist sehr unhöflich, mein Lieber."

„Gerne. Noch einmal, was willst du?"

„Also gut, kein Vorspiel. Schwing deinen Arsch herunter. Ich warte vor dem Eingang auf dich. Unterhalten wir uns."

Riccardo raste nach unten und Esthers Chauffeur riss die Tür der Limousine für ihn auf. Noch bevor er saß, fuhr er sie an. „Was willst du?"

„Gib mir dein Handy!"

„Was?"

„Gib mir dein Handy. Ich kenne dich, mein Lieber. Du zeichnest auf!"

Widerwillig zog Riccardo sein Smartphone aus der Tasche. Esther nahm es und sagte süffisant: „Dachte ich es mir doch." Sie schaltete es ab. „So, jetzt können wir reden. Ich weiß, wer deine Kleine ist. Und ich will alles."

„Was soll das heißen, du willst alles?"

„Alles. Deine Patente, deine Firmen, deine Mobilien und Immobilien."

„Du hast wohl endgültig den Verstand verloren!"

„Nein, ich habe *sie!*"

Riccardo überlief es eiskalt. Und so klang seine Stimme. Eisig. „Du hast *sie*?" Noch sträubte sich sein Verstand zu glauben, was sein Herz längst erfasst hatte.

„Ja, und vergiss, was du gerade denkst. Du findest sie nie. Das gilt auch für deine deutsche Bulldogge. Du kriegst die Kleine am Stück wieder, aber nur, wenn du mir alles überschreibst. Meine Anwälte werden sich bei dir melden. Ich habe dir gerade eine Liste mit deinen privaten und geschäftlichen Besitztümern gemailt. Und versuch nicht, mich zu bescheißen. Weitere Anweisungen folgen. Und jetzt raus aus meinem Wagen!" Sie drückte ihm sein Smartphone in die Hand und gab dem Chauffeur ein Zeichen.

West wusste nicht, wie er es in sein Büro zurückgeschafft hatte. Bereits auf dem Weg scrollte er seinen Posteingang durch und rief die E-Mail auf. Esther und ihre Leute waren wirklich sorgfältig gewesen, sie musste das schon länger vorbereitet haben. Alles war aufgelistet, bis hin zur letzten kleinen Skulptur seiner Kunstsammlung, sogar seine Uhren und die Manschettenknöpfe aus Platin, die sie ihm früher selbst geschenkt hatte! Er würde buchstäblich nackt dastehen. Jetzt rächte es sich, dass er es immer strikt abgelehnt hatte, heimlich Geld auf Offshore-Konten zu horten, obwohl Ed ihm dazu mehrfach geraten hatte. Egal, das war alles nur unwichtiger Mammon. Kaum war er vor seinem Büro angekommen, klingelte sein Smartphone.

„Ich vergaß", tönte seine Ex, „deine Leute sollen sich nach einem neuen Job umsehen. Und für den Fall, dass du mir nicht glaubst: Ein Bote hat gerade für dich am Empfang ein Päckchen abgegeben. Gib dir keine Mühe, der Mann ist längst weg. Arrivederci." Es klickte in der Leitung.

Er sah sein Smartphone an wie einen Feind. Seine gesamte Umgebung rückte in den Hintergrund. Alles, woran er denken konnte, war Kate. Er musste sie finden! Nicht wegen seiner Besitztümer. Aber jede Minute in den Händen dieser Frau würde das Mädchen, das er liebte, ein wenig mehr zerstören. Er würde alles für Kate tun. Esther, das gehässigste und missgünstigste Miststück, das diese Welt je hervorgebracht hatte, hatte es vor ihm begriffen. In Rom. Sie kannte ihn einfach zu gut, las in ihm wie in einem verdammten offenen Buch! Der Tag, an dem er sie in sein Leben gelassen hatte, war der schwärzeste seines Lebens gewesen. Aber er war derart verrückt nach dieser Frau gewesen, dass er völlig blind und taub für ihren Charakter war. Sie war der Teufel, der ihm für eine kurze Zeit die Seele geraubt hatte. Sein italienisches Temperament schäumte wie ein überkochender Kessel. Er war so unermesslich wütend, dass er am liebsten irgendetwas an die Wand geschmissen hätte. Was an der Situation auch nichts geändert hätte.

Er musste sich beruhigen, handeln. Er brauchte Ettenhuber und Kulijic. Aber zuerst: *das Päckchen*!

Er riss die Tür zu seinem Vorzimmer auf. „Caroline, unten ist ein Päckchen für mich abgegeben worden. Wurden Sie schon darüber informiert?"

Seine Assistentin hielt den Hörer in der Hand. „Ja, der Empfang ist dran, ich wollte es eben heraufbringen lassen."

„Nein, ich hole es gleich selbst ab." Während er den Korridor auf dem Weg zum Aufzug entlangsprintete, meldete sich sein Handy. Schorsch Ettenhuber war dran. West gab seinem Freund keine Möglichkeit zum Sprechen, blaffte nur: „Verdammt Schorsch, wo waren deine Leute? Triff mich in zwei Minuten am Empfang." Er drückte wie wild den Aufzugknopf. *Wo blieb der Scheißfahrstuhl?* Als sich die Türen mit einem leisen Pling öffneten, stand Ettenhuber vor ihm. Er war aschfahl.

„Oh Gott! Was ist denn noch passiert?", fragte Riccardo nach einem Blick auf seinen Freund erschrocken.

„Wir haben zwei Leute verloren." Ettenhuber schluckte. Er wirkte sichtlich angezählt.

„Wen?"

„MacCabe und John Richardson. Ihre Bio-Chips senden nicht mehr."

Riccardo zwang seinen Herzschlag unter Kontrolle. „Das bedeutet nicht, dass sie tot sind, Schorsch. Eventuell wurden sie mit einem elektromagnetischen Impuls zerstört, oder …" Er stockte.

„Oder?"

„Oder man hat sie ihnen herausgeschnitten. Was ist mit Marisol?"

Ettenhuber kniff die Augen zusammen. Offenbar fragte er sich gerade, was sein Freund mehr wusste als er. „Sie, Kate und die

Männer werden vermisst. Die beiden Frauen wollten nach Venedig, in deinen Palazzo."

„Wurde er schon durchsucht?"

„Habe ich eben veranlasst, ich warte noch auf die Rückmeldung. Was ist, sollen wir die italienische Polizei einschalten?"

„Erst muss ich wissen, was Esther mir geschickt hat. Das Päckchen liegt unten am Empfang."

Ettenhuber stieß einen derben Fluch aus.

* * *

Zehn Minuten später saßen die beiden Freunde in Wests Büro. Ettenhuber trug dünne Plastik-Handschuhe und zog eine Micro-SD aus dem Umschlag, den er zuvor in der Sicherheitszentrale gescannt hatte.

Auf Anweisung von West steckte er die SD-Karte in einen PC, der sonst zu Demonstrationszwecken benutzt wurde und nicht mit dem Netz verbunden war. West hatte nicht vor, sich einen Trojaner an Bord zu holen. Er startete die Datei. Es war ein Film. Als das erste schockierende Bild erschien, schnappten die beiden anwesenden Männer nach Luft. Ettenhuber drehte sich sofort weg.

Er konnte und wollte das nicht sehen.

43

Niemandsland

Ich erwachte in vollkommener Dunkelheit. Man hatte mir die Augen verbunden und ich vermochte nicht zu sagen, ob es Tag oder Nacht war. Ich lag auf dem Bauch, an Händen und Füßen gefesselt, den Mund geknebelt und atmete den muffigen Geruch einer alten Matratze. Hektisch sog ich die modrige Luft durch die Nase und versuchte, die aufsteigende Panikattacke zu unterdrücken. Ich zählte beim Ein- und Ausatmen mit, bis sich mein entgleister Herzschlag soweit normalisiert hatte, dass er nicht mehr dumpf in meinen Ohren dröhnte. Obwohl ich betäubt worden war, arbeitete mein Verstand, als hätte ich lediglich geschlafen. Ich wusste noch genau, was passiert war, und auch, was mir blühte.

Wie lange war ich schon hier? Minuten, Stunden, Tage? Jedenfalls machte ich mir keine Illusionen, noch einmal würde ich dem Dämon nicht entkommen. Es war vorbei. Offenbar hatten wir meinen Vater falsch eingeschätzt. Er setzte mit meiner Entführung alles auf eine Karte. Mich gegen den Film und sein schriftliches Geständnis. Mein Vater ging damit das Risiko, endgültig zu stürzen, ein. Wenn es aber dazu kommen sollte, dann würde er mich mit sich in den Abgrund reißen.

Mein Schicksal war mir egal, aber ich sorgte mich um Marisol. Was war mit ihr geschehen? Was hatten sie ihr angetan? Und unseren beiden Bewachern? Die Erinnerung an den Überfall in Riccardos neu erworbenem Palazzo war schemenhaft. Sie hatten merkwürdige Waffen gehabt, es waren keine Schüsse zu hören gewesen, vielmehr ein zischendes Geräusch. Alles war rasend schnell gegangen.

Der Gedanke an meine Freundin entfachte meinen Lebenswillen neu und ich zerrte an meinen Fesseln. Solange ich noch Kraft in mir hatte, würde ich kämpfen. Plötzlich packte mich jemand an der Schulter und warf mich grob auf den Rücken. Die Augenbinde wurde mir abgerissen. Das plötzliche Licht ließ mich blinzeln. Schließlich erkannte ich zwei maskierte Männer, die wie zwei bedrohliche Türme vor mir aufragten. Der eine beugte sich zu mir herab.

„Wo ist meine Freundin?“, krächzte ich, sobald mir der Mann den Knebel aus dem Mund gezogen hatte. Der zweite stellte ein Tablett neben mir ab. Eine Flasche Wasser, ein Tramezzino, eine Rolle Toilettenpapier.

„Maul halten! Iss und trink. Mehr gibt es heute nicht.“ Er zückte ein Messer und durchschnitt die Kabelbinder.

Ich rieb meine Handgelenke und fasste nach der Flasche. Ich hatte wahnsinnigen Durst und trank mit großen Schlucken. Danach griff ich nach dem Tramezzino, obwohl ich nicht den geringsten Hunger verspürte.

Während ich mich zwang, auf dem Brot herumzukauen, versuchte ich unauffällig meine Umgebung zu erkunden. Ich befand mich in der Ecke einer riesigen Lagerhalle mit löchrigem Dach. Aufgestapelte Holzkisten schirmten mich ein wenig vom Rest der Halle ab. Zu meinen Füßen entdeckte ich einen Eimer. Zumindest wusste ich jetzt, warum es das Toilettenpapier auf das Tablett geschafft hatte. Von draußen drangen kaum Geräusche herein. Aber ich konnte zumindest fernen Bootslärm ausmachen und hier und da das Kreischen von Möwen. Befand ich mich noch in Venedig oder in der Nähe?

Inzwischen hatte einer der Männer einen Klapptisch aufgebaut. Einer Tasche entnahm er einen Laptop, Kopfhörer und eine Kamera. Bevor ich mich fragen konnte, was er damit vorhatte,

hatte er mir die Augen erneut verbunden und mir den Kopfhörer aufgesetzt. Als nächstes wurde meine Hand gepackt und der Ring vom Finger gezogen. Riccardos Ring. Aber ich konnte und wollte jetzt nicht an ihn denken. Ich würde ihn sowieso nie wiedersehen.

Ich wurde hochgezerrt, meine Hände erneut auf dem Rücken gefesselt. Dann wurde ich losgelassen und sekundenlang stand ich einfach nur da, sah und hörte nichts. Meiner wichtigsten Sinne beraubt, war ich der Angst völlig ausgeliefert. Es war, als wäre ich allein im Universum und ein schwarzes Loch hätte mich verschluckt. Ich war vor Angst wie gelähmt, konnte kaum mehr atmen. Da spürte ich etwas Spitzes, Scharfes an meinem Hals. Der Druck verstärkte sich und ich spürte einen brennenden Schmerz wie von einem Schnitt. Ich begriff, dass es ein Messer war. Die Klinge fuhr aufreizend langsam von meinem Ausschnitt hinab zu meinen Brüsten, umkreiste mehrmals die Spitzen, berührte meinen Bauchnabel und fuhr einmal quer die Grenze zwischen Shirt und Jeans entlang, bis sie schließlich auf meinem Schritt innehielt, als wolle sie dort in mich eindringen.

Da kam Leben in mich, ich bäumte mich auf, wollte diesem quälenden Messer entkommen, und ließ mich zur Seite fallen. Der zweite Mann fing mich schon im Ansatz auf. Er musste unmittelbar hinter mir gestanden haben und hielt mich mit eisernem Griff fest.

Der Mann mit dem Messer packte mein T-Shirt und schnitt es mir vom Körper, Hose und Unterwäsche folgten.

Ich war nackt. Nackt wurde ich auf einen Stuhl gepresst, die Füße mit Kabelbinder an je ein Stuhlbein gefesselt, ihren gierigen Blicken offen ausgeliefert. Meine Demütigung war vollkommen.

44

Eine neue Dimension des Grauens

West GlobalSoft Headquarter/Los Angeles

Er hatte die letzten qualvollen Minuten damit verbracht, mit einem speziellen Programm die Kate kompromittierenden Stellen zu verpixeln. Er schämte sich seiner Tränen nicht. Er weinte um Kate, für das, was sie ertragen musste. Wegen ihm. Es war seine Schuld.

„Fertig! Du kannst dir die Aufzeichnung jetzt anschauen, Schorsch. Aber bei Gott, ich schwöre dir, dafür werde ich Esther eigenhändig umbringen!" Noch nie in seinem Leben war er so wütend auf sich selbst gewesen. Er hatte Kate versprochen, sie zu schützen, und hatte versagt. „Maledetto!", fluchte er weiter. „Wo bleibt Kulijic so lange?"

„Wie viel darf er erfahren?"

„Alles. Ich brauche ihn für die technische Umsetzung meines Plans. Er ist zwar ein wilder Vogel, aber er besitzt mehr Ehre in seinem kleinen Finger als die meisten, die ich kenne. Er würde niemals etwas verraten."

„Und du hast ihm geholfen, seine Eltern in Bosnien zu finden und anständig zu begraben", stellte Ettenhuber mit grimmigem Gesicht fest. Auch er kannte das furchtbare Kriegsschicksal von Kulijics Familie.

Riccardo, den es nicht mehr hielt, lief zur Tür, riss sie auf und Kulijic, der gerade hatte klopfen wollen, wich beim Anblick seines Bosses erschrocken einen Schritt zurück. Schon wurde er gepackt und in den Raum gezerrt.

Zu dritt sahen sie sich den teilweise verpixelten Film an, eine Sequenz von 47 Sekunden quälender Intensität. Es gab keinen Ton, keine Forderung. Nur Kate. Die Kamera zeigte sie nackt an einen Stuhl gefesselt, Mund und Augen geknebelt. Zum Schluss schwenkte die Kamera auf einen Tisch, fuhr näher an den darauf liegenden Gegenstand heran, der sich in der Totale als der Ring entpuppte, den er Kate gegeben hatte. Riccardo stoppte den Film, deutete auf das Standbild und sagte grimmig: „Gut."

„Wie? Gut?" Schorsch Ettenhuber sah seinen Freund zweifelnd an.

„Gleich." West setzte eine kurze Nachricht auf seinem Smartphone ab, öffnete als Nächstes die Tür zu seinem Vorzimmer und rief seiner Assistentin zu: „Ich brauche sofort den Hubschrauber, Caroline. Geben Sie Bescheid, wenn er bereit ist."

Danach eilte er zu seinem Schreibtisch, nahm sein Tablet, wischte mehrmals darüber und drückte es Kulijic in die Hand. „Im Ring ist ein Sender angebracht. Hier sind die Koordinaten drauf. Finde heraus, wo sich der Sender befindet und erstelle ein genaues Bewegungsprofil der letzten zwölf Stunden. Ich bin bald zurück."

„Wo willst du hin?", fragte Ettenhuber und sprang auf.

„Ich statte meiner Ex einen Besuch ab."

„Ich komme mit."

„Nein, ich brauche dich hier, Schorsch. Sobald Kulijic das Bewegungsprofil hat, koordinierst du die Suche nach Kates Freundin, MacCabe und Richardson. Ich glaube nicht, dass sie die drei mitgenommen haben. Es wäre eine Belastung. Sie sind wertlos für sie."

Ettenhuber nickte. Nur zögernd sprach er die Worte aus: „Eines muss dir klar sein, mein Junge. Die Chancen stehen schlecht. Diese Aktion ist gut vorbereitet worden. Dazu braucht es eine Menge Leute und sie operieren außerhalb der USA. Womöglich hatte deine Ex Hilfe und ein wenig … Anleitung?" Ettenhuber musste es nicht aussprechen, sein Freund verstand ihn auch so.

„Genau das denke ich auch. Ich gehe jede Wette ein, die beiden Aasgeier haben sich verbündet, und unser Ex-Senator hat seine dreckigen Finger mit im Spiel. Diese rachsüchtige Kanaille! Die Gerüchte und die Aktienmanipulationen waren nichts als ein Ablenkungsmanöver. Man wollte mich aus dem Weg haben. Und dich vermutlich auch. Bleib unbedingt an der Sache mit dem toten Wachmann dran, womöglich will man es der Ehefrau nur anhängen. Das Problem wird sein, das alles Esther und Lawrence nachzuweisen. Ich hätte große Lust, Lawrence sofort auffliegen zu lassen. Aber solange sie Kate haben … " Riccardo schlug mit der Faust gegen die Wand. Diese Hilflosigkeit! Er machte sich furchtbare Sorgen um Kate. Sie hatte schon so viel in ihrem Leben durchmachen müssen. Wie viel konnte eine Menschenseele ertragen? Wann war der Punkt erreicht, bis sie zerbrach? Er fürchtete, seine Ex-Frau würde das junge Mädchen endgültig zugrunde richten. Bei Gott, er würde dieses elendige Weib umbringen! Ihm graute wahrlich vor Esther. Ihre Grausamkeit hatte eine neue Dimension erreicht.

Sein Freund hatte sein Mienenspiel verfolgt. „Tu nichts Unüberlegtes, mein Junge. Noch sind wir im Spiel. Wir haben den Sender." Schorsch stand jetzt direkt vor ihm. „Vergiss nicht, Kate ist eine Kämpferin."

„Verdammt, Schorsch, wie hat das passieren können? Zwei Männer, und sie haben nichts gemerkt?" West hatte jetzt das Stadium erreicht, auf alles und jeden wütend zu sein.

„Ja, das macht mir auch zu schaffen. Beide sind sehr erfahrene Leute und lassen sich nicht so leicht überrumpeln." Ettenhuber klang ziemlich nachdenklich.

Ein leises Pfeifen kündigte West eine neue Nachricht an. Er checkte sein Smartphone. Gleichzeitig steckte seine Sekretärin den Kopf herein. „Der Hubschrauber ist bereit, Sir."

„Danke."

„Du willst wirklich zu ihr? Ist das klug? In deinem Zustand?", fügte Schorsch hinzu.

West rang sich ein gequältes Lächeln ab. „Ich werde während des Fluges bayerische Flüche üben. Und wie du gerade gesagt hast, Schorsch: Wir sind noch im Spiel. Ich habe einen Plan und dazu muss ich das Miststück in Sicherheit wiegen."

„Du willst ihr was vorspielen?"

„Ich bin Italiener. Wir sind alle Schauspieler." West lächelte kalt.

„So ist das. Und woher weißt du, wo die Hexe gerade ist?"

West tippte auf sein Smartphone. „Ich habe auch ein paar Extra-Augen. In spätestens zwei Stunden bin ich zurück. Und dann planen wir Esthers Waterloo."

45

Fußmassage

FutureNetCom Headquarter/San Fernando Valley

„Mein Ex ist hier? Interessant. Durchsuchen und scannen und nehmt ihm sein Handy ab. Danach schicken Sie ihn rauf."

Esther Cameron legte den Hörer auf und lehnte sich entspannt in ihrem Stuhl zurück.

„Rick ist hier", sagte sie zu ihrem Gegenüber und ein süffisantes Lächeln umspielte ihre blutrot geschminkten Lippen. „Vermutlich will er betteln. Sie verschwinden wohl besser so lange." Sie drückte auf eine Fernbedienung. Eine Bücherwand fuhr lautlos zur Seite und gab eine türgroße Öffnung frei. „An der Wand gleich links finden Sie einen Knopf. Damit können Sie alles mithören."

„Mein lieber Riccardo", begrüßte sie West kurz darauf mit falscher Überschwänglichkeit.

„Störe ich? Ich sehe, du hattest Besuch." Riccardo deutete mit dem Kopf auf die zwei halb leeren Gläser auf dem Schreibtisch. Ein Champagnerglas mit Lippenstiftresten und ein Whiskeyglas.

Unaufgefordert nahm er Platz und verschränkte seine Arme, damit er seine Hände unter Kontrolle hatte. Die Verlockung, sie um Esthers weißen Hals zu legen, zuzudrücken und zu beobachten, wie sie langsam ihr Leben aushauchte, war schier übermächtig.

„Nicht wichtig." Esther wedelte mit der Hand. „Was kann ich für dich tun, mein Lieber? War irgendetwas unklar an meiner

Forderung?" Ihr liebenswürdiger Konversationston verstärkte seine Mordgelüste. Aber für Kate musste er sich beherrschen und seine Rolle spielen.

„Nein. Ich bin hier, um dir zu sagen, dass du gewonnen hast. Es war von Anfang an ein unfairer Kampf. Ich gebe zu, du bist mir überlegen."

Esther Cameron lächelte mokant. „Typisch Mann. Du gestehst deine Niederlage ein und verpackst es in den Vorwurf, in einem unfairen Kampf unterlegen zu sein? Wach auf, Riccardo. Für Idealisten ist in der Wirtschaft kein Platz. Sie werden immer die Verlierer sein."

„Stimmt, ich habe verloren und du hast gewonnen. Dieser Kampf ist dein Leben, Esther, nicht meines. Ich will ihn beenden, hier und jetzt. Du willst alles? Bitte sehr, nimm es, ich gebe es dir. Mir geht es allein um Kate. Ich bin raus. Ich will ein neues Leben anfangen. Mit ihr."

Esther sah ihn an, als forsche sie nach einem verborgenen Sinn hinter seinen Worten. Riccardo war klar, dass sie keine einfachen Siege mochte. Sie spitzte die Lippen: „Wie es aussieht, bist du bereit, dich für die Kleine zum Narren zu machen. Du hast ihr sogar *meinen* Ring geschenkt."

Riccardo wusste, dass seine Rolle an diesem Punkt Aufsässigkeit erforderte, Esther war nicht zu unterschätzen. „Ach komm, lass die Spielchen, Esther. Es geht dir doch nicht um den Ring! Du warst nie eifersüchtig, du könntest dir tausend solcher Ringe kaufen. Der Ring gehörte meiner Mutter. Darum habe ich ihn damals mitgenommen. Du hast ihn sowieso nie getragen. Ich glaube, deine Worte dazu lauteten: *Er lässt mich alt aussehen.*"

„Ja, ich erinnere mich an das grässliche altmodische Monstrum. Wie gemacht für Damen mit blaustichigem Haar und Altersflecken. Du gibst also wirklich auf? Wegen eines Mädchens?", sagte sie übergangslos.

„Ja, wegen eines Mädchens! Soll ich die weiße Fahne schwenken?", rief er aufbrausend. Esther erwartete von ihm Wut, die er sowieso empfand, aber auch die betretene Nuance, die das Eingeständnis einer Niederlage mit sich brachte. „Entschuldige, aber das hier ist verdammt schwer, Esther. Dieser Film ist wirklich das Allerletzte! Kate ist ein junges, unschuldiges Mädchen und hat nichts mit unserer Fehde zu tun! Du hättest dich weiter an mich halten sollen!" Er war aufgesprungen. Besser, er brachte ein paar Meter Abstand zwischen sich und seine Ex, sonst wären alle guten Vorsätze dahin. Er musste sich beruhigen und genehmigte sich dazu selbst einen Drink aus der offenen Bar. Mit dem Glas in der Hand wandte er sich zu ihr um. „Ich wiederhole, du hast gewonnen, Esther. Es gibt keinen Grund, Kate länger zu quälen. Rufe deine Leute an, damit sie sie anständig behandeln. Bitte", fügte er gepresst hinzu, nachdem er einmal heftig ausgeatmet hatte. „Du hast mein Wort, du kriegst alles, und ich werde nichts gegen dich unternehmen."

„Nein, mein Lieber. So nicht. Erst die Verträge und eine öffentliche Erklärung von dir, dass unsere Firmen fusionieren. Du wirst mich zudem bei der Wahl zur Vorstandsvorsitzenden unterstützen und selbst aus West GlobalSoft ausscheiden."

„Wie du wünschst. Meine Anwälte werden mit deinen kooperieren. Darum bin ich auch hier. Es geht mir um meine Leute. Ich will eine Garantie, dass du sie nicht auf die Straße setzt. Es ist auch in deinem Sinne, dass die diversen Unternehmenszweige von West GlobalSoft gewinnbringend fortgesetzt werden. Mir ist bewusst, dass du primär auf unsere Entwicklungsabteilung spekulierst, aber ich möchte auch sichergehen, dass du die Leute von Verwaltung und Vertrieb weiter beschäftigst."

„Ach, daher weht der Wind! Ich habe mich schon gefragt, wann du zu betteln anfängst." Ihre Stimme troff vor Hohn. „Erstens bist du nicht in der Position, zu verhandeln, mein Lieber, und zweitens habe ich noch gar nicht entschieden, ob ich deine Entwicklungsabteilung überhaupt behalten will. Ich weiß, dass dir deine Leute nahestehen und umgekehrt. Meinst du, ich lasse mir von deinen Technikern eine Malware aufspielen und meinen Betrieb lahmlegen? Aber wenn du mir schriftlich garantieren kannst, dass deine Leute sich benehmen, dann denke ich vielleicht darüber nach." Esther lächelte wie jemand, der sich für sehr schlau hielt.

„Einverstanden, ich lasse die entsprechenden Vereinbarungen aufsetzen." Er würde im Gegenzug für lange Kündigungsfristen und hohe Abfindungssummen sorgen. Er setzte sich wieder. „Bitte Esther, wegen Kate", sagte er eindringlich. „Ruf deine Handlanger an und befiehl ihnen, dass sie das Mädchen anständig behandeln, bis ich die Übernahme morgen offiziell bestätige. Ich tue alles, was du willst."

„Knie hin."

„Was?"

„Ich will, dass du mich auf Knien darum bittest." Innerlich verdrehte Riccardo die Augen. Als ob es ihm darauf ankäme. Er kniete vor ihr nieder, aber er durfte es ihr auch nicht zu leicht machen. Sie musste das unbedingte Gefühl haben, ihn zu demütigen. „Soll ich dir auch noch deine Füße küssen?", sagte er sarkastisch.

„Jetzt, da du es erwähnst." Sie schlüpfte aus ihrem Pumps und streckte ihm den manikürten Fuß hin. Riccardo lächelte still in sich hinein, während er sich über den Rist beugte.

„Also gut", sagte Esther gnädig. „Ich werde anrufen." Sie öffnete eine Schublade und holte ein Smartphone heraus. Sie schwenkte es. „Das hier ist verschlüsselt, nur für den Fall, dass dein schlauer Kulijic in der Nähe lauert und versucht, das Gespräch anzupeilen und zurückzuverfolgen."

Riccardo verzog das Gesicht, wie jemand, der zu Unrecht beschuldigt wurde. „Bitte, kann ich ganz kurz mit Kate sprechen?" Er kniete noch immer vor ihr und fuhr mit dem Daumen über ihren Fußrücken.

„Ich verstehe. Du denkst, ich würde dich betrügen? Wofür hältst du mich?"

Für das, was du bist. Er sah sie um Verzeihung heischend an und mühte sich, ihren Fuß weiter sanft zu massieren, anstatt ihn zu zerquetschen, wonach ihm weit mehr der Sinn stand.

Sie wählte eine Nummer und gab die entsprechenden Anweisungen durch. „Und jetzt hol mir die Kleine an den Apparat." Es vergingen die längsten Sekunden in Riccardos Leben, bis Esther in den Apparat sagte: „Hier will dich jemand sprechen …"

Er wollte nach dem Apparat greifen, doch Esther sagte: „Nein, nur via Lautsprecher. Wenn du ein krummes Ding versuchst, beende ich das Gespräch und unsere Vereinbarung ist hinfällig." Sie aktivierte den Lautsprecher und Riccardo rief sofort: „Kate, *cara!* Hörst du mich?"

„Riccardo? Bist du es?", erklang Kates zaghafte Stimme. Noch nie im Leben hatte er eine solche Erleichterung gefühlt. Sie war es wirklich!

„Ja, ja, ich bin es! Halte durch, ich hol dich da raus! Wie geht es … "

Esther legte auf. „Wie niedlich. Das reicht. Meine Anwälte bereiten die Papiere bereits vor. Morgen früh erhältst du den ausgearbeiteten LOI, die Absichtserklärung, dass du der Übernahme zustimmst. Das sind meine Bedingungen: Morgen Mittag verkündest auf deiner Pressekonferenz die Übernahmeverhandlungen zwischen FutureNetCom und GlobalSoft. Ich werde vor Ort sein und wir beide werden vor laufenden Kameras den Letter of Intent unterschreiben. Erst, wenn ich diese Sicherheit habe, kriegst du dein Flittchen zurück. Und noch eine kleine Warnung für den Weg: Solltest du etwas zu ihrer Befreiung unternehmen wollen, wird *sie* es büßen. Verstanden?"

Der gemeine Funke, der in ihren Augen glomm, jagte Riccardo einen Schauer über den Rücken.

* * *

„Sie glauben ihm doch nicht etwa seine kleine Vorstellung?", sagte Ben Lawrence, nachdem er das Versteck verlassen hatte.

„Natürlich nicht. Er führt etwas im Schilde. Aber meine Leute bleiben an ihm dran. Er kann keinen Schritt machen, ohne dass ich weiß, wo er ist. Morgen Mittag hat er seinen großen Live-Auftritt. Bald gehört GlobalSoft mir."

„Uns."

„Natürlich. Noch einen Drink, Senator?"

„Gerne. Ich habe mir überlegt, es wäre ein Fehler, unseren Kontaktmann am Leben zu lassen."

„Ich verstehe. Sie meinen, er könnte versuchen, auch von der Gegenseite Geld zu erpressen?"

„Ja, oder er will noch mehr Geld von uns. Verräter sind gierig."

„Kontakt und die Übergabe des Geldes erfolgten anonym. Die Spur lässt sich nicht zu uns zurückverfolgen."

„Wenn der Mann Wests Pressekonferenz sieht, wird er eins und eins zusammenzählen. Nein, er muss vorher liquidiert werden."

„Wie Sie meinen."

46

Der Weg des Rings

Headquarter West GlobalSoft

„Gut, du lebst noch. Sie auch?“, begrüßte ihn Schorsch Ettenhuber grimmig.

„Ich konnte mich gerade so beherrschen. Habt ihr das Bewegungsprofil des Rings und der Bio-Chips endlich fertig?“, erkundigte er sich sofort. Er hatte von unterwegs aus angerufen, aber Kulijic war noch nicht soweit gewesen.

„Ja“, antwortete Kulijic. „Zunächst die beiden Chips: Das letzte konzentrierte Signal kam aus der venezianischen Ruine.“

West sah Ettenhuber fragend an. „Die Leute von der Sealion sind schon dort“, antwortete der knapp.

„Ich dachte, da hätten sie schon gesucht?“, sagte West ungehalten.

„Ja, aber sie müssen dort irgendetwas übersehen haben.“

„Gib ihnen durch, sie sollen sich vor allem im Keller und in den Gewölben zum Kanal hin umsehen. Dort ist teilweise Wasser eingedrungen.“

„Darauf habe ich hingewiesen.“ Ettenhuber, dessen unerschütterliche Ruhe jeder Krise standhielt, wirkte erstmals angegriffen. Es waren seine Leute, die auf Kate und Marisol hatten aufpassen sollen.

„Was ist mit dem Sender?“, fragte Riccardo ungeduldig. „Habt ihr den Ring lokalisiert?“

„Ja, aber das Signal ist nicht spezifisch, sondern variabel", antwortete Kulijic.

West verstand die Bedeutung. „Soll das heißen, der Ring ist beständig in Bewegung?"

„Ja."

„Wo ist er jetzt?"

Kulijic prüfte das Signal: „Derzeitige Koordinaten: 40° 43 N, 74° 00 West."

„Das ist New York City!", entfuhr es West überrascht.

„New York? Sie ist in New York?", wunderte sich Ettenhuber.

„Nur der Ring, Schorsch." West fiel ein, wie Esther gesagt hatte: *Du hast ihr meinen Ring geschenkt?* Es entlockte ihm ein verächtliches Lächeln. Also doch! „Ich verwette meinen Arsch, sie lässt ihn nach LA schaffen. Kulijic", wandte er sich an den Softwaretechniker. „Sie verfolgen den weiteren Weg des Rings. Aber zuvor finden Sie heraus, wo sich der Ring länger aufgehalten hat, als, sagen wir, Zeitraum fünf Minuten. Kriegen Sie das hin?"

„Natürlich. Ich muss nur die verschiedenen Satellitenverbindungen korrelieren und …"

„Keine Einzelheiten. Sie haben fünfzehn Minuten." West griff bereits zum Telefon und rief Francie Lin Jao, die Entwicklungsleiterin des Holographie-Programms, an. „Francie, ich komme gleich zu euch runter. Bereitet alles vor, was ihr für eine Projektion braucht. Programm RW." Er legte auf.

„Du bereitest dich auf die Produktpräsentation vor? *Jetzt?*" Ettenhubers Gesichtsausdruck als verständnislos zu bezeichnen, wäre eine grobe Untertreibung.

„Komm mit!" West ging voran in den angegliederten Privatraum, in dem er manchmal übernachtete, wenn er keine Lust verspürte, in sein leeres Penthouse zurückzukehren. Dort sagte er zu ihm: „Esther verlangt, dass ich morgen, nach der Produktvorstellung, offiziell bekanntgebe, dass FutureNetCom mit GlobalSoft Übernahmeverhandlungen führt. Stattdessen werden wir Kate befreien."

„Wie denn? Du kannst nicht an zwei Orten gleichzeitig sein!“ Unmittelbar darauf riss der Bayer die Augen auf, wie jemand, dem gerade ein Licht aufging.

„Du hast es, Schorsch! Ich werde mir das Holographie-Programm zunutze machen und die Präsentation als Projektion aufnehmen. Meine biometrischen Daten haben wir bereits während der Tests komplett aufgenommen und digitalisiert. Die Software steht. Dem Team sage ich, dass es Teil des Coups ist: Ich verkörpere quasi selbst das neueste Produkt, und betrete erst danach als echter Riccardo West die Bühne. Das hat den Vorteil, dass niemand, auch nicht Francie, eingeweiht ist, aber trotzdem alle dichthalten müssen.“

„Ist das nicht gefährlich? Die Hexe wird im Saal sitzen. Ein technischer Schnitzer und die Sache fliegt auf!“

„Ich muss es riskieren. Esther ist nicht zu trauen. Wenn sie erst einmal hat, was sie will, wird sie sich nicht an die Abmachung halten. Ich habe es in ihren Augen gesehen. Sie wird Kate so oder so töten. Das heißt, wir müssen Kate unbedingt vor Ende der Pressekonferenz befreit haben. Ich vermute, Esther selbst ist nicht beizukommen. Dazu ist sie zu schlau. Oder habt ihr irgendwelche Beweise oder Spuren entdeckt?“

„Bisher nicht. Ihr Bote trug eine Kappe und war den Kameras abgewandt, keine Möglichkeit einer Identifizierung. Fingerabdrücke auch Fehlanzeige, weder auf dem Stick noch auf dem Umschlag.“

„Was ist mit ihren Anrufen bei mir?“

„Sie sagt dabei nichts Illegales. Wir können ihr bis dato null nachweisen. Anders wäre es, wenn du das Gespräch in ihrer Limousine oder in ihrem Büro hättest aufzeichnen können.“

„Sie hat an alles gedacht. Trotzdem werden wir schlauer sein.“

„Oder tot.“

„Klasse, Schorsch, du solltest Motivationskurse geben. Auf, gehen wir wieder rüber. Kulijic müsste inzwischen mit seinen Berechnungen durch sein.“

In dem Moment klingelte Ettenhubers Smartphone. Er lauschte eine Weile und sein Gesicht hellte sich auf. „Sie haben Marisol, MacCabe und Richardson gefunden! Sie leben!“, informierte er West.

„Wo?“

„Sie waren in einem überfluteten Gewölbekeller eingeschlossen und lagen halb im Wasser. Wie du vermutet hattest, sind MacCabes und Richardsons Bio-Chips durch einen elektromagnetischen Impuls zerstört worden.“

„Wie geht es ihnen? Sind sie verletzt?“

„Es geht ihnen soweit gut, sie wurden bei dem Überfall betäubt. Allerdings machen ihnen die Stunden im Wasser zu schaffen. Marisol hat sich jedoch geweigert, in ein Krankenhaus zu gehen. Die drei werden gerade zur Sealion gebracht. Ein Arzt ist schon unterwegs.“

„Halte engen Kontakt. Und ich will nachher mit dem Arzt und Marisol telefonieren.“ West öffnete die Tür nach nebenan.

Kulijic prüfte gerade die letzten Koordinaten im Geosystem.

„Hier“, er zeigte mit einem abgekauten Fingernagel auf eine Karte, „an dieser Stelle hat sich der Ring fast neunzig Minuten nicht vom Fleck bewegt. Die nächste längere Variante sind circa 45 Minuten. Das ist am Flughafen von Venedig. Seitdem ist der Ring konstant in Bewegung.“

„Danke Kulijic.“ West sah Ettenhuber an. Die Koordinaten waren eindeutig: Kate befand sich noch in der Nähe von Venedig!

West sah auf die Uhr. Noch fast 25 Stunden bis zur Pressekonferenz. Ungefähr 16 Stunden würde es dauern, bis er in Venedig war. Und er hatte noch die Aufzeichnung vor sich und das Briefen des Teams! Es war ein Wettlauf mit der Zeit.

Er spurtete los.

47

Himmelfahrtskommando

Riccardo sah nervös auf seine Uhr. Punkt 21:00 Uhr. In dieser Sekunde begann in LA, um 12:00 Uhr Lokalzeit, die Pressekonferenz mit der Produktpräsentation. Damit blieben ihm und Ettenhuber noch exakt 47 Minuten, um Kate zu befreien. So lange dauerte seine Holographie-Vorstellung. Danach flöge der Schwindel auf. Und Esther würde, ohne mit der Wimper zu zucken, mit einem Anruf Kates Tod befehlen.

Die beiden Männer lagen, als Fischer verkleidet, hinter einigen rostigen Fässern auf der Lauer und beobachteten mit Ferngläsern das riesige verlassene Industrieareal vor sich. Der trostlose Ort befand sich auf einer kleinen Insel vor Venedig. Bis in die siebziger Jahre war hier ein florierender Glasbläserbetrieb angesiedelt gewesen.

Knapp hundert Meter trennten die Fabrik vom Ufer. Bis zu den Hallen würden sie keinerlei weitere Deckung haben. Für die Tageszeit war es noch ziemlich hell. Es war der 21. Juni, der längste Tag des Jahres. Sonnenwende. „Siehst du irgendetwas?“, fragte West, ohne das Fernglas abzusetzen.

„Nichts, keine Bewegung. Zefix, wo bleibt der Hubschrauber? Ohne Wärmebildkamera sind wir aufgeschmissen“, fluchte Ettenhuber und richtete die Schirmmütze, die seine Glatze tarnte. Nachdem sie entdeckt hatten, dass es sich bei dem Versteck um eine verlassene Insel mit wenig Vegetation handelte, die kaum je ein Fischer ansteuerte, hatten sie beschlossen, nur zu zweit vorzugehen. Alles andere wäre zu auffällig gewesen. „Ich rufe Salvatore an.“ West zog ein Prepaidhandy hervor. Das Problem war, dass sie zu wenig Zeit gehabt hatten, um alles perfekt zu organisieren. Sie hatten zunächst über einen Strohmann ein Flugzeug gechartert, weil Esther seine beiden Firmenjets durch ihre Leute beobachten ließ.

In Venedig war auf die Schnelle kein anderer Hubschrauber aufzutreiben gewesen, außer seinem eigenen, der auf dem Marco-Polo-Flughafen stationiert war. Um ihn nutzen zu können, musste erst das GlobalSoft-Werbebanner überklebt werden, auch das in aller Heimlichkeit, da er seiner Ex und Lawrence zutraute, ebenso den venezianischen Flughafen zu überwachen. Er erreichte den Piloten, lauschte zunehmend verärgert und legte auf. „So eine verdammte Scheiße!", fluchte er. „Das Flughafenpersonal streikt, der Tankwagen hat im letzten Moment abgedreht. Salvatore versucht, privat etwas zu organisieren. Frühestens in einer Dreiviertelstunde, sagt er, könnten wir mit ihm rechnen."

„Das ist zu spät. Sieh dir die Fabrik doch an! Das sind mindestens 12.000 Quadratmeter, doppelt so viele mit dem ersten Stock. Die könnten überall sein. Da suchen wir uns zu Tode. Wenn das Mädel überhaupt noch da drin ist. Und ohne Wärmebildkamera wissen wir nicht einmal, mit wie vielen Männern wir es zu tun haben. Das ist ein Himmelfahrtskommando!"

„Du wiederholst dich. Es ist die einzige Chance, die wir haben. Und die Zeit läuft uns davon. Auf, wir gehen rein."

„Einfach so?" Ettenhuber zögerte. West wusste, dass sein Freund sich nicht um sich selbst sorgte.

„Wir haben nur noch 45 Minuten! Besser, wir fangen an zu suchen", erwiderte er grimmig.

„Du bist der Boss." Ettenhuber erhob sich, hielt aber den Kopf unten. „Folgende Taktik: Ich gehe vor, du hältst dich dicht hinter mir. Wir schleichen nicht, sondern marschieren zügig auf das Gebäude zu, als gehörten wir hierher. Wir sind harmlose Fischer. Versuch seitlich zu gehen, wie in unserem Training. Und zieh die Mütze tiefer über deine Augen."

„Ja, ich weiß, niemals ein frontales Ziel bieten, sondern schräg stehen. Und auf die hier vertrauen." Er klopfte auf die Kevlar-Weste, die ihm sein Sicherheitschef verpasst hatte. Darüber trug er wie Ettenhuber ein loses Hemd und eine Anglerweste.

„Die Ferngläser lassen wir hier." Ettenhuber zog seine Waffe und überprüfte sie nochmals. „Ist deine entsichert?"

„Natürlich", erwiderte West ungeduldig.

Sie hatten Glück. Unbehelligt erreichten sie das Gebäude. Das doppelte Schiebetor war verbogen und stand einen Spalt breit offen. Sie zwangen sich hindurch und fanden sich in einer riesigen Halle wieder. Innen herrschte Halbdunkel, nur noch wenige Streifen Licht bahnten sich ihren Weg durch die meist scheibenlosen Fenster. Sie lauschten. Nichts rührte sich. Keine Stimmen, keine Schritte, nur das leise Wispern des Windes, der über das Wellblechdach strich. Und das übliche allgegenwärtige Kreischen der Möwen.

Sie blickten sich um. Überall lagen Schutt und Abfälle, vereinzelte Paletten und umgestürzte Stahlregale herum. Hier und da huschte ein aufgeschreckter Schatten davon. Ratten. Am Ende der Halle entdeckten sie einen Durchgang, der in eine weitere Halle führte. Ettenhuber zeigte nach oben: die Zwischendecke war teilweise herabgebrochen und einzelne Betonteile wurden lediglich durch rostige Stahlverbindungen gehalten. An einigen Stellen war bereits die Dachkonstruktion zu sehen.

„Ich glaube nicht, dass da oben jemand ist. Zu gefährlich", flüsterte Ettenhuber. Mit gezogenen Waffen, eng an die Wand gedrückt, schlichen sie vorwärts. Ein ums andere Mal mussten sie Hindernissen ausweichen oder mit ihren Gummistiefeln über Schutt und Glasscherben hinwegsteigen. So vorsichtig sie waren, ein gelegentliches Knirschen war nicht zu vermeiden. Jedes Mal hielten sie inne und lauschten. Riccardo sah ständig auf die Uhr. Die Zeit verrann. Noch 36 Minuten. Sie hatten den mittigen Durchgang erreicht. Beiden Männern war bewusst, dass sie ihre

Deckung verlassen würden, wenn sie hindurchgingen. Falls man sie entdeckt hatte und sie dahinter erwartet wurden, hatten sie keine Chance.

Die zweite Halle wirkte ein wenig heller als die erste. Ettenhuber schob sich langsam um die Ecke und registrierte, dass sie um einiges kleiner war. Hier fehlten nicht nur große Teile der Zwischendecke, sondern auch ein Stück des Dachs. Mitten in der Halle breitete sich ein Lichtfleck aus, wie ein Scheinwerfer, der auf eine Bühne gerichtet war. Vor dem nächsten Durchgang, dem letzten, wie er schätzte, jedenfalls der Außenlänge des Gebäudes nach, lagerte ein mannshoch aufgetürmter Schuttberg. Ideal, um ihnen dahinter aufzulauern.

„Du wartest hier, Rick. Ich gehe vor. Sobald ich bei dem Schuttberg bin, kann ich dir Deckung geben“, flüsterte er. Er wartete die Antwort gar nicht erst ab, sondern lief los. Im selben Moment fielen Schüsse. Ettenhuber hechtete sofort zur Seite und fand dürftige Deckung hinter einer der Betonsäulen, die das Dach trugen.

„Bleib, wo du bist“, brüllte er Riccardo zu und erwiderte das Feuer. Die gute Nachricht war, dachte Ettenhuber, dass der Schütze eine normale Waffe benutzte, keine Sturmwaffe. Und es schien sich nur um eine Person zu handeln. Er musste den Mann so schnell wie möglich ausschalten. Seine Komplizen waren durch die Schüsse längst alarmiert und er befürchtete, dass sie sofort Esther Cameron über den Befreiungsversuch informieren würden. Er hatte nur eine Chance, die Sache schnell zu beenden. „Komm zu mir rüber, Rick, ich gebe dir Feuerschutz“, schrie er. „Auf mein Kommando!“

Ettenhuber wartete noch zwei Sekunden ab, dann brüllte er: „Jetzt!“ und schnellte im gleichen Moment hoch, als Riccardo hakenschlagend losspurtete. Der Gegner eröffnete sofort das Feuer. Ruhig nahm Ettenhuber den Schützen ins Visier, ohne Rücksicht darauf, sich selbst als Ziel darzubieten. Wichtig war nur, ihn von Riccardo abzulenken. Er sah, wie der Mann sofort seine Pistole herumriss und auf ihn zielte. Ettenhuber drückte ab und spürte im gleichen Moment den Einschlag in seiner Brust.

Er taumelte zurück, und noch während er zu Boden ging, registrierte er, dass auch sein Gegner getroffen worden war. Die Schüsse waren verstummt. Riccardo warf sich neben ihn. „Maledetto, Schorsch!“ Er tastete ihn hektisch ab. Kein Blut, keine sichtbare äußere Verletzung, bis auf das, dass Schorsch ziemlich blass war.

„Geh, hör auf, mich zu befummeln! Halt lieber den Kopf unten, da taucht gleich noch jemand auf“, brummte Ettenhuber unwirsch. „Die Weste hat die Kugel aufgehalten. Los, hilf mir hoch.“

„Wenn du unbedingt den harten Mann spielen willst.“ Riccardo war viel zu erleichtert, um lange zu protestieren. Er zog seinen Freund hoch. Ettenhuber stöhnte.

„Du hast dir wahrscheinlich eine Rippe gebrochen“, sagte Riccardo. „Bleib hier, ich sehe nach, ob die Luft rein ist.“

„Umgekehrt. Heute bin ich der Boss.“ Ettenhuber hielt sich etwas gekrümmt und atmete sichtbar flach.

„Aber …“

„Willst du deine Freundin retten oder diskutieren?“ Geduckt schlich der Bayer vorwärts, bis zur nächsten Deckung, dem Schuttberg. In dem Moment, als er ihn erreichte, war ein dumpfes, schabendes Geräusch zu hören, als würde jemand einen schweren Gegenstand verrücken. Ettenhuber hob den Kopf und lauschte angestrengt, doch es war erneut Stille eingekehrt. Keine Stimmen und auch sonst keine Geräusche, die auf die Anwesenheit von Menschen hindeuteten. Er drehte sich um, um Riccardo das Zeichen zu geben, zu ihm zu kommen, und fand ihn bereits neben sich. Verärgert raunte er: „Ich hab dir doch gesagt, du Batzi, du sollst …“

„Willst du Kate retten oder diskutieren?“, flüsterte Riccardo zurück. Diesmal wartete er nicht auf Ettenhubers Kommando, sondern verließ die Deckung, war mit drei Schritten am Durchgang und drückte sich seitlich an die Mauer. Der Schütze lag auf dem

Rücken, seine Beine ragten in die Halle. Riccardo zog ihn zu sich hinter die Wand. Der Mann hatte einen Bauchschuss, aber er lebte noch. Er stöhnte in seiner Bewusstlosigkeit. „Was jetzt?“, flüsterte Riccardo.

Ettenhuber bückte sich nach der Waffe des Mannes. „Such nach seinem Mobiltelefon. Und hier“, er zog Kabelbinder aus seiner Tasche, „fessele ihn. Sicher ist sicher.“ Ettenhuber nahm das Handy des Mannes und steckte es in seine Weste, die Waffe verstaute er in der Anglertasche. Sie konsultierten erneut den Gebäudeplan auf Riccardos Smartphone. „Entweder sie ist hier, in der letzten Halle, die ungefähr so groß ist wie die erste, oder sie befindet sich in einem der seitlichen Anbauten. Schätze, es gibt höchstens zwei bis drei Bewacher. Ansonsten hätten wir nach der Ballerei längst die Kavallerie am Hals gehabt. Pass auf, folgende Idee.“ Als er geendet hatte, meinte er: „Alles verstanden?“

Riccardo nickte und sah erneut auf die Uhr.

Es blieben ihnen noch exakt 22 Minuten, um Kate zu retten.

48

Kurz vor *loco* und ein Volltreffer!

In meinem Kopf herrschte dasselbe Chaos wie in meiner Gefühlswelt. Ich platzte fast vor Wut und Frustration und wäre ich nicht geknebelt gewesen, hätte ich sie laut herausgebrüllt. Stattdessen trieb ich hilflos und stumm in einem Meer aus Angst, Hass und Ohnmacht dahin, und der einzige Anker, an den ich mich verzweifelt und gegen jede Vernunft klammerte, war Riccardo. Das gestand ich mir aber erst ein, als ich merkte, dass ich unablässig meinen nackten Ringfinger knetete. Um nicht gänzlich durchzudrehen, zwang ich mich von Zeit zu Zeit meine maskierten Bewacher zu beobachten. Die beiden waren eindeutig ein eingespieltes Team und verständigten sich die meiste Zeit durch Handzeichen. Ich tippte auf Ex-Militärs. Mein Vater hatte sich gerne mit diesen arroganten Typen umgeben. Sie strahlten eine dumpfe, testosterongeladene Selbstsicherheit aus, die nur Männern eigen war, die bereits getötet hatten und nach einer Gelegenheit gierten, es wieder zu tun.

Beide trugen Militaryhosen und Schnürstiefel, hatten sich aber obenherum bis auf ihre Unterhemden ausgezogen, sodass ich ihre muskelbepackten, tätowierten Oberarme sehen konnte. Die Sonne hatte den ganzen Tag aufs Dach gebrannt und es war hier drinnen so heiß, dass wir fast gekocht wurden. Pünktlich zur vollen Stunde war der Kleinere der Männer zu seinem Routinerundgang aufgebrochen. Der andere überprüfte, wie so oft, seine Waffen. Das schien überhaupt deren einziger Zeitvertreib: mit ihren Waffen zu spielen.

Nachdem sie mich gefilmt hatten, hatten wir das Quartier gewechselt. Wir befanden uns jetzt in einem kleineren Anbau, der früher vermutlich als Büroraum genutzt worden war. Die Fenster waren zwar auch nicht mehr alle intakt, aber die fehlenden Scheiben waren durch Pappe ersetzt worden.

Ich lag hinter einem umgestürzten Aktenschrank. Nachdem ich gestern kurz mit Riccardo am Telefon sprechen durfte, hatte sich meine Lage etwas gebessert. Meine Sachen waren hinüber, aber sie hatten mir meine Schuhe zurückgegeben und eines ihrer Hemden gegeben. Es roch nach ungewaschenem Mann, aber es bedeckte meine Blöße. Meine Hände waren zwar weiter gefesselt, aber meine Füße hatten sie losgebunden. Alle zwei Stunden durfte ich meine Matratze verlassen und ein paar Schritte im Raum hin- und herlaufen. Das Wichtigste aber war, dass sie mich seitdem in Ruhe gelassen hatten. Kein Begrapschen, keine Messerspiele mehr.

Ich sah zu, wie der Mann seine zwei Pistolen vorne in den Hosenbund steckte. Eine Maschinenpistole mit einem vollen Magazin lag auf dem Tisch, daneben mehrere Handgranaten. Ihr Anblick machte mir am meisten Angst. Sie demonstrierten die Natur dieser beiden Männer: Gewalt und Zerstörung.

Plötzlich zerrissen Schüsse die Stille. Der Mann hatte augenblicklich die Maschinenpistole in der Hand und war mit zwei Sätzen an der Tür. Eigentlich dachte ich, er würde davonstürmen, stattdessen verriegelte er sie und verrammelte sie zusätzlich mit einem alten Schreibtisch, den er davorschob.

Mein Blick suchte automatisch das nächste Fenster. Würde er mich zwingen, mit ihm durch ein Fenster zu fliehen? War das sein Notfallplan? Die Schüsse waren längst verstummt. Alles war still wie zuvor, nur das Möwengeschrei schien noch schriller als zuvor.

Der Mann wählte eine Nummer, aber es kam kein Gespräch zustande. Danach band er meine Füße wieder zusammen. Er wirkte vollkommen ruhig. Ich verharrte stocksteif, während meine Gedanken rasten. Was passierte da gerade? Wurde ich befreit? War das die Polizei? Warum kündigte sie sich nicht an? Warum hörte man nichts mehr?

Seit den letzten Schüssen waren höchstens zwei Minuten vergangen. Das Licht des Tages schwand, im Raum war es merklich dunkler geworden. Mein Bewacher marschierte zum Tisch, streifte seine kugelsichere Weste über und einen Spezialgürtel, in dem er die Handgranaten verstaute. Seine Bewegungen waren präzise, verrieten keine Hast. Zuletzt hängte er sich die Maschinenpistole über die Schulter, nahm sein Handy auf und wählte erneut.

Es dauerte, bis sich jemand am anderen Ende meldete. Er schilderte kurz und knapp die Situation. Sein Englisch hatte einen merkwürdigen Akzent, ich tippte auf osteuropäisch. Er verstummte, lauschte wenige Sekunden und legte auf. Unmittelbar darauf griff er nach seiner Maske und zog sie ab.

Ein großflächiges, verschwitztes Gesicht kam zum Vorschein, eine Narbe teilte die rechte Wange. Die Augen, klein und schwarz, waren ohne Ausdruck auf mich gerichtet. Sie fixierten lediglich ein Ziel. Ich wusste, was gleich geschehen würde: Er würde mich töten.

Breitbeinig nahm er vor mir Aufstellung und hob die Waffe. Genau in diesem Moment klingelte sein Smartphone. Narbengesicht stutzte, als er das aufleuchtende Display prüfte. Er ging ran. „Was ist passiert, Kum …?" Weiter kam er nicht. Ein Schuss fiel und der Mann stürzte wie ein gefällter Baum rücklings zu Boden.

Ich stieß einen Schrei aus und starrte fassungslos auf das kleine Loch in seiner Stirn.

Im selben Moment warf sich jemand gegen die Tür und versuchte, sie aufzustoßen. Und dann hörte ich, wie mein Name gebrüllt wurde: „Kate!"

Riccardo! Er war gekommen!

Im Augenwinkel nahm ich eine kleine Bewegung wahr und fuhr erschrocken herum. In einer Fensteröffnung tauchte Schorsch Ettenhubers Kopf auf, er sah sich vorsichtig spähend im Raum um, entdeckte den Toten auf dem Fußboden und rief: „Volltreffer!"

49

Kruzitürkn!

Ettenhuber zertrümmerte den Rest des durchschossenen Fensters und kletterte bemerkenswert schwerfällig hindurch. Er kontrollierte kurz, ob der Mann am Boden tatsächlich keine Gefahr mehr darstellte, sicherte die Waffen und befreite mich erst danach von meinen Fesseln.

„Alles klar, Rick“, schrie er Richtung Tür. „Kate ist hier und es geht ihr gut!“ Gemeinsam versuchten wir den Schreibtisch wegzuschieben, aber Ettenhuber musste passen. Er richtete sich nach einer Sekunde auf, deutete auf seine Brust und keuchte: „Rippenbruch.“ Für mich allein war das massive Möbelstück zu schwer.

Mittlerweile wütete Riccardo wie ein Berserker gegen die Tür.

„Wir kriegen die Tür nicht auf, Rick! Komm hinten rum, aber sei vorsichtig! Wir warten hier“, rief Ettenhuber ihm zu.

Er bestand darauf, dass ich den Kopf unten hielt und verschanzte sich mit der Maschinenpistole neben dem Fenster. „Nicht, dass es hier noch mehr von der Sorte gibt …“, brummte er grimmig.

„Da war noch ein zweiter Mann, aber mehr habe ich nicht gesehen“, berichtete ich hastig.

„Den zweiten haben wir erwischt“, kam es knapp von Ettenhuber zurück.

Endlich spurtete Riccardo um die Ecke und ich fiel durch das Fenster in seine Arme. Ettenhuber ging voran und drängte uns in Richtung Anlegestelle. Noch bevor wir dort ankamen, hörten wir den Lärm eines nahenden Motorboots. Ettenhuber bremste abrupt ab und zwang uns ebenfalls stehenzubleiben: „Da kommt ein Polizeiboot!“, verkündete er.

„Keine Polizei“, sagte ich panisch. Ich hatte verständlicherweise kein Vertrauen in jegliche Form von Behörden.

„Zurück!“, rief West, „auf die andere Seite der Insel!“ Er hatte bereits das Handy am Ohr, gab dem Kapitän der Sealion unsere Position durch und beorderte ein Beiboot zur Insel.

Wir kletterten durch ein Fenster in die Fabrik zurück, weil wir dort mehr Deckung hatten. Wir hasteten durch die Hallen und ich sah den zweiten Mann gefesselt in einer Blutlache liegen. Er war wach und rief uns an. Wir ignorierten ihn. Die Polizei würde ihn finden.

Wir hatten das Ende des Gebäudes erreicht, aber Ettenhuber, der durch die Tür linste, hinderte uns daran, sofort hinauszustürmen. „Zefix! Da kommt noch ein Boot! Es legt gleich an!“

„Noch mehr Polizei?“, flüsterte ich und krallte mich in Riccardos Arm.

„Nein, kein Polizeiboot. Sieht mir eher nach einer Ladung Halunken aus“, meinte Ettenhuber. Riccardo fluchte: „Verdammt, wir sitzen in der Falle!“ Plötzlich hob er den Kopf. „Hörst du das?“

„Der Hubschrauber!“ Ettenhubers Gesicht hellte sich sofort auf.

Riccardo hatte das Handy schon am Ohr. „Salvatore! Wir sind in dem Gebäude! Siehst du die Männer auf Süd und Nord? Versuch so nah, wie du kannst, mittig an der Westseite des Gebäudes zu landen. Wir kommen raus.“

Noch während der Hubschrauber landete, schob mich Riccardo aus dem Fenster. Ettenhuber folgte. Wir rasten auf den vierzig Meter entfernten Helikopter zu. Die Männer aus dem zweiten Boot hatten uns entdeckt und eröffneten sofort das Feuer. Wir hörten es nicht, wegen der Rotoren, aber ich sah, wie eine Kugel direkt vor mir im Rumpf einschlug. Es war ein seltsam surreales Gefühl, zuzusehen, wie ein Loch wie von Geisterhand entstand und daneben sofort noch eines.

Riccardo packte mich von hinten und warf mich förmlich in den Hubschrauber. Der war bereits am Abheben, als er hinterhersprang und Ettenhuber hereinzog. Der Bayer umklammerte sein blutendes Schienbein und schrie: „Kruzitürkn! Scho wieder der gleiche Fuß!"

Noch im Hubschrauber telefonierte Ettenhuber mit schmerzverzerrtem Gesicht mit einem Kontaktmann bei der venezianischen Polizei und erfuhr, es gäbe keinen offiziellen Polizeieinsatz auf der Insel. Das Polizeiboot hätte nur routinehalber angelegt. Das war eine gute Nachricht, wie er betonte. So konnten wir auf die Sealion zurückkehren, ohne die Exekutive auf dem Hals zu haben. Aber ich vermutete, die waren jetzt sowieso mit meinen Entführern beschäftigt.

50

Lagebesprechung oder von der Schuld der Rezeptoren

Auf der Sealion stürzte ich mich sofort in Marisols Arme. Sie hatte einen kapitalen Schnupfen, aber ansonsten gehe es ihr gut, wie sie mir mehrmals versicherte.

Ich hatte ein furchtbar schlechtes Gewissen, weil ich sie in meine Angelegenheiten hineingezogen hatte.

„Mach dir doch keine Sorgen um mich, *chica*! Ich bin eine sehr stabile Person. Du kannst nichts für kriminelle Vater! Ich bin so froh, dass du wieder da bist!"

Ich kannte selbst noch nicht alle Umstände meiner Entführung, aber da Marisol davon ausging, dass erneut mein Vater dahintersteckte, widersprach ich nicht. Ich dachte sowieso dasselbe.

Wir hielten uns minutenlang fest und an Marisols Schulter wurde mir einmal mehr bewusst, wie viel sie mir inzwischen bedeutete. Sie war meine Familie, gab mir ein Gefühl von Heimat und Geborgenheit. „Da war übrigens so eine komische Anruf. Bei mir zuhause in Roja", sagte sie jetzt.

Ich hob den Kopf. „Was für ein komischer Anruf?"

„Ich habe mit meine Mama gesprochen, weil meine Handy im Wasser einging. Sie hat erzählt, eine Freundin habe nach dir gefragt. Sie sagte etwas von eine Reise?"

Ein Ruck ging durch meinen Körper. *Reise* war das Codewort! Verdammt, ich hatte meinen Anruf bei meiner Retterin Paula versäumt und war selbst seit fast zwei Tagen nicht erreichbar! Meine beiden Handys hatten mir die Entführer abgenommen. Ich musste Paula sofort anrufen, sonst würde sie davon ausgehen, dass mir etwas passiert sei. In dem Fall würde sie mit der Videoaufnahme, die wir vor über vier Jahren gemeinsam gemacht hatten, zum FBI gehen. Auf dem Video beschuldigte ich meinen Vater seiner Verbrechen. Paula hatte damals darauf bestanden. Sie wollte etwas in der Hand haben, sollte mir etwas zustoßen. Sie hoffte, damit eine neuerliche Untersuchung der Todesfälle im Umfeld meines Vaters erreichen zu können. Ich hatte meiner Freundin auch verraten, wo ich den USB-Stick versteckt hatte. Hoffentlich war es noch nicht zu spät! „Ich muss sofort telefonieren“, rief ich und sprang auf.

„Hier, ich habe eine Prepaidhandy bekommen.“ Marisol streckte es mir entgegen.

Jetzt hatte ich ein Problem. Ich konnte schlecht vor die Tür gehen, wo ich mehrere Lauscher hätte. „Würde es dir etwas ausmachen, mich kurz allein zu lassen?“, bat ich Marisol.

Marisols rechte Augenbraue hob sich einen Zentimeter. „Noch mehr Geheimnisse?“ Aber sie räumte bereitwillig das Feld.

Es dauerte eine Weile, bis eine Verbindung zustande kam. Gottseidank, es war noch nicht zu spät. Meine Freundin hielt sich gerade wegen einer Reportage in Afghanistan auf und hatte Schwierigkeiten gehabt, die amerikanische Botschaft in Kabul zu erreichen.

Später duschte ich ausgiebig und Marisol, die anscheinend jede Krise mit einem Menü neutralisieren konnte, verschwand in Richtung Kombüse, während ich mich auf den Weg zu Riccardo machte.

Wir hatten vereinbart, uns in seiner Kabine mit Schorsch Ettenhuber zu einer Lagebesprechung zu treffen. Es ging dem Bayern gut, er hatte nur einen Streifschuss abbekommen. Einer seiner Männer, ein ausgebildeter Sanitäter, hatte die Wunde gesäubert und verbunden. Ich war bewusst zehn Minuten zu früh dran. Einige Sekunden zögerte ich vor Riccardos Tür. Seit jener Nacht hatte ich seine Kabine nicht mehr betreten. Ich holte tief Luft, als wollte ich damit Kraft und Entschlossenheit tanken, klopfte, wartete auf sein *herein* und trat ein.

Riccardo kam mir aus dem Badezimmer entgegen. Er trug nichts außer Jeans, war barfuß und seine dunklen Haare glänzten vor Feuchtigkeit. Der Anblick seines halbnackten, durchtrainierten Körpers ließ mich schlucken. Auf dieses Bild geballter Männlichkeit war ich nicht vorbereitet. Es brachte mich aus dem Konzept und für einen Moment vergaß ich, warum ich gekommen war. Kaum minder verwirrend war das warme Leuchten in seinen Augen, sobald er mich sah. Er konnte so viel Liebe in einen einzigen Blick legen, er ging mir durch und durch.

„Kate!" Er kam auf mich zu und zog mich in seine Arme. Ich ließ es geschehen, aber nur, weil meine Knie so weich geworden waren, dass ich kaum mehr von alleine stehen konnte. Er küsste mich auf eine Art, die mir die ganze Welt verhieß. Für einen unsterblichen Augenblick genoss ich seine Gegenwart, seine warme Haut und seinen sauberen Geruch, das Versprechen, dass er der Eine war. Marisols Stimme rettete mich. Ich hörte, wie sie draußen nach Ettenhuber rief und besann mich rechtzeitig darauf, warum ich hier war. Ich tat mir beinahe selbst Gewalt an, als ich mich von Riccardo löste. Zu meiner Enttäuschung gab er sofort nach, hielt mich nicht zurück, nur seine Augen spiegelten seine Enttäuschung wider. Ich brachte sicherheitshalber zwei Schritte zwischen uns und sagte steif: „Ich möchte bitte den Film sehen!"

Er machte wortlos kehrt und öffnete eine Wandverschalung neben dem Bett. Dahinter verbarg sich ein Tresor. Er gab den Code ein, die Tür sprang auf und er entnahm dem oberen Fach einen kleinen Umschlag. Daraus ließ er eine Micro-SD-Karte in seine Hand gleiten, steckte sie in seinen Laptop und startete die Datei.

Starr und mit einiger Verblüffung verfolgte ich die kurze Sequenz. *Er hatte die unsagbare Aufnahme verpixelt!* Diese Einfühlsamkeit hatte ich nicht erwartet. Verflixt, es nahm mir ein wenig den

Wind aus den Segeln. Die Vorstellung von Riccardo als perverses Sexmonster, der Frauen vom Steg pflückte, sie gefesselt auf ein Gestell spannte, um an ihnen seine perversen Gelüste zu befriedigen, hatte bisher nicht unerheblich zu meiner Haltung beigetragen, ihm zu widerstehen. Gut, ich gebe zu, dass ich einige schwache Momente hatte, der letzte war nur wenige Minuten alt. Doch während der 36-stündigen Geiselnahme hatte ich auf der schimmeligen Matratze reichlich Zeit zum Nachdenken gehabt und mein unwiderruflicher Entschluss stand fest: Ich wollte Riccardo nie mehr wiedersehen. Wir passten nicht zusammen, er lebte in einer Welt, die nicht die meine war. Niemals wieder wollte ich in diese Welt zurückkehren oder nach Amerika. Und das müsste ich unweigerlich, würde ich Riccardos Werben nachgeben. Stattdessen hatte ich vor, nach Rom zurückzukehren. Ich hatte mit meinem früheren Leben abgeschlossen, wollte nie mehr Kate Lawrence sein, sondern meine Identität als Gina Lombardi beibehalten. Das hatte ich Riccardo gegenüber schon auf dem Rückflug von den USA deutlich gemacht.

Aber zuvor mussten wir gemeinsam mit Schorsch Ettenhuber die nächsten Schritte besprechen. Nach wie vor weigerte ich mich, zur Polizei zu gehen. Tatsächlich war die Lage noch lange nicht geklärt. Auf dem Weg von der Kabine zu Riccardo war ich allein zwei bewaffneten Wachen begegnet. Ich war zwar entkommen, aber der Gegner lauerte noch immer da draußen.

Riccardo stand unbeweglich neben mir, während der Film lief. Ich spürte die Hitze, die von seinem Körper ausging, und völlig unvermittelt musste ich gegen den Drang ankämpfen, mich an ihn zu schmiegen. Viel fehlte nicht, und ich hätte es getan. Diese Regung brachte mich gegen mich selbst auf, sie war vollkommen irrational und so war ich doch sonst nicht! Hatte ich eben nicht erst bewiesen, wie sehr ich mich unter Kontrolle hatte? Unauffällig rückte ich etwas von Riccardo ab. Es war einfach diese körperliche Nähe, die mich völlig aus dem Konzept brachte. Und irgendwie war es auch sein Geruch, eine weitere Erkenntnis meiner Selbstreflexion. Meine Rezeptoren sprangen sofort auf ihn an. Klaras schlauer Monolog zum kausalen Zusammenhang zwischen Gerüchen und Gefühlen war in meinem Gedächtnis gespeichert. Darum war der Entschluss, mich von dem Mann fernzuhalten, auch absolut vernünftig. Rational eben.

„Du hast ihn verpixelt. Danke", sagte ich leise, als der Film stoppte. Und mit einem Mal platzten alle meine Argumente ohne Punkt und Komma aus mir hervor, als würde die Geschwindigkeit, mit der ich meine Worte hervorsprudelte, einen Einfluss auf ihre Relevanz haben. Natürlich durfte das zweitwichtigste Argument, neben seiner Veranlagung, nicht fehlen: Er sei reich und lebe in einer Welt, aus der ich geflohen sei und die ich verabscheute. Eine Welt, der auch mein Vater angehörte. Mir fiel am Ende selber auf, dass ich ein wenig zu sehr ins Plakative abglitt.

Riccardo hörte mir reglos zu. Nichts in seinem Gesicht verriet die folgende Reaktion. Als ich atemlos innehielt – ich glaube, ich hatte mich in meinem Eifer an einigen Stellen wiederholt –, legte er mir die Hände auf die Schultern und sagte ernst: „Es ist gut, Kate. Du hast sehr viel durchgemacht. Du brauchst Zeit für dich. Wenn du am Ende denkst, du würdest ohne mich glücklicher sein, dann muss und werde ich das akzeptieren. Das Wichtigste für mich ist, dass es dir gutgeht. Lass mich aber wenigstens noch eine Sache für dich regeln."

„Was denn?", stammelte ich. Ich hatte irgendwie den Faden verloren, seit Riccardos Hände auf meinen nackten Schultern ruhten. Sie stellten etwas mit meiner Haut an. Wieso hatte ich das rote Spaghettitop angezogen? *Marisol!* Sie hatte es mir herausgelegt. Dieses Biest! Sie zog wirklich alle Register. Sie sollte keine Patisserie eröffnen, sondern ein Heiratsinstitut.

„Ich werde dafür sorgen, dass du in dein Leben nach Rom zurückkehren kannst. Niemand wird dir mehr etwas tun. Das ist ein Versprechen", sagte Riccardo.

Wie bestellt, humpelte Ettenhuber herein. Er bemerkte unsere ernsten Gesichter. „Schon wieder dicke Luft im Paradies?", fragte er, von einem zum anderen blickend.

Es nahm die Spannung aus der Situation. Vor allem aber nahm Riccardo die Hände von meinem Schultern. Ich lächelte Wests Sicherheitschef dankbar zu. „Schorsch! Wie geht es Ihrem Bein?"

„Kinkerlitzchen. Nicht mehr als ein Mückenstich." Er sank ächzend aufs Bett. Ich sah den Schweißfilm auf seiner Stirn und Glatze. Natürlich litt er Schmerzen. Ich hatte die tiefe Fleischwunde gesehen, die der Streifschuss gerissen hatte, dazu die gebrochene Rippe, das war kein Pappenstiel. Aber Ettenhuber hatte bewusst auf eine Spritze verzichtet, er wolle „klar im Kopf" sein.

„Und jetzt ran an den Speck", sagte er. „Wie stehen die Verhandlungen? Hast du die Hexe erreicht?"

Ich sah von Schorsch zu Riccardo. „Hexe?"

„Du hast es ihr noch nicht gesagt?" Ettenhubers Stimme klang bass erstaunt.

Ich war es auch. *Was sollte Riccardo mir sagen?*

„Nein. Es war bisher keine Zeit dazu."

„Hallo, von wem sprecht ihr?"

„Von meiner Ex, Esther Cameron. Sie steckt hinter deiner Ent führung."

„Was? Es war gar nicht mein Vater?"

„Sagen wir so: Schorsch und ich gehen davon aus, dass Ben Lawrence meine Ex-Frau dabei unterstützt haben muss. Er verfügt in Italien über die besseren Kontakte zu einschlägigen Kreisen und, mehr als sie, auch über die nötigen Offshore-Strukturen, um Aktienankäufe für eine feindliche Übernahme zu steuern."

Ich erinnerte mich an den Anruf an unserem *romantischen Abend* und Riccardos anschließender Abreise. „Ich fasse es nicht!", rief ich nachhaltig erschüttert. „Der ganze Entführungsaufwand, bloß wegen einer *feindlichen Übernahme?* Die Frau hat ja eine Vollmeise!" Natürlich schoss mir dabei auch der gleichermaßen naheliegende wie etwas fiese Gedanke durch den Kopf, dass Riccardo mich nur gerettet hatte, um seine Firma nicht zu verlieren. Was mir irgendwie in die Hände spielte, weil ich bewusst wie unbewusst weiter nach Argumenten suchte, die gegen ihn sprachen.

„Darüber hinaus hätte Esther beinahe zwei Fliegen mit einer Klappe geschlagen."

„Was meinst du damit?"

„Ich war bei ihr, nachdem sie mir den Film geschickt hatte. Glaub mir, Kate, sie hatte niemals vor, dich gehen zu lassen, sondern wollte dich von Anfang an töten. Ich konnte es in ihren Augen lesen. Aus purer Bosheit, um mich zu treffen. Das kann dein Vater nicht gewusst haben."

„Ich verstehe. Nach meinem Tod wäre sein Geständnis veröffentlicht und er wäre verhaftet worden."

„Womit sie ihn sich als Geschäftspartner schon wieder vom Hals geschafft hätte. Esther teilt ungern."

„Und wenn sie von seinem schriftlichen Geständnis gewusst hat?", warf ich spekulativ in den Raum.

„Außer uns drei weiß nur Vize-Gouverneur Lauder davon", antwortete Riccardo, doch ich konnte ihm ansehen, wie er diese Möglichkeit bereits durchspielte.

Ettenhuber hatte unser Gespräch stumm verfolgt. „Hm", machte er nachdenklich. „MacCabe war mit uns in Virginia. Es wäre theoretisch möglich, dass er etwas mitbekommen hat."

„Du misstraust deinem eigenen Mann?", fragte Riccardo scharf.

„Ich denke nur laut nach. Immerhin war er auch mit dabei, als unsere Kleine hier entführt wurde."

„Gut, horch ihn aus."

Ich dachte nach. Das änderte die Lage. Wenn primär Riccardos Ex-Frau hinter meiner Entführung steckte und wir keine klaren Beweise für eine Beteiligung meines Vaters hatten, war die Veröffentlichung seines Geständnisses fraglich. Es sollte primär als Versicherung dienen, damit mir nichts passierte. Ich war über diese Wendung erleichtert, da es mich davor bewahrte, eine Entscheidung zu treffen, die einen schwerwiegenden Impakt auf mein Leben gehabt hätte: mein mögliches Outing als Katherine Lawrence respektive Gina Lombardi.

„Wie soll es weitergehen? Habe ich jetzt bis an mein Lebensende deine Ex auf dem Hals?“, sagte ich gewollt grob. Es war nicht zu leugnen, dass sich meine Schwierigkeiten seit Riccardos Eintritt in mein Leben potenziert hatten. Offenbar waren seine Feinde jetzt auch meine Feinde.

„Keine Sorge, ich fliege morgen nach Los Angeles und werde uns Esther endgültig vom Hals schaffen“, antwortete er finster.

Damit erschreckte er mich. „Was soll das heißen?“ Meine Fantasie gaukelte mir Riccardo gerade mit einem blutigen Messer vor.

„Nicht, was du denkst. Ich werde mir an diesem Weib nicht die Hände schmutzig machen.“ Er lächelte grimmig. „Ich kläre das auf meine Art. Du hast mein Wort. In spätestens drei Tagen bin ich zurück. Ich bitte dich, so lange auf der Sealion zu bleiben. Hier bist du sicher.“

Ich nickte. Gut, drei Tage konnte ich noch warten. Wenn ich aber danach das Gefühl hatte, dass es in Italien nicht mehr sicher für mich wäre, würde ich verschwinden. Ich hatte das vorhin am Telefon mit Paula besprochen und sie hatte mir ihre erneute Hilfe zugesagt.

„Gut, dann nehme ich mir jetzt MacCabe vor.“ Ettenhuber stand auf und humpelte zur Tür.

Ich lief ihm sofort hinterher. Kein Grund, alleine mit Riccardo zu bleiben. Außerdem musste er sich ja noch etwas überziehen. „Ich sehe mal nach Marisol. Vielleicht braucht sie Hilfe beim Kochen.“ Ich wusste, dass mich Marisol höchstens aus der Küche werfen würde, weil ich ein besonderes Talent dafür hatte, ihr im Weg zu stehen, aber es war gerade das Beste, was mir einfiel.

Nachdem mich Marisol keine zehn Minuten später, wie zu erwarten, wieder hinauskomplimentiert hatte, fiel mir an Deck eine gewisse Unruhe auf. Was war jetzt wieder los? Ich ging den Stimmen nach und traf prompt auf Schorsch Ettenhuber, der sich mit dem Kapitän fetzte, einem wettergegerbten Italiener in schneeweißer Uniform, dessen Englisch gerade so für den Funkverkehr ausreichte, aber nicht für eine Diskussion mit Ettenhuber.

Wenn mich nicht alles täuschte, litten die beiden Männer an einem gegenseitigen Autoritätsproblem.

„Ist was passiert?", erkundigte ich mich bei Ettenhuber.

„Könnte man sagen. MacCabe ist verschwunden. Und unser Kapitän hier, der eigentlich Anweisung hat, mich über jegliche Abgänge von Bord zu informieren, hat versäumt, mir davon Meldung zu machen."

Der Kapitän gab dazu einen prustenden Laut von sich, als ob ihn diese Anweisung nichts anginge. Offenbar verstand er Englisch besser, als er es sprach. Und ganz offenbar betrachtete er sich als die erste Instanz an Bord.

Ettenhuber gab einen langen, bösen Fluch von sich, während er gleichzeitig sein Handy malträtierte.

„MacCabe geht auch nicht ans Telefon, oder?"

„Nein. Zefix!" Er tippte immer noch auf seinem Smartphone herum.

Ich spürte Riccardos Präsenz hinter mir, noch bevor er etwas sagte. Diese körperliche Interaktion zwischen uns wurde mir langsam unheimlich. Vermutlich hatten ihn meine Geruchsrezeptoren registriert. Evolution konnte wirklich lästig sein.

„Was gibt's, Schorsch? Deine Flüche kann man bis nach San Marco hören", bemerkte er.

„MacCabe ist weg! Sein Handy hat er auch abgeschaltet!" Er sah seinen Boss an. „Der Hundling hat uns angeschmiert."

* * *

Am nächsten Morgen in aller Frühe kamen die nächsten Schwierigkeiten auf uns zu. Diesmal in Gestalt eines Polizeiboots, das direkt auf die Sealion Kurs nahm. Ettenhuber und ich hatten Riccardo beim Frühstück an Deck Gesellschaft geleistet, während Marisol noch schlief. Misstrauisch sahen wir den Beamten entgegen.

Ich verdrückte mich so unauffällig wie möglich, bekam aber noch mit, wie Ettenhuber einen kurzen Befehl an seine Leute ausgab und sich mehrere von ihnen gut sichtbar über das Boot verteilten.

Ich suchte mir einen sicheren Platz zum Lauschen. Die Polizisten brachten die Nachricht mit, dass MacCabe gefunden worden war. Als Wasserleiche. Offenbar hatte sein Gastspiel die Erwartungen auf der Gegenseite nicht erfüllt und so viel Missfallen erregt, dass er jetzt tot war.

Ich verfolgte eine knapp halbstündige, erstklassige Vorstellung von Riccardo und Ettenhuber, die sich als Arbeitgeber und Vorgesetzter keinen Reim darauf machen konnten, wer ein Interesse an MacCabes Tod gehabt haben konnte. Sie gaben sich gegenseitig Alibis und zogen dazu den Kapitän der Sealion heran, der diese bestätigte. Am Ende der Befragung folgte die Aufforderung, sich am Nachmittag in der Questura, dem Polizeipräsidium, einzufinden, um das Protokoll zu unterschreiben.

Riccardo stimmte zu, dachte aber selbstredend nicht daran. Kaum war das Polizeiboot außer Sichtweite, stieg er in das Beiboot, das ihn an Land bringen sollte. Von dort aus ging es via Rom und New York nach Los Angeles.

51

Die neue Freiheit

Drei Tage später war Riccardo wie angekündigt zurück.

Ich hatte sie in einer seltsamen Verfassung verbracht. Etwas hatte sich verändert, *ich* hatte mich verändert. Zwei Stimmen stritten in mir, so lange, bis ich mich selbst nicht mehr ertragen konnte. Ich war mir der Tatsache bewusst, dass die eine der Vernunft und die andere dem Herzen gehörte. Das machte es so verwirrend, denn bisher hatte die Waage stets in Richtung Verstand ausgeschlagen. Inzwischen jedoch hatte das Herz stark an Gewicht gewonnen. Das zwang mich, darüber nachzudenken, dass die Welt nicht ausschließlich aus dem Schwarz-Weiß von rational und irrational bestand, sondern es auch die Farben des Herzens gab. Das hielt mich wach. Nachts wälzte ich mich schlaflos im Bett und hielt mir die Ohren zu, als würde dies etwas gegen meine inneren Stimmen nutzen. Nicht nur meine aus dem Lot geratene Gefühlswelt machte mir zu schaffen, über mir schwebte auch die Notwendigkeit einer neuerlichen Flucht. Es würde bedeuten, wieder von ganz von vorne beginnen zu müssen. Dabei sehnte ich mich danach, in mein altes Leben nach Rom zurückzukehren. Solange es noch währte. Denn Marisol schien es mit ihrem Umzug nach Venedig wirklich ernst zu meinen. Es war nicht so, dass wir darüber stritten, aber sie verstand nicht, warum ich es ihr ausreden wollte. „Du bist eine Egoist", warf sie mir an den Kopf.

Tatsächlich kannte sie die Tiefen meines Unterbewusstseins

besser als ich selbst: „*Así*! Du hast eine Furcht vor Riccardo! Deshalb du dich benehmen wie nervöse Rennpferd." Wenigstens ritt sie nicht wieder darauf herum, dass er meine *Medizin* wäre. Aber ich wich jeder Diskussion mit ihr über Riccardo aus. Wenn ich eines in den letzten Jahren meiner Flucht perfektioniert hatte, so war es die Kunst der Verdrängung.

Und dann war Riccardo wieder da und ließ sich nicht so einfach verdrängen. Er traf am späten Nachmittag ein, als der Horizont gerade begann, sich über Venedig rosa zu färben.

Ein Blick in Marisols berechenbares Gesicht genügte mir. Um dem Arrangement eines weiteren romantischen Abends, den Marisol zweifellos gerade ausheckte, zu entgehen, schnappte ich mir Riccardo, kaum, dass er das Deck betreten hatte, und zog ihn in unsere Kabine.

Ich war ein wenig verärgert, weil er mich nicht einmal angerufen hatte, sondern sich lediglich bei Schorsch Ettenhuber gemeldet hatte. Und aus dem *Batzi* – er brachte mir jetzt ebenfalls Bayrisch bei – war nichts herauszubringen gewesen als ein *schaut nicht schlecht aus*. Aber das sagte ich Riccardo natürlich nicht.

„Und, was hast du erreicht? Kann ich nach Rom zurück?" Das war natürlich nicht sehr subtil; es implizierte, dass ich ihn aus meinem Leben ausschloss. Aber ich hatte einfach keine Kraft mehr für Feinfühligkeit. Marisol hatte gesagt, ich wäre ein Egoist, also benahm ich mich entsprechend.

„Ja, ich habe alles geklärt. Esther wird dich künftig in Ruhe lassen. Dein Vater auch."

„Und das ist endgültig? Keine Überraschungen mehr?" Meine Augen hatten sich verengt. Verständlich, dass ich nach den jüngsten Ereignissen hier meine Zweifel hegte.

„Vertrau mir. Wir haben die Absprachen vertraglich besiegelt und bei einem Anwalt hinterlegt. Es ist vorbei. Du bist frei."

„Das hast du schon einmal gesagt." Ich legte meinen Finger absichtlich in die Wunde.

„Ja, aber ich habe nur eine Ex-Frau." Riccardo rang sich ein gequältes Lächeln ab. Meine Reaktion hatte es ihm längst zu verstehen gegeben: Er hatte mich verloren.

52

Gerechtigkeit

Connecticut/New Haven/USA

Ben Lawrence betrat seine Bibliothek und schloss die Tür.

Dieser Raum war seine Burg. War die Tür zu, bedeutete dies, dass die Zugbrücke hochgezogen war. Niemand durfte ihn dann stören.

Er durchquerte den großen, ovalen Raum und setzte sich hinter seinen Schreibtisch.

Fast zwei Stunden blieb er starr sitzen, den Blick in eine unbestimmte Ferne gerichtet. Endlich regte er sich, fuhr mit der Handfläche über die sorgfältig restaurierte Oberfläche, als wolle er sich vergewissern, dass kein Staubkorn sie verunzierte.

Der Schreibtisch hatte einmal Thomas Jefferson gehört, einem der Gründerväter der Vereinigten Staaten.

Seit er zurückdenken konnte, war es sein Lebensziel gewesen, einmal als Präsident ins Weiße Haus einzuziehen. Nicht mehr und nicht weniger. Er hatte alles und jeden dafür geopfert, sogar sein eigenes Kind.

Er konnte sich noch genau erinnern, welchen Stolz er an jenem Tag empfunden hatte, als er den Zuschlag bei der Versteigerung erhalten hatte. Und erst das Gefühl, als ihm Jeffersons Schreibtisch einige Tage später geliefert worden war!

Er besaß damit zwei wertvolle Artefakte, deren ideeller Wert für ihn unbezahlbar war: George Washingtons Revolver und Jeffersons Schreibtisch – die Symbole seiner eigenen Zukunft. Genau das waren seine Gedanken damals gewesen.

Er hatte alles erreicht, hatte sich zu den höchsten Höhen aufgeschwungen, hatte die Ziellinie schon so gut wie berührt gehabt, zeitlebens ein Sieger.

Und dann hatte ein Kind ihn besiegt. *Sein Kind.* Sein kleines Mädchen. Er hatte sie unterschätzt. Er hatte sich für unantastbar gehalten, weil er von Erfolg zu Erfolg geeilt war und jedes seiner Etappenziele mit Bravour gemeistert hatte. Stolz und Hochmut hatten ihm das Genick gebrochen. Die Einsicht kam zu spät, sie würde ihn nicht retten.

Er zog eine Schublade auf und entnahm ihr Washingtons Revolver. Der polierte Griff fühlte sich vertraut und tröstlich in seiner Hand an, er war sein Freund. Er öffnete den Mund, setzte an und … schoss.

Der Dämon war tot.

53

Das Herz und der Verstand

Als ich meine Wohnung in Rom betrat, überkam mich das eigenartige Gefühl, als würde ich nicht mehr hierhergehören. Alles sah aus wie immer, nichts hatte sich verändert, und doch wirkte mein Zuhause anders als früher auf mich. Als hätte ich mich ein Stück weit von ihm entfernt. Aber vermutlich war einfach zu viel passiert und ich brauchte eine Weile, um mich wieder einzugewöhnen.

Marisol und ich waren bereits seit einigen Tagen zurück, doch ich kam nicht zur Ruhe. Die Ereignisse brachen nicht ab und die Besucher gaben sich bei mir die Klinke in die Hand.

Am Wochenende war Schorsch Ettenhuber vorbeigekommen, und einen Tag später konnte ich meine New Yorker Retterin, Paula, endlich wiedersehen. Als ich spätnachmittags von der Uni zurückkehrte, saß Paula gemütlich mit Marisol in der Küche, bei Kaffee und Marzipanpralinen. Ein Blick genügte und ich wusste, da hatten sich zwei gefunden.

Jetzt, da alles vorbei war, konnten Paula und ich uns erstmalig offiziell treffen. Bei dieser Gelegenheit erfuhr ich Paulas richtigen Namen. Sie hätte sich mir damals unter ihrem Decknamen vorgestellt, wie sie mir erklärte, und im Interesse beidseitiger Sicherheit entschieden, keine Richtigstellung vorzunehmen. Paula war eine deutsche Journalistin namens Rabea Rosenthal. Wir hatten uns viel zu erzählen und natürlich kamen wir auch auf den Tod meines Vaters zu sprechen. Den Medien zufolge hatte sich Ben Lawrence vor zwei Tagen erschossen. Marisol warf uns an diesem

Punkt aus der Küche. „Das ist gruselig und ich muss kochen. Ihr könnt in Zimmer weiterreden."

In Ermangelung einer richtigen Sitzgelegenheit verzog ich mich mit Rabea auf mein Bett.

„Und du bist dir sicher, dass du dich nicht bei den Behörden melden möchtest? Was ist mit dem Erbe deines Vaters?", fragte sie mich.

„Ich will ganz sicher keinen Cent von seinem schmutzigen Geld haben! Und schon gar nicht will ich irgendwelche Fragen beantworten", erwiderte ich heftig. „Ich bin jetzt Gina Lombardi! Eine Kate Lawrence gibt es nicht mehr."

„Gut, ich habe keine Ahnung von amerikanischem Erbrecht, aber damit fällt das Vermögen deines Vaters vermutlich komplett an den Staat."

„Keine Ahnung. Es ist mir auch egal."

„Was machen wir mit der Videoaufnahme?"

„Hast du sie hier?"

„Nein, ich habe sie im Tresor bei meiner Bank in Nürnberg gelassen."

„Bitte vernichte sie."

„Gut, du kannst dich auf mich verlassen. Wie geht es jetzt mit dir und Riccardo West weiter?" Mühelos wechselte meine Freundin das Thema. Ich versteifte mich augenblicklich.

* * *

Rabea musterte ihre junge Freundin. Ihr war klar, dass Kate der Frage gerne ausweichen würde. Aber da musste sie jetzt durch, sie hatte nämlich nicht vor, lockerzulassen. Sie selbst hatte ihre Chance auf die einstige Liebe ihres Lebens verwirkt. Und sie würde nicht dabei zusehen, wie andere den gleichen Fehler begingen.

„Kate, hör mir zu!", sagte sie eindringlich. „Marisol hat mir alles erzählt. Dieser Mann hat Himmel und Hölle in Bewegung gesetzt, um dich zu retten. Er hat sein eigenes Leben, seine Karriere, sein Ansehen und sein gesamtes Vermögen für dich aufs Spiel gesetzt und sogar seine Firma für dich aufgegeben! Vielleicht solltest du wenigstens noch einmal mit ihm sprechen?"

„Wozu? Ich habe ihn nicht darum gebeten, das zu tun!", scholl es heftig zurück. „Er hat es sich selbst zuzuschreiben, wie alles gekommen ist."

* * *

Trotzig schob ich meine Unterlippe vor. Ich wollte keine Pro-Riccardo-Argumente hören. Auch wenn sie der Wahrheit entsprachen, wie ich inzwischen wusste. Erst gestern war Schorsch Ettenhuber bei mir gewesen und hatte in dieselbe Kerbe gehauen. Durch ihn hatte ich erfahren, dass Riccardo fast seinen gesamten Besitz abgestoßen hatte. Er hatte nur das toskanische Anwesen behalten, vornehmlich wegen der Tiere, die dort lebten, und den maroden Palazzo in Venedig. Um ihn renovieren zu können, musste er angeblich die Villa in der Toskana beleihen. Einen Teil seiner Software-Patente hatte er seiner Frau zu einem horrenden Preis überlassen, den Erlös wie seinen Konzern mit allen seinen Besitztümern hatte er einer Stiftung überschrieben, die von seinen leitenden Angestellten weitergeführt wurde. Ein unabhängiger Stiftungsrat würde über die künftige Verwendung der Erträge entscheiden, an denen er selbst nicht beteiligt war. *Das* waren die ‚vertraglichen Arrangements' gewesen, die er getroffen hatte. Soweit Schorsch Ettenhuber. Der im Übrigen jetzt in Pension war. Weil Riccardo ihn nicht mehr bezahlen könne, wie er abschließend erklärte. Er sah aber ziemlich zufrieden dabei aus.

Marisol hatte uns belauscht, was nicht allzu schwer war, denn Schorschs ausgeprägtes Organ war nicht zu überhören. Natürlich hatte sie alles brühwarm Paula alias Rabea weitererzählt. Die beiden hatten sich auf Anhieb miteinander verschworen. *Gegen mich.*

„Dieser Mann hat mich in Venedig gekidnappt, gefesselt und sich an mir vergangen“, ratterte ich meine übliche Anklage herunter, als müsste ich sie mir nur selbst oft genug vorkauen, damit sie ihre Durchschlagskraft behielt. „Wie könnte ich ihm das je verzeihen? Wie könnte ich ihm je vertrauen? Er ist ein Weiberheld mit extremen Bedürfnissen.“

„Ich mag mir kaum vorstellen, wie schlimm das für dich gewesen sein muss“, sagte Rabea und legte mir die Hand sacht auf den Arm. „Trotzdem war es ein Versehen, eine Art Unfall. Ich glaube nicht, dass man dafür jemanden sein ganzes Leben lang verurteilen kann.“ Sie lächelte listig. „Soweit mir Marisol erzählt hat, bist du so eine Art weibliches Pendant und hast bei der Studentenschaft Roms wenig anbrennen lassen. Ist das wahr oder übertreibt sie?“

„Marisol bräuchte selbst einmal einen Mann zwischen ihren Schenkeln, dann müsste sie nicht in fremden Betten herumschnüffeln“, schnaubte ich erbost.

„Du weißt genau, wie es gemeint war. Ich bin die Letzte, die dir das vorhalten würde. Ich verstehe es sogar sehr gut. Manchmal braucht es viele Männer, um einen Mann zu vergessen.“

Etwas in Rabeas Stimme ließ mich aufhorchen: „Und wer war es bei dir, Rabea?“, fragte ich leise.

Meine Freundin zuckte mit den Schultern, als wolle sie eine Erinnerung abschütteln. „Das ist lange her und nicht mehr zu ändern. Aber du kannst dir dein Glück noch schaffen. Riccardo liebt dich.“

„Ach ja? Woher willst du das so genau wissen? Du kennst ihn doch gar nicht.“

* * *

Rabea fand, dass ihre Freundin schon nicht mehr ganz so ablehnend klang wie gerade noch. Sie hatte Kates Neugierde geweckt. Das war genau das, was sie hatte erreichen wollen. Kate hörte ihr zu, anstatt das Thema weiter abzublocken. „Ich bin Riccardo West zweimal begegnet, das erste Mal vor etwa zwei Jahren in Davos, auf dem World Economic Forum. Ich hatte den Eindruck, dass er ein anständiger Kerl ist."

„Und das zweite Mal?", fragte Kate und versuchte beiläufig zu klingen.

„Das war heute Mittag. Er war hier."

Kate riss es förmlich herum. „Er war hier?"

„Ja, wir hatten ein langes und interessantes Gespräch. Schau, mir ist bewusst, dass du keinerlei Erfahrung mit der Liebe hast, aber dieser Mann scheint dich wirklich zu lieben. Er will dich uneingeschränkt, er will dich behüten, beschützen und dir Sicherheit geben. Seine Liebe ist bedingungslos."

Rabea sah, dass Kates Blick weicher geworden war.

Aber noch sträubte sich ihre junge Freundin: „Ich bin beeindruckt, Rabea. Das hört sich ja fast an wie ein Eheversprechen."

„Es ist eines, wenn du es möchtest."

Beide Frauen schraken auf.

Riccardo West stand im Türrahmen. Aber nicht der selbstbewusste, Stärke und Unverwüstlichkeit ausstrahlende West, wie ihn die Öffentlichkeit oder sein Aufsichtsrat kannten. Dieser Riccardo West wirkte zum ersten Mal in seinem Leben verletzlich. Das erste Mal in seinem Leben hatte er Angst davor, dass er nicht bekommen würde, was er am meisten auf dieser Welt wollte: *Kate.*

„Marisol hat mich hereingelassen." Er machte eine abwehrende Geste, als fürchtete er, dass Kate sich deshalb auf ihre arme Mitbewohnerin stürzen könnte.

Die arme Mitbewohnerin spitzte soeben hinter seinen breiten Schultern vorbei in das Zimmer, vollkommen furchtlos, dafür sterbensneugierig.

* * *

Ich sah Riccardo an und mein Herz machte einen wilden Satz. Offenbar kannte es viel mehr Gründe, Riccardo zu lieben, als mein Verstand dagegensetzen konnte. „Warum hast du das getan?“, fragte ich ihn mit bebender Stimme.

Er verstand sofort, was ich damit meinte: „Weil mir Besitz nicht wichtig ist, Kate. Du bist wichtig. Außerdem“, ergänzte er mit einem hinreißend schiefen Lächeln, „würdest du niemals einen reichen Mann akzeptieren.“

Das war der Augenblick, in dem Rabea sagte: „Ich glaube, ich lasse euch beide alleine.“ Sie nickte Riccardo zu, er tat einen zögerlichen Schritt an ihr vorbei ins Zimmer und sie schloss die Tür.

Wir waren allein.

Riccardo bewegte sich nicht, blieb beinahe schüchtern an der Tür stehen, nur sein fragender Blick suchte den meinen. Unsere Augen verloren sich ineinander, tauchten in die Seele des anderen ein und kommunizierten in der universellen Sprache des Herzens. Obwohl uns drei Schritte trennten, gab es diese unfassbar intensive Verbindung zwischen uns, als käme die Welt um uns herum zum Stillstand. Und da war noch eine Empfindung in mir, ein Sehnen, das mir beinahe das Herz zerriss. *Warum kam Riccardo nicht näher? Warum zögerte er?* Ich wollte, dass er mich endlich in die Arme nahm, ich wollte, dass er mich mit seiner Wärme umfing und festhielt. Ich wollte spüren, dass er mich nie wieder loslassen würde. Und da endlich begriff ich es: Riccardo hielt sich um meinetwillen zurück – weil er mir die Führung überlassen wollte. Es sollte ganz allein meine Entscheidung sein. Die Entscheidung für die Liebe. Es ging nicht mehr darum, wer der Stärkere von uns beiden war, um Macht oder Dominanz. Es ging um uns. Das *Wir*.

Und ich folgte der Stimme meines Herzens. Ich machte einen

Schritt auf Riccardo zu. Und noch einen und noch einen. Nun stand ich so dicht vor ihm, dass ich glaubte, das Herz in seiner Brust schlagen zu hören. Noch immer rührte sich Riccardo nicht, aber in seinen Augen las ich die schönsten Worte der Welt: das wunderbare Versprechen der Liebe.

Nie zuvor hatte ich Riccardo von mir aus berührt. Jetzt wollte ich es mit jeder Faser meines Seins. Ganz langsam hob ich meine Hand, erforschte sein Gesicht, ertastete seine Konturen, neu und so vertraut zugleich. Ich konnte spüren, wie dieser große Mann unter meiner Berührung erbebte, aber noch immer hielt er sich um meinetwillen zurück und ich sah ihn an und meine Augen sagten ja. Mit einem erstickten Laut riss er mich in seine Arme, seine Hände wühlten sich in mein Haar, seine Lippen senkten sich auf meine und endlich, endlich verschmolzen unsere Körper miteinander – so wie es unsere Herzen längst getan hatten.

Zum ersten Mal in meinem Leben erfuhr ich das Wunder der Liebe und wie es sich anfühlte, wenn es nicht mehr um das Nehmen ging, sondern beide ausschließlich geben wollten, sich einander bedingungslos schenkten. Wir liebten uns, hielten uns fest, liebten uns wieder, erforschten jeden Zentimeter der Haut des anderen, machten auch nicht vor den intimsten Stellen halt. Erstmals konnte ich mich einem Mann völlig öffnen, gab mich der Liebe bedingungslos hin, verschwendete mich an sie und bekam alles und noch so viel mehr zurück. Riccardos Liebe umfing mich mit all seiner Kraft und in seinen Armen fühlte ich mich sicher. Meine Dämonen waren fort.

Später, als ich mit dem Rücken an ihn gekuschelt lag, flüsterte ich: „Ist das nicht unglaublich? Es gibt über 6 Milliarden Menschen auf dieser Erde und das Schicksal, das sich Leben nennt, hat ausgerechnet uns beide zusammengeführt.“

„Nicht ausgerechnet, *cara*. Du magst es Schicksal nennen, ich nenne es das Mysterium der Liebe. Sie folgt stets ihrem eigenen Weg.“

„Dann beginnt ab heute unser gemeinsamer Weg…“ Es hörte sich nicht nach einer Frage an und so war es auch nicht gedacht gewesen. Riccardo hatte mich sofort verstanden. Er richtete sich halb hinter mir auf, ich spürte seinen warmen Atem in meinem Nacken. Es löste sofort einen wohligen Schauer in mir aus und ich presste meinen Hintern an seinen Bauch. Der kleine Riccardo mochte das und reagierte augenblicklich.

„War das etwa ein Antrag, Miss Lawrence?“, raunte der große Riccardo heiser und küsste meine Schulter zärtlich.

„Nur, wenn du mich noch einmal genauso liebst wie gerade eben“, forderte ich kühn.

„Das werde ich tun, mein ganzes Leben, *cara*.“ Er rollte mich herum und küsste mich, bis ich nach Luft japste und löste sich dann zu meiner Enttäuschung von mir. „Warte kurz!“ Er erhob sich, und während ich ausgiebig seinen schönen, nackten Körper bewunderte, suchte er zwischen seinen verstreuten Kleidern und fischte etwas aus seiner Hose. Ich erkannte die kleine Schmuckschachtel wieder.

Er kniete feierlich vor dem Bett nieder und öffnete sie. Der Blütendiamant versprühte sein blaues Feuer.

„Du hast ihn von ihr zurückbekommen?“, fragte ich erstaunt und betrachtete den Ring der Frauen seiner Familie.

Riccardo lächelte geheimnisvoll. „Es ist ein Zauberring, weißt du. Er findet immer zu seinem wahren Besitzer zurück.“ Sein Blick war sanft, doch ich spürte, dass er nicht näher auf meine Frage eingehen wollte.

Und er hatte recht, es war nicht mehr wichtig, es gehörte der Vergangenheit an, seine Frau, mein Vater, alles, was ich bisher erlebt hatte. Ich war bereit für ein neues Leben, das Glück einer Zukunft an Riccardos Seite. Riccardo füllte jetzt meine gesamte Gegenwart aus. Er war leidenschaftlich in allem, was er tat, er war gütig, mutig und rechtschaffen. Und er wollte mich. Und ich wollte ihn. So sehr, dass es fast schmerzte.

Ohne zu zögern streckte ich meinen Arm aus und er streifte mir beinahe andächtig den Ring über den Finger. Danach liebkoste er die Innenseite meiner Hand und legte sie an seine linke Brust. Ich konnte den kräftigen Schlag seines Herzens spüren, als er sagte: „Mein Herz gehört dir, für immer, *principessa*."

Ja, es war ein Zauberring. Die Liebe war nun mein Königreich.

54

Olé olé olé

„Essen dauert noch", sagte Marisol auf dem Flur zu Rabea, nachdem diese die Tür geschlossen hatte. „Doppelter Espresso und Marzipankonfekt?", bot sie alternativ an.

„Unbedingt", pflichtete Rabea bei.

Sie machten es sich in der winzigen Küche gemütlich, die ein herrliches Aroma erfüllte. Im Backofen schmorte ein Auflauf vor sich hin.

Marisol schnappte sich eine dunkle Praline, Amaretto mit einem Hauch Muskat, und biss hinein. „Es ist so leise", sagte sie, noch halb kauend.

„Das ist gut! Dann streiten sie wenigstens nicht."

„Denkst du, sie küssen sich vielleicht gerade?"

„Ehrlich, ich habe keine Ahnung."

„Oder sie hat ihn umgebracht! *Dios mío*, das Mädchen kann einem manchmal Angst machen!" Marisol sah lieber schwarz und aß noch eine Praline. Plötzlich spitzte sie die Ohren und ein breites Grinsen schmückte ihr Gesicht. „Hörst du das, Rabea?"

„Nein." Sie horchte. „Oder doch, was quietscht denn da so leise? Habt ihr etwa Mäuse hier?" Ihre Augen inspizierten vorsichtshalber den Küchenboden.

„Nein." Marisol strahlte. „Das ist Ginas Bett. Sie machen Liebe! Oh, oh, wir werden Hochzeit feiern!"

„Wo ist Riccardo?", fragte Marisol, als ich sehr viel später – die Reste des Auflaufs standen noch auf dem Tisch – zu ihnen in die

Küche kam. Sie reckte den Kopf, als könne sich Riccardo hinter mir versteckt halten.

„Er duscht!“ Tatsächlich war das Wasserrauschen jetzt zu hören.

„Ohne dich?“, meinte Marisol anzüglich.

Ich streckte ihr die Zunge heraus und schnappte ihr die letzte Praline weg.

„Du siehst ganz schön durchgenudelt aus“, bemerkte Rabea und ihr Grinsen stand Marisols in nichts nach.

„Ja, dass ihr zwei euch gut verstehen würdet, das war mir sofort klar“, seufzte ich.

„Und, was hast du ihm geantwortet?“, fragte Rabea.

„Was meinst du?“

„Du weißt genau, was ich meine.“

Ein Lächeln stahl sich auf mein Gesicht. „Ich habe beschlossen, auf euch zu hören. Ich habe ja gesagt.“ Ich beugte mich zu Rabea herab und umarmte sie fest: „Ich danke dir, Rabea, für alles. Ich weiß nicht, was aus mir geworden wäre, ohne dich und deinen Freund Jules.“

„Du bist stark, Kate, viel stärker, als du denkst. Ich bin überzeugt, du hättest auch ohne mich einen Weg für dich gefunden. Aber ich bin sehr froh, dass wir uns damals in New York begegnet sind und ich eine Freundin in dir gefunden habe.“

„Olé olé olé!“ Marisol kannte kein Halten mehr. Sie stürzte sich auf mich, herzte und küsste mich und erdrückte mich beinahe in ihrer Freude. „Ich werde Brautjungfer sein, ich werde Brautjungfer sein“, rief sie ekstatisch und warf die Arme hoch. „Ich muss sofort meine Familia in Roja anrufen!“ Sie lief aus der Küche.

„Ja“, ich sah ihr hinterher, „sie wird herrlich in Altrosa aussehen.“

„Wie eine Praline mit Zuckerguss“, ergänzte Rabea trocken. Wir sahen uns voller Herzlichkeit an. „Ich freue mich so für dich, Kate! Es ist die richtige Entscheidung. Riccardo ist ein guter Mann, und er wird dich glücklich machen.“

Ich nickte, noch immer überwältigt vom Geschenk der Liebe,

das Riccardo für mich bedeutete. Es brauchte keinen Spiegel, um mir zu zeigen, dass das Traurige aus meinen Augen verschwunden war. Ich konnte es fühlen, das Glück.

55

Ein Jahr später

Venedig/Italien

Ich suchte Riccardo, weil er mir erklären sollte, warum wir schon wieder eine Weinlieferung erhalten hatten, obwohl unser Keller längst aus allen Nähten platzte. Auch der Koch reagierte nicht auf meine Rufe und Toto war ebenfalls von der Bildfläche verschwunden. Tatsächlich war ich die letzten fünf Minuten nicht einmal über ihn gestolpert. Sehr verdächtig.

Mein Blick huschte durch den Raum. Die Tische waren für das *Rettet-Venedig-Abendessen*, der Initiative, die wir unterstützten, bereits eingedeckt worden. Da, dort hatte sich gerade eine der bo denlangen Tischdecken bewegt! *Na warte, Freundchen!* Bevorzugt verzog sich Toto nämlich mit einem meiner Schuhe in irgendeine lauschige Ecke. Riccardo fand es drollig. Kunststück, es waren ja auch nicht seine Schuhe!

Ich hob einen Zipfel an und entdeckte unseren fünf Monate alten Labradorwelpen, mit einem angenagten, versabberten Schuh zwischen den Pfoten. Er sah mich treuherzig an, als wolle er fragen: *Na, wie habe ich das gemacht?* Seine schokobraunen Augen ließen mich dahinschmelzen. Außerdem war es Riccardos Schuh. Ich grinste breit. „Gut gemacht, Toto!", lobte ich und ließ den Zipfel wieder fallen. Ich wandte mich um und entdeckte nun durch eines der Fenster Riccardo.

Er stand auf dem Bürgersteig, den Kopf in den Nacken gelegt, und musterte aufmerksam die Fassade des Palazzos, in dem unser Restaurant untergebracht war.

War schon wieder etwas mit unserem Schild? Wir hatten es erst kürzlich ausgetauscht, das alte hatte ihm nicht gefallen. Er war so ein verdammter Perfektionist. Wie ich. Gemeinsam trieben wir unsere Lieferanten in den Wahnsinn.

„Was gibt es hier draußen zu sehen?" Ich stellte mich neben ihn und meine Augen wanderten zum Schild hinauf. Es war einwandfrei. Ich wollte schon eine entsprechende Bemerkung über den kausalen Zusammenhang von Perfektionismus und Gummiwänden machen, als mir der Grund seines Interesses ins Auge stach: das neu angebrachte, orangefarbene „Vendesi" – *Zu-Verkaufen*-Schild neben der Eingangstür des angrenzenden Palazzos. Ich konnte förmlich sehen, wie es hinter Riccardos Stirn arbeitete. Linker Hand war seit Kurzem Marisols Patisserie untergebracht.

Ihr Geschäft war schon jetzt ein Erfolg. Ich sah sie hinter ihrer Theke wirbeln. Und wen entdeckte ich noch? Unseren vermissten Koch, mit dem bezeichnenden Namen … *Eros*. Er näherte sich ihr von der Seite und streckte ihr einen riesigen Strauß roter Rosen entgegen, hinter dem seine schmächtige Gestalt beinahe verschwand.

Alle Achtung, der traute sich was! Soweit ich wusste, hatte Marisol ihn noch vor einigen Tagen einen verdammten Teufel von Italiener genannt und ihn hochkant aus ihrem Laden geworfen. Eros hatte sich bitterlich bei mir ausgeweint. Fette Bollywood-Tränen, ein Mann von der Kapazität eines Wasserwerks und zweifellos ein Mann der ganz großen Gefühle. Und hartnäckig. Ich rechnete fest damit, dass ihm die Rosen gleich mit Stumpf und Stiel um die Ohren fliegen würden. Doch was beobachtete ich stattdessen? Ich kniff die Augen zusammen, weil ich es fast nicht glauben konnte. Marisol nahm die Rosen soeben mit großer Geste entgegen, schnupperte daran, reichte sie an ihren Lehrling weiter und fütterte Eros anschließend mit einer Praline! *Sie fütterte ihn!* Alle Achtung, ich war beeindruckt. Das war ja eine rasante Entwicklung. *Marisol und Eros.* Mir fiel spontan Marisols berühmte Ehemannliste an unserem Kühlschrank ein – Tscha, soviel zu Paragraph 1: *Es muss eine Spanier sein*! Ich freute mich so für meine Freundin. Eros war ein prima Kerl. Ein Mann, der die Kochkunst zelebrierte, und offenbar auch die Liebe.

Neue Kunden betraten das Geschäft. Wenn Marisol so weitermachte, würde sie bald expandieren müssen. Apropos, expandieren. Ich wusste, was Riccardo umtrieb und zupfte ihn am Ärmel. „Nein, mein Lieber. Schlag dir das aus dem Kopf! Wir haben Schulden. Erst zahlen wir unseren Kredit ab und Rabea und Jules schulde ich auch noch Geld fürs Studium. Später ist früh genug."

„Nein, später ist es vielleicht verkauft! Das ist eine einmalige Gelegenheit! Wir könnten die Mauer durchbrechen und einen weiteren, exklusiven Speisesaal einrichten, zum Beispiel für Hochzeitsfeiern, und aus den Räumen darüber", er deutete auf die vierstöckige Fassade, „machen wir ein kleines, aber feines Hotel. Mit Honeymoon-Suite. Und jeden Raum richten wir anders ein. Vertrau mir, ich werde den Banker überzeugen, uns den Kreditrahmen zu erhöhen. Und das mit dem Denkmalschutz regele ich auch, keine Sorge." Er schnippte mit dem Finger.

Ich bedachte ihn mit einem nachsichtigen Blick. *Einmal Unternehmer, immer Unternehmer.* Sein Eifer war bestechend, aber ich ließ mich nicht infizieren. „Nein, Riccardo. Es ist alles gut so, wie es ist. Wir sind doch zufrieden oder?" Ich zwang ihn, mich anzusehen. „Lass es uns überschaubar halten, *va bene*?" Ich hob mich auf die Zehenspitzen, gab ihm einen Kuss auf die Wange und flüsterte: „Außerdem werden wir in nächster Zeit genug Beschäftigung haben. Und zumindest ein Zimmer werden wir neu einrichten müssen."

Etwas in meiner Stimme musste ihn alarmiert haben. Er nahm mich bei den Schultern und musterte mich aufmerksam. „Was ist los, Mrs West?"

Ich nahm seine rechte Hand, führte sie langsam nach unten und legte sie sanft auf meinen Bauch. Er sah mich mit einem zaghaften Staunen an, während sich seine Ahnung in Gewissheit verwandelte und seine Augen sich mit einem warmen Leuchten füllten. Oh, wie ich ihn für diesen besonderen Ausdruck darin liebte!

„Ja. Wir bekommen ein Baby, Mr West." Ich erwiderte sein Lächeln, aus ganzem Herzen.

HAPPY END …

EPILOG I

Riccardo holte die Zeitung herein. Auf dem Weg vom Briefkasten zurück in die Küche las er die Titelschlagzeile:

Gravierende Sicherheitslücken beim Softwarekonzern FutureNetCom – Streitkräfte-Ausschuss beruft Sondersitzung ein. Und darunter: *Hacker veröffentlichen außerdem Schriftverkehr der Vorstandsvorsitzenden Esther Cameron.*

Von unserem Korrespondenten in Washington, Carlo Safaldo:

Wie aus dem Weißen Haus verlautet, werden derzeit alle Regierungsaufträge mit dem FutureNetCom-Konzern überprüft. Der Konzern lieferte die Software für hochempfindliche Waffensysteme von Armee und Navy. Das ist ein weiterer empfindlicher Schlag für Esther Cameron, die bereits viel Häme für ihr jüngst lanciertes Betriebssystem einstecken musste, das mehrfach nachgebessert und das der Konzern inzwischen gänzlich vom Markt nehmen musste.

Ebenso skandalträchtig ist Camerons veröffentlichte E-Mail-Korrespondenz, in der sie hochrangige Politiker beleidigt, sich rassistisch zum amerikanischen Präsidenten äußert und den Vorsitzenden des Repräsentantenhauses einen pathologischen Lügner und Betrüger nennt.

Vereinzelte Aufsichtsräte fordern bereits Camerons Rücktritt …

Riccardo ließ das Blatt sinken und lächelte zufrieden in sich hinein.

„Was steht denn so Witziges in der Zeitung?“ Ich stand in der Küchentür und beobachtete ihn misstrauisch. Riccardo erinnerte mich gerade frappierend an Toto nach einem erfolgreichen Streich.

„Nichts, da ist bloß eine kräftige Stinkbombe hochgegangen“, sagte er, klemmte sich die Zeitung unter den Arm und gab seiner Frau einen Kuss. „Komm, gehen wir frühstücken, Mrs West.“

EPILOG II

Meine verstorbene Großmutter hat oft zu mir gesagt, dass das Leben ein Geschenk sei, und man es jeden Tag neu auspacken müsse. Nicht immer finde man darin das vor, was man sich gewünscht habe, aber man solle versuchen, stets das Beste daraus zu machen. Ansonsten würde es den Geber beleidigen. Sie nannte ihn *Gott.*

Bis zu ihrem Tod empfand ich dies als eine wunderbare Vorstellung. Ich war ein Kind, begierig auf das Leben und seine Geschenke.

Wenig später endete meine Kindheit; ich lernte, dass dies zwar eine schöne Weisheit war, aber nur teilweise zutreffen konnte. Denn es geschehen Dinge auf der Welt, aus denen kann man nicht das Beste machen; manche Geschenke sind einfach nur … schrecklich. Und die Geber sind immer die Menschen.

Manchmal trifft uns das Leben mit einer solchen Wucht, dass es uns völlig aus der Bahn wirft. Ist man allein, ist es schwer, wieder auf den eigentlichen Weg zurückzufinden.

Ich hatte das Glück, rechtzeitig auf jemanden zu treffen, der mich an die Hand nahm und mir zeigte, dass das Leben auch viele gute Geschenke zu vergeben hat – das Leben an sich ist ein Geschenk. Auch wenn ich eine Weile gebraucht habe, um das zu begreifen.

Nach wie vor suchen mich meine Albträume heim, aber sie werden seltener und schwächer, und bald wird die Vergangenheit im Grau des Vergessens versinken und mehr und mehr durch das Leuchten der Gegenwart ersetzt werden. Es gibt Riccardo in meinem Leben und wir werden bald ein Kind haben. Es wird ein Mädchen werden und in Erinnerung an meine kleine Halbschwester Tabea heißen. Marisol ist die beste aller Freundinnen und Schorsch Ettenhuber benimmt sich schon jetzt wie ein werdender Großvater. In manchen Momenten kann ich mein Glück kaum fassen und zweifele daran, es verdient zu haben, denn ich habe alles bekommen: das Feuerwerk, das Happy End, Bollywood pur.

Doch Riccardo, der meine Stimmungen kennt, nimmt mich dann in die Arme und flüstert mir zu: *Das Herz vollbringt Wunder, principessa.*

Ja, ich erfahre das Wunder der Liebe; ich bin nicht mehr allein.

In eigener Sache – auch bekannt als Danksagung

Liebe Leserinnen und Leser, einige von Ihnen haben vermutlich auch „Honigtot“ gelesen und deshalb als neues Buch vielleicht etwas anderes erwartet, als einen sommerleichten Roman wie „DAS MÄDCHEN HINTER DER MASKE“.

Aber ich benötigte zwischendurch leichtere Schreibkost. Gerade nach dem schweren, historischen Stoff, bei dem ich mich über ein Jahr lang intensiv mit der deutschen Vergangenheit, dem Schicksal meiner und vieler anderer Familien im Dritten Reich beschäftigt habe und manche Nacht mit Albträumen angereichert war. Mit dem vorliegenden Buch bekenne ich mich der Liebe und der Romantik für schuldig und bitte um mildernde Umstände. Aber zuvor erlauben Sie mir noch ein paar Worte zu „Honigtot“.

Viele Leser haben mich angeschrieben und den Wunsch nach einer Fortsetzung geäußert. Sie wollten mehr zu Deborah wissen, fragten, was letztendlich mit Gustav geschehen ist und wie es dem Wolferl und Ottilie weiter ergangen ist. Aber das besondere Interesse galt und gilt Marlene …

Obwohl ich mich weiterhin kaum von meinen Figuren aus „Honigtot“ lösen kann, und sich besonders Marlene in meinen Gedanken festgesetzt hat (in manch schwieriger Situation frage ich mich: „Was hätte Marlene getan?“), hatte ich nie geplant, einen zweiten Teil zu schreiben. Aber nun weiß ich, dass ich Marlenes Geschichte erzählen muss. Denn sie trägt einen Teil der Figur meiner Großmutter in sich, die eine sehr tapfere und mutige Frau gewesen ist.

Wie kam ich auf Riccardos und Ginas Liebesgeschichte? Sie ist durch meinen Mann inspiriert worden: Er hat mir zu unserem fünften Hochzeitstag eine Reise nach Venedig geschenkt. Als die fantastische Szenerie der Stadt erstmalig vor mir auftauchte, dachte ich sofort: Was für eine wunderbare Kulisse für eine romantische Liebesgeschichte!

Mir erging es wie Gina im Buch: Venedig hat mich mitten ins Herz getroffen. Ach, es war einmalig dort, niemals zuvor hat ein Ort diese Flut von widersprüchlichen Emotionen von Bitternis bis Süße in mir ausgelöst. Oft wusste ich nicht, ob ich weinen, lachen oder mich einfach nur in die glanzvolle Vergangenheit Venedigs träumen wollte, jedenfalls wollte ich gar nicht mehr nach Hause. Wenn mein Mann mich nicht gepackt, über die Schulter geworfen und ins Auto verfrachtet hätte, ich wäre noch immer da. Ein Stück meines Herzens habe ich auf jeden Fall zurückgelassen.

Ich hoffe nun, die Lesereise mit Gina und Riccardo konnte Ihnen gefallen. Wenn ja, würde ich mich sehr über eine kurze Rezension freuen. Mille Grazie!

Mit Venedig verbindet mich tatsächlich eine besondere Love Story. Ich weiß nicht, ob man sich bei einer Stadt bedanken kann, aber ich tue es. Ich danke der Stadt Venedig für ihre Inspiration. Diese Stadt ist von herzzerreißender Schönheit und gleichzeitig strahlt sie eine berührende Traurigkeit aus. Sie weint um ihr Schicksal.

Quod me nutrit, me destruit – Was mich ernährt, zerstört mich. Nichts trifft mehr auf die Situation Venedigs zu.

Menschen haben das Wunder Venedig einst vor über eintausend Jahren geschaffen, und wir Menschen sind es, die es jetzt in kurzer Zeit zerstören.

Bei Interesse können Sie hierzu diesen Bericht nachlesen (Quelle: Stuttgarter Zeitung). Im nachstehenden Artikel findet sich auch der sehr treffende Kommentar:

Statt „Venedig sehen und sterben“, sollte es heißen: „Venedig sehen, bevor es stirbt.“

www.stuttgarter-zeitung.de/inhalt.venedigs-hass-liebe-zu-kreuzfahrtschiffen-monster-in-der-lagune.f77d7222-104d-4cb5-a3d1-aae512198091.html

Mein Dank gilt wie immer meinem Mann, Fels in der Brandung, erster Leser und beinharter Kritiker, bis an die Schmerzgrenze (und manchmal darüber hinaus).

Und meiner lieben Freundin Myriam, deren Mitarbeit und beständiger Rat für mich unverzichtbar geworden sind. Ihre Geduld ist grenzenlos. Kompetent und unermüdlich, treibt sie mich immer weiter an. („Komm Hanni, das kannst Du doch noch besser!“) Danke Myriam, dass es Dich in meinem Leben gibt!

Sämtliche Fehler oder Irrtümer in diesem Buch sind selbstverständlich allein der Autorin zuzuschreiben.

Bei allen Bayern und Dialekt-Kundigen möchte ich mich entschuldigen. Sie haben es sicher gleich bemerkt, Ettenhubers Bayerisch läuft auf Sparflamme. Gejuckt hätte es mich schon, aber … Der geneigte, bayerische Leser wird es mir verzeihen.

Zum Dank verpflichtet bin ich auch Johannes Zum Winkel von Xtme, der mir in kurzer Zeit zu einem wahren Freund wurde, sowie Ramona und Ludwig, meine guten Geister, die mir grandios den Rücken freigehalten und sich um all jenen Kleinkram gekümmert haben, den ich am liebsten in eine dunkle Kammer am Ende der Welt sperren würde und den Schlüssel dazu wegwerfen.

Unbedingt erwähnen muss ich auch fünf weitere, ganz besondere Menschen: Heike, die den Titel vorschlug, meine treue Testleserin Elga und die famosen Autorinnen Barbara Schiller von B.C. Schiller, Alexandra Amber und Lisa Torberg, die mich, seit ich sie kennenlernen durfte, beständig unterstützt und motiviert haben. Mädels, ich bin froh, dass ich Euch kenne, Ihr seid die Besten!

Und ich möchte meiner Mami danken, für alles, was sie ist, wofür sie steht, und für das, was sie mir mit auf den Weg gegeben hat. Wenn man selbst Mutter ist, versteht man erst, was unsere Mütter mit uns durchgemacht haben. Mutterliebe ist bedingungslos. *Amor incondicional.*

Vor allem aber bedanke ich mich bei allen meinen Lesern. Ich schreibe und brenne für Sie!

Eure Hanni M.,
im März 2015

P.S. Und Entschuldigung wegen der Marzipanexzesse. Ich weiß, es ist Frühling, die Natur ist erblüht, der Schnee ist geschmolzen und mancher (ich auch) stellt fest, es muss noch mehr schmelzen. Pfunde. Falls ich Sie zwischendurch verführt haben sollte, finden Sie im Anhang das Rezept einer magischen Suppe. Sie hilft mir jedes Mal. Bis zum nächsten verflixten Winter.

P.S.S. Der direkte Kontakt zum Leser ist mir sehr wichtig.
Darum freue ich mich über Anregungen, Kritik und Austausch jederzeit unter mail@hannimuenzer.de

Buchempfehlung

„HONIGTOT“

von Hanni Münzer

Herausgeber: Piper Verlag

Kann eine tiefe, alles verzehrende Liebe die Generationen überdauern und alte Wunden heilen?

Kurzbeschreibung

Vor dem heraufziehenden Sturm des zweiten Weltkriegs spannt sich eine schicksalhafte Liebe.
Eine Liebe die unvergänglich ist und alles überdauert und die die Herzen selbst noch Jahrzehnte später berührt und heilen kann.
LIEBE kann alles sein, sehnsüchtig und herzzerreißend, exzessiv und verzehrend, unermesslich und auch so zerstörerisch, dass das eigene Herz verbrennt und nichts zurückbleibt als kalte Asche.

HONIGTOT – eine bewegende Geschichte über Liebe und Obsession, Schuld und Sühne, Verrat und Rache … bis zum bittersüßen Ende.

Weitere Bücher

„DIE SEELENFISCHER-TETRALOGIE“:

Band 1: „Die Seelenfischer“
Band 2: „Das Hexenkreuz“
Band 3: „Die Akte Rosenthal – Teil 1“
Band 4: „Showdown! – Die Akte Rosenthal – Teil 2“

BAND 1, „DIE SEELENFISCHER“:
Zeitgenössischer Romantikthriller – ca. 450 Normseiten

NÜRNBERG

Renovierungsarbeiten in einer alten Villa fördern einen sensationellen Fund zu Tage. Er ruft den Bischof von Bamberg auf den Plan. Kurz darauf reist er nach Rom. Einen Tag nach seiner Rückkehr wird er bestialisch ermordet aufgefunden.

ROM, drei Monate später

Der junge Jesuit Lukas, der Neffe des Ermordeten, wird zum Generaloberen des Jesuitenordens zitiert. Der schwer vom Krebs Gezeichnete erteilt ihm einen geheimen Auftrag:
Dann geschieht ein weiterer Mord und Lukas findet sich als Tatverdächtiger wieder.
Plötzlich taucht seine Jugendliebe, die Journalistin Rabea bei ihm auf und bietet ihm ihre Hilfe an.
Jäh muss er sich fragen, ob es tatsächlich nur ein Zufall war, dass Rabea ausgerechnet jetzt bei ihm in Rom aufgetaucht ist.
Was weiß Rabea?

* * * * *

BAND 2, „DAS HEXENKREUZ“: Historischer Liebesroman und Prequel

Er spielt ab 1767 in Italien und Frankreich zur Zeit der Aufklärung und erzählt die Vorgeschichte der Familie von Stetten – ca. 650 Normseiten.

Der Roman ist in sich abgeschlossen und kann unabhängig von den anderen gelesen werden.

ROM 1767

Die Allmacht der Kirche hat ihren Zenit überschritten – der Kampf ums Überleben hat begonnen.

Aufklärer, Freimaurer und Illuminaten und auch die Herrscher Europas, die Bourbonen, haben den Untergang der wichtigsten Stütze von Kirche und Papst beschlossen: *dem Jesuitenorden.*

Droht ihm das gleiche Schicksal wie einst dem Templerorden? Das Gerücht, die Jesuiten hätten den Schatz der Templer gefunden, hält sich hartnäckig.

Das Geschwisterpaar Emilia und Emanuele di Stefano gerät in den Sog von dunklen Machenschatten: Der geheimnisumwitterte Herzog von Pescara begehrt Emilia zur Frau. Unterstützt von der Bruderschaft des alten römischen Kultes Sol Invictus, schickt er sich an, nach der Macht im Kirchenstaat zu greifen.

Emilias Zwillingsbruder Emanuele wird Jesuit und bringt es bis zum Assistenten des Generaloberen seines Ordens, Lorenzo Ricci. Emanuele erfährt viele Kirchengeheimnisse, darunter ist eines, das die Grundfesten seines Glaubens erschüttert.

Als der Untergang des Ordens unvermeidbar scheint, erteilt Ricci seinem Sekretär einen gefährlichen Auftrag. Er stürzt Emanuele damit in einen schweren Gewissenskonflikt. In seiner Verzweiflung vertraut sich Emanuele seiner Zwillingsschwester an und löst damit die Katastrophe aus …

* * * * *

BAND 3, „DIE AKTE ROSENTHAL – Teil 1“ schließt an Band 1 an – ca. 390 Normseiten

„DIE AKTE ROSENTHAL“ greift erneut eine Verschwörungstheorie auf.
1961 warnt der scheidende US-Präsident Dwight D. Eisenhower vor dem „militärisch-industriellen Komplex“.
Die Gefahr: Konflikte werden nicht diplomatisch gelöst, sondern wirtschaftlichen Interessen untergeordnet. Damals war die Folge der Vietnam-Krieg. Das Buch handelt davon, wie eng Wirtschaft, Militär und Geheimdienste miteinander verknüpft sind, den politischen Kuchen backen und verteilen.
Was aber wäre, wenn eine Person sich genau dieser Interessen bedienen und die Parteien gegeneinander ausspielen würde?
Eine mögliche Antwort liefert „Die Akte Rosenthal“.

TANGER
Mitten in der Nacht wird eine junge Frau aus ihrer Wohnung verschleppt. Die Täter nehmen auch alle ihre persönliche Habe mit.
Zurück bleiben einige schäbige Möbel und ihre Katze.

NÜRNBERG
Lukas und Lucie von Stetten wie auch dem Agenten Jules Lafitte ist nach den folgenschweren Ereignissen in Rom nur ein kurzes Aufatmen vergönnt. Schon geraten sie in das nächste Abenteuer.
Und jemand, mit dem so gar niemand gerechnet hat, taucht plötzlich wieder auf und greift in die Geschehnisse ein.
Sehr bald muss Lukas erkennen, dass nichts so ist, wie es zunächst scheint …

* * * * *

BAND 4, „SHOWDOWN! – DIE AKTE ROSENTHAL – Teil 2" ist ein zeitgenössischer Thriller und schließt unmittelbar an Band 3 an – ca. 650 Normseiten

SHOWDOWN!
ROM
Der Papst tritt überraschend zurück, seine Motive lässt er im Unklaren.
Sofort sprießen in Rom die wildesten Gerüchte. Spekulationen über Geschäfte der Vatikanbank, Erpressung und Missbrauch machen die Runde. Ein gefundenes Fressen für die Medien.
Der neue Papst sieht sich einer schier unlösbaren Aufgabe gegenüber. Er nimmt den Kampf auf, stößt auf das weltumspannende Komplott eines Wirtschaftssyndikats – und bringt sich damit in Lebensgefahr.

BERLIN
Eine Journalistin ist einer heißen Story auf der Spur und gerät in tödliche Gefahr.

NÜRNBERG
Lukas erhält völlig unerwartet ein Angebot aus dem Vatikan. Während er über seine Rückkehr nach Rom nachdenkt, treten gleich zwei interessante Männer in das Leben seiner Zwillingsschwester Lucie. Beide kämpfen um sie.
Bald muss sie sich fragen, ob einer von ihnen ein falsches Spiel mit ihr treibt.

Lukas' Frau Magali verstrickt sich durch das Erbe ihrer Mutter in dunkle Machenschaften, aus denen es scheinbar kein Entkommen gibt. Und sie sorgt sich um ihre Ehe – sie weiß, Lukas hat seine Jugendliebe Rabea nie vergessen.

MÜNCHEN
Jules Lafitte ist gezwungen, vor dem Terroristen Yussuf unterzutauchen. Quer durch Europa jagt er Beweisen nach, um sich endgültig von seiner Vergangenheit zu befreien.

Keiner der fünf ahnt, dass sie ins Visier eines gefährlichen Gegners geraten sind – denn alle Ereignisse sind miteinander verknüpft.
Und am Ende führen alle Wege nach **ROM.**

Alle BÜCHER von Hanni Münzer als e-book/Taschenbuch/Hörbuch:

Literaturnachweise/Links

www.nabu.de/themen/verkehr/schifffahrt/containerschifffahrt/16646.html

www.youtube.com/watch?v=5bNPj_Dw6Xo

www.nabu.de/themen/verkehr/keindieselohnefilter/hochseeschiffe/16641.html

green.wiwo.de/schiffsverkehr-drastische-zunahme-seit-1992-setzt-ozeane-unter-druck/

www.spiegel.de/reise/aktuell/kreuzfahrtschiffe-muessen-in-venedig-kuenftig-abstand-halten-a-985219.html

Die magische Suppe

Man nehme:

3 große Zwiebeln
½ Weißkohl
1 grüne oder rote Paprikaschote
¼ Sellerie
1 Würfel Gemüsebrühe oder ½ Liter Gemüsefond
1 EL Tomatenmark
10 Gramm Ingwer
2 Esslöffel Curry süß (z.B. Madrascurry aus dem Reformhaus)
Soviel Wasser hinzu, dass das Gemüse bedeckt ist
Pfeffer und/oder Tabasco nach Bedarf
Ein Heftpflaster

Den Weißkohl raspeln oder klein schneiden.
Ingwer, Zwiebel, Sellerie und Paprikaschote klein würfeln.
Alles in einen großen Topf geben und so viel Wasser hinzufügen, bis alle Zutaten bedeckt sind.
Tomatenmark und Brühwürfel/Gemüsefond hinzugeben.
Aufkochen und zehn Minuten köcheln lassen.
Mit Curry würzen und weitere 30 Minuten köcheln lassen.
Zum Schluss mit Pfeffer und/oder einem Schuss Tabasco nach Belieben nachwürzen und abschmecken.
Sie können von der Suppe täglich so viel essen, wie Sie möchten, die Menge reicht für eine Kur von zwei bis drei Tagen.
Arbeitszeit: ca. 30 Minuten
Schwierigkeitsgrad: Keiner, nur nicht beim Schnippeln in den Finger schneiden!!!

Leseprobe

Die Seelenfischer

SEELENFISCHER-TETRALOGIE

BAND 1

„Der Mensch in seiner Unwissenheit glaubt nur langsam an das, was er nicht sieht“

Giacomo della Marca (Jakob von den Marken)

Heiliger, 1476 verstorben

PROLOG

ROM 1773

Mit auf dem Rücken verschränkten Armen stand der Mann am Fenster und sah auf den sich leerenden Hof hinab. Dort unten schien sich jeder zu beeilen, noch vor Einbruch der Dunkelheit eine schützende Zuflucht zu erreichen. Er quittierte das Gewimmel mit einem abfälligen Lächeln, das seine scharf gemeißelten Züge noch härter erscheinen ließ. Diese Menschen waren für ihn nichts weiter als Drohnen, einfältige Schafe, die der Führung der von Gott auserwählten Hirten bedurften. Männern wie ihm. Wie sonst hätte er seine herausragende Position erreichen können, wenn nicht durch Gottes Fügung und *seinen* speziellen Segen?

Ein Diener hatte soeben die Kerzen entzündet und ihr flackernder Schein warf düstere Schatten auf die hohen Wände.

Hinter sich hörte der Mann das Geräusch von Ledersandalen. Die Schritte verrieten ihm, dass der Ankömmling den Raum nur zögerlich betrat. Das entlockte ihm ein weiteres, zynisches Lächeln. Er verachtete die Menschen für die Furcht, die sie vor ihm hatten.

„Nun, was habt Ihr mir zu berichten, Bruder Domenico? Habt Ihr die Namen der Frau und ihrer Mitverschwörer?“, fragte er beiläufig, ohne seinen Beobachtungsposten am Fenster zu verlassen.

„Ehrwürdiger Vater, verzeiht mir, aber wir konnten nichts aus der Frau herausbringen.“ Die Stimme des Mannes zitterte kaum merklich.

„Warum belästigt Ihr mich dann?“

„Wir sind vielleicht auf einen Hinweis gestoßen, dass es sich bei dem Pergament nicht um das Original handelt, sondern nur um eine Kopie. Wenn dem so ist, dann ist es eine meisterliche Fälschung. Zur Stunde lasse ich es von kundigen Brüdern überprüfen.“ Der Mann hatte seine Worte hastig und mit devotem Eifer hervorgestoßen.

„Gut. Ich wünsche über jegliches Ergebnis sofort informiert zu werden, egal zu welcher Stunde. Inzwischen setzt Ihr die Befragung der Frau fort. Sie ist ein schwaches Weib, sie wird reden. Ich will bis morgen wissen, woher die geheimen Kirchendokumente stammen, die sie bei sich trug. Kommt erst wieder, wenn Ihr mit Ergebnissen aufwarten könnt. Ihr seid entlassen.“ Ungeduldig, seinem Besucher weiter den Rücken zugewandt, wedelte er mit der Hand, als ob er eine lästige Fliege verscheuchen wollte. Durch die Bewegung brach sich das unstete Kerzenlicht auf dem funkelnden Rubin seiner Rechten, verstärkte sein Leuchten um ein Vielfaches und ließ ihn wie einen Blutstropfen aufblitzen. Für einen winzigen Moment schien der Raum gleichsam wie in Feuer getaucht. Bruder

Domenico, der kurz den Kopf gehoben hatte, sah darin ein schreckliches Omen. Ergeben verharrte er an seinem Platz.

Unwillig wandte sich der Mann am Fenster nun doch nach ihm um. „Was will Er denn noch?“, fuhr er ihn herrisch an.

„Ehrwürdiger Vater, ich bin untröstlich, aber es ist uns nicht möglich, Eurem Wunsche zu entsprechen“, stieß der Mann mit gesenktem Kopf hervor. Nicht nur seine Stimme, sondern sein gesamter Körper bebte jetzt.

„Warum?“, fragte die harte Stimme gedehnt. Er war es gewohnt, dass seine Befehle unverzüglich ausgeführt wurden.

Nur mit Mühe formten Bruder Domenicos kalte Lippen die verhängnisvolle Antwort, die, wie er wusste, auch sein Schicksal besiegelte: „Weil die Frau tot ist.“

Ein Schatz des Wissens

Nürnberg, Deutschland – Gegenwart

Nürnberg ist eine geschichtsträchtige Stadt. Anfang des ersten Jahrtausends gegründet, erlebte sie ihre zweite Blütezeit Ende des 15. Jahrhunderts. Damals herrschte in der Stadt ein Rat aus einflussreichen Kaufmannsfamilien, die sich nach römischem Vorbild Patrizier nannten und durch Handel reich und mächtig geworden waren. Nach dem Ende des Zweiten Weltkrieges diente die Stadt den Siegermächten als Schauplatz für die Abrechnung mit prominenten Nazischergen wie Hermann Göring und Rudolf Heß. Die Nürnberger Prozesse fanden im Justizgebäude an der Fürther Straße statt, das heute zu besichtigen ist. Viele namhafte Unternehmen, von denen das bekannteste Siemens ist, haben in Nürnberg ihren Ursprung.

Zu einem dieser Inhaber eines namhaften Unternehmens war der blaue Lieferwagen an diesem frühen Morgen unterwegs. Sein Ziel war eine Patriziervilla aus dem 17. Jahrhundert auf einem parkähnlichen Grundstück im Nürnberger Stadtteil Lauf am Holz.

Morgennebel schwebte noch über dem sattgrünen Rasen. Eine schnurgerade Anfahrtsallee, die von Zypressen gesäumt war, führte zum Haupthaus, dessen Fassade malerisch mit Kletterrosen und blassrosa Glyzinien bewachsen war. Um das gesamte Grundstück verlief eine Backsteinmauer, unterbrochen nur durch das schmiedeeiserne Tor. Weder an der Klingel noch am Briefkasten befand sich ein Namensschild. Man wusste, wer hier wohnte.

Der Wagen hielt vor dem Tor und der Fahrer, ein kräftiger Brillenträger, streckte den Arm aus dem Fenster und läutete.

Aus der Gegensprechanlage antwortete ihm eine ältliche Frauenstimme: „Ja, bitte?"

„Hier ist Heizungsbau Fugga."

Mit einem Summen schwang das große Tor zur Seite, der Wagen rollte die Auffahrt entlang und hielt direkt vor dem Haus. Der Fahrer und sein jüngerer Beifahrer stiegen aus und hoben jeder einen schweren Werkzeugkoffer heraus.

Eine wohlbeleibte Dame in einem Kleid mit weißer Schürze erwartete sie bereits. „Guten Morgen, ich bin Frau Gabler, die Haushälterin der Familie von Stetten. Kommen Sie herein. Ich zeige Ihnen, wo Sie anfangen können."

Die beiden Handwerker, Vater und Sohn Fugga, folgten ihr in die Eingangshalle, die mit schwarz-weißen Terrazzofliesen ausgelegt war. Rechts und links von der Halle führte eine Rundtreppe mit geschnitztem Eichengeländer in den ersten Stock und vereinte sich oben in einer Galerie. Goldgerahmte Gemälde säumten die Wände auf beiden Seiten. Links von ihnen gab eine Flügeltür den Blick in eine holzgetäfelte Bibliothek frei. Frau Gabler führte sie zielstrebig hinein.

„Hier fangen Sie bitte an."

„Äh, Frau Gabler, entschuldigen Sie bitte", meldete sich Fugga der Ältere zu Wort. „Herr von Stetten hat uns lediglich beauftragt, die Heizungsrohre in den Bädern und in den Schlafzimmern auszutauschen. Von der Bibliothek ist in unserem Gespräch und bei der Begehung nie die Rede gewesen."

„Das geht schon in Ordnung. Frau von Stetten möchte, dass die Heizungsrohre im gesamten Haus erneuert werden und wünscht, dass Sie heute gleich mit der Bibliothek beginnen. Sie können ihr morgen die neue Kalkulation vorlegen. Ich habe in der Küche zu tun. Wenn Sie etwas brauchen", sie zeigte auf einen eierschalenfarbenen Telefonapparat, der neben der Bibliothekstür angebracht war, „da ist das Haustelefon. Wählen Sie die Nummer 2. Meine Herren." Sie nickte ihnen zu und überließ die beiden Fuggas ihrem Schicksal.

Der Hausherr, Heinrich von Stetten, hatte in der Tat nur die vereinbarten Arbeiten durchführen lassen wollen, aber die Hausherrin, Frau von Stetten, hatte beschlossen, die Gelegenheit seiner zehntägigen Geschäftsreise zu nutzen, um die gesamte Anlage zu modernisieren. Frau Gabler, als langjährige Haushälterin der Familie bestens vertraut mit dem dominanten Charakter des Hausherrn, ahnte, dass es ein gewaltiges Donnerwetter geben würde, wenn dieser zurückkehrte und die Neuerungen in der Familienvilla entdeckte. Herr von Stetten liebte keine Alleingänge.

Davon ahnten die beiden Fuggas natürlich nichts. Sie stellten ihre schweren Koffer ab und sahen sich in der Bibliothek um. Wände und Decke waren mit Kassetten aus kostbarem Mahagoni ausgekleidet. Der Raum war circa acht Meter lang, fünf Meter tief und genauso hoch. Die Regale ringsum waren bis unter die Decke mit ledergebundenen Folianten gefüllt. Eine Wendeltreppe aus Eisen führte auf eine Galerie, die nur auf der Fensterseite von zwei Rundbogenfenstern unterbrochen wurde. Zwischen den Fenstern befand sich der antike, mit einem Holzgitter verkleidete Radiator aus dem frühen 20. Jahrhundert. Die Schritte der beiden Handwerker wurden von einem Perserteppich gedämpft.

In der Ecke unter dem Treppenaufgang führte eine Tür in einen weiteren Raum. Neugierig drückte Fugga der Jüngere die Klinke herab. Sie war verschlossen. Vater und Sohn tauschten nach der Inspektion einen ratlosen Blick; sie wussten, sie saßen in der Tinte. Fugga der Ältere nahm seine Brille ab und putzte sie mit einem Taschentuch.

„Tja, mein Sohn. Zu früh gefreut. Da dachten wir, dies wäre ein gut bezahlter und einfacher Auftrag, den wir später als Referenz einsetzen könnten. Pustekuchen. Jetzt müssen wir die Decke aufbohren und unter dem Mahagoni-Gedöns den weiteren Verlauf der Heizungsrohre finden. Was machen wir mit den Büchern? Die sehen alt aus und was alt ist, ist wertvoll. Ich glaube nicht, dass unsere Versicherung zahlt, wenn wir so einen alten Schinken anfassen und er uns unter den Fingern zerbröselt. Ich hole mir besser die Erlaubnis, dass wir die Regale ausräumen dürfen." Resigniert schlurfte er zum Hausapparat.

Frau Gabler meinte lapidar, sie könnten die Bücher ruhig auf dem Perser ablegen, Frau von Stetten hätte nichts dagegen.

Also machten sich die beiden Fuggas tatkräftig ans Werk. Auftrag war Auftrag und der hatte sich, der Größe des Hauses nach, soeben verfünffacht.

Sie wählten das Regal, das dem Radiator gegenüberlag, davon ausgehend, dass die Heizungsrohre logischerweise nicht im Zickzack über die Decke verliefen. Als sie die ersten Bücher hinter sich aufgestapelt hatten und die Rückwand zum Vorschein kam, stellten sie zu ihrem Entsetzen fest, dass das Regal nicht etwa nach hinten hin zur Mahagonivertäfelung offen war, sondern eine fest verschraubte Rückwand aus noch mehr Mahagoni besaß, die ebenfalls abgebaut werden musste. Nachdem das geschafft war, wischte sich Fugga der Jüngere mit dem Ärmel seines Arbeitskittels über die feuchte Stirn und meinte: „Ein Glück, dass wir nach Stunden bezahlt werden."

„Ja, das ist der lukrativste Auftrag seit langem. Aber auch der komplizierteste. Wie sollen wir das bloß in zehn Tagen schaffen?", seufzte sein Vater, während er wieder mit seiner Brille spielte. „Geh du mal voraus in den Keller", sagte er zu seinem Sohn, „und sieh dir die Heizungsanlage genauer an. Ich mache hier weiter.“

Der Vater legte sein Ohr an die Wand und klopfte die freigelegte Vertäfelung systematisch ab, bis er eine hohlklingende Stelle fand. Hier mussten die Heizungsrohre verlaufen! Er suchte einen Ansatzpunkt, um das kostbare Mahagoni aufzuhebeln, ohne es zu beschädigen. Vorsichtig setzte er sein flachstes Stemmeisen in der Ritze zwischen zwei Kassetten an. Endlich griff er nach der lockeren Kassette, hob sie heraus und leuchtete mit seiner Taschenlampe in die Öffnung.

Auf den ersten Blick sah es nach einer leeren Nische aus. Dann aber blühte ihm eine Überraschung: Weit und breit waren keine Heizungsrohre zu sehen, sondern Bücher, Bücher und nichts als Bücher. Er glaubte zunächst, an einer Halluzination zu leiden, dadurch ausgelöst, dass er sich in einem Raum voller Bücher befand und die letzte Stunde nichts anderes geschleppt hatte. Die Nische war ungefähr bis zur Hälfte damit angefüllt. Merkwürdig fand er das schon, dass sie sich nicht in den offenen Regalen befanden, sondern dahinter versteckt. Um sich keinerlei Ärger einzuhandeln, pendelte er erneut zum Hausapparat und drückte die Nummer 2.

Es dauerte ungefähr drei Minuten, bis die Haushälterin etwas außer Atem erschien und die Fugga'sche Entdeckung in Augenschein nahm. Frau Gabler wurde dabei blass wie Hefeteig. Sie persönlich hatte es zwar immer für ein Gerücht gehalten, aber scheinbar hatten die Handwerker genau das gefunden, wonach der Hausherr seit Jahrzehnten suchte. Im gleichen Moment kehrte der junge Fugga, verstaubt und mit Spinnweben in den Haaren, zurück.

Sein Anblick ließ Frau Gabler missbilligend die Miene verziehen. „Bitte die Herren, bleiben Sie hier und rühren Sie nichts an. Ich sehe nach, ob Frau von Stetten schon auf ist“, forderte sie Vater und Sohn energisch auf. Dann eilte sie, so gut sie es auf ihren von Krampfadern gepeinigten Beinen vermochte, die Freitreppe nach oben, durchquerte den langen Korridor, dessen dicker Teppich ihre Schritte verschluckte, und klopfte an die letzte Tür des Ganges.

„Kommen Sie herein, Alma“, antwortete eine leise, kultivierte Stimme.

Frau Gabler hatte die Räume ihrer Arbeitgeberin oft genug betreten, trotzdem nahm sie auch heute die Anmut des Raumes gefangen. Es war, als würde man in die Märchenwelt aus Tausendundeiner Nacht eintauchen. Der Vater der Hausherrin, Senator Hohenkamp, war früh verwitwet und Evelyn war sein einziges Kind geblieben. Der Senator war lange Jahre als Botschafter in verschiedenen Ländern des Mittleren Ostens tätig gewesen. Wie die meisten Männer seiner Generation konnte er nicht viel mit kleinen Mädchen anfangen und überließ die Erziehung seiner Tochter den diversen Hauslehrern, aber vor allem dem arabischen Kindermädchen Fatimah. Fatimah konnte zwar kaum lesen und noch weniger schreiben, dafür quoll sie von mystischen Märchen über. Für ein von Natur aus schwärmerisch veranlagtes Kind waren die Mysterien des Orients unwiderstehlich, was sich in Evelyn von Stettens persönlichen Räumen widerspiegelte. Prunkstück des Zimmers war ein Baldachinbett. Außer dem Bett und dem Frisiertisch enthielt der Raum keine Möbel, bis auf zwei Sandelholztischchen, auf denen jeweils eine Venus-Orchidee in einem Muranogefäß blühte. Die Wände waren mit Trompe-l’oeil-Motiven bemalt worden, die die perfekte Illusion eines Harems schufen. Der orientalische Stil neigt meist zu schwülstiger Übertreibung und war nicht jedermanns Sache – vor allen Dingen nicht die ihres Gatten – doch Evelyn von Stetten hatte es verstanden, den Zauber des Orients einzufangen, ohne den Raum zu überladen.

Die Baronin war bereits auf und trug einen ihrer antiken Kaftane. Sie saß vor ihrem Frisiertisch und bürstete sich die blonden Haare, die ihr in weichen Wellen bis auf die Schultern fielen.

„Entschuldigen Sie die frühe Störung, aber es ist wegen der Handwerker“, erklärte Frau Gabler nähertretend.

„Ja, ich habe die Türglocke gehört. Haben sie in der Bibliothek angefangen?“

„Darum bin ich hier. Die Herren sind da auf etwas gestoßen. Die Sache ist die, sie haben eine Menge alter Bücher gefunden.“

„Aber Alma. Was sollen die Herren in einer mehr als zweihundert Jahre alten Bibliothek denn anderes finden als Bücher?“, antwortete Frau von Stetten sanft, bemüht, sich keinerlei Ungeduld anmerken zu lassen. Frau Gabler diente der Familie von Stetten bereits seit mehr als fünfunddreißig Jahren treu und ergeben. Dass sie selbst in Kürze sechzig Jahre werden würde, ignorierte die Baronin gerne. Evelyn von Stetten hatte sich ihre Figur mit eiserner Disziplin bewahrt. Auch ihr Spiegelbild strafte ihr Alter Lügen, warf es doch das Bild einer gepflegten Frau mit feinen Gesichtszügen zurück. Der sensible Mund und der seit dem Unfalltod ihres ältesten Sohnes Alexander leicht melancholische Ausdruck in ihren Augen intensivierten noch ihre mädchenhafte Erscheinung. Leider kämpfte ihr empfindsames Gemüt seit Alexanders Tod gegen die Dämonen der Depression an und sie hatte bereits zwei längere Aufenthalte in einer exklusiven Klinik hinter sich.

„Entschuldigen Sie, Frau Baronin. Ich meinte, dass die Herren die Mahagoniverkleidung abgenommen haben. Dahinter haben sie eine versteckte Nische voller alter Bücher gefunden. Das ist alles ganz furchtbar staubig da drinnen“, fügte sie hinzu.

„Oh“, entfuhr es Evelyn von Stetten, der die Nachricht sichtlich nicht behagte. Seit Jahren hatte sie ihrem Mann in den Ohren gelegen, bis er endlich zugestimmt hatte, Teile der veralteten Heizung, die noch aus dem ersten Jahrzehnt des 20. Jahrhundert stammte, zu erneuern. Immer wieder hatte sie morgens beim Frühstück geklagt, wie schlecht sie nachts schlafen konnte und ihr die Rohre mit ihrem beständigen Gurgeln Kopfschmerzen bereiten würden.

Heinrich von Stetten war jede noch so kleine Veränderung in dem Haus, das sich seit über zweihundert Jahren im Besitz seiner Familie befand, zuwider. Auch liebte er die vertrauten, nächtlichen Geräusche des Hauses, mit denen er aufgewachsen war.

„Also gut, Alma. Dann wollen wir uns das einmal anschauen." Mit beiden Händen strich Evelyn kurz über ihren bodenlangen Kaftan. Dann folgte sie der vor ihr hertrabenden Haushälterin nach unten.

Dort begrüßte sie mit einem kurzen Nicken die beiden Fuggas und wandte sich sogleich dem Fund in der freigelegten Nische zu. Beflissen sprang der ältere Fugga herbei und leuchtete mit der Taschenlampe hinein. Er hatte inzwischen zwei weitere Kassetten herausgelöst, so dass die Baronin einen uneingeschränkten Blick in die Öffnung werfen konnte. Reihen von Büchern stapelten sich darin. Sie griff nach einem der Bände. Es war eine Ausgabe der Luther-Bibel von 1529, wie sie der Prägung an der Innenseite entnahm. Gedankenverloren reichte sie das Buch an Frau Gabler weiter, die ein Tuch aus ihrer Schürze gezogen hatte und die Bibel sofort vom feindlichen Staub befreite.

Währenddessen hatte die Baronin ein weiteres Buch herausgezogen. Es war eine Erstausgabe mit dem Titel „Cautio Criminalis", jedoch war kein Verfasser angegeben. Aber sie fand eine Widmung mit Datum: Ein Friedrich Spee von Langenfeld schenkte das Buch 1632 jemandem, dessen Namen sie nicht entziffern konnte. Nach zwei weiteren Bänden wusste sie, dass sie genug gesehen hatte.

Evelyn von Stetten hatte zu lange mit einem von antiken Büchern und Manuskripten besessenen Mann zusammengelebt, um nicht zu erkennen, dass der Fund außergewöhnlich war. Womöglich handelte es sich hier sogar um einen Teil des angeblich verschollenen Familienschatzes. Immer wieder hatten Mitglieder der Familie von Stetten aufgrund eines hartnäckigen Familiengerüchts nach dem Schatz geforscht. Unvermittelt überkam die Baronin eine Welle der Heiterkeit. Welch Ironie des Schicksals, dass der sagenumwobene Schatz, der in den Fantasien der Erzähler von Generation zu Generation zu einem wahren Berg prachtvoller Edelsteine, Gold- und Silbermünzen angewachsen war, sich jetzt womöglich als ein Haufen verstaubter Bücher entpuppte.

Allerdings konnte Evelyn sich niemanden vorstellen, der weniger darüber enttäuscht wäre, dass es sich um einen Schatz des Wissens handelte, als ihren Mann. Diese verschollene Bibliothek war das magische Camelot Heinrich von Stettens. Sie kaute auf ihrer Unterlippe. Wenn sie ihm jetzt von dem Fund berichtete, würde er sofort in sein Flugzeug steigen und zurückkommen.

Mit seinen beinahe siebzig Jahren leitete Heinrich von Stetten das Familienunternehmen, das unter anderem in der Rüstungsindustrie tätig war und wegen der präzisen Lenkwaffen viele Regierungsaufträge erhielt, als Mehrheitsaktionär und Vorstandsvorsitzender.

Plötzlich hatte Evelyn die rettende Eingebung. Sie wusste, wen sie anrufen konnte. Sie wandte sich an die beiden Fuggas: „Meine Herren, wir lassen die Arbeiten in der Bibliothek vorerst ruhen. Ich schlage vor, Sie machen in den Räumen meines Mannes im Obergeschoss weiter. Frau Gabler wird Ihnen den Weg zeigen. Alma, wären Sie bitte so freundlich?“, wandte sie sich an ihre Haushälterin.

Die beiden Fuggas packten ihre Werkzeuge zusammen. Sie schickten sich eben an, der Haushälterin zu folgen, als Frau von Stetten sie zurückhielt: „Meine Herren, eines noch. Ich bitte Sie, hierüber Stillschweigen zu wahren. Der Fund betrifft allein die Familie von Stetten und ich wünsche nicht, dass ein Wort darüber dieses Haus verlässt. Sie haben einen lukrativen Auftrag erhalten. Ich hoffe, wir verstehen uns, Herr Fugga?“ Dem alten Fugga, der glaubte in seinem Leben noch nie einer so beeindruckenden Frau begegnet zu sein, schnürte es die Kehle zu. Eingeschüchtert konnte er bloß nicken. Allzu gut hatte er verstanden, dass ihm die sagenhafte Baronin soeben auf elegante Weise die Pistole auf die Brust gesetzt hatte.

Allerdings wusste er, dass er wegen dieser Angelegenheit ein ernstes Wort mit seinem Sohn reden musste. Er war an sich ein guter Junge und neigte nicht zu Prahlereien – wenn er nüchtern war. Leider trank sein lediger Sohn mit seinen Kumpanen am Wochenende im „Bierkutscher“ gerne einen über den Durst.

Frau von Stetten schloss die Tür, nahm den tragbaren Telefonhörer auf und wählte eine der eingespeicherten Nummern. Die freundliche Stimme eines jungen Mannes meldete sich.

„Grüß Gott, hier ist Evelyn von Stetten. Könnte ich bitte den Bischof sprechen, es ist dringend.“

„Einen Moment, bitte.“ Sie wurde sofort verbunden, im dortigen Büro war selbstverständlich bekannt, dass es sich bei der Anruferin um die Schwägerin des Bischofs handelte.

„Was gibt es denn so Wichtiges, meine Liebe?“, meldete sich eine angenehm jovial klingende Stimme.

„Grüß dich, Franz. Ich brauche deine Hilfe. Sofort“, erklarte ihm seine Anruferin ohne Umschweife. Und dann schilderte sie ihm ihr Dilemma.

Zwei Stunden später fuhr der Bischof von Bamberg, der dazu seinen gesamten Terminplan umgeworfen hatte, in einem dunklen Mercedes vor. Seine Schwägerin erwartete ihn bereits auf der Freitreppe und geleitete ihn in die Bibliothek.

Bischof Franz von Stetten, der die Leidenschaft für Bücher mit seinem älteren Bruder Heinrich teilte, nahm eine erste Sichtung des Fundes vor und war sofort von der Vielfalt und der Qualität der Werke elektrisiert. Er zog eine Kostbarkeit nach der anderen hervor, darunter eine Vielzahl wissenschaftlicher Abhandlungen, angefangen vom 11. bis ins 18. Jahrhundert hinein. Zitternd vor Aufregung thronte er inmitten der Folianten auf dem Teppich und konnte sich kaum entscheiden, welches der Werke er als Nächstes aufschlagen sollte.

Etwas war dem Bischof aber gleich zu Beginn aufgefallen: Die meisten der Bücher hatten zur Zeit ihrer Veröffentlichung auf dem kirchlichen Index gestanden, ihr Besitz war als Ketzerei und Häresie angeprangert worden. Von einigen anderen hatte er noch nie gehört. Ob es sich hier um die letzten Exemplare verschollener Werke handelte, die dem Feuer der Ignoranz seinerzeit entkommen waren? Eines war jedoch klar: In seiner Gesamtheit stellte dieser Fund tatsächlich einen unermesslichen Schatz dar. Zwei besonders dicke Bände entpuppten sich als Attrappen. Er fand darin jeweils ein 30x20 cm großes, verschlossenes Kistchen aus gehämmertem Blech. Ihr Inhalt war schwer und klimperte. Vermutlich Münzen. Da er auf Anhieb die Schlüssel dazu nicht entdecken konnte, legte er sie zunächst beiseite. Ihn interessierten sowieso viel mehr die Bücher. Auch die lederne Karte eines fernen Landes, die aus einem der Bücher rutschte, legte er beiseite.

Nachdem er eine ganze Weile in den kostbaren Schriften geschwelgt hatte, rief er nach seiner Schwägerin und unterbreitete ihr eine Idee, die in ihm herangereift war: Da sein Bruder Heinrich in weniger als sechs Wochen seinen 70. Geburtstag feierte, würde er, Franz, alle Bücher aus dem Versteck mitnehmen, katalogisieren und am Morgen des Geburtstages zurückkehren, um die Bücher in dem klimatisierten, den Raritäten vorbehaltenen Raum der Bibliothek auszustellen. Die Freude über den kostbaren Fund würde bei seinem Bruder hoffentlich so groß sein, dass er seiner Frau das eigenmächtige Handeln bei der Sanierung stante pede verzeihen würde. Erwartungsgemäß war Evelyn von dem Plan sehr angetan. Gemeinsam verstauten sie die Bücher in mehreren eilends herbeigebrachten Weinkisten, die sie mit Decken auslegten, um die wertvolle Fracht zu schützen, und packten sie in den Kofferraum des Mercedes.

Zum Schluss holte der Bischof noch die beiden verschlossenen Blechbehälter aus der Bibliothek und deponierte sie neben sich auf dem Beifahrersitz. Er verabschiedete sich von seiner Schwägerin mit den Worten, dass sie sich keine Sorgen machen solle und er sich in den nächsten Tagen telefonisch bei ihr melden würde.

Vom Schlafzimmer des Hausherrn aus beobachtete Fugga der Jüngere interessiert den Abtransport der Bücher durch einen Geistlichen. Dass es sich um den Bischof von Stetten handelte, wusste er nicht. Ihm fielen die beiden Schatullen auf, die der Mann zum Schluss einlud. Angeregt durch den Fund des geheimen Verstecks, das in seinem ansonsten ohne besondere Vorkommnisse dahinplätschernden Leben einen Höhepunkt darstellte, dazu die Ermahnung der schönen Baronin, Stillschweigen zu wahren, assoziierte der junge Handwerker in seiner Fantasie die beiden Behälter mit Schatzkistchen und stellte sich vor, dass sie Gold und Juwelen enthielten.

Zwei Tage später, im Gasthof „Zum Bierkutscher", geschah es:

Fugga der Jüngere gab eine haarsträubende, mit Halbwahrheiten gespickte Geschichte vom Fund eines wertvollen Schatzes in der Villa von Stetten zum Besten.

Da die meisten der Anwesenden den gutmütigen Handwerker seit Kindertagen kannten, nahm ihn auch heute Abend niemand so richtig ernst. Fast wäre seine Vorstellung, wie seine früheren Fantastereien, im bierselig aufsteigenden Dunst der ewigen Stammtischweisheiten verpufft. Fast. Denn ausgerechnet an diesem Abend war ein junger Reporter von seiner Freundin zum wiederholten Male versetzt worden und ertränkte seinen Liebeskummer im Bierkutscher. Nun ließ der Mann den noch halbvollen Humpen sinken, warf hastig ein paar Münzen auf den Tisch und verließ das Gasthaus ungeplant nüchtern.

Am übernächsten Morgen erschien ein kleiner Artikel mit dem Titel „Ein verschollener Schatz im Hause der Familie von Stetten?" in den Nürnberger Nachrichten. Mehr gab die Geschichte nach Meinung des Ressortleiters nicht her, da sie keinerlei Quellenüberprüfung vornehmen und sie sich nur auf die Aussagen des jungen Handwerkers und einer alten Legende stützen konnten, die man sich bis heute im Nürnberger Raum erzählte: Dass ein Mitglied der Familie von Stetten einen Schatz beiseitegeschafft haben sollte.

Ein Anruf des Chefredakteurs in der Villa von Stetten ergab, dass Frau von Stetten die ganze Angelegenheit als lächerlich abtat und selbstverständlich dementierte.

Zunächst hatte der Artikel jedoch unangenehme Folgen für den Handwerkerbetrieb Fugga, der bereits fünf Minuten nach dem Anruf des Chefredakteurs bei Evelyn von Stetten seinen Auftrag verlor. Die Baronin hielt immer, was sie versprach.

Auch im fernen Rom widmete sich jemand mit Interesse dem Artikel über den angeblichen Fund eines Schatzes im Hause von Stetten. Besonderes Augenmerk galt dabei jener Notiz, dass ein Geistlicher diesen abtransportiert hatte.

Rabbi Hood

Rom, drei Monate später

Völlig durchgeschwitzt steckte Lukas von Stetten, der jeden Morgen mit einem 10-km-Lauf begann, den Schlüssel in das Schloss seiner Wohnung. Sie lag mitten im Centro Storico Roms, in der Via dei Coronari, in der sich um die Jahrhundertwende viele Antiquitätenhändler angesiedelt hatten. Die bekannte Piazza Navona lag gleich um die Ecke.

Obwohl früh am Morgen, herrschte bereits schwüle Hitze in den Gassen von Rom. Tagsüber heizte sich die Stadt in diesem Sommer oft auf über 35 Grad auf, nachts kühlte es kaum ab.

Die Wohnung befand sich in einem alten Palazzo, den seine Familie bereits Mitte des 19. Jahrhunderts erworben hatte. Vor einigen Jahren war das gesamte Gebäude saniert und in sechs

Wohnungen mit allem erdenklichen Komfort umgebaut worden. Dabei waren weder Kosten noch Mühen gescheut worden, um den Charme vergangener Epochen zu erhalten. Die anderen fünf Wohnungen waren an gut situierte Römer vermietet, von denen alle, bis auf die alte Contessa von gegenüber, wie jedes Jahr vor der Augusthitze ans Meer geflohen waren.

Lukas von Stetten fühlte sich an diesem Morgen ungewohnt gut. Zum ersten Mal seitdem das Schicksal vor drei Monaten erneut innerhalb seiner Familie zugeschlagen hatte, hatte er eine Nacht ohne Albträume verbracht. Sogar der ihn seit seiner Kindheit verfolgende Traum der Folterung einer schönen jungen Frau war ihm erspart geblieben.

Ein klein wenig regte sich das schlechte Gewissen in ihm – wegen des Tatendrangs, den acht Stunden gesunder Schlaf mit sich gebracht und ihn in eine jener verheißungsvollen Stimmungen versetzt hatten, die einen ohne besonderen Grund nur wenige Tage im Jahr überkamen: Man wachte an einem normalen Morgen auf und unversehens hatte sich die geheimnisvolle Chemie des Körpers optimal auskalibriert und man fand sich in einer positiven Stimmung wieder, einer Mischung aus guter Laune und frischer Energie. Ohne viel Federlesens nahm man genau die Aufgaben in Angriff, vor denen man sich Tag für Tag gedrückt hatte.

Sein frischgewonnener Optimismus ließ Lukas hoffen, dass ihm heute die sehnlich erwartete Genehmigung für den Zutritt zur geheimen Vatikanbibliothek erteilt werden würde.

Zunächst jedoch stolperte er im Eingangsflur über ein paar rote, gefährlich hochhackige Pumps.

ENDE DER LESEPROBE

„Die Seelenfischer“ für Ihren Kindle
und als Taschenbuch bei Amazon:
www.amazon.de/dp/B00B72JTU2

Hier können Sie meinen NEWSLETTER
abonnieren und werden informiert,
sobald das nächste Buch erscheint:
www.hannimuenzer.com/newsletter

21229444R00193

Printed in Poland
by Amazon Fulfillment
Poland Sp. z o.o., Wrocław